Sangu

Band II

INA LINGER

Sanguis Lilii

BAND II

VERSTECKSPIEL

Impressum
Copyright: © 2015 Ina Linger
Einbandgestaltung: Ina Linger
Fotos: Shutterstock.com
Titelschriften: Bill Roach und Roger White
Lektorat: Faina Jedlin
Co-Lektorat: Christina Bouchard
Druck und Verlag: Create Space.com
ISBN-13: 978-1518880889
ISBN-10: 1518880886

„Unsere Augen sehen nur den Dunst, hinter dem sich das Wesentliche verbirgt, das wir eigentlich wahrnehmen sollten; und unsere Ohren hören nur ein Rauschen, das alles übertönt, was wir eigentlich mit unserem Herzen verstehen sollten."

Khalil Gibran (1883~1931)

Träume

„Die zarteste Schwingung der Seele ist der Traum. Es ist als wenn ein müder Falter mit seinen Flügeln über Nervensaiten streift."

Carl Ludwig Schleich (1859 - 1922)

Der Flur war dunkel und kühl, so kühl, dass die warme Luft, die aus dem Badezimmer strömte, sich zu eigenartigen, fließenden Figuren aus Nebel formte; feuchte, sich ständig wandelnde Wesen, die ihre in der Auflösung begriffenen Finger nach ihr ausstreckten und ein warmes Prickeln auf ihrer Haut hinterließen.

Sam wusste, dass er dort war, konnte vor ihrem inneren Auge sehen, wie das lauwarme Wasser auf seinen Körper prasselte, um die Hitze ihrer letzten leidenschaftlichen Vereinigung so weit aus seinem Leib zu treiben, dass er wieder zu ihr zurück ins Bett kommen konnte, ohne die Gefahr einer Verwandlung heraufzubeschwören. Sie konnte ihn riechen, seine Energie fühlen, selbst spüren, wie die Verspannung unter dem sanften Druck des Wasserstrahls aus seinen Gliedern wich, als wäre sie schon jetzt bei ihm, als würde sie immer noch mit ihm verbunden sein. Ihr Bedürfnis, ihm wahrlich wieder so nahe zu sein, wuchs mit jedem

Schritt, den sie nun auf die Duschkabine zumachte, mit jedem ihrer wieder schneller werdenden Atemzüge.

Auch im Badezimmer war es dunkel. Der Mond allein, der seine kühlen Strahlen durch das kleine Fenster warf, erhellte den Raum so weit, dass sie Nathans dunkle Umrisse hinter der nebligen Glasscheibe der Duschkabine ausmachen konnte. Ein kleines Lächeln legte sich auf ihre Lippen und ihre Erregung, ihr Bedürfnis zu ihm unter die Dusche zu steigen, wuchs rasant. Er würde sie schon wärmen, würde ihren Körper erneut in diesen überhitzten Zustand versetzen.

Sie streckte eine Hand nach der Tür der Duschkabine aus, schob diese auf und … erstarrte zu Stein. Es war das Gesicht einer Frau, in das sie blickte – einer wunderschönen Frau, mit großen, braunen Augen, Alabasterhaut und vollen, roten Lippen, die sich zu einem herausfordernden Lächeln verzogen. Béatrice.

„Du dummes Kind", brachte sie in einem gelangweilten Ton heraus. „Glaubst du wirklich, du kannst es mit *mir* aufnehmen?"

Dann wurden ihre Augen plötzlich weiß und das scharfe Gebiss eines Raubtiers schoss auf Sams Hals zu.

Sam fuhr entsetzt aus dem Schlaf und saß mit einem Mal kerzengerade in ihrem Bett, beide Hände auf ihr wild hämmerndes Herz gepresst und kaum fähig, zu atmen. Wie so oft in den letzten Wochen wusste sie nicht, wo sie war und ob sie in der Tat nur geträumt hatte. Dass sie in einem Bett lag und das Fenster in diesem Raum weitaus größer war als in ihrem Traum, beruhigte sie ein wenig. Kein Badezimmer, keine Béatrice, kein Vampir, der ihr nach dem Leben trachtete. Ihr Blick glitt neben sich, über die Umrisse des großen, starken Mannes, der ein Leben lang über sie gewacht, sie vor den Gefahren dieser unbeständigen Welt beschützt hatte. Ihr Puls wurde sofort langsamer, ihre Atmung ruhiger und tiefer.

Nathan lag auf der Seite, ihr zugewandt, und atmete tief und gleichmäßig – also hatte er nichts von ihrem Traum und dem nachfolgenden erschreckten Auffahren mitbekommen. Auch wenn sie sich auf der einen Seite danach sehnte, sich sofort in seine Arme zu werfen und sich von ihm trösten zu lassen, so war sie auf der anderen auch froh darüber, dass sie ihn nicht ungewollt geweckt hatte. Er wurde so oft selbst von Alpträumen heimgesucht und war dann die halbe Nacht wach – da musste sie ihn nicht zusätzlich um seinen so kostbaren Schlaf bringen.

Ein leichtes Zittern ging durch ihren Körper und als sie an sich hinabblickte, bemerkte sie, dass das nicht nur der Nachhall ihres Alptraumes war, sondern auch daran lag, dass sie vollkommen nackt war und die frische Nachtluft ungehindert durch das geöffnete Fenster drang. Sie rutschte vorsichtig an den Rand des Bettes heran, wohl darauf bedacht, nicht die dünne Decke, die ihre Beine bedeckte, von Nathans Körper zu ziehen und ihn vielleicht damit doch noch zu wecken. Dann beugte sie sich vor, tastete nach den Kleidungsstücken, die vor dem Bett lagen, und ergriff das erstbeste Stück Stoff, das ihre Finger erhaschen konnten.

Sie hatte Glück. Es war ein Shirt. Nathans Shirt, wie sie zufrieden feststellte, als sie hineinschlüpfte und dabei genussvoll die Augen schloss. Es roch wundervoll nach ihm und sie hatte das Gefühl, nun doch von ihm eingehüllt zu werden und nicht nur von einem Stück Stoff. Sie schlang die Arme um ihren nun schon etwas wärmer werdenden

Körper und warf einen weiteren Blick auf seine in Mondlicht gebadete Gestalt.

Es gab wohl kaum einen schöneren Anblick als einen friedlich schlafenden Nathan an ihrer Seite, dem die Decke hinab bis zu den schmalen Hüften gerutscht war, der sich seiner Nacktheit und damit seiner maskulinen Schönheit jedoch überhaupt nicht bewusst war. Das harte Training mit Gabriel hatte seinen Körper in eine dieser griechischen Statuen verwandelt, nackte Athleten, an denen man sich kaum sattsehen konnte und die es einem ungemein schwer machten, dem Drang zu widerstehen, nicht nur die Augen, sondern auch die Finger über diese wundervollen Kunstwerke gleiten zu lassen. Im fahlen Mondlicht, dem Spiel von Licht und Schatten auf seiner so samtig erscheinenden Haut, dem überaus ästhetischen Auf und Ab dieser definierten Muskelstruktur, den feinen, dunklen Haaren auf Brust und Unterbauch sah er tatsächlich aus wie ein junger Gott, der nur darauf wartete, dass ihn eine willige Sterbliche aus seinem sanften Schlummer weckte, um ihn mit ihrer Liebe zu beschenken.

Da war sie, die altbekannte Wärme zwischen ihren Schenkeln, das leichte Flattern in ihrem Bauch, das sich bei solcherlei Vergleichen sofort bemerkbar machte, und sie konnte über sich selbst nur noch den Kopf schütteln. Allmählich war das nicht mehr gesund!

Sie waren so erschöpft und müde gewesen, als sie das Appartement betreten hatten, und dennoch hatten sie, anstatt sich auszuruhen und nur zu schlafen, nicht die Finger voneinander lassen können. Nathan hatte seine Scheu vor körperlichem Kontakt mit ihr, seine ihn zermürbenden Bedenken bezüglich seines Daseins als Halbvampir und ihrer schwierigen Beziehung völlig ausgeschaltet und war sogar beinahe noch ungeduldiger gewesen als sie selbst. Sie hatten sich geliebt, leidenschaftlich, sehnsüchtig, ausgiebig. Und eine Sache war Sam sehr schnell klar geworden: Mit Nathan zu schlafen war wohl etwas, das für sie niemals gewöhnlich werden, das immer diese Magie, diese Aufregung und enorme Intensität beibehalten würde, ganz gleich, wie gut sie sich kennenlernten und wie oft sie übereinander herfielen. So hoffte sie zumindest, denn es machte diese Augenblicke, jeden einzelnen für sich, einzigartig, unvergesslich ... berauschend. Es machte sie süchtig danach, ihn immer wieder auf diese Weise zu erleben, zu fühlen, zu genießen. Nathan ... *ihren* Nathan.

Das Gefühl, ihn berühren, ihre Finger über seine leicht geöffneten Lippen, sein Kinn und schließlich seine Brust gleiten lassen zu müssen, wuchs und ließ ihre Fingerspitzen kribbeln.

Lass ihn schlafen. Er braucht das so sehr, forderte ihre Stimme der Vernunft sie auf und sie ließ resigniert die Schultern sinken. Nathan sah die Sache gewiss ganz anders, wenn er erst einmal wach war. Sie hatte ja gesehen, wie er reagierte, wenn sie ihn auf diese Weise weckte.

Ja, weil er ein Mann ist und obendrein seine Triebe momentan nicht im Griff hat, wusste ihre Vernunftseite und Sam atmete tief und etwas schwermütig ein. Sie erkannte, dass sie sich durch ihren Traum zu weit abgekühlt hatte, um dieser Seite ihrer selbst etwas entgegensetzen zu können. Zudem quälte sie nun auch noch ein immenser Durst, den es zu stillen galt. Vielleicht wurde Nathan ja wach, wenn er spürte, dass sie nicht mehr da war, wie das schon so oft passiert war.

Sam schollt sich für diese böse Überlegung, kletterte aber dennoch behände aus dem Bett, um hinüber in die

Wohnküche zu gehen. Sie ließ die Lichter überall aus und fand ihren Weg auch im Dunkeln ohne Probleme. Dass sie sich ein wenig unwohl fühlte, war wohl eher den Erinnerungen an ihren Traum zuzuschreiben, die nun zurückkamen und ein paar Gedanken mit sich brachten, mit denen sie sich eigentlich noch gar nicht beschäftigen wollte. Doch nun waren sie da und wollten nicht mehr so schnell verschwinden.

Béatrice. Nathans Ex-Geliebte und die Person, die es vor nicht allzu langer Zeit beinahe geschafft hatte, sie und Nate auseinanderzubringen. Die schöne Frau hatte sie nach ihrem ersten Treffen im Café noch einmal aufgesucht, wenn man das überhaupt so freundlich ausdrücken konnte. Sam war am Abend nach der Arbeit nach Hause gekommen, hatte das Licht angeknipst und dann beinahe eine Herzattacke erlitten, denn Béatrice hatte auf ihrer Couch gesessen und sie falsch-freundlich angelächelt. Sie konnte sich noch ganz genau an ihren Gesichtsausdruck erinnern, an dieses Lauern und das gefährliche Brodeln in ihren Augen …

„Wenn Sie nicht auf der Stelle meine Wohnung verlassen, rufe ich die Polizei!", waren die ersten Worte, die Sam herausbrachte, als sie ihre Schockstarre überwunden hatte und sie holte mit zitternden Fingern ihr Handy aus ihrer Handtasche.

„Oh, nicht doch", erwiderte Béatrice sanft und erhob sich. „Ich wollte dich doch nicht erschrecken, meine Liebe. Ganz im Gegenteil – ich bin hier, um dir großes Leid zu ersparen. Das macht man doch so unter Freunden und du sagtest ja, Nathans Freunde seien auch die deinen."

„Ich habe einige Freunde, aber keiner von denen ist je auf die Idee gekommen, bei mir einzubrechen!", erwiderte Sam. „Auch nicht, um mir Leid zu ersparen. Heutzutage hat man nämlich einige Möglichkeiten, um seinen Besuch anzukündigen." Sie hob demonstrativ ihr Handy.

„Nun, ich hatte deine Nummer leider nicht und da die Angelegenheit, die mich hierher führt, wahrlich dringend ist, habe ich das offenstehende Fenster genutzt", erklärte Béatrice und ging nun auf sie zu. „Aber wenn meine Anwesenheit derart unerwünscht ist, kann ich auch gern wieder gehen."

Sam nickte und presste fest die Lippen aufeinander. Dieses Mal würde sie ihre Neugierde im Griff haben und sich nicht von dieser Frau manipulieren lassen. Nein. Ganz bestimmt nicht.

Béatrice hielt inne, als sie Sam erreicht hatte, und seufzte mitleidig, bevor sie weiter auf die Tür zulief.

Sam schloss resigniert die Augen. „Es geht um Nathan, nicht wahr?", kam es ihr über die Lippen und sie hätte sich selbst dafür ohrfeigen können.

„Natürlich", gab die Vampirin zurück.

Sam wandte sich zu ihr um. „Ich liebe ihn", verkündete sie mit fester Stimme. „Daran wird nichts und niemand etwas ändern können."

Béatrice nickte traurig. „Ich weiß. Du würdest alles dafür tun, mit ihm zusammen sein zu können."

„Ganz genau!", stimmte Sam ihr zu.

Wieder kam ein leises Seufzen über Béatrices Lippen. „Siehst du und das würde er nicht."

Sam wollte die Worte der bösartigen Frau nicht an sich heran lassen, wollte nicht zulassen, dass sie Zweifel an

Nathans Liebe in ihr säte, trotzdem durchzuckte ein scharfer Schmerz ihre Brust.

„Ich denke, du irrst dich", gab sie dennoch zurück. „Er liebt mich genauso sehr, wie ich ihn liebe. Und ich denke auch, dass du das weißt. Deine Angst, ihn für immer an mich zu verlieren, treibt dich dazu, mich gegen ihn aufwiegeln zu wollen. Aber das wird dir nicht gelingen."

Béatrice überraschte sie mit einem lauten Auflachen.

„Oh, Kind, du bist doch in deiner Sterblichkeit gar keine Gefahr für mich!", erwiderte sie amüsiert. „Selbst wenn ihr es zusammen schafft, den Gefahren der vampirischen Welt zu trotzen und alltägliche Beziehungsprobleme zu bewältigen, so wirst du dennoch eines Tages sterben und ich werde dann da sein, um Nathan Trost zu spenden, und ihm die Gefährtin an seiner Seite sein, die er braucht, um die Unsterblichkeit zu bewältigen."

Sam schnaufte wütend, kam jedoch nicht dazu, ihren Zorn auch verbal hinauszulassen, denn Béatrice sprach gnadenlos weiter.

„Denn die eine Sache, die er niemals für dich tun wird, ist dich zu verwandeln", setzte sie hinzu und ihre Augen blitzten siegessicher auf, nahmen Sam den Atem, den sie brauchte, um noch etwas zu erwidern.

Die Vampirin fand zu ihrem alten, bemüht mitleidigen Gesichtsausdruck zurück. „Du armes Ding", seufzte sie, wandte sich ab und verließ die Wohnung.

Sam fuhr sich mit einer Hand über das Gesicht und schüttelte den Kopf, während sie Wasser aus der Leitung in ein Glas laufen ließ. Die Erinnerungen taten weh, brachten sie doch ein Thema an sie heran, das zwischen ihr und Nathan immer noch nicht geklärt war und für das sie gerade auch keine Zeit und Nerven besaßen.

Nicht daran denken … nicht daran denken, sprach sie sich innerlich zu und doch konnte sie nicht anders, denn die erneute Bedrohung ihrer Beziehung durch Béatrice rückte näher, ohne dass sie etwas dagegen tun konnte.

Sie hatte es sich nicht anmerken lassen, aber sie hatte mitbekommen, dass Jonathan mit den anderen Vampiren über diese furchtbare Frau gesprochen hatte, dass sie planten, ihr eine Falle zu stellen, indem sie Nathan als Lockvogel einsetzten. Sie war darüber informiert, dass die Vampirin eine wichtige Rolle in dieser ganzen Verratsgeschichte spielte und es notwendig war, dass sie herausfanden, was genau sie wusste. Und auch wenn sich alles in Sam dagegen sträubte, so war ihr doch klar, dass Jonathans Plan höchstwahrscheinlich funktionieren würde. Béatrice war nicht ganz bei Verstand – zumindest wenn es um Nathan ging. Sie würde gewiss nicht davor zurückschrecken, sich in die Hände ihr feindlich gesinnter Vampire zu begeben, um ihn wiederzusehen, ihre gierigen Finger nach ihm auszustrecken. Auf diese Weise konnten sie die Lunierin tatsächlich fangen. Nur war der Gedanke, erneut auf sie zu treffen, dabei vielleicht sogar zu bemerken, dass er seine Ex-Freundin nicht so hasste, wie sie sich das wünschte, ihr sogar Sympathien entgegenbrachte, kaum zu ertragen.

Zweifellos befand Sam sich jetzt in einer anderen Situation als bei ihrer letzten Begegnung mit Béatrice, wusste sie doch, dass Nathan sie über alles liebte und begehrte. Dennoch kam sie nicht umhin, diese Frau trotzdem als Bedrohung wahrzunehmen. Da waren noch zu viele Fragen offen, zu viele Geheimnisse aus der Vergangenheit zu lüften. Warum zum Beispiel war Nathan früher immer wieder zu ihr zurückgekehrt, obwohl er sie gut gekannt, schon mehrfach erfahren hatte, dass diese Frau ihm nicht gut tat? War er ihr sexuell hörig gewesen oder hatte er nie aufgehört sie zu lieben?

Liebe war wohl das Schlimmere von beidem. Aber auch für sie spürbare sexuelle Anziehung, und war sie auch noch so klein, konnte Sam nicht dulden, nicht ertragen, das wusste sie schon jetzt. Sie wollte, dass Nathan keine andere Frau mehr als sie selbst begehrte, dass er nur noch sie wahrnahm und blind für die Reize anderer Frauen und vor allem Béatrices war. Sie wusste genau, dass das utopisch war, aber sie wünschte es sich so sehr, dass er dieser Frau die kalte Schulter zeigte.

Sam setzte ihr Wasserglas an die Lippen und trank es in ein paar schnellen Zügen aus. Ihre Überlegungen kreisten nun wieder um die letzten paar Stunden, um das, was zwischen ihr und Nathan passierte, wenn sie miteinander schliefen, um diese nie zuvor erlebte Intensität der körperlichen Vereinigung zweier Menschen, die sie kaum mit Worten zu beschreiben vermochte. Hatte er das auch mit Béatrice gehabt? Hatte es sich für ihn genauso angefühlt wie mit ihr?

Früher war Sam, was Männer und Beziehungen anging, eigentlich nie der Typ Frau gewesen, bei dem Sex einer der wichtigsten Faktoren gewesen war. Daher hatte sie auch nie Verständnis für Frauen gehabt, die sich aus sexueller Frustration unüberlegt in eine Affäre stürzten oder gleich nervös wurden, wenn sie mal über eine längere Zeit keinen Freund und damit auch keinen Sex hatten. Ohne Zweifel hatte sie ihn immer als wichtigen Bestandteil einer Partnerschaft gesehen und ihn immer genossen, aber für sie hatte es sonst weitaus wichtigere Dinge im Leben gegeben. Ihre Karriere zum Beispiel oder ihr Ziel, sich niemals von anderen abhängig zu machen. Sie hatte schnell gelernt, dass Beziehungen sehr arbeitsintensiv und manchmal sogar einengend waren, dass sie Kraft und Nerven kosteten und durchaus ihre eigene Entwicklung behindern konnten.

Dementsprechend wenigen Männern war es im Laufe ihres Lebens gelungen, ihr Herz zu erobern und sie dazu zu bringen, sich auf eine ernsthafte Partnerschaft einzulassen. Nicht weil es nicht genügend Interessierte gegeben hatte, daran hatte es nie gemangelt, sondern weil es – abgesehen davon, dass sie ihr Herz bereits mit sechzehn an Nathan verloren hatte – alles andere als leicht war, einer Sam Reese zu beweisen, dass es sich für sie lohnte, ihre Zeit und ihr Herzblut in eine solche Verbindung zu investieren. Sam war ein rationaler Mensch und eine Meisterin darin, ihre Gefühle auszuschalten und ihren Verstand die meisten wichtigen Entscheidungen in ihrem Leben treffen zu lassen. Ihren ersten festen Freund hatte sie im Gegensatz zu den meisten ihrer Freundinnen erst mit siebzehn gehabt. Und ‚fest' hieß für sie, dass sie tatsächlich länger als ein halbes Jahr mit diesem Mann zusammen gewesen und ihre ersten sexuellen Erfahrungen gemacht hatte. Alles, was davor mit Jungs gewesen war, tat sie als pubertäre Spielchen ab, die zwar wichtig für ihre Entwicklung gewesen waren, die man aber getrost vergessen konnte.

George war Physikstudent und vier Jahre älter als sie gewesen. Sie hatten sich auf einer Party kennengelernt und waren dann eine lange Zeit miteinander ausgegangen, bevor *es* dann passiert war. Wie bei vielen anderen Frauen war es ziemlich enttäuschend gewesen und wurde auch nur sehr langsam besser und interessanter. Bald schon hatte Sam feststellen können, dass George ein junger Mann mit sehr biederen Vorstellungen war, der an Ehe und Kinder dachte, an eine Hausfrau, die ihn liebevoll umhegte, wenn er von seinem angestrebten Professorat in der Physik nach Hause kam. Die Trennung war umgehend nach dem Heiratsantrag erfolgt.

Sam hatte daraufhin den Sommer bei einer Tante in Italien verbracht und dort Mario kennen gelernt – er war einer der beiden Männer gewesen, die ihr von ihrem Bauchgefühl beschert worden waren und sie war dem Schicksal bis heute dankbar für diese Begegnung. Es war eine sehr romantische, aufregende, aber auch sehr kurzlebige Sommerliebe gewesen, die von ihnen beiden von Anfang an auch nur als eine solche gesehen wurde und Sam wunderbar von der Krankheit ihrer Mutter abgelenkt hatte. Danach war Sam um einige Erfahrungen reicher gewesen und hatte sich vorgenommen, bei der Wahl ihrer Partner doch auch ein bisschen mehr Wert auf Leidenschaft zu legen.

Zwei Jahre später – nach ein paar wenigen, kurzen, nicht weiter nennenswerten Affären zwischendurch – hatte sie Gavin kennen- und lieben gelernt. Er hatte ihr von Anfang an gefallen, sein Charme, sein Witz, seine Intelligenz, sein Ehrgeiz und sein Engagement bezüglich seiner Arbeit. Sie hatten im Umgang miteinander, aber auch im Bett harmoniert. Der Sex mit Gavin war schön gewesen. Am Anfang aufregend und neu, später sanft, zärtlich, tiefempfindend. Nichts Außergewöhnliches, aber etwas, das sie glücklich und zufrieden gemacht hatte. Es war nicht so gewesen, dass sie täglich übereinander hergefallen waren. Oft hatte es auch genügt, wenn sie nur kuschelten und das Gefühl genossen, nicht allein zu sein. Sam hatte damals die Hysterie um den Sex, die viele ihrer Freundinnen befiel, wenn sie wieder eine neue Beziehung begannen, nicht verstanden.

Diese Aufregung, diese Unersättlichkeit, diese Unruhe. Sie hatte sich in ihrer Beziehung mit Gavin so wohl gefühlt, dass sie still für sich ihre Freundinnen manchmal belächelt hatte. Sollten sie doch alle schreien, wie potent sie waren und wie oft am Tag sie es brauchten – Sam hatte gewusst, dass es ihr in ihrer beständigen, sicheren Beziehung im Grunde genommen doch am besten ging. Und sie war glücklich gewesen, endlich jemanden gefunden zu haben, der sie vergessen ließ, wen sie eigentlich liebte. Bis zu dem Tag, als die Gefühle für Nathan wiedererwacht waren und ihre Welt dadurch auf den Kopf gestellt worden war – äußerlich sowie auch innerlich.

Bis zu diesem Punkt hatte Sam sich nie zuvor in ihrem Leben von einem Mann derart sexuell angezogen gefühlt wie von ihm. Ihre Liebe zu dem Vampir war immer sehr unschuldig gewesen, tief und innig, aber unschuldig. Sie wusste nicht genau, wann und wie es passiert war, aber plötzlich war sie da, die Anziehung, das Kribbeln im Bauch, wenn sie ihm in die Augen sah, dass Prickeln ihrer Haut, wenn er sie berührte und das brennende Gefühl, in ihrem Inneren, ihm näher kommen zu müssen – so nahe es nur ging.

Gavin hatte es ebenfalls gespürt, bemerkt, dass sie sich veränderte, von ihm entfernte, und sie vor die Wahl gestellt: Mit ihm nach New York zu ziehen oder bei Nathan in San Diego zu bleiben. Sie hatte nicht lange gebraucht, um sich zu entscheiden und dann Trost bei dem Mann gesucht, dem ihr Herz schon seit so langer Zeit gehörte. Und damit hatte sich alles verändert. Ihre Beziehung zu Nathan, ihre Gefühle, ihr Leben … einfach alles.

Der erste Kuss, der dieser ‚Trostsituation‘ entsprungen war, war magisch gewesen. Es hatte sich angefühlt, als würden sie beide damit ihr Schicksal besiegeln, als sei es Vorsehung gewesen, dass sie sich auch in dieser Weise nahe kamen … davon war sie jetzt überzeugt. Genauso wie ihr klar war, dass ihre eigene Arroganz von damals, ihr hartes Urteil über die emotionalen Schwächen ihrer Freundinnen gerade jetzt, in diesen Tagen gesühnt wurde. Sie war nicht nur zu einer Sklavin ihrer eigenen Triebe geworden, ihre Begierde schien auch noch unersättlich zu sein. Nathan brauchte sie nur anzusehen oder flüchtig zu berühren, und sie war sofort bereit, sich ihm hinzugeben oder ihn selbst anzustacheln, in dieser Richtung aktiv zu werden.

Und nun kam auch noch diese Eifersucht hinzu, diese brennende, sie zerfressende Eifersucht und die Sorge, dass Nathan vielleicht tatsächlich noch etwas für seine Ex-Freundin empfinden, sie gar noch lieben könnte. Sie fühlte schon allein bei diesem Gedanken das Blut in ihre Wangen wandern und ihren Puls ansteigen, während sich gleichzeitig ein dicker Klumpen in ihrem Hals bildete und die Luft in diesem Raum auf einmal viel zu dünn wurde. Sie musste raus hier, an die frische Luft.

Sam eilte hinüber zu den verglasten Türen, die auf den Balkon führten, öffnete eine Seite und trat schnell hinaus. Die frische Luft tat gut, obwohl sie in dem dünnen Hemd fröstelte und sich sofort eine Gänsehaut auf ihren Armen ausbreitete, mit der Tendenz auch den Rest ihres Körpers schnell einzunehmen. Allerdings brachte sie ihren Puls wieder herunter und etwas Klarheit in ihren Verstand. Es führte zu nichts, über Dinge nachzudenken, die noch derart im Nebel der Unklarheiten gefangen waren. Béatrice war noch weit weg und Nathan selbst hatte einmal gesagt, dass es vorbei war, dass seine Beziehung zu dieser Frau wahrscheinlich nie hatte sein sollen. Und nun war er mit ihr zusammen, hatte ihr gesagt und ihr schon viele Male bewiesen, dass er sie liebte. War es da nicht einfach nur dumm, ihn und sich selbst damit verrückt zu machen? Würde das nicht lediglich ihre sich gerade erst entwickelnde Beziehung unnütz strapazieren und auf die Probe stellen?

Sam sog tief die Nachtluft in ihre Lungen und schloss die Augen. ‚Schieb es weg! Schieb es einfach weg!', sagte sie sich selbst. Es gab noch so vieles, worum sie sich kümmern, um das sie kämpfen mussten, so viele Hürden zu überwinden. Da war Béatrice doch nur ein kleiner Stolperstein, über den sie lediglich einen kleinen Schritt machen musste.

Sam lockerte ihre Schultern, versuchte sich zu entspannen, sich mehr auf die beruhigenden nächtlichen Geräusche zu konzentrieren und sich auf diese Weise selbst von ihren düsteren Überlegungen wegzubringen. Weit unter ihr fuhr ab und an ein Auto vorbei und der leichte Wind, der aufgekommen war, sorgte für ein leises Pfeifen, wenn er mal etwas kräftiger um das große Haus blies. Und von irgendwoher, gar nicht weit von ihr entfernt, hörte sie eine leise Stimme. Ein Mann, wenn sie sich nicht irrte. Er war sehr nah … irgendwo … unter ihr?

Sie lauschte nun bewusster und hatte auf einmal das Gefühl, die Stimme schon einmal gehört zu haben. Wenn sie sich recht erinnerte, lag der Balkon eines weiteren Appartements schräg unter dem ihren. Das Appartement eines gewissen, ihr sehr unangenehmen Vampirs. Es war mehr ein Reflex als ihr wirklicher Wille, als sie dichter an die Balustrade herantrat, so leise, wie es ihr möglich war, und sich noch stärker auf die Stimme konzentrierte. Ja, jetzt verstand sie sogar Worte, einzelne Sätze.

„… glaube ich kaum. Ich denke, ich war sehr überzeugend. Es würde mich sehr wundern, wenn auch nur einer von ihnen Verdacht geschöpft hat …"

Sam hielt den Atem an und blieb stocksteif stehen. Sie hatte nicht damit gerechnet, sofort auf solch brisante Informationen zu stoßen und wusste nicht genau, was sie jetzt tun sollte. Bleiben und weiterlauschen …

„Selbstverständlich … Ich mache solche Dinge schon zu lange, um unvorsichtig zu werden. Vertrau mir. Sie werden nichts merken …"

… oder sich schnell zurückziehen, ins Innere des Apartments und vielleicht Nathan wecken? Er hatte ein noch besseres Gehör als sie und würde nicht so nah herangehen und sich in eine solche Gefahr bringen müssen. Denn für einen Menschen war es immer immens gefährlich, sich an einen Vampir heranzuschleichen, wie sie leider aus Erfahrung wusste.

Die Stille, die nun unter ihr herrschte, riss sie abrupt aus ihren Gedanken und ließ ihr ohnehin schon sehr schnell schlagendes Herz stolpern. War sie schon bemerkt worden? Sie war sich sicher, dass der Vampir, der unter ihr auf dem Balkon sitzen musste, dieser Malcolm war – ein alter, erfahrener Vampir, der Menschen gewiss schon zehn Meilen gegen den Wind riechen konnte. Es hatte sie ohnehin schon gewundert, dass er sein Telefonat überhaupt dort direkt unter ihrer Nase führte, musste er doch gehört haben, wie sie den Balkon betreten hatte.

„Du weißt, welche Haltung ich dazu habe", konnte sie ihn weitersprechen hören und schüttelte ungläubig den Kopf. Nahm der Mann sie tatsächlich nicht wahr? Oder *wollte* er, dass sie ihn belauschte? Das war doch mehr als merkwürdig.

„Ja, natürlich, aber es birgt ein enormes Risiko …"

Wieder schien er darauf zu lauschen, was sein Gesprächspartner zu sagen hatte. Schade, dass sie diesen nicht auch noch verstehen konnte. Jetzt wurde die ganze Sache doch erst richtig interessant.

„Jerome hat gesagt, es ist schon auf dem Luftweg hierher und sollte morgen früh ankommen, aber bist du sicher, dass du das tun willst?"

Wieder Stille. Sam schloss die Augen und versuchte, die anderen Geräusche um sich herum völlig auszublenden. Ja … da war noch eine weitere Stimme, verzerrt und gedämpft durch die Satellitenübertragung des Telefons. Sie konnte jedoch noch nicht einmal sagen, ob sie weiblich oder männlich war, geschweige denn einzelne Worte oder gar Sätze verstehen.

„Ich meine ja nur, wenn das in die falschen Hände gerät … Ja, das werde ich selbstverständlich … Ja, ganz genau so, wie wir es geplant haben. Du weißt, du kannst dich auf mich verlassen."

Sie vernahm ein leises Lachen.

„Gewiss nicht. Du weißt doch: Dum spiro spero. Daran halte ich fest, bis diese ganze Sache vorbei ist … Ja, wir sehen uns dann …"

Es ertönte ein leises Geräusch, so als würde jemand sein Handy zusammenklappen, und Sam hielt erneut den Atem an, duckte sich hinter der Balustrade, weil sie auf einmal das Gefühl hatte, als würde jemand zu ihr hinaufsehen. Oh bitte, nicht schon wieder ein Vampir, der ihre Lauschattacke wahrgenommen hatte und nun Jagd auf sie machen wollte. Sie hatte gesehen, welche Sätze Nathan machen konnte und war sich sicher, dass auch für Malcolm der Abstand zwischen den beiden Balkonen ein kaum ernstzunehmendes Hindernis war. Wenn er wollte, konnte er innerhalb weniger Sekunden bei ihr sein und ihr den Garaus machen. Ein leichtes Zittern ging durch ihren Leib und ihr Herz klopfte so hart in ihrer Brust, dass sie das Gefühl hatte, selbst ein normaler Sterblicher würde es in diesem Augenblick hören können. Warum machte sie nur immer solche Sachen? Warum konnte sie sich nicht *einmal* aus solch gefährlichen Situationen heraushalten?

Umso überraschter war sie, als sie laut und deutlich hören konnte, dass sich die Balkontür unter ihr schloss und Malcolm höchstwahrscheinlich ins Innere seines Appartements verschwunden war. Oder war das nur ein Trick? Allerdings war das Gefühl, angestarrt zu werden, auf einmal weg. Sie war sich beinahe sicher, wieder ganz allein zu sein. Vorsichtig richtete sie sich auf und lauschte wieder. Nein, da war nichts. Keine Schritte, kein Atmen, auch kein Rascheln von Kleidern. Sie nahm all ihren Mut zusammen, richtete sich zur vollen Größe auf und beugte sich vor, spähte über die Balustrade hinunter zum anderen Balkon. Dort war tatsächlich niemand mehr.

Sam runzelte irritiert die Stirn. Sie war sich so sicher gewesen, dass er sie bemerkt, zu ihr hinauf gesehen hatte. War ihm ihr Lauschangriff wirklich so egal?! Er hatte sich quasi vor ihr als Verräter geoutet. Sie hatte mitbekommen, dass er zusammen mit seinen Freunden etwas hinter dem Rücken aller anderen plante und nun ließ er sie mit dieser Information davonkommen? Obwohl Gabriel gedroht hatte, jeden zu töten, der sich nicht an die Absprachen hielt?

Sie machte ein paar unschlüssige Schritte zurück zur Balkontür und blickte in das in Dunkelheit versunkene Appartement. Und wenn er nach oben, durch die Tür kam? Wenn er nur so tat, als würde er sich zurückziehen, und längst auf dem Weg zu ihr war? Ihr Herz begann wieder schneller zu klopfen und sie eilte hinein, mit dem drängenden Wunsch hinüber ins Schlafzimmer zu stürzen und Nathan zu wecken. Doch dann blieb sie mitten im Raum stehen.

Das war doch absolut albern! Wenn Malcolm vorgehabt hätte, sie zu töten, wäre er gewiss über den Balkon gekommen – noch leichter hätte er es gar nicht haben können. Dass er das nicht getan hatte, konnte nur eines bedeuten: Ihm war nicht klar, dass sie ihn belauscht hatte und welche Bedrohung für ihn damit von ihr ausging. Wahrscheinlich war er davon ausgegangen, dass sie ihn von ihrem Standort aus nicht hören konnte, denn wahrgenommen hatte er sie ganz gewiss. Oder gab es auch Vampire mit leichten Sinnesstörungen?

Vielleicht hatte er ja auch in einer Tonlage gesprochen, die nur Vampire wahrnehmen konnten. So ein Blödsinn, dann hätte sie ihn definitiv nicht verstanden! Auf jeden Fall nahm er sie nicht als Gefahr wahr und würde nun garantiert nicht mehr hier auftauchen. Gut für sie, schlecht für ihn, denn sie würde ihre Informationen nicht für sich behalten.

Sam fühlte sich nach dieser kleinen Gedankensortierung ein bisschen besser, konnte es sich aber dennoch nicht verkneifen, erst zur Haustür zu gehen, bevor sie zurück ins Bett zu Nathan kehren konnte. Sie drückte ein Ohr an das glatte, etwas kühle Holz der Tür, schloss die Augen und lauschte. Stille. Friedliche, völlig unverdächtige …

Schmerzen, die ihren Körper heftig durchzuckten! Ein schreiendes Kind. Menschen in weißen Kitteln. Wasser, überall Wasser, das unaufhaltsam stieg.

Sam fuhr keuchend von der Tür weg, fasste sich an Brust und Hals und taumelte ein paar Schritte rückwärts.

Dann erst vernahm sie das Keuchen, die panischen, gedämpften Laute aus dem Schlafzimmer. Nathan! Mit einem Mal war alles, was sie eben erlebt und gedacht hatte, vergessen und sie stürzte los, eilte, so schnell sie ihre Füße trugen, zurück zu ihm.

℃ ℄

Sie waren nicht mehr länger da. Waren schon seit einer ganzen Weile verschwunden, ließen ihm Zeit, sich von den Qualen der letzten Tage zu erholen. Sie hatten darauf verzichtet, ihn festzuschnallen, glaubten nicht daran, dass er so schnell wieder auf die Beine kam. Wie sie sich irrten. Er richtete sich langsam auf, musste sich auf jede kleine Bewegung konzentrieren, musste jedem einzelnen Muskel seines Körpers sagen, was er zu tun hatte, doch es gelang ihm. Er konnte sich bewegen, besaß noch genug Kraft.

Der Raum drehte sich, als er für einen Moment innehielt und versuchte tief und ruhig zu atmen. Sein Blick fiel auf seine Beine. Einer seiner Füße war noch grün und blau angelaufen und etwas geschwollen, doch er konnte auch ihn bewegen, was wohl hieß, dass die Knochen und Sehnen so gut verheilt waren, dass er eventuell auch laufen konnte, zumal sein anderes Bein ja völlig intakt war. Seine müden Augen wanderten über die tiefen, schon gut verheilten Wunden an seinem Unter- und Oberarm und er hob schließlich seine Schulter. Etwas knirschte hörbar, aber auch dort hatte die Bewegungseinschränkung nachgelassen. Schmerzen spürte er keine. Die Dosis Morphium, die Frank ihm eingeflößt hatte, konnte glatt einen Elefanten schlafen legen. Doch Nathan war ihm dankbar dafür. Nur dadurch hatte er eine kleine Chance, ihre so sorgfältig geplante Flucht in die Tat umzusetzen.

Nathan rutschte auf seiner Liege nach vorn und ließ sich vorsichtig auf die Füße gleiten. Er musste sich noch ein paar Sekunden festhalten, dann hatten sich seine Beine darauf eingestellt, sein Körpergewicht allein zu tragen, und er wagte den ersten zögerlichen Schritt. Der Schmerz kam überraschend und nur deswegen zuckte Nathan zusammen, denn besonders stark war er eigentlich nicht. Dass er ihn überhaupt spürte, war ein Alarmzeichen. Er kam von seiner Hüfte, eindeutig. Hüftknochen heilten anscheinend weniger schnell – so ein Pech, dass keiner der Ärzte da war, um das aufzuschreiben.

Jetzt zog es auch ein wenig im Fuß, als Nathan auf die Tür zuwankte. Er biss die Zähne zusammen. Wenn er hier raus wollte, musste er schneller und sicherer werden, ganz gleich wie stark die Schmerzen wurden.

An der Tür blieb er stehen, nahm einen tiefen Atemzug und schloss die Augen. ‚Du schaffst das … du schaffst das … Denk an sie. Du willst sie wiedersehen, wenigstens einmal, ein letztes Mal.'

Er drückte vorsichtig gegen die Tür und hielt ungläubig inne, als diese tatsächlich nachgab. Frank hatte es wahrhaftig geschafft! Nun gab es kein Zurück mehr. Erneut presste Nathan seine Zähne ganz fest aufeinander und … war auf einmal in einem der Untersuchungsräume. Auf einem Tisch lag ein anderer Vampir, sich in Krämpfen windend. Über ihn beugten sich ein paar Doktoren, die ihn fasziniert beobachteten und sich Notizen machten. Sie bemerkten Nathan nicht, der sich entsetzt mit dem Rücken an der Wand entlang schob und mehr in die nächste Tür fiel, als sie öffnete.

Dahinter lag ein langer gefliester Korridor mit vielen verschlossenen Türen. Das Licht an der Decke flackerte unheimlich, als er sich mit wild klopfendem Herzen vorwärts bewegte, sich immer wieder an einer der Wände abstützend, weil die Schmerzen immer stärker wurden und seine Muskeln schwächer.

,Nicht aufgeben – nur nicht aufgeben!'

Ihr Gesicht, ihre großen blauen Augen, die ihn so liebevoll ansahen, das sanfte Lächeln … Ihre Hände, die sich nach ihm ausstreckten, ihn berührten, sanft vorwärts zogen, in Richtung Freiheit.

Ein lautes Rumsen neben sich ließ ihn heftig zusammenzucken. Durch das gläserne Fenster in einer der Türen konnte er einen kleinen Jungen sehen, der nun verzweifelt gegen die Tür schlug. Gott! Ein Kind! Sie hatten ein Kind eingesperrt!

Nathan packte den Griff der Tür und zog daran, mit aller Kraft, die er noch besaß. Er konnte das Kind nicht hier lassen, konnte es nicht diesem schrecklichen Schicksal überlassen! Doch die Tür ging nicht auf, bewegte sich nicht einmal. Nathan schlug gegen das Glas. Einmal, zweimal, aber es brach nicht, blieb wie es war und zeigte nur weiterhin das verzweifelte Gesicht des Jungen, der nun laut schrie und seinerseits wieder gegen das Fenster schlug. Es waren Worte, die aus seinem Mund kamen, begriff Nathan nach einer Weile, nicht nur Schreie. Er rief ihm etwas zu, rüttelte an der Tür und wies hinter ihn.

Nathan wandte sich um und erstarrte. Da war kein Flur mehr. Er war wieder in seiner engen, kleinen Zelle, ohne Fenster und hinter ihm standen in Reih und Glied vier Männer in Weiß, mit blassen ausdruckslosen Gesichtern, wie Gespenster aus einem Gruselfilm. Nathan wich zurück an die Tür, doch sie rührten sich nicht, starrten ihn nur unverwandt an, mit ihren toten, emotionslosen Augen. Und erst jetzt bemerkte Nathan, dass er knietief im Wasser stand. Wasser, das aus einem riesigen Rohr in die Zelle geleitet wurde.

Er drehte sich um und begann erneut an der Tür zu rütteln, nun ebenso panisch wie der Junge auf der anderen Seite – auf der Seite, die auf einmal in die Freiheit führte. Nathan konnte Wiesen und Bäume erkennen, am Horizont eine Bergkette und die Sonne, mit ihren hellen Strahlen, die nach ihm rief. Aber er konnte nicht zu ihr, konnte nicht hinaus, konnte nicht nach der Hand des Jungen greifen, die dieser so fest gegen die Fensterscheibe drückte, als glaubte er, er könne sie damit endlich zum Zerspringen bringen. Die grünen Augen des Jungen hatten sich mit Tränen gefüllt und Nathan wusste, dass er laut schluchzte, ohne ihn hören zu müssen. Warum lief er nicht los und holte Hilfe? Warum war er so bewegungsunfähig? Warum konnte er nicht loslassen und gehen?

Nathan holte panisch Luft, als das Wasser über sein Gesicht schwappte, über Mund und Nase stieg. Er wollte schwimmen, an die Oberfläche gelangen, aber seine Beine waren schwer wie Blei, hielten ihn unten. Der Druck auf seine Lunge wurde unerträglich, genauso wie die Schmerzen, die schrecklichen Schmerzen. Er wollte das nicht mehr … konnte nicht mehr … Das Wasser drang in seine Nase, in seinen Mund, als er erneut Luft holte, und dann ließ er los, verließ seinen sterbenden Körper, ließ einfach alles hinter sich, löste sich auf … in nichts … nichts … Dabei wollte er doch leben, musste leben! Ein erstickter Schrei quälte sich aus seiner Kehle.

Nathan fuhr panisch hoch, rang nach Atem, sich gleichzeitig gehetzt umsehend, doch alles um ihn herum war fremd und verschwommen, vermischte sich mit den schrecklichen Bildern seines Traums. Sein ganzer Körper bebte und zitterte unkontrolliert und sein Verstand war nicht fähig, einen klaren Gedanken zu fassen. Er war völlig orientierungslos, hörte immer noch das Gurgeln des Wassers und seinen eigenen Schrei in seinem Kopf nachhallen, dessen Echo vom rasenden Hämmern seines Herzens begleitet wurde. Und die Bilder ... die Bilder wollten nicht verschwinden, wie stark er auch seine Hände an die Schläfen drückte, seinen Körper vor und zurückwiegte. Sie wollten nicht gehen, wollten nicht gehen. Stattdessen hatte er immer noch das Gefühl, aus seinem schmerzenden Körper verdrängt zu werden, sich aufzulösen, zu verschwinden. Alles war so taub, dumpf, weit weg. Auch die Stimme, die seinen Namen rief, versuchte zu ihm durchzudringen, ihn zu beruhigen.

Da waren Hände, die nach ihm griffen. Er zuckte zusammen, erkannte in der Dunkelheit schemenhaft das besorgte, sanfte Gesicht vor sich, umrahmt von hellen Locken; fühlte ihre warmen Finger auf seiner Haut, ihre Arme, die sich um seinen Nacken schoben, ihren zarten Körper, der sich beruhigend an den seinen drängte. Warm ... weich ... Ja, *sie* konnte er fühlen. Seine eigenen zitternden Arme schlangen sich wie von selbst um ihre Taille, zogen sie rittlings auf seinen Schoß, pressten sie fest an sich. Das tat gut ... tat so gut ... Er war noch da, konnte wenigstens ihre Nähe, konnte *sie* fühlen und begann sich durch den Kontakt mit ihrem Körper wieder selbst zu spüren.

„Ich bin da, Nathan", flüsterte sie in sein Ohr, hielt sein Gesicht in ihren Händen, küsste seine Wange, seine Lippen, sein Kinn, begann ihn damit auch innerlich zu berühren.

„Es ist alles gut. Du bist bei mir, in Sicherheit. Das war nur ein Traum."

Ihre Hände streichelten über sein Haar und er barg sein Gesicht an ihrem Hals, sog den Duft ihrer Haut tief in seine Nase. Ja, sie war da. Er war nicht allein, war noch am Leben, konnte durch sie zurückkehren. Er brauchte nur noch mehr. Mehr von ihr, mehr von ihrem Körper, ihrer Haut ... weich und warm unter seinen tastenden Fingern, die sich unter ihr Shirt schoben ... musste sie fühlen ... schmecken ... Seine eigenen Lippen pressten sich auf ihren Hals, seine Zunge folgte ihnen, glitt über ihre warme, zarte Haut.

Ihr Geschmack war so intensiv, dass er langsam begann die Taubheit in seinem Inneren zu verdrängen. Sie roch und schmeckte nach Sex, nach ihm selbst und so sehr nach seiner Sam, dass er gar nicht genug davon bekommen konnte. Die Gefühle kamen zurück, das Prickeln seiner Haut, das heiße Brennen in seinem Unterleib, das Ziehen und Pochen, das dafür sorgte, dass sich seine Männlichkeit rasch aufrichtete, sich hart und heiß gegen ihr warmes, so verlockend weiches Zentrum drückte. Er wollte dichter, näher heran an das warme Leben in ihr. Seine Finger krallten sich in den Stoff ihres Shirts, zerrten es von diesem wunderschönen, sinnlich weiblichen Körper, glitten dann ihren Rücken hinauf, um sie mit beiden Armen fest an sich zu pressen.

Sam streichelte ihn noch immer, küsste immer wieder sein Gesicht und seinen Hals, doch sie hatte aufgehört zu sprechen, atmete schneller, stockender. Sie war erregt, das konnte er nun auch fühlen, spürte, wie ihre steif gewordenen Brustwarzen über seine erhitzten Haut rieben. Seine Arme griffen fester um sie herum, drückten sie noch enger an sich. Ihre Brüste fühlten sich so gut an, wie sie sich bei jedem ihrer tiefen Atemzüge an seiner Haut bewegten. Dieser Kontrast von seidiger, üppiger Weichheit und erregter Härte war atemraubend, brachte sein Blut in Wallung und trieb die letzten Reste des Alptraumes aus seinem Verstand. Die Lust holte ihn zurück in die Realität, begann ihn auszufüllen, wieder lebendig zu machen. Sein Bedürfnis, sich mit Sam erneut zu vereinen, wuchs rasant. Sein Mund fand den ihren, seine Zunge schob sich drängend zwischen ihre Lippen, glitt hinein in die verlockende, feuchte Hitze, nur um dort aufreizend gegen die ihre zu stoßen, sie herauszufordern.

Sam gab einen erstickten Laut von sich. Ihre Finger waren längst nicht mehr an seinem Gesicht, gruben sich stattdessen in seinen Rücken und sorgten dafür, dass ihn weitere Schübe der Lust durchzuckten. Seine eigenen Hände wanderten beinahe grob ihren Rücken hinunter, umfassten die verführerischen Rundungen ihres Pos und schoben sie noch fester gegen seinen Schoß, schoben ihre heiße, feuchte Mitte gegen seine Erektion. Sie stöhnte ein weiteres Mal in seinen Mund und er gab sie wieder frei, presste seine Lippen, seine Zunge erneut auf ihren Hals, saugte an ihrem erhitzten Fleisch, während er gleichzeitig versuchte sie anzuheben, um seine nun schon fast schmerzhaft pochende Männlichkeit in ihr zu versenken.

Sam kam ihm entgegen, erhob sich selbst, ließ sich über ihn schieben und sank dann endlich auf ihm nieder, nahm ihn tief in sich auf. Nathan hielt den Atem an, biss die Zähne zusammen und schloss die Augen. Sie war so eng und heiß, so nass und weich, trotz der festen Muskulatur, die sich um ihn schloss, sich zusammenzog und wieder locker ließ … immer wieder, während er ganz automatisch sein Becken bewegte, wollüstig in sie stieß, tief stöhnend und immer wieder die so dringend benötigte Luft keuchend in seine Lunge saugend. Sam klammerte sich fester an ihn, fing an kleine Kreise mit ihren Hüften zu beschreiben und sich dabei ein wenig zu erheben, nur um Sekunden später wieder auf ihn hinunter zu sinken, ihn den Wechsel von Weichheit und Härte in ihrem Inneren so deutlich spüren lassend, dass er glaubte innerlich gleich explodieren zu müssen. Und er wollte es unbedingt, wollte fühlen, wie viel Leben noch in ihm war.

Er packte sie wieder fester, drehte sich mit ihr im Arm, brachte sie unter sich und drang noch tiefer in sie, ließ sie ihn ganz aufnehmen, nur um sich dann wieder zurückzuziehen und sie erneut in Besitz zu nehmen. Ihr zarter Körper bebte unter ihm, zitterte und wand sich in purer Lust, hob sich jedem Stoß sehnsüchtig entgegen. Sie stöhnte und keuchte, rang nach Luft und brachte allein schon dadurch seine Erregung auf einen Level, der nahe an der Grenze des Erträglichen lag. Ihre grober werdenden Berührungen, ihre Finger, die sich in seine Muskulatur gruben, ihn fester an sich pressten, ihre Beine, die sich fest um seine Hüften schlangen, sich über seinen Hintern schoben und ihn dadurch noch tiefer in sich drückten – das alles machte ihn beinahe wahnsinnig, brachte ihn dazu, fester zuzustoßen, schneller zu werden. Er stützte sich mit den Händen neben ihren Schultern ab und drang noch tiefer in sie vor, heftiger, drängender. Zwei, drei fordernde Stöße …

Ihr Höhepunkt kam so rasch nah, dass es ihn selbst überraschte, als sich ihr Innerstes mit einer Heftigkeit um ihn zusammenzog, die ihn schließlich ebenfalls gnadenlos über die Grenze trieb. Das Stöhnen, dass aus seiner Kehle kam, als er sich in sie ergoss, war so tief und heiser, das es kaum noch menschlich klang. Lichtblitze zuckten vor seinen Augen und das feine Summen in seinen Ohren konnte kaum mit dem Hall seines rasenden Herzschlages mithalten. Die Kontraktionen seines Unterleibes brachten eine Schwäche mit sich, die seine Arme zittern und ihn schwer auf die keuchende Frau unter sich sinken ließ. Sie schlang ganz automatisch ihre Arme um seinen verschwitzten Leib, hielt ihn fest, bis sich seine Sinne einigermaßen erholt hatten und er fähig war, wieder einen Teil seines Körpergewichts mit einem Arm zu tragen, wenigstens solange, bis er sich schwerfällig aus ihr zurückgezogen hatte und sich neben ihren erhitzten, nun unglaublich entspannt wirkenden Körper gleiten lassen konnte.

Sie ließ ihn nicht ganz los. Eine Hand blieb in seinem Nacken ruhen und eines ihrer Beine schob sich über die seinen, zeigte ihm damit, wie sehr auch sie noch den körperlichen Kontakt mit ihm brauchte. Ihre Nähe tat so gut, half ihm dabei, das warme Gefühl in seinem Inneren festzuhalten, sein Bedürfnis nach Geborgenheit und Liebe, dem er nur so selten wagte nachzugeben. Er fühlte sich entspannt und müde, konnte jedoch seine Augen nicht wieder schließen, brauchte noch den Kontakt zu den ihren, in die so viel Zärtlichkeit und Liebe geschrieben standen ... musste sich ihr liebliches Gesicht einprägen, jedes Muttermal, jedes bezaubernde Fältchen, jeden Zentimeter dieser zarten Haut ... für den Fall, dass es wieder passierte, dass sie ihn doch noch erwischten, wieder einsperrten. Sie war seine Medizin gewesen, die Hoffnung, an die er sich in den schlimmsten Stunden geklammert, die ihn aufrecht gehalten und überleben hatte lassen.

Er hob eine Hand und strich ihr eine verirrte Haarsträhne aus der Stirn, ließ seine Finger ganz zart über ihre weiche, feuchte Haut gleiten, an ihrer Schläfe entlang, zu ihrer Wange.

„Ich konnte dich sehen", drang es ihm kaum hörbar über die Lippen, ohne dass er etwas dagegen tun konnte. „Ich hatte ... solche Angst, dass ich dieses Bild verliere, dass die Erinnerungen verblassen, aber ... das ist nie passiert. Ich konnte dich immer sehen."

Seine Finger waren nun an ihren Lippen angelangt und er konnte fühlen, dass sie innehielt, beinahe vergaß zu atmen. Da war Überraschung in ihren Augen, aber vor allem Erleichterung, Freude und großes Mitgefühl.

„Frank hat mir geraten, mich an die schönen Dinge in meinem Leben zu erinnern, an etwas, das mir Halt und Kraft gibt", flüsterte er weiter und verstand selbst nicht, warum er das tat. „Das warst du. Und die Hoffnung, dich wenigstens noch einmal wiederzusehen. Nur ein letztes Mal dein Gesicht zu sehen, deine Stimme zu hören."

Sie wagte es, wieder zu atmen, etwas schwerer als zuvor, und ihre Finger bewegten sich, streichelten sanft seinen Nacken, während sie ihm weiterhin tief in die Augen sah, ihm einfach nur zuhörte und da war.

„Und jetzt bist du da", brachte er leise hervor und ein kleines Lächeln stahl sich auf seine Lippen. „Und ich will nur noch, dass dieses ‚letzte Mal' bis in alle Ewigkeit anhält."

„Das wird es", versprach sie ihm leise, rückte noch ein Stück an ihn heran und küsste ihn sanft. „Das wird es ganz bestimmt."

Er wollte ihr so gern glauben. Doch die Angst tief in seinem Inneren, die Befürchtungen und Sorgen waren so groß und stark, dass er es nicht wirklich wagte. Da waren so viele Gefahren, die bedrohlich über ihnen schwebten, vieles, das ihm im Bruchteil einer Sekunde alles nehmen konnte, was sein Leben augenblicklich lebenswert machte.

„Sei vorsichtig mit dem, was du sagst", stieß er dennoch leise mit einem kaum hörbaren Lachen aus. „Ich nehme dich noch beim Wort."

Sie lächelte, auf diese sanfte, zärtliche Art, die ihm jedes Mal einen Schauer der angenehmsten Art den Rücken hinunter sandte.

„Das solltest du auch. Wie ich schon sagte – mich wirst du nicht mehr los", gab sie zurück und sein Lachen war dieses Mal sogar schon etwas lauter.

Nur hielt dieses kleine Glücksgefühl nicht lange an. Erinnerungen an die Vergangenheit brachten manchmal auch Bilder und andere Gedanken zurück, die nicht besonders angenehmer Natur waren. In diesem Fall war es die plötzliche Sehnsucht nach mehr Normalität, nach einer Möglichkeit, wieder in sein altes Leben zurückkehren zu können. Dabei hatte er sich schon oft gesagt, dass das wahrscheinlich nicht mehr möglich, dass er nicht mehr derselbe Mann war, der er einst gewesen war. Die so gut verdrängte Angst vor der ungewissen Zukunft glomm wieder feindselig in einem versteckten Winkel seines Seins auf.

Sam schien das zu spüren, denn ihr Blick wurde intensiver, die Liebkosungen ihrer Finger nachdrücklicher.

„Es wird alles gut werden", flüsterte sie, sanft seine Wange streichelnd. „Ich weiß es. Ganz tief in mir drin, weiß ich das."

Dieses Mal war er es, der sich vorbeugte und sie küsste. Seine Arme glitten um ihren warmen Leib herum und er zog sie wieder dicht an sich, drückte seine Nase in ihr Haar und schloss die Augen.

„Ich liebe dich", nuschelte er etwas undeutlich, doch er wusste, dass sie ihn verstand, begriff, dass nur ihre Nähe es ihm ermöglichte, wahrlich an ihre Worte zu glauben, wenigstens für diesen kleinen Moment. Er hoffte so sehr, dass seine nächsten Träume anderer Natur seien würden, dass sie es vollbrachten, ihn in diese wundervolle, utopische, kleine Welt zu bringen, nach der er sich sehnte. Eine Welt mit Sam und seinen besten Freunden an seiner Seite – ohne seelische und körperliche Schmerzen. Eine Welt, in der wieder alles in Ordnung war und in der sie wie in einem Märchen glücklich bis in alle Ewigkeit miteinander leben konnten.

Morgendliche Unruhe

Schlaf. Jedes Lebewesen brauchte ihn. Die einen mehr, die anderen weniger, jedoch kam niemand ganz ohne ihn aus, diente er doch der Regeneration und Erholung eines Organismus. Wir Vampire waren zwar dazu in der Lage, uns auch während unserer wachen Phasen durch unseren gut gekühlten Ruhezustand zu erholen und neue Kraft zu schöpfen, so ganz ohne Schlaf kamen jedoch auch wir nicht aus. Vor allem, wenn wir über einen längeren Zeitraum unter Anspannung und Stress standen und nicht auf eine gut funktionierende Klimaanlage im Zimmer zurückgreifen konnten. Anders als in Mexiko verfügte ich zwar gegenwärtig über ein solches Gerät, konnte mich aber dennoch nicht meinem mittlerweile wieder deutlich erhöhten Bedürfnis nach Ruhe hingeben. Etwas hatte mich in den frühen Morgenstunden geweckt und meinen Körper derart unter Strom gesetzt, dass ich nicht länger hatte liegen bleiben können und stattdessen meine gekühlte Schlafstätte mit Barry und einem Platz auf der Couch vor dem Fernseher eingetauscht hatte.

Zwei Packungen wundervollen Null-negativs und das monotone Brummen und Zucken der Bilder auf dem Bildschirm vor mir hatten mich noch einmal einnicken lassen. Doch nun, da die Sonne aufgegangen war und durch die geöffnete Balkontür der unüberhörbare Lärm der langsam erwachenden Stadt an meine empfindlichen Ohren drang, war ich gezwungen, meine Lider zu heben und mich innerlich auf den nächsten anstrengenden Tag in meinem zur Zeit unerwünscht komplizierten Leben vorzubereiten.

Es gab drei Dinge, die noch anstanden und sich wahrscheinlich alles andere als einfach gestalten würden: Zusammen mit Gabriel mussten wir unser genaues Vorgehen bezüglich der Befreiung Petersons und der Suche nach Béatrice besprechen, unsere Abreise organisieren und Valerie daran hindern, ihren Dickschädel durchzusetzen und bei Dingen mitzumachen, die sie nichts angingen.

Gut, beim letzten Punkt handelte es sich eher um ein spezielles Problem, das nur mich etwas anging, aber es *war* ein Problem! Das hatte man davon, wenn man sich nicht an die eigenen Prinzipien hielt und einer Versuchung auf zwei langen Beinen und einer äußerst schmackhaften Blutgruppe nicht widerstehen konnte. Kaum hatte man sie in sein Leben gelassen, nistete sie sich ungefragt im Kopf und – wenn es ganz schlimm kam – in der Gefühlswelt ein. Drei wundervolle, wichtige Gesetze und ich hatte sie leichthin verworfen: Bringe Geschäft und privates Vergnügen nicht durcheinander. Lasse die Finger von Blutspenderinnen mit Charme, Verstand und einem eigenen Kopf. Verliebe dich nie in einen Menschen.

Wie immer, wenn ich über diese Dinge nachdachte, bildete sich ein eigenartiger, harter Klumpen in meiner Brust, begann ich mich plötzlich furchtbar unwohl in meiner Haut zu fühlen. Nicht nur, weil ich mich fragte, wie tief meine Gefühle für Valerie mittlerweile gingen, sondern auch, weil eine kleine Stimme in meinem Inneren mich einen Verräter und Lügner nannte und meine Erinnerungen zu der einzigen

Frau in meinem langen Leben zurücktrieben, die ich mehr als mein eigenes Leben geliebt hatte.

Auch zwischen mir und Anna war keine Liebe auf den ersten Blick gewesen. Sie hatte sich so wie Valerie Schritt für Schritt in mein Herz geschlichen und es dann so fest in ihren Händen gehalten, dass es für mich kein Entrinnen mehr gegeben hatte. Ich hatte das auch nicht mehr gewollt, denn nie war ich mir vollständiger vorgekommen, nie war ich glücklicher gewesen, als mit ihr an meiner Seite. Nach ihrem Tod hatte ich mir geschworen, dass sie für immer meine einzige wahre Liebe bleiben, dass ich nie wieder jemanden derart dicht an mein Inneres heranlassen würde und die meiste Zeit hatte ich mich an diesen eisernen Vorsatz gehalten.

Einen einzigen Verstoß hatte es *vor* Valerie gegeben. Einen Verstoß, von dem nur Nathan wusste und an den ich jetzt besser nicht denken sollte. Ich schloss kurz die Augen und versuchte tief und ruhig durchzuatmen. Wie immer wühlten mich meine Rückblenden viel zu sehr auf. Ich musste sie so schnell wie möglich wieder verdrängen, vor den anderen und mir selbst verstecken, so wie ich es die meiste Zeit über tat. Nur war das nicht so leicht mit dem Wissen, dass Valerie angekündigt hatte heute hier zu erscheinen. Es war beängstigend, wie sehr sie mein Innenleben mit einem läppischen Anruf aufwühlen konnte.

Ich brauchte Ablenkung und zwar dringend, etwas, um das ich mich kümmern musste, das meine ganze Aufmerksamkeit in Anspruch nahm ... Nathan konnte das doch so wundervoll – ganz gleich, ob er gut oder schlecht gelaunt war.

Ich warf einen Blick auf die Uhr an der Wand und stellte fest, dass es schon gar nicht mehr so früh war. Sechs Uhr dreißig – da konnte man doch eigentlich schon aufstehen und wenn ich mich vorher noch duschte und umzog, war es gewiss schon halb acht, wenn ich meinen lieben Freund aus dem Schlaf oder vielleicht sogar schon wieder von Sam herunter scheuchte.

Ein kleines fieses Grinsen schlich sich auf meine Lippen, als ich mich erhob und hinüber zum Badezimmer schlenderte. Nathan hatte ja nun auch wirklich schon genügend Zeit gehabt, sich und Sam einen gewiss länger andauernden Muskelkater zu bescheren und wenn nicht – sein Pech. Dann musste er halt aus seinen Fehlern lernen. Und vielleicht konnte ich ja sogar noch einen Blick auf eine halbnackte, peinlich berührte Sam werfen, die quietschend ins Bad rannte.

Meine heimtückischen Überlegungen verliehen mir Flügel und regten mich sogar zu einer leichten Nachlässigkeit bezüglich meiner Kleiderwahl und des Haarstylings an. Ich war innerhalb einer rekordverdächtigen halben Stunde mit allem fertig und gerade dabei mit einem Kennerblick den Abstand zwischen unseren Balkonen und den nötigen Kraftaufwand zur Überwindung desselben zu bemessen, als es an der Tür zu meinem Appartement klopfte. Ich runzelte irritiert die Stirn. Wenn das Nathan und Sam waren, wollten sie mir wohl heute meinen Tag verderben. Doch als ich wieder hinein ins Appartement ging, stieg mir bereits ein anderer, sehr vertrauter und zudem unglaublich angenehmer Geruch entgegen. Es war peinlich, aber mein Herz schlug doch gleich ein paar Takte schneller – immer noch viel zu ruhig für einen Menschen, aber zu schnell für einen Vampir, dessen Energiehaushalt eigentlich immer noch auf Sparflamme lief.

Gerade aus diesem Grund setzte ich einen besonders coolen Gesichtsausdruck und ein nur halbseitiges Lächeln im Nathan-Stil auf, drückte die goldverzierte Klinke hinunter und öffnete die Tür. Meine Vampirsinne hatten mich nicht getäuscht. Ich blickte in das zarte, schöne Gesicht Valeries, die mich mit erhobenen Brauen strafend ansah, aber dennoch nicht verhehlen konnte, wie sehr sie sich freute, mich zu sehen. Ihre Augen leuchteten und in ihrem Mundwinkel zuckte ein winziges Lächeln. Meine Coolness rann mir unter den Fingern hinweg, während mein Blick aus einem Automatismus heraus über ihren Körper wanderte; über ihren weichen Hals mit der verführerisch pochenden Schlagader unter der hellen Haut, hinab in den tiefen Ausschnitt ihrer eng anliegenden Bluse; über ihre Brüste, die sich deutlich durch den Stoff zeichneten, die schmalen Hüften, die langen, schlanken Beine, die durch den knapp über den Knien endenden, eleganten Rock noch betont wurden.

„Und ich dachte, ihr Armen müsstet in einer billigen Absteige hausen", brachte sie in einem rügenden Ton heraus und zwang mich dazu, ihr wieder in die Augen zu blicken. „*Das* wolltest du mir also vorenthalten."

Sie wartete gar nicht erst darauf, dass ich sie hereinbat, sondern schob sich an mir vorbei, mich nicht nur mit diesem kurzen Körperkontakt, sondern auch noch mit ihrem betörenden Duft folternd. Der Mangel an frischem Blut und Sex machte sich sofort bemerkbar, zumal *mein* Blut auch noch erstaunlich schnell in die südlicheren Regionen meines Körpers abwanderte. Ich schloss abwesend die Tür und folgte ihr dann wie hypnotisiert in den Wohnzimmerbereich, die Augen auf ihre sich sanft wiegenden Hüften geheftet. Ihr ganzer Körper lockte mich mit den Vergnügungen, die er mir schon so oft bereitet hatte, und meinen mit einem Mal sehr klaren Erinnerungen daran.

‚Wütend sein, wütend sein!', hämmerte eine kleine Stimme in meinem Schädel. ‚Sie darf gar nicht hier sein. Hat sich nicht an die Absprachen gehalten.'

Aber die Wut wollte nicht so richtig aufflammen, ließ sich von all den anderen turbulenten Gefühlen in meinem Inneren dominieren – ganz vorne dabei meine stetig wachsende Sehnsucht nach ihrem süßen Lebenssaft.

Valerie warf die große Tasche, die sie bei sich trug, auf die Couch und wandte sich wieder zu mir um.

„Wie ich sehe, hast du schon gefrühstückt", lächelte sie kokett und wies mit einem Nicken auf die geleerten Blutbeutel, die immer noch auf dem Couchtisch lagen.

„Oh, das ist noch von gestern", gab ich viel zu schnell zurück und blieb nur eine Hand breit von ihr entfernt stehen. Die Wärme, die sie ausstrahlte, war betörend. Genauso wie ihr schneller werdender Puls und das Heben und Senken ihres Busens, der nun schon wieder meinen Blick gefangen hielt. Wie konnte sie es nur wagen, eine solch unverschämt tief ausgeschnittene Bluse zu tragen?

Ich fühlte ihren Zeigefinger unter meinem Kinn und ließ es zu, dass sie meinen Kopf wieder etwas anhob.

„Wirst du etwa schlampig, mein Lieber?", neckte sie mich.

Ich hatte heute keine Muße, darauf einzugehen. Stattdessen schlossen sich meine Finger um ihre schmale Hand, die zu meiner Wange gewandert war und zogen sie vor meine Lippen. Ich fühlte, wie sie den Atem anhielt, als sich mein Mund auf ihre Handinnenfläche drückte und dann langsam hinüber zu ihrem Handgelenk wanderte. Ich wusste genau, wie sehr ich sie damit erregte, und ließ nun auch noch meine Zungenspitze über die zarte Haut direkt über ihrem heftig pochenden Puls gleiten.

Valerie atmete hörbar erregt aus und dennoch entzog sie sich meinem Griff, bevor ich überhaupt die Chance hatte, mich zu verwandeln, und quälte mich noch mehr, als sie sich umdrehte und mit ein paar Schritten von mir weg wieder Abstand zwischen uns brachte.

„Wolltest du nicht böse sein?", fragte sie mich sanft über ihre Schulter hinweg und lief an der Couch entlang. Ihre Hand glitt dabei über das helle Leder, als würde sie zärtlich über meine Haut streichen.

Mir wurde heiß und kalt und das sexuelle Begehren begann sich gegen meinen Blutdurst durchzusetzen, ließ die Hitze in meiner Lendenregion stetig anwachsen und meine Hose deutlich enger werden. Ich verachtete mich selbst, doch ich konnte nicht anders. Ich musste ihr wieder folgen, mich ihr erneut nähern. Jedoch besaß das Beißen nicht länger Priorität. Mich sättigen konnte ich mich auch während des Sexes. Allein dieser Gedanke sandte mir einen heftigen Schauer den Rücken hinunter.

Sie warf mir einen weiteren verführerischen Blick über die Schulter zu. „So klang das zumindest am Telefon", setzte sie ihrer Aussage neckisch lächelnd hinzu.

„*Willst* du denn, dass ich böse bin?", fragte ich in einem Ton zurück, der meine eigene Lüsternheit nur allzu deutlich machte und sie blieb stehen, wandte sich mir wieder zu.

„Es gibt nur *eine* Sache, die ich will", gab sie mit rauchiger Stimme zurück und sorgte für eine wundervolle Gänsehaut auf meinen Armen. Wieder gab es nur noch einen geringen Abstand zwischen uns, so gering, dass die Wärme ihres Körpers mich einzuhüllen begann und ich ihren Atem auf meinen Lippen fühlen konnte. Oh ja, auch ich wollte nur eine Sache.

„Bei allen wichtigen Besprechungen und Aktionen dabei zu sein und nicht dauernd ausgeschlossen zu werden."

Ich blinzelte irritiert. Das deckte sich nicht so ganz mit den Vorstellungen und Bildern, die *ich* gerade in meinem Kopf hatte, wenn ich an die *eine* Sache dachte. Ich hob verstimmt den Kopf – ich hatte gar nicht gemerkt, dass ich ihn gesenkt, mich ihren Lippen genähert hatte – und zog die Brauen zusammen.

„Das … das ist nicht dein Krieg, Valerie", brachte ich etwas heiser heraus. Warum konnten Frauen nie einfach nur das tun, für das der liebe Herrgott sie erschaffen hatte? Die Klappe halten und die Männerwelt mit all dem verwöhnen, was sie zu bieten hatten.

„Nun, ich denke, in gewisser Weise ist er das schon", erwiderte sie sanft und schon war ihre Hand an meiner Brust, strich gefährlich aufreizend an der Klopfleiste meines Hemdes entlang und näherte sich rasch einer der wenigen stofffreien Zonen meines Körpers. Sie war nicht nur frech, sondern kämpfte auch noch mit unlauteren Mitteln!

„Immerhin werde auch ich jetzt von der *Garde* gesucht und kann weder meiner Arbeit noch einem geregelten Leben nachgehen."

Ich hielt die Luft an und konnte der Versuchung, sie zu packen und auf die Couch zu werfen, um meiner triebhaften Seite zu geben, wonach es ihr so ungeduldig verlangte, nur mit großer Mühe widerstehen. Ihre Finger waren viel zu warm auf meiner kühlen Haut, die Berührung viel zu intensiv und doch wollte ich sie überall auf meinem langsam in Wallung geratenen Körper fühlen – ganz entgegen den Anweisungen meines entrüsteten Verstandes, der bei ihren

Worten schon ein paar Mal ungläubig nach Luft geschnappt hatte.

„Und das nur, weil ich Kontakt zu dir habe und dir ein paar Mal geholfen habe", setzte sie leise hinzu und ließ ihre Finger hauchzart meinen Hals hinauf wandern. „Ich finde, du bist mir diesen kleinen Gefallen schuldig – ganz davon abgesehen, dass ich mich von dir ohnehin nicht aufhalten, geschweige denn fernhalten lasse."

Ihre Lippen strichen über mein Kinn, bevor sie sanft die meinen berührten. Ich wollte den Kuss sofort inbrünstig erwidern, doch sie wich mir aus, stieß ein kaum hörbares Lachen aus.

„Sind wir uns einig, Jonathan?"

Ich antwortete ihr nicht. Da waren auch keine Worte mehr in meinem Kopf, auf die ich zurückgreifen konnte. Ich packte sie, zog sie fest an mich und drängte meine Lippen hungrig gegen die ihren, holte mir den intimen, tiefen Kuss, den sie mir schuldig war. Wie gut sie schmeckte und wie viel mir ihr weicher, warmer Körper versprach, der sich so aufreizend gegen den meinen drängte und mich völlig vergessen ließ, wo ich mich befand. Meine Hand krallte sich in ihre Bluse und zog sie ungeduldig aus dem Bund ihres Rocks. Ich spürte eine leichte Widerwehr, presste aber meine Lippen dennoch auf ihren Hals, saugte an ihrer Haut, während meine Finger versuchten sich einen Weg unter dem Stoff zu bahnen. Doch in dem Augenblick, als ich auf ihre samtig weiche Haut traf, drückten sich ihre Hände mit aller Kraft gegen meine Brust und zwangen mich dazu, von ihr abzulassen.

„Ich will eine Antwort, Jonathan!", keuchte sie atemlos und der Blick auf meine Lippen verriet, wie schwer es auch ihr fiel, sich zu beherrschen. Wir waren uns in den letzten Monaten viel zu selten so nahe gekommen.

„Wir … können darüber reden", brachte ich schließlich unter großer Mühe zustande. Zu mehr war ich nicht bereit. Sie allerdings auch nicht, denn sie befreite sich nun gänzlich aus meiner Umarmung und machte einen großen Schritt zurück.

„Gut, dann reden wir", sagte sie fest und verkreuzte die Arme vor der Brust.

„Jetzt?!" Ich starrte sie ungläubig an. Mir war aus gutem Grund gerade gar nicht nach Reden. Und das beinahe schmerzhafte Pulsieren zwischen meinen Schenkeln wollte nicht aufhören.

„Ja, jetzt!", erwiderte sie mit einem Hauch Verärgerung in der Stimme. „Ich bin bestimmt nicht hierhergekommen, um mal außer der Reihe deine Bedürfnisse zu befriedigen und dann wieder zu verschwinden!"

Ich presste die Lippen zusammen, bevor die Worte, die sich in meinem verärgerten Verstand bildeten, diese verlassen konnten. Sie würden Valerie verletzten und das wollte ich nicht. Es war mir nicht mehr egal, was sie fühlte, und genau das zeigte mir auch, dass sie mit ihren Worten recht hatte. Unsere Beziehung *hatte* sich gewandelt. Ich sah sie nicht mehr nur als eine Person, die meine körperlichen Bedürfnisse stillen sollte, – auch wenn ich mir das selbst immer so gern vorspielte – sondern als jemanden, der mir wichtig geworden war, dessen Gefühlslage mir nicht länger egal war. Dass sie mir in der schweren Zeit ohne Nathan zur Seite gestanden hatte und auch jetzt immer noch zu mir hielt, ihr eigenes Leben damit in Gefahr bringend, hatte alles geändert.

„Was genau willst du, Valerie?", fragte ich deutlich kühler, als ich es eigentlich gewollt hatte. „Du bist kein Vampir. Du wirst uns bei den Aktionen, die hier anstehen, kaum helfen können. Deswegen wollte ich dich ja zu Alejandro und seiner Familie schicken."

„Ich will aber hier sein, bei dir und den anderen", erwiderte sie sofort. „Und Sam ist auch ein Mensch!"

„Ja, aber Sam hat hier eine Sonderrolle! Nathan braucht sie!"

Ein leicht verletzter Ausdruck zeigte sich in ihren Augen. „Heißt das, du brauchst mich nicht?"

Ich schloss kurz die Augen und nahm einen tiefen Atemzug. Als ich sie wieder ansah, hatte sich der traurige Ausdruck auf ihrem Gesicht noch verstärkt und ich spürte ein kleines unangenehmes Stechen in meiner Brustgegend.

„Du hast doch selbst gesehen, wie sehr Nathan noch mit sich selbst zu kämpfen hat", versuchte ich ihrer Frage auszuweichen. „Seine Nerven sind nicht die besten und er braucht eine Person in seiner Nähe, die sich um seine emotionale Seite kümmert."

„Und die brauchst du nicht?" Ihre Frage überraschte mich nicht sonderlich. Eigentlich hatte ich sie sogar erwartet. Dennoch sagte ich nichts, sondern sah die junge Frau vor mir nur ernst an.

Sie senkte den Blick und schüttelte den Kopf. Ihre Lippen verzogen sich zu einem kleinen, spöttischen Lächeln.

„Natürlich. Jonathan Haynes braucht niemanden. Er kann alles allein tragen."

„Es geht hier um deine Sicherheit, Valerie!", kam es mir nun doch ein wenig erbost über die Lippen und der letzte Rest meines Erregungszustandes verflüchtigte sich innerhalb weniger Sekunden. „Ich habe dich bisher nie völlig ausgeschlossen und das werde ich auch in Zukunft nicht tun! Du kannst dich gern an den Aktionen beteiligen, die ich als ungefährlich für einen Menschen einstufe – aber wenn ich sage, du sollst für eine Weile zu Alejandro gehen, dann verlange ich auch, dass du das tust! Ohne Widerworte und solche Aktionen wie heute! Sonst werde ich dafür sorgen, dass dich jemand an einen sicheren Ort bringt und dort einsperrt, bis alles vorüber ist!"

Der verletzte Zug um ihre Augen und Lippen herum war verschwunden und hatte einer empörten Fassungslosigkeit Platz gemacht.

„Ich weiß nicht, was mich mehr ärgert: Die Möglichkeit, dass du tatsächlich zu einer so überzogenen Handlung fähig wärst oder die Tatsache, dass du wahrscheinlich mit mir geschlafen und mein Blut genossen hättest, um mich dann nachher wegzuschicken wie einen deiner anderen Blutspender."

Ich verkreuzte nun ebenfalls die Arme vor der Brust und versuchte mir nicht anmerken zu lassen, wie gut sie mich durchschaut hatte. Nur leider fehlten mir ausnahmsweise die Worte, um etwas Geistreiches zu erwidern.

Valerie versuchte sich zu sammeln, wieder ruhiger und gefasster zu werden.

„Eigentlich wollte ich dir diese Frage noch nicht stellen. Ich dachte, ich hätte es nicht nötig und dass es reichen würde, unsere Beziehung neu zu definieren, wenn erst einmal all dieser Stress vorbei ist. Aber irgendwie …"

Sie schloss kurz die Augen, schüttelte den Kopf und sah mich dann wieder an. Oh, bitte nicht *diese* Frage!

„Was genau bin ich für dich, Jonathan? In welche Kategorie steckst du mich, wenn du über mich nachdenkst? Gute Freundin, mit der du ab und an Sex hast und deren

Blut du trinkst? Besondere Blutspenderin? Geliebte? Denkst du *überhaupt* über mich, über uns nach?"

„Valerie, das ist nicht …"

„… der richtige Zeitpunkt, um über unserer Beziehung zu reden?", unterbrach sie mich mit einem sarkastischen Unterton in ihrer Stimme. „Ja, ja …" Sie stieß ein Geräusch aus, das kaum mehr als Lachen durchgehen konnte. „Wann dann?"

Eine weitere Frage, auf die ich keine Antwort wusste. Allmählich geriet ich ins Schwitzen, nicht nur durch ihre Fragen, sondern viel eher durch die temperamentvollere Seite meiner selbst, die langsam aber sicher anfing, vor Wut zu schäumen und drauf und dran war, die zarte Frau vor mir zu packen und achtkantig aus dem Apartment zu schmeißen. Wie konnte sie es wagen, so mit mir zu reden, mich in einer Situation wie dieser derart unter Druck zu setzen?! Das Schicksal meinte es heute jedoch wohl gut mit mir, denn genau in dieser Sekunde spürte ich ein vertrautes Kribbeln in meinem Körper und nur wenig später klopfte es an der Tür. Gott hatte mir einen seiner Engel geschickt, um mir aus der Klemme zu helfen. Es war schön, dass er auch mal an Atheisten wie mich dachte.

Ich wandte mich wortlos um und ließ Valerie stehen, eilte fliegenden Schrittes zur Tür und öffnete sie, mit der leisen Hoffnung, dass sie über dieses Verhalten vielleicht sogar so sauer sein würde, dass sie von allein wieder verschwand. Zwei helle, amüsiert funkelnde Augen sahen mich an und brachten mich dazu, trotz des Stresses, dem ich ausgesetzt war, zu lächeln. So dunkel und bedrohlich Gabriel in der Versammlung gewirkt hatte, so freundlich und zurückgenommen wirkte er jetzt, trotz der Aura von

Kraft und Macht, die ihn ständig umgab. Und wie immer fühlte ich mich in seiner Gegenwart etwas verunsichert.

„Ich weiß, wir sind ein wenig früh …"

Erst Gabriels Worte ließen mich wahrnehmen, dass er nicht allein war, sondern August schräg hinter ihm stand und es nicht wagte, mich anzusehen.

„… aber es gibt ein paar sehr wichtige Angelegenheiten, die wir dringend klären sollten, bevor zu viele andere Vampire anwesend sind, mit denen ich darüber eigentlich nicht reden will."

Ich nickte stumm und trat zur Seite, um die beiden einzulassen, jedoch nicht ohne August einen missbilligenden Blick zuzuwerfen, als er an mir vorüberging, immer noch jeglichen direkten Blickkontakt mit mir vermeidend.

Valerie hatte sich zu meinem Missfallen auf einem der Sessel niedergelassen und machte nicht den Eindruck, als wolle sie uns allein lassen.

„Welch angenehme Überraschung!", musste Gabriel sie auch noch mit einem charmanten Lächeln begrüßen und sie erhob sich sofort, um ihm die Hand zu reichen. Verärgerung wallte in mir auf, als der Lunier in altertümlicher Manier ihre Hand zu seinen Lippen führte und sie dies auch noch mit einem albernen Lachen und leicht errötenden Wangen quittierte. Na wundervoll, jetzt begann ich schon eifersüchtig zu werden! Wo sollte das nur hinführen?!

„Wie lange werden Sie uns dieses Mal mit Ihrer Gesellschaft beehren?", erkundigte sich der alte Vampir bei ihr mit einem Blick, der schon fast etwas Anzügliches hatte, und ließ ihre Hand viel zu langsam aus der seinen gleiten. Meine innerliche Empörung darüber ließ mich auf meinem Weg zu ihnen hinüber beinahe über den Rand eines der Teppiche stolpern.

Valeries Blick wanderte deutlich provokant zu mir herüber. „Nun, solange, wie ich hier gebraucht werde", erwiderte sie.

„Seien Sie mit Ihrer Wortwahl lieber vorsichtig", gab Gabriel lächelnd zurück, „sonst müssen Sie hier länger bleiben, als Ihnen beliebt."

„Das hoffe ich doch!", erwiderte sie sanft und ließ sich wieder auf dem Sessel nieder, während Gabriel sich zu mir umwandte.

Er nahm einen tiefen Atemzug, nun wieder einen ganz geschäftsmäßigen, ernsten Eindruck machend.

„Wir sollten nicht noch mehr Zeit verlieren. Einige Anliegen bedürfen der Eile."

Er nickte August zu, der sofort die Tasche, die er bei sich trug, auf den Couchtisch stellte und eine Ampulle mit einer rötlich-braunen Flüssigkeit herausholte. Die Substanz, die sie Jason abgenommen hatten. Ich trat sofort dichter an August heran, für diesen Augenblick vergessend, dass ich den Kontakt zu ihm eigentlich meiden wollte.

„Wir haben das untersucht und es ist nicht derselbe Wirkstoff, den sie zuvor benutzt haben", erklärte der Arzt.

„Er funktioniert nicht so gut wie die anderen", setzte Gabriel hinzu. „Um genau zu sein: ein normaler Vampir kann sich damit nicht zurück in einen Menschen verwandeln – auch nicht für einen kurzen Zeitraum."

Ich sah ihn überrascht an. Nicht nur weil ich mich fragte, an wem sie das Mittel getestet hatten, sondern auch weil es neue Fragen in Bezug auf Caitlins Handel mit der *Garde* aufwarf.

„Bedeutet das, Caitlin wollte die *Garde* reinlegen?", fragte ich zweifelnd.

Gabriel zuckte die Schultern.

„Vielleicht. Vielleicht ist ihr aber auch nur das Originalmittel ausgegangen und sie hat eine verwässerte Mischung benutzt. Aber auch in diesem Fall stellt sich die Frage: Hat sie das aus Verzweiflung getan oder wollte sie die *Garde* bewusst hinters Licht führen?"

„Verzweiflung?", wiederholte ich. „Das würde ja bedeuten, dass die *Garde* auf eine Weise Druck auf sie ausübt."

„So wie auch Jason das behauptet hat", ergänzte Gabriel.

„Aber womit?"

„Das sollten wir dringend herausfinden."

Gabriel irritierte mich mit einem nachdenklichen Blick in Richtung Tür, fuhr dann aber fort: „Doch auch wenn sie nicht erpresst wird und sich bewusst mit der *Garde* anlegt, wäre es für uns wichtig, das und die Gründe dafür in Erfahrung zu bringen."

Ein mir vertrauter, jedoch sehr unangenehmer Geruch stieg mir in die Nase, kurz bevor es erneut an der Tür klopfte. Gabriel bewegte sich sofort dorthin, um einen meiner ärgsten Feinde hereinzulassen. Alles in mir verspannte sich, als Malcolms große, dunkle Gestalt im Türrahmen erschien, mir und den anderen zur Begrüßung ein solch arrogantes Lächeln schenkend, dass ich ihn am liebsten sofort gepackt und im hohen Bogen vom Balkon geworfen hätte. Gabriel machte jedoch den Eindruck, als hätte er selbst ihn hierher bestellt, denn er wandte sich sofort mit einem Auftrag an ihn, aus der Innentasche seines Mantels einen weiteren Behälter mit dem ‚gefälschten' Heilmittel herausholend.

„Ich möchte, dass das in die Hände der *Garde* gelangt", sagte er nachdrücklich.

Ich hob überrascht die Brauen. Mit so etwas hatte ich nun gar nicht gerechnet, zumal mir auch der Sinn dieses Auftrags nicht klar werden wollte.

„Bekommst du das hin?"

Malcolm sah mit dieser Anweisung nicht sehr glücklich aus. Seine Wangenmuskeln zuckten sichtbar, doch dann nickte er verhalten und nahm Gabriel das Gefäß ab.

„Und ich brauche Caitlin", setzte der alte Vampir hinzu. „So schnell und so lebendig wie möglich."

Wieder ein Nicken und Gabriel sah sogleich ein ganzes Stück zufriedener aus, während sich in meinem Kopf eine neue Frage nach der anderen bildete. Die beiden tauschten einen Blick aus, den ich nicht ganz definieren konnte, dann wandte sich Malcolm ohne ein Wort des Abschiedes um und verschwand so rasch, wie er erschienen war.

Der Vampirälteste kam nicht sofort zu uns zurück, sondern blieb zu meiner weiteren Verwunderung an der Tür stehen, lehnte sich sogar noch ein Stück hinaus und ließ ein freundliches „Guten Morgen!" ertönen.

Ich kam aus dem Stirnrunzeln wohl heute gar nicht mehr heraus und entschloss mich dazu, meiner Unwissenheit ein Ende zu setzen, indem ich mich ebenfalls hinüber zur Tür bewegte.

Es war Sam, die beim nächsten Lidschlag im Türrahmen erschien. Eine sichtlich aufgewühlte, vom Schlaf noch recht zerknautschte Sam, deren Haare ein wenig abstanden.

„Ist … ist Nathan bei euch?", stammelte sie und warf einen Blick an Gabriel und mir vorbei hinein in unser Appartement, wohl in der Hoffnung, Nathan vielleicht dort zu entdecken. Ihre Besorgnis übertrug sich sofort auf mich.

„Wieso? Ist er nicht mehr bei dir?", fragte ich alarmiert zurück.

Sie schüttelte den Kopf und biss sich vor Anspannung auf die Unterlippe. „Ich bin aufgewacht und er war weg!"

Sie sah aus, als würde sie gleich in Tränen ausbrechen, und Gabriel legte ihr beruhigend eine Hand auf die Schulter.

„Ganz ruhig", sagte er. „Ihm ist bestimmt nichts passiert. Wahrscheinlich braucht er nur mal etwas Zeit für sich. Oder er holt euch Frühstück."

Sam sah hinüber zu den Fahrstühlen und strich sich fahrig ihr Haar aus dem Gesicht.

„Ich … ich gehe ihn lieber suchen", stammelte sie und wollte sich schon umdrehen, um ihre Einfall in die Tat umzusetzen, doch Gabriel packte ihren Oberarm und hielt sie fest.

„Das tust du nicht", sagte er sanft, jedoch mit einer Bestimmtheit, die kaum Raum für Widerspruch bot.

Sam öffnete den Mund, klappte ihn jedoch sofort wieder zu, als Gabriel mahnend den Finger hob und den Kopf schüttelte. Ob er das vielleicht auch einmal bei meiner nächsten Diskussion mit Valerie machen konnte?

„Glaube mir, Nathan wird jede Sekunde hier wieder auftauchen", setzte der alte Vampir noch hinzu und konnte sich ein kleines Schmunzeln nicht verkneifen.

Wie auf ein geheimes Zeichen hin, machte es plötzlich „Ping" und der Fahrstuhl hinter Sam öffnete sich. Ich atmete erleichtert aus, als tatsächlich unser mit einer gut gefüllten Papiertüte bepacktes Sorgenkind zusammen mit Javier aus der Tür trat, fröhlich plappernd und sich nicht im Entferntesten bewusst, welch einen Schrecken er seiner Sam mit seinem plötzlichen Verschwinden eingejagt hatte. Ihre Brust weitete sich unter dem tiefen Atemzug, den sie nahm, und sie schloss sogar kurz die Augen, sodass Nathan nicht dazu kam, das Lächeln auszuführen, zu dem er angesetzt hatte. Stattdessen runzelte er irritiert die Stirn, während sein Blick über unsere Gesichter huschte. Mit so einem Aufgebot am frühen Morgen hatte er wohl nicht gerechnet.

„Du … du kannst doch nicht einfach so verschwinden", stieß Sam mit zitternder Stimme aus und nahm noch einen weiteren tiefen Atemzug, um sich wieder zu beruhigen.

Er machte einen Schritt auf sie zu.

„Ich wollte dich nicht wecken. Es ist doch noch so früh", erklärte er, immer noch nicht so ganz verstehend, worum es ihr ging. „Hast du dir etwa Sorgen gemacht?"

Was für ein Blitzmerker!

Sie wich seinem Blick aus und sah stattdessen zu Boden, als würde sie sich für ihr eigenes Verhalten schämen. Nathans Gesichtsausdruck wurde ganz weich und reuig und anstatt sich weiterhin verbal mit ihr auseinanderzusetzen, überwand er den Abstand zwischen ihnen mit einem weiteren großen Schritt und zog sie mit seinem freien Arm an seinen Körper. Sam sträubte sich nicht. Ganz im Gegenteil, sie schlang ihre Arme um seine Taille und barg ihr Gesicht an seiner Brust, schloss erneut die Augen und atmete tief durch.

„Das nächste Mal lasse ich dir eine Nachricht da, versprochen", murmelte er in ihr Haar und ich musste meinen Blick schnell von den beiden abwenden, stahl sich da doch ein ungewolltes Sehnen nach derselben körperlichen Nähe zu einer nicht weit entfernten Person in meine Brust. Ich versuchte mich abzulenken, indem ich Javier freundlich anlächelte, der etwas unschlüssig vor mir und Gabriel stehengeblieben war, seinen Blick aber auch nicht von unseren beiden ‚Lieblingsmenschen' hatte abwenden können.

„Und?", fragte ich ihn und er blinzelte mich überrascht an. „Auch Frühstück geholt?"

Das war eigentlich eine Scherzfrage gewesen, doch über das Gesicht des Mexikaners glitt sofort ein Strahlen und er hob seine Hand, in der er eine etwas kleinere Kühlbox hielt. Es war nicht schwer zu erraten, was sich darin befand.

„Meine Güte, *den* Supermarkt muss ich mir mal ansehen!", entfuhr es mir leicht belustigt und Gabriel stieß ein leises Lachen aus.

„Eigentlich bin *ich* an der Sache schuld", gestand der Mexikaner etwas beschämt ein. „Ich hab Nathan gesagt, dass die Besprechung bald losgehen wird und vorgeschlagen, zusammen Frühstück zu holen. Zur vorherigen Stärkung."

„Ich hab überreagiert, Javier", winkte Sam ab, die sich mit großen Schwierigkeiten von ihrem ‚Kuschelkissen' gelöst hatte und zusammen mit diesem nun an uns herantrat. „Ich hab einfach zu wenig Schlaf bekommen …"

Die Worte waren heraus, bevor ihr klar war, wie man sie verstehen konnte, und ich sah wie Nathan kurz die Augen schloss, sich wohl bewusst, welch großartige Vorlage sie mir damit geliefert hatte. So etwas konnte ich mir trotz meines eigenen Stresses nicht entgehen lassen.

„*Das* kann ich mir vorstellen", grinste ich breit, mich über das dunkle Rot freuend, das sogleich ihre Wangen zierte.

„Na ja, ich hab halt immer Schwierigkeiten, in fremden Betten zu schlafen", fügte sie schnell hinzu, weil auch Gabriel und Javier sich ihr wissendes Schmunzeln nicht verkneifen konnten.

„Ja, ja", erwiderte ich verständnisvoll, „nicht alle Betten sind gleich belastbar. Das sorgt schon manchmal für Anspannung."

„Jonathan!" Nathan warf mir einen mahnenden Blick zu und ich verkniff mir weitere Kommentare in dieser Richtung, konnte mein Grinsen jedoch nicht so schnell abstellen.

Gabriel erbarmte sich der beiden. „Wie wäre es, wenn wir alle erst einmal reingehen", sagte er mit einer einladenden Geste und trat zur Seite. „Es spricht doch nichts dagegen, unsere Besprechung mit allen anderen betroffenen Personen bei einem netten Frühstück fortzusetzen."

Ich folgte seinem Beispiel und Sam eilte mit immer noch rotem Kopf möglichst schnell an mir und Gabriel vorbei, gefolgt von Nathan und Javier. Der freudig überraschte Laut, den sie gleich darauf ausstieß, als sie Valerie entdeckte, überraschte mich nicht, schließlich waren die beiden mittlerweile zu guten Freundinnen geworden. Das bewies auch die überaus herzliche Umarmung, die gleich darauf folgte. Allerdings konnte Valerie es nicht lassen, mir einen bedeutsamen Blick in Richtung ‚Siehst du, wie ich hier gebraucht werde' über Sams Schulter zuzuwerfen und mir damit sofort wieder meine gerade erst gestiegene Laune zu verderben. Ich biss die Zähne so fest zusammen, dass ein leises Knirschen ertönte und entschied mich dazu, meinem besten Freund und Gabriel in den Küchenbereich zu folgen. Ich brauchte jetzt unbedingt noch ein bisschen Ablenkung.

Während der alte Vampir nur schnell ein paar Gläser aus einem der Küchenschränke herausholte und sich dann auf den Weg zur Sofalandschaft machte, hatte Nathan ein klein wenig mehr zu organisieren und eröffnete mir somit die Möglichkeit, Valerie zumindest für ein paar Minuten noch die kalte Schulter zu zeigen.

Seine Brauen zogen sich irritiert zusammen, als ich neben ihm auftauchte und scheinbar interessiert in die Papiertüte linste. Toast, Aufschnitt, Obst ... Als ich ihn wieder ansah, hatte sich eine seiner Brauen fragend erhoben.

„Inspektion abgeschlossen?"

„Sieht nicht gerade nach Bio-Ware aus", merkte ich gespielt kritisch an.

Nathan nickte, öffnete den Schrank über uns und fand sofort, was er suchte.

„Du siehst auch nicht gerade nach Hausmann aus ...", er packte zu meiner Überraschung meine Hand und drückte mir drei kleinere Teller in die Hand, „... und stellst dich dennoch bereitwillig zum Frühstückvorbereiten zur Verfügung."

Ich blinzelte ihn verwirrt an und hatte mit dem nächsten Atemzug auch noch drei Buttermesser in der anderen Hand.

„Ähm ...", gab ich geistreich von mir, als Nathan zuletzt den Aufschnitt oben auf die Teller stapelte. Langsam wurde das etwas schwer.

„Na los!" Er nickte mir auffordernd in Richtung Sitzgelegenheiten zu, doch ich rührte mich nicht vom Fleck. Natürlich folgten jetzt ein erneutes Zusammenziehen seiner Brauen und dann dieses wissende, beinahe gemeine Schmunzeln.

„Du wirst dich schwerlich die ganze Zeit hier verstecken können", sagte er in einem so leisen Ton, dass Valerie es in ihrem aufgeregten Gespräch mit Sam nicht hören konnte.

„Ich … ich verstecke mich nicht!", log ich und Nathans Brauen führten diese schwungvolle, für ihn so typische Bewegung nach oben aus.

„Nein? Was dann?"

„Wie du so schön erkannt hast …" Mein Blick wies demonstrativ auf den kleinen Turm von Frühstücksutensilien in meinen Händen. „… wollte ich dir nur behilflich sein …"

Ich konnte sehen, wie schwer es Nathan fiel, sein Lachen zu unterdrücken und setzte mit arrogant erhobenen Brauen hinzu: „Das macht man so unter Freunden!"

Nathan betrachtete mich ein paar Sekunden lang in stummer Sprachlosigkeit.

„Gott, ist das schön!", spöttelte er schließlich und wischte sich eine imaginäre Träne aus dem Augenwinkel. „Darf ich das aufschreiben und einrahmen?"

„Und dann in die Galerie im Flur zu den anderen Weisheiten des Jonathan Haynes hängen?", gab ich mit einem kleinen Grinsen zurück. „Ich bitte drum!"

Da war das Lachen, gegen das er so angekämpft hatte. Er schüttelte schmunzelnd den Kopf und packte ein paar Äpfel in einen kleineren Korb.

„Seit wann ist sie da?", fragte er schließlich, ohne mich richtig anzusehen.

Ich seufzte müde. „Noch nicht lange genug, um die möglichen Vorteile ihres ungewollten Erscheinens genossen zu haben, und schon *zu* lange, um noch von stabilen Nerven reden zu können."

Der Blick, den Nathan mir zuwarf, war ernsthaft mitleidig und er legte mir tröstend eine Hand auf die Schulter.

„Zähne zusammenbeißen und durch", raunte er mir zu. „Und wenn sie erst einmal etwas gegessen hat, wird sie ohnehin besser drauf und verhandlungsbereiter sein. Vertrau mir!"

„… sagte der Teufel zu Dr. Faustus – und wir wissen ja, was dann passiert ist!" Ich schenkte ihm einen bedeutungsschwangeren Blick und wandte mich dann um, um ihm voran zu den anderen zu gehen.

Mein ‚Gretchen' hatte sich längst wieder niedergelassen – dieses Mal neben Sam auf einem der beiden Sofas – und ignorierte mich ebenso wie ich sie. Meine Verärgerung kam schnell wieder. Glaubte sie tatsächlich, dass sie es in ihrer Starrköpfigkeit mit einem Jonathan Haynes aufnehmen konnte?

Ich stellte die Sachen, die ich getragen hatte, in die Mitte des Tisches und nahm dann auf einem der Sessel Platz, während Nathan sich zu den beiden Frauen auf das Sofa wagte. Ich war Javier sehr dankbar, als er mir ein gut gefülltes Glas Blut reichte und ich meinen aufquellenden Ärger wenigstens zum Teil mit diesem köstlichen Saft herunterspülen konnte. Die Energie des anderen Teils nutzte ich dazu, Gabriel eine der vielen unangenehmen Fragen zu stellen, die sich, seit Malcolm erschienen war, in mir aufgestaut hatten.

„Was genau hast du Malcolm da eigentlich gegeben? Ich kann mir nicht vorstellen, dass es tatsächlich dieses abgeschwächte Heilmittel war. Denn selbst das wäre noch zu gefährlich."

Nathan, der gerade dabei gewesen war, sich einen Toast zu buttern, erstarrte bei der Erwähnung dieses Namens mitten in der Bewegung und sah fragend von mir zu Gabriel, während der alte Vampir mir ein anerkennendes Lächeln schenkte.

„Es ist in der Tat für die Forschungsarbeiten der *Garde* gänzlich unbrauchbar", gab er sofort zu. „Aber das, worauf es mir ankommt, befindet sich ja auch nicht in dem Glasbehälter, sondern im Deckel."

„Ein Sender?", nahm mir Nathan die Worte aus dem Mund und Gabriel nickte.

„Ich dachte mir, wir sollten nichts unversucht lassen, um an den möglichen Aufenthaltsort Petersons heranzukommen", erklärte der alte Vampir und lehnte sich entspannt auf der Couch zurück.

„Und Malcolm hat Verbindungen zur *Garde*?", fragte ich jetzt misstrauisch und stolperte dabei über Sams angespannte Körperhaltung und erhöhte Aufmerksamkeit. Dass auch ihr der Name Malcolm ein derartiges Unbehagen bereitete, war neu.

„Sagen wir es so: Er kann eine solche Verbindung herstellen, ohne dass die *Garde* merkt, mit wem sie es tatsächlich zu tun hat. Auf diese Weise haben wir schon oft Fehlinformationen streuen, falsche Fährten für unsere Feinde legen und diese gehörig durcheinanderbringen können."

„Hast du dich nie gefragt, wie er das macht?", erkundigte ich mich weiter, in eine ganz bestimmte Richtung drängend.

Gabriel stieß ein leises Lachen aus. „Ich *weiß*, wie er das macht, Jonathan, und nein, ich habe keine Angst, dass er ein Verräter sein könnte."

Tja, ich war wohl doch nicht so subtil vorgegangen, wie ich angenommen hatte – oder Gabriel hatte einen verflucht schnell arbeitenden Verstand. Vielleicht war es auch beides.

„Ich kenne Malcolm schon sehr lange", fuhr der alte Vampir fort, „und es gibt vieles an ihm, das mich manchmal sehr verstimmt, viele Dinge, die er getan hat und immer noch tut, die mir missfallen, aber ich würde *niemals* an seiner Loyalität zu mir zweifeln."

„Dann meinst du, er hat mit dieser Verschwörung unter den Vampiren nichts zu tun?", fragte Nathan und säbelte sein Sandwich mit solch einem Schwung in der Mitte durch, dass ich schon Angst hatte, er würde sich gleich einige seiner Finger mit abschneiden.

„Nicht alle Franzosen gehören automatisch zu den *Héritieres du Sang*", erwiderte Gabriel und nicht nur ich, sondern auch Sam, Valerie und Javier horchten auf. August saß nur weiterhin mit beinahe unbeteiligter Miene daneben.

„Es gibt die *Héritieres du Sang* wirklich?", hakte ich beunruhigt nach und war wohl der Einzige, der diesen Namen wenigstens schon einmal gehört hatte und etwas damit in Verbindung bringen konnte.

Der Gedanke war mir schon kurz nach der Versammlung gekommen, als ich selbst überlegt hatte, was es mit dieser Verschwörung und den Idealen dieser fanatischen Vampire auf sich haben könnte. In den Kreisen der älteren Vampire hielt sich schon seit vielen Jahren das Gerücht, dass es eine Gruppe unter uns gab, die unsere Spezies für eine Art Überrasse hielt, die dafür gemacht war, die Herrschaft über die Welt an sich zu reißen.

„Was … was sind die *Héritieres du Sang*?", fragte Sam mit deutlichem Unbehagen in der Stimme.

Gabriel sah sie nachdenklich an und nahm dann einen tiefen Atemzug. „Vielleicht solltet ihr das wahrlich wissen."

Er richtete sich wieder auf, ging noch einmal in sich und holte dann Luft.

„Diese … Vereinigung entstand im November 1641 zu Beginn des englischen Bürgerkriegs und zwar unter der Leitung Henri Luis Xaviers, Herzog von Beaumont und älterer Bruder von Henri IV, König von Frankreich."

„Henris älterer Bruder?", wiederholte ich, obwohl mir dunkel einfiel, dass mir Elizabeth erst vor kurzem etwas Ähnliches erzählt hatte. Ich war nur zu erschöpft gewesen, um weiter bei ihr nachzuhaken.

„Ich dachte, Luis war nur sein Cousin."

„Das *sollten* auch alle denken", erwiderte Gabriel und wirkte nun deutlich angespannter. „Es gab nur wenige Eingeweihte. Das … ist eine lange, komplizierte Geschichte, die wir heute leider nicht in ihrer Gänze durchsprechen können."

„Béatrice erzählte mir mal, dass sie viele Brüder und Schwestern habe und alle von demselben Vampir, einem Cousin des damaligen Königs, verwandelt wurden", fügte Nathan hinzu und Gabriel nickte.

„Keine leiblichen Geschwister. Luis hatte sich Zeit seines Lebens immer nach einer Familie gesehnt, die ihm die Aufmerksamkeit zuteilkommen lässt, die er meinte, zu verdienen; die ihn als eine Art höhere Schöpfung, einen Halbgott ansah. Aus diesem Grund machte er all jene zu Vampiren, die ihm zu Kreuze krochen und ihn anbeteten. Sie wurden seine ‚Kinder', durch sein besonderes, königliches Blut verbunden. Sie wurden eine Familie, Geschwister durch ihre Verwandlung."

„… die *Héritieres du Sang*", schloss Sam, doch dieses Mal schüttelte Gabriel den Kopf.

„Die *Héritieres du Sang* haben zwar etwas mit Luis und seiner Familie zu tun, aber die Mitglieder waren nicht alle auch automatisch Familienangehörige. Und umgekehrt gab es auch ein paar wenige Familienmitglieder, die sich aus den Machenschaften der *Héritieres* heraushielten."

„Du redest von Malcolm und Béatrice", stellte Nathan zerknirscht fest. Auch ihm schien es schwerzufallen, zu glauben, dass Malcolm kein Verräter war. Doch zu meinem Leidwesen nickte Gabriel ein weiteres Mal.

„Was auch daran liegen mag, dass beide nicht von Luis zu Vampiren gemacht wurden."

Sam runzelte irritiert die Stirn, während Nathans Gesichtsausdruck zeigte, dass er bereits ahnte, was kommen würde. Es hatte einen Grund gegeben, warum Gabriels Geruch mir von Anfang an vertraut vorgekommen war. Das wusste ich seit meinem letzten Gespräch mit Elizabeth, denn sein Blut floss nicht nur in ihren und damit auch in meinen Adern, sondern auch in Béatrices und somit in Nathans. Zweifellos veränderte sich der Geruch mit jedem Eindringen in einen neuen Körper, ein leichter, verwandter Hauch blieb jedoch immer erhalten. Man musste sich nur darauf konzentrieren, wissen, wonach man suchen musste.

„*Ich* bin ihr Erzeuger", gestand Gabriel nun und Sams und Valeries Augen wurden ganz groß.

„Aber … aber warum gehören sie dann zu Luis Familie?", fragte dieses Mal Valerie verwirrt.

„Weil ich auch Luis erschaffen hatte", war die ehrliche Antwort und dieses Mal musste auch ich ein paar Mal tief durchatmen, um mich zu sammeln. Es war nicht nur so, dass mich seine Antwort überraschte, sondern die Welle von tiefem, inneren Schmerz, die Gabriels Augen durchzuckte, ergriff auch meinen Körper ein paar Sekunden lang.

„Er war für mich eine Zeit lang wie ein Sohn", setzte der älteste Lunier sehr viel leiser hinzu. „Aber das Leben, seine hohe Geburt und die Erlebnisse in seiner frühen

Kindheit hatten ihn bereits verdorben. Er wurde darauf vorbereitet, König über ein mächtiges Reich zu werden, und konnte es dann doch nicht sein. Das hat er nie verkraftet und seine Ideen von einem neuen Reich, von ihm selbst als Herrscher über dieses, wurden immer verrückter und fanatischer, je älter er wurde."

„Und du hast ihn dennoch verwandelt?", fragte dieses Mal Javier, den Gabriels Aussagen für die ersten Minuten völlig sprachlos gemacht hatten, entsetzt.

„Ich habe ihn verwandelt, als er ein Kind war", erwiderte Gabriel. „Noch zur rechten Zeit, um ihn in eine andere Richtung zu beeinflussen. Das dachte ich zumindest."

„Er war ein Vampirkind?", hakte Nathan irritiert nach.

„Nein", gab Gabriel mit einem Kopfschütteln zurück und stieß ein leises Seufzen aus. „Ihr müsst endlich anfangen, nicht jedem Gerücht zu glauben. Der Vampirismus in seiner ursprünglichen Form verzögert die *Alterung* extrem, setzt den Zerfall der Zellen fast völlig aus, aber nicht das *Wachstum*."

„Aber ich habe schon sehr junge Vampire gesehen, die nicht zu altern schienen und unter ihrem Zustand fast zugrunde gegangen sind", hielt Nathan dagegen.

„Auch Vampirhormone mutieren über die Zeit und können krankhafte Formen annehmen", erklärte Gabriel in Eile. „Aber das heißt nicht, dass das für *alle* Vampire gilt. Und auch diese armen Kreaturen werden sich weiterentwickeln nur sehr, sehr viel langsamer als gesunde Vampire. Doch das ist jetzt auch nicht weiter wichtig."

Er sah kurz zu Boden, um zurück zum Thema zu finden.

„Luis hat 1641 versucht, seinen Einfluss auf die Vampirgesellschaft auszudehnen und andere von seinen Ideen zu überzeugen, was ihm auch teilweise gelungen ist. Er hat zahlreiche Anhänger vor allem unter den jüngeren Vampiren gefunden. Die Alten waren jedoch von seinem Machtstreben und den Hetzereien gegen die Menschheit nicht sehr angetan. Wir hatten gerade über ein paar Jahre den Frieden mit der *Garde* aufrechthalten können und wussten, dass diese Geschichte zu einer erneuten Eskalation führen konnte, also wollte ich versuchen, Luis zur Besinnung zu bringen. Nur hatte er bei meinem Eintreffen in London bereits seine Nichte, Henrietta Maria du Bourbon, zum Vampir gemacht."

Valerie stieß einen erschrockenen Laut aus. „War die nicht zu dieser Zeit die Königin von England?!", überraschte sie uns alle mit ihrem geschichtlichen Wissen.

„Ganz genau. Und mir war damals klar, dass ein Krieg mit der *Garde* kaum noch zu verhindern wäre, wenn diese das erst herausfindet. Mir blieb nichts anderes übrig, als mein Recht als Ältester einzufordern und Luis seine Familie zu nehmen. Das wollte ich zumindest. Doch diese dummen Schafe hielten zu ihm und flohen mit ihm zusammen aus der Stadt. Sie erklärten uns offiziell den Krieg und gründeten zusammen mit ihren neuen Anhängern die *Héritieres du Sang*. Als auch die *Garde* uns den Kampf ansagte, waren wir Älteren erst einmal gezwungen, zu fliehen."

Gabriel hielt in seiner Erzählung inne und nahm einen tiefen Atemzug.

„Am Ende konnten die *Héritieres* aber nicht gegen die *Garde* bestehen und wurden zerschlagen. Nur wenige Mitglieder überlebten das ganze Desaster. Einer davon war Nicolas de Chambour – einer der fanatischsten Anhänger Luis', sein erstes ‚Kind'. Er war es, der die *Héritieres du Sang* wieder ins Leben rief und immer wieder aus dem Untergrund heraus versuchte, Macht und neue Anhänger für seine Bewegung zu gewinnen. Wir konnten seiner nie habhaft werden. Er ist zu klug und nicht einmal seine engsten Vertrauten wissen genau, wo er sich aufhält. Und selbstverständlich muss er eine Situation wie diese dazu nutzen, um Unruhe und Unfrieden unter den Vampiren zu stiften und Verschwörungen und Attentate zu organisieren."

Für eine kleine Weile herrschte nachdenkliche Stille zwischen uns allen. Wir mussten diese Informationen erst einmal verarbeiten und neu sortieren, über die Fragen nachdenken, die sich an unsere Überlegungen knüpften.

Sam räusperte sich vorsichtig. „Dieser … dieser Étienne. Gehörte er zu den *Héritieres du Sang*?"

Gabriel nickte. „Genauso wie Clement und Emile. Es gibt wohl verschiedene, kleinere Untergruppen, überall auf der Welt verteilt."

„Mein Gott, so viele?", entfuhr es Sam und auch mich packte leichtes Unbehagen.

„Gemessen an der Gesamtzahl der Vampirpopulation sind das nicht viele", erwiderte Gabriel beruhigend, „aber genügend, um sie als ernstzunehmendes Problem anzusehen – um das sich gekümmert werden muss."

„Und was genau wollten die von mir?", stellte Nathan eine Frage, die mich stutzen ließ. Nathan hatte Kontakt mit diesen Männern gehabt? Hatte ich etwas verpasst?

Gabriel sah ihn lange an, bevor er antwortete.

„Luis hat damals zusammen mit seiner Familie dieselbe Substanz in die Finger bekommen, mit der nun auch die *Garde* experimentiert und das BX23-Serum hergestellt hat. Neben seinen politischen Tätigkeiten hat er versucht, diese Art ‚Heilmittel' gegen den Vampirismus weiterzuentwickeln, die Rezeptur so weit zu verbessern, dass es bei möglichst allen seiner Familienmitglieder eine positive Wirkung zeigt. Er hat sich ausgiebig mit der Entstehung der Vampire und unseren Vorfahren befasst und kam zu der Auffassung, dass die Nigong die perfekten Überwesen gewesen sein mussten. Und da er selbst danach strebte, ein gottgleiches, allmächtiges Wesen zu werden …"

Er sprach nicht weiter. Das brauchte er auch nicht, denn uns allen war schnell bewusst, worauf er hinauswollte.

„Das heißt, seine damaligen Forschungen strebten auf dasselbe Ziel hinaus wie die der *Garde*", stellte Nathan mit einem deutlich angespannteren Unterton fest. „Die Schwächen ihrer Spezies auszumerzen, um unbesiegbar zu werden."

Gabriel dachte kurz nach, dann nickte er zögernd. „Das könnte man so sagen – nur die Überzeugungen, die dahinterstehen, sind verschiedene. Die *Héritieres du Sang* verachten die Menschen, während die *Garde* dieselbe Einstellung zu Vampiren hat. Beide bekämpfen die jeweils andere Seite in ihren Forschungen und begreifen dabei nicht, dass gerade dies der Fehler in ihrem Denken ist."

„Haben die *Héritieres* ihre Forschungen an der Substanz wieder begonnen?", fragte Valerie.

„Das weiß ich nicht genau", musste Gabriel gestehen. „Es gibt Gerüchte, die das besagen. Und sollte Caitlin tatsächlich zu den *Héritieres* gehören, wie ich vermute, dann gab es sogar einen gewissen Austausch zwischen ihren Forschungen und denen der *Garde* – was dem Ganzen eine etwas …", Gabriels Brauen zogen sich, in der Anstrengung, das richtige Wort zu finden, zusammen, „… absonderliche Note gibt."

„Es ist auf jeden Fall ein Spiel mit dem Feuer", überlegte ich. „Obwohl ich diesem Vorgehen sogar eine gewisse

Logik abgewinnen kann, solange man überzeugt davon ist, dass man selbst die Zügel in der Hand behalten wird und der anderen Partei dieses Bündnisses den tödlichen Schlag versetzen kann – und das natürlich zuerst."

Ich konnte Gabriel ansehen, dass er in dieser Hinsicht ganz ähnliche Gedanken hegte, doch er fügte meinen Worten nichts mehr in dieser Richtung hinzu.

„Wichtig für uns ist es, herauszufinden, ob wir mit dieser Vermutung richtig liegen", sagte er. „Und dazu brauchen wir Caitlin und … Béatrice."

Er sah nun Nathan an, der sich sofort sichtbar verspannte.

„Du … du meinst, sie gehört mittlerweile doch zu unseren Feinden?", brachte er beunruhigt hervor.

„Nein, aber Caitlin liebt sie über alles. Sie haben eine sehr innige Beziehung zueinander. Es ist wahrscheinlich, dass Béatrice einige Dinge weiß, die uns weiterhelfen könnten. Und da sie nach dir sucht, Nathan, wird es in der Tat das Beste sein, sie mit einem Treffen mit dir anzulocken."

Aha! Da hatte sich also einer schon zu so früher Stunde mit Elizabeth ausgetauscht. Ich fragte mich, wie lange der Mann schon hier in demselben Haus war wie wir, ohne dass wir es gemerkt hatten, und ob die beiden sich tatsächlich nur über wichtige Dinge unterhalten hatten, oder ob es Elizabeth endlich gelungen war, ihre Liebesbeziehung zu ihrem Erzeuger von Neuem aufflammen zu lassen. Dass sie über all die Jahre nie über die von ihr ungewollte Trennung hinweggekommen war, hatte mir nicht lange verborgen bleiben können.

Nathan war perplex und wirkte für einen Augenblick mit Gabriels Worten etwas überfordert.

„Anlocken?", wiederholte er irritiert. Das schien nicht gerade die Bezeichnung zu sein, die mit seiner Vorstellung von einem Gespräch mit Béatrice vereinbar war.

„Etwas treibt Béatrice dazu, dich zu suchen, Nathan", erklärte ich ruhig und vermied es dabei, Sam anzusehen, hatte ich doch ein klein wenig Angst, dass sie mir vor Wut ins Gesicht springen könnte.

„Und zwar obwohl sie genau weiß, wie gefährlich das für sie ist. Wenn sie die Aussicht hat, dich persönlich zu treffen und mit dir sprechen zu können, dann wird sie kommen. Sie wird ihre Vorsicht vergessen und wir haben eine Chance, sie zu stellen."

Nathan gefielen meine Worte nicht, das konnte ich aus seinen Augen lesen. Der alte Schutzmechanismus gegenüber seiner Ex-Freundin war noch vorhanden, tat noch seine Wirkung, ohne dass dies meinem Freund bewusst war.

„Und dann?", fragte er misstrauisch.

„Ihr wird nichts geschehen", versprach Gabriel, „solange sie mit uns kooperiert. Aber ich will ehrlich zu dir sein. Ich dulde keine Eskapaden, auch nicht von ihr – nicht in dieser Situation. Sollte sie mit ihrem Verhalten unsere Aktionen behindern, wird ihr dasselbe widerfahren wie jedem anderen Vampir auch."

Nathans Blick wanderte zu Boden und dann etwas zaghaft hinüber zu Sam, die mich mit ihrem erstaunlich gefassten Verhalten wirklich verblüffte. Anstatt sich mit Händen und Füßen dagegen zu sträuben, dass Nathan den Lockvogel für Béatrice spielen sollte, nickte sie nun auch noch auffordernd.

„Du solltest es tun", setzte sie angespannt hinzu. „Wenn es derart wichtig ist, an ihre Informationen zu kommen ..."

Sie sah hinüber zu Gabriel, der ihr ein kleines, anerkennendes Lächeln schenkte.

„Das ist es", bestätigte er noch einmal. „Vielleicht wird uns das im Endeffekt dabei helfen, Frank Peterson zu finden."

„Was gleich unser nächstes Thema sein sollte", erinnerte August uns alle daran, dass er ebenfalls noch anwesend war.

Ich bedachte ihn mit einem Blick von oben herab, den er dieses Mal leider an sich abprallen ließ.

Er räusperte sich wichtigtuerisch.

„Wir sind den Standorten der angeblichen Labore, die uns Mr. Perrington genannt hat, noch einmal gründlicher nachgegangen und hegen den starken Verdacht, dass sich unter der Privatklinik in Los Angeles tatsächlich eines befinden könnte. Wir haben über die Baupläne erfahren können, dass es unter halb der Klinik sogar *zwei* Kellergeschosse gibt, in denen nicht nur genügend Platz für eine Forschungsstation ist, sondern die Bedingungen nicht günstiger sein könnten. Freier Zugang zu medizinischen Geräten, Medikamenten, Hilfspersonal und so weiter."

„Wem gehört die Klinik?", musste ich fragen, obwohl ich genau spürte, wie Nathans Anspannung erneut wuchs. Er hatte die Lippen fest aufeinander gepresst und betrachtete viel zu gründlich seine Hände. Etwas an dem Thema machte ihn nervöser als gewöhnlich, blockierte sein Denken.

„Einem Mann namens William Crane", erklärte Gabriel. „Ein alter Milliardär, der einige soziale Projekte ins Leben gerufen hat und zumindest mit seinen Geldern sehr aktiv an der medizinischen Forschung beteiligt ist."

„Also durchaus ein geeigneter Kandidat für die *Garde*",
setzte ich hinzu, doch bevor ich weitersprechen konnte,
meldete sich Sam zu Wort.

„Sagtest du Crane?", hakte sie mit angestrengt zusammengezogenen Brauen nach.

„Kennst du den Namen?", erwiderte Gabriel überrascht.

„Ich weiß nicht …" Sie kratzte sich nachdenklich an der
Schläfe. „In irgendeinen Zusammenhang habe ich den Namen schon mal gehört. Wenn ich bloß wüsste wo …"

„Wenn es dir wieder einfällt, sag mir Bescheid", wies
der alte Vampir sie an und wandte sich dann wieder mir zu.

„Barry wollte sich darum kümmern, mehr über diesen
Milliardär herauszufinden, aber ich denke, wir werden nicht
umhinkommen, jemanden dorthin zu schicken, um möglichst unauffällig nach einem dort versteckten Labor zu
suchen."

„Ich kann Max fragen, ob …"

„Nein, das geht nicht", unterbrach Gabriel mich sofort,
abwehrend eine Hand hebend. „Sollte dort tatsächlich eines
ihrer letzten Labore versteckt sein, werden sie gewiss
Wärmebildkameras angebracht haben, um zu verhindern,
dass sich unbemerkt Vampire einschleichen. Das müssen
Menschen machen. Was ist mit diesem Alejandro?"

Dieses Mal schüttelte ich den Kopf. „Alejandro steht
selbst auf der Liste der *Garde* und muss sich um so viele
andere Dinge kümmern."

Ich bemerkte genau, dass Nathan aufhorchte und versuchte ihn nicht anzusehen.

„Und sein Sohn?", fragte Gabriel weiter.

Ich zögerte sichtbar. „Er ist noch so jung und unerfah-
ren."

„Wir brauchen aber einen Menschen!"

„Ich kann das machen." Der Klang der Stimme, die sich da erhob, ließ mich erstarren. Ganz langsam wandte ich meinen Kopf zu Valerie um, ihr einen mehr als nur mahnenden Blick zuwerfend.

„Das kannst du nicht!", knurrte ich leise. Doch sie sah mich gar nicht erst an, sondern hatte ihre Augen starr auf Gabriel gerichtet.

„Ich könnte mich als Krankenschwester ausgeben", fuhr sie ungerührt fort. „Mit Barrys Hilfe dürfte das kein Problem sein. Und ich denke nicht, dass ich eine so sehr gesuchte Person bin, dass ich ihnen auffallen werde."

Gabriel lehnte sich wieder auf der Couch zurück und betrachtete Valerie nachdenklich. Mein Inneres zog sich langsam aber sicher zusammen. Ich wusste, was kommen würde.

„Das ist eine gute Idee", waren die Worte, die mich resigniert die Augen schließen ließen. „Aber du solltest das nicht allein machen."

„Ich komme mit."

Dieses Mal waren es gleich zwei Köpfe, die zu der Sprecherin herumflogen. Doch auch Sam konzentrierte sich nur auf Gabriel.

„Wenn ich mich ordentlich verkleide, erkennt mich keiner und ich bezweifle ohnehin, dass sie einen von uns dort erwarten."

„Du … du gehst *nicht* dorthin!", brachte Nathan nun endlich heraus, nachdem er ein paar Mal geräuschvoll ein- und ausgeatmet hatte.

„Nathan, das ist wichtig!", gab sie sofort zurück und sah ihn drängend an. „Und es ist bestimmt nicht so gefährlich, wie die Dinge, die ihr immer tut! Wir sollen nur etwas unsere Augen aufhalten!"

„Weil du dich ja auch *so* gut an Absprachen halten kannst!!", entfuhr es Nathan unbeherrscht und ich spürte, dass er drauf und dran war, erbost aufzuspringen – ein Verhalten, das ich zutiefst nachempfinden konnte.

„Wenn sich das Labor unter dem Krankenhaus befindet, begebt ihr euch definitiv in die Höhle des Löwen", wandte ich zähneknirschend ein und konnte noch nicht einmal falsch lächeln. Wie konnte man nur so … unbedacht sein?!

„Ja, aber gerade damit werden sie nicht rechnen!", erwiderte Valerie. Ihr provokantes Lächeln schien ihr noch nicht einmal schwerzufallen. „Und erst recht nicht damit, dass ihr zwei menschliche Frauen dorthin schickt."

„Das könnte funktionieren", setzte August an Gabriel gewandt hinzu und sicherte sich noch einmal ein paar Sympathiepunkte auf meiner langen Liste der ‚liebsten' Freunde.

„Das *wird* funktionieren", erwiderte Gabriel in einem Tonfall, der eigentlich keinen Widerspruch duldete. Nur scherte das meinen aufgebrachten besten Freund recht wenig.

„Das … das ist doch nicht dein Ernst!", stieß er ungläubig aus. „Du lässt sie dorthin gehen? Sie sind nur Menschen! Wenn man sie erwischt, haben sie keine Chance zu entkommen! Sie könnten dabei sterben!"

„Niemand wird in einem Krankenhaus eine wilde Schießerei anfangen, Nathan", gab Gabriel ganz ruhig zurück. „Und das bietet in der Tat *immer* eine Chance zu entkommen."

„Das kannst du nicht wissen!", fuhr Nathan ihn ungehalten an und war nun doch auf den Beinen.

Sam schien ihren Vorschlag schon beinahe wieder zu bereuen, das konnte ich in ihrem sorgenvollen Blick sehen, mit dem sie Nathan ansah. Sie hatte ihn gewiss nicht so aufregen wollen, gerade jetzt, wo sie so gut miteinander auskamen.

„Und schon gar nicht versprechen!“, setzte mein Freund schnaufend hinzu.

„Doch das kann ich!“, erwiderte Gabriel und erhob sich nun ebenfalls, nur weitaus langsamer und beherrschter als Nathan. „Denn ich werde in der Nähe sein und eingreifen, wenn etwas schiefgehen sollte.“

Nathan schien ihm gar nicht zuzuhören, schüttelte nur anhaltend den Kopf. „Dann … dann gehe ich mit! Mir merkt man meine vampirische Seite auch nicht an.“

„Nein!“, sagte Gabriel streng und sprach einfach weiter, obwohl Nathan schon wieder erregt nach Luft schnappte. „Wir brauchen dich für die Sache mit Béatrice. Das hat Vorrang!“

„Vorrang?!“, wiederholte mein bester Freund etwas zu laut und seine Augen hatten einen deutlich helleren Ton angenommen.

„Nathan, bitte!“ Sam erhob sich neben ihm und berührte sanft seinen Arm, sodass er sie widerwillig ansah. „Irgendwie müssen wir weiterkommen! Du willst doch Frank auch endlich finden! Wir brauchen ihn!“

Mein Freund kämpfte sichtbar mit seinen Emotionen. Ich konnte ihm ansehen, dass er ihr nicht nachgeben, nicht zulassen wollte, dass sie sich in Gefahr begab, aber er wusste genauso gut wie ich, dass sie recht hatte. Wir mussten in unserer Suche nach Frank endlich Fortschritte erzielen. Je mehr Zeit verstrich, desto gefährlicher wurde die Lage für Nathan, denn seine Medikamente neigten sich langsam aber sicher dem Ende zu.

„Ich schwöre dir, dass Sam und Valerie dieses Krankenhaus unbeschadet verlassen werden", fügte Gabriel sanft hinzu. „Dafür verbürge ich mich mit meinem Leben!"

Nathan holte Luft, stockte und ließ sie ungenutzt wieder aus seinen Lungen entweichen. Das wiederholte er noch ein weiteres Mal und schüttelte dann den Kopf. Sein Blick senkte sich, wanderte zurück zu Sam, die ihn immer noch bittend ansah und den Eindruck machte, als wolle sie ihn am liebsten ganz fest in die Arme schließen. Dass sie es nicht tat, lag wahrscheinlich nur daran, dass er immer noch so wütend und angespannt war, als würde er jeden Moment in die Luft gehen. Keiner wagte es mehr, etwas zu sagen. Nicht einmal Gabriel, auch wenn er wohl der Einzige in diesem Raum war, der keine Angst vor Nathans Wutausbrüchen hatte. Doch mein Freund hatte wohl nicht vor, seine Wut herauszulassen, denn er schüttelte nur ein weiteres Mal seinen Kopf und ließ sich dann wieder auf der Couch nieder, den Blickkontakt mit Sam nun sichtbar meidend.

„Gut", meinte Gabriel, als auch er sich wieder gesetzt hatte. „Wir sollten diese Pläne so rasch wie möglich umsetzen. Das heißt, wir werden in den Gruppen weiterreisen, mit denen die Aktionen ausgeführt werden."

Er sah nun die beiden Frauen an. „Ich werde für uns eine Reisemöglichkeit nach Los Angeles organisieren und ihr beide", sein Blick wanderte zu Nathan und mir, „solltet euch mit Elizabeth und Max absprechen, was eure Weiterreise angeht. Wir treffen uns dann in drei Tagen wieder. Wo, das werde ich euch dann übermorgen zukommen lassen."

Es fiel mir schwer, zu nicken und einen einigermaßen freundlichen Gesichtsausdruck aufzusetzen, aber mit etwas

Mühe gelang es mir schließlich. Nathans Gesichtszüge hingegen schienen eingefroren zu sein. Lediglich seine Wangenmuskeln zuckten ab und an, während sein Blick starr auf das unberührte Sandwich vor ihm gerichtet war.

Ein gemütliches Frühstück würde es wohl kaum mehr geben, dazu war die Atmosphäre zwischen uns allen nun viel zu angespannt, hatte jeder zu sehr mit seinen eigenen Gefühlen und Ängsten zu kämpfen. Ich hoffte nur, dass wir dazu in der Lage waren, wenigstens einen Teil dieser Missstimmung wieder verschwinden zu lassen, bevor wir abreisten, denn mit diesen Knoten in den Gedärmen würde es uns allen schwerfallen, unsere Jobs ordentlich zu machen.

Leider saß auch auf meiner Schulter noch dieses fiese kleine Teufelchen, das mir einredete, Valerie nachzugeben und mich mit ihr vor der Abreise zu versöhnen, sei eine unverzeihliche Schwäche. Und so sehr ich auch versuchte, es loszuwerden, es hielt sich hartnäckig fest und mir blieb nur noch übrig, zu hoffen, dass seine Kräfte bald nachlassen würden und es noch zur rechten Zeit auf Nimmerwiedersehen verschwand.

Spuren der Vergangenheit

„Wenn die Vergangenheit zur stärksten Nostalgie wird, und die Gegenwart schweigt, wird die Zukunft zur schwersten Strafe verurteilt: Sich immer zu erinnern ..."

Aus Griechenland

Er hatte nicht herkommen wollen, hatte lange mit sich gekämpft, sich gesagt, dass es dumm sei, unvernünftig ... krank ... Aber seine emotionale Seite war wieder stärker gewesen, getrieben und gestärkt durch den verzweifelten Klang ihrer Stimme am Telefon, ihrer Angst und Trauer. Er konnte sie immer noch hören, wie sie in den Hörer keuchte, nicht fähig, sich klar auszudrücken, so hilfsbedürftig ... schwach ... Sie war wahrlich in Not gewesen – das hatte er fühlen können – und nur deswegen hatte er sich schließlich doch noch in sein Auto gesetzt und war hierher gefahren, zu ihrem Haus, das nun in völliger Dunkelheit und Stille versunken zu sein schien. Er war lange nicht mehr hier gewesen. Über drei Jahre.

Die Haustür war verschlossen und niemand erschien, um sie zu öffnen, selbst nachdem er mehrere Male geklingelt hatte. Also sammelte er sich, versuchte die wieder aufkeimende Sorge um Béatrice zu verdrängen und machte sich daran, um das Haus herumzulaufen. Vielleicht stand *ein Fenster offen. Zur Not hatte er ja noch die Möglichkeit, eines der großen Glasfenster mit einem der Stühle auf der Terrasse einzuwerfen. Doch er hatte Glück. Eine der Terrassentüren stand weit offen und lud jeden dazu ein, das teure Haus ohne weitere Probleme zu betreten. Leichtsinnig für einen Menschen – interessant für einen Vampir, wenn er sich nicht gerade in einem Zustand befand wie Béatrice im Augenblick.*

Nathan schloss kurz die Augen und nahm einen tiefen Atemzug, bevor er sich wieder in Bewegung setzte, hinein ins dunkle Innere des Hauses trat. Für ihn machte es keinen Unterschied, ob es Tag oder Nacht war. Durch seine Vampirsinne konnte er im Dunkeln beinahe noch besser sehen als im Hellen. Dennoch blieb er sogleich wieder stehen, sich erstaunt umsehend.

Es überraschte ihn festzustellen, dass Béatrice über die vergangenen Jahre – ganz entgegen ihres früheren Verhaltens – kaum etwas an der Inneneinrichtung des Hauses verändert hatte. Sie war zwar immer wieder für längere Zeit in Europa gewesen, aber das hatte sie auch früher nicht daran gehindert, alles umzugestalten, ganz gleich welche Einwände Nathan dagegen gehabt hatte. Nun sah alles noch danach aus, als hätte er erst am gestrigen Tag seine Sachen gepackt und wäre bei Jonathan untergekommen. Konnte es wirklich sein, dass sie genau dieselben Schwierigkeiten hatte ihn loszulassen, wie er sie? Danach hatte es am gestrigen Abend gar nicht ausgesehen.

Béatrice hatte nicht nur ihn, sondern auch Jonathan mit ihrem Erscheinen auf der Einweihungsparty seines neuen Clubs völlig überfallen. Niemand hatte mit ihr gerechnet, hatte es doch geheißen, sie hätte sich dazu entschlossen, wieder zurück nach Paris zu ziehen. Nathan gab es nur ungern zu, aber dieser Sog, den sie schon früher immer auf ihn ausgeübt hatte, war sofort wieder da gewesen, hatte es ihm unglaublich schwer gemacht, kühl und abweisend mit ihr umzugehen, diese wunderschöne, attraktive Frau auf Abstand zu halten und ihr klarzumachen, dass es vorbei war und zwar für immer. Lange hatte sie nicht um ihn gebuhlt, sondern ihm schnell zu verstehen gegeben, dass er ihr eigentlich völlig egal und sie nur vor Ort war, um sich zu amüsieren. Sie war auch sofort dazu übergegangen, ihm das zu beweisen, indem sie sich innerhalb weniger Minuten den ersten dummen Jungen geangelt hatte, der nicht nur im übertragenden Sinne an ihren Lippen hängen durfte. Es hatte wehgetan, sie so zu sehen – trotz der langen Zeit, die vergangen war. Aber er war stark geblieben, hatte dank Jonathan bald selbst eine attraktive, junge Frau in den Armen gehalten, die später auch noch zu einer großzügigen Blutspende bereit gewesen war. So hatte er gar nicht mehr mitbekommen, mit wem Béatrice verschwunden war und hatte sich selbst eingeredet, dass er endlich über diese Frau hinweg war.

Dennoch war er jetzt hier und musste sich selbst einen Lügner schelten. Jonathan würde furchtbar wütend sein, wenn er von dieser nächtlichen Aktion erfuhr, und zwar mit Recht. Béatrice liebte es, ihre Spielchen mit ihm zu spielen, ihn mit vorgeschobenen, unglaublich wichtigen Gründen anzulocken, um ihn dann mit allen Mitteln, die sie besaß, dazu zu bewegen, sich wieder auf sie einzulassen. Zweimal nach ihrer offiziellen Trennung war ihr das schon gelungen und Nathan hatte sich eigentlich geschworen, dies nie wieder geschehen zu lassen – zu viel Schmerz und Leid hatte ihn seine Dummheit, seine Hoffnung, dass ihre Liebe zueinander stark genug war, um alle Konflikte zwischen ihnen zu überwinden, jedes Mal gekostet.

Selbstverständlich hatte er nicht vor, ihr wieder nachzugeben. Er wollte nur nachsehen, was passiert, ob sie vielleicht dieses Mal wahrhaftig in Not war, und würde sofort verschwinden, wenn das nicht der Fall war. Dieses Mal nicht. Keine Spielchen auf seine Kosten.

Er schloss kurz die Augen und versuchte alle verdächtigen Gerüche, die dieses Haus beherbergte, aufzunehmen. Es dauerte nur wenige Sekunden, bis er wusste, dass ein Mensch anwesend war. Ein toter Mensch, dessen Blut noch nicht getrocknet war. Auch seine Ex konnte er riechen, aber etwas war anders an ihr, roch eigenartig.

Nathan lief los, folgte dem Weg, den seine Sinne ihm vorgaben, hinüber in das Zimmer, in dem sich immer noch die Bar und der Flügel befanden. Sie war dort. Er spürte es, noch bevor seine Augen sie erfassten, zusammengekauert und reglos am Fuße der Bar. Das rotbraune Haar fiel ihr wirr in das zarte Gesicht, klebte an ihrer feuchten Haut. Sie trug nur ein dünnes Negligé, das kaum etwas von ihrem schlanken Leib verhüllte. Zarter, mit Spitze verzierter Stoff, der von Blutspritzern und auch größeren Blutflecken entstellt wurde. Auch ihre Arme und Schenkel, die kaum von dem seidigen Stoff bedeckt wurden, waren blutverschmiert und beraubten Béatrice ihres erotischen Zaubers. Sie wirkte eher wie eine Geisteskranke, die in ihrem Wahn zu einer reißenden Bestie geworden war.

Sie sah ihn nicht an, obwohl sie ihn gewiss schon wahrgenommen hatte. Ihr leerer Blick ruhte auf der nackten, leblosen Gestalt dicht vor ihr, von der ein solch starker Geruch nach Blut und Heroin ausging, dass Nathan kurz stehen bleiben und sich sammeln musste, um seine vampirischen Gelüste in den Griff zu bekommen und seinen Verstand wach zu halten. Sie hatte sich einen Fixer ins Haus geholt. Na, ganz wundervoll! Es war der einzige Weg, auf dem Vampire Drogen konsumieren und auch eine etwas länger anhaltende Wirkung erzielen konnten – das wusste Nathan seit seinem letzten, sehr unangenehmen Trip mit Béatrice. Für ein paar Wochen war sein höllisches Leben mit dieser Frau noch ein ganzes Stück höllischer gewesen und wieder hatte Jonathan dem Ganzen schließlich ein Ende bereitet und ihn vor weiterem Elend bewahrt.

Nathan biss die Zähne zusammen und trat näher heran. Béatrice bewegte sich immer noch nicht. Die untere Hälfte ihres Gesichtes schien in Blut nur so gebadet zu haben und sie starrte blicklos ins Leere, ein unheimliches Lächeln auf ihren Lippen tragend. Er war sich nun gar nicht mehr so sicher, ob sie ihn wahrnahm, ob sie überhaupt irgendetwas wahrnahm. Seine Augen wanderten zu dem jungen Toten und beinahe wäre Nathan erschrocken zusammengezuckt. Der Junge war derart zugerichtet, dass ihm ganz anders wurde. Béatrice hatte ihm nicht nur seine Kehle aufgerissen, sondern sein ganzer dünner Körper war von tiefen Bissspuren übersät, insbesondere seine Lendenregion und sein ...

Nathans Magen machte eine unangenehme Umdrehung. Er wandte seinen Blick schnell wieder ab und versuchte sich auf die Frau vor sich zu konzentrieren, gegen die er plötzlich eine Abscheu verspürte, wie er noch nie zuvor in seinem Leben empfunden hatte.

„Béatrice", sagte er mit einer für ihn ungewöhnlichen Kälte in der Stimme und sah, wie sie zusammenzuckte. Jedoch sah sie ihn immer noch nicht an und auch ihr seltsames Lächeln blieb erhalten.

„Sch-scht... Er schläft so schön ...", kam es ganz leise, ja fast liebevoll über ihre Lippen und ein kalter Schauer rann Nathans Rücken hinunter. „Soo schön ..."

„Er ist tot, Béatrice", erklärte er kühl und ihr Lächeln verschwand.

„Ja..." Ihr Blick wurde finsterer, beinahe traurig.

„Hast du die Wacht verständigt?", versuchte er weiter zu ihr durchzudringen.

Keine Antwort. Stattdessen begann sich ihr Oberkörper zu bewegen, sich leicht nach vorn und wieder zurück zu wiegen. Das war keine Schauspielerei, kein Spiel. Sie befand sich dieses Mal auf einem ganz üblen Trip und war nicht dazu in der Lage, selbst etwas zu organisieren. Es war ein Wunder, dass es ihr überhaupt gelungen war, ihn anzurufen.

Nathan sah sich kurz um. Es hatte hier doch immer ein Telefon gegeben. Sein Blick wanderte rasch zurück zu Béatrice und er trat noch näher, ging neben ihr auf die Knie.

„Das Telefon, Béatrice ...", wandte er sich an sie, weil er bemerkt hatte, dass das Kabel hinter ihrem Rücken zu sehen war.

Sie regte sich nicht und er beugte sich vor, damit er um sie herumgreifen konnte – eigentlich eine ganz harmlose Bewegung, doch seine Ex schien das ganz anders zu sehen. Sie zuckte heftig zusammen, warf sich zur Seite und schlug ihm mit solcher Wucht ins Gesicht, dass er zurückgeschleudert wurde und mit dem Kopf gegen den unteren Teil der Bar knallte. Für ein paar Sekunden tanzten Sterne vor seinen Augen und alles um ihn herum wurde dumpf und dunkel. Dann setzte der Schmerz ein, das Dröhnen und Pfeifen in seinen Ohren, das ihn die Augen fest zusammenkneifen ließ. Etwas Warmes, Nasses lief seitlich an seiner Stirn hinunter, als er sich wankend zurück in eine etwas aufrechtere Haltung brachte, darum bemüht, wieder klar sehen zu können. Auf seine vampirischen Kräfte war Verlass. Er konnte fühlen, wie die Wunde an seinem Kopf verkrustete und sich langsam schloss. Auch das Bild schärfte sich mit jeder verstreichenden Sekunde. Nur der Schmerz und das Pochen in seinem Kopf wollten nicht so schnell wieder verschwinden.

Béatrice war bis an die gegenüberliegende Wand gewichen, saß dort geduckt und aufs äußerste angespannt und starrte ihn mit weißlich glühenden Augen an. Tja, ein Vampir unter Drogen war nicht annähernd so blockiert wie ein Mensch und daher auch weitaus gefährlicher als jeder andere.

Nathan hob seine Hand in einer beruhigenden Geste, als er seine andere nach dem Telefon ausstreckte und bemerkte wie Béatrices Anspannung wuchs.

„Ganz ruhig", sagte er leise. „Ich will nur jemanden von der Wacht anrufen, damit die Custoren die Leiche wegschaffen können, okay?"

„Sie haben es verdient ... verdient", stieß Béatrice aus, während ihre Augen jede noch so kleine Bewegung seinerseits verfolgten.

Er wusste zwar nicht, wovon sie sprach, aber es war besser, wenn sie das Gefühl hatte, dass er auf ihrer Seite war – zumindest solange er noch mit ihr allein und sie so unberechenbar war. Ihre Kräfte waren ungeheuerlich. Das war nicht das erste Mal, das er dies am eigenen Leib erfahren hatte.

„Sie kann sie nicht allein bekämpfen", fuhr Béatrice mit diesem eigenartig sanften und doch so kalten Ton fort, *während Nathan die ihm nur allzu bekannte Nummer wählte. „Sie ist viel zu schwach ... so menschlich ...“*

Er runzelte irritiert die Stirn und hielt sich den Hörer ans Ohr.

Béatrice entspannte sich langsam, fing wieder an zu lächeln. „Sie weiß nicht, wie gefährlich sie sind.“

„Wer?“, musste er fragen, obwohl schon das Freizeichen in der Leitung ertönte.

Die Falte zwischen Nathans Brauen vertiefte sich. Zu mehr kam er allerdings nicht, denn endlich meldete sich einer der wachhabenden Vampire. Er schilderte ihm rasch, was geschehen war und wo sie sich befanden, dann konnte er auch schon wieder auflegen.

Béatrices Haltung hatte sich erneut gewandelt. Sie war ein wenig zusammengesunken und fixierte die Leiche des jungen Mannes nun mit einem Ausdruck tiefster Erschütterung.

„Ich ... ich wollte das nicht, Nathan“, kam es ihr nur im Flüsterton über die Lippen und erst in diesem Augenblick hatte er das Gefühl, wieder seine Ex-Verlobte vor sich zu haben.

„Ich wollte ihn nicht töten ...“

Nathan wusste nicht, was er darauf erwidern sollte. Wahrscheinlich sagte sie die Wahrheit. Auch wenn Béatrice mit ihren Opfern oder auch ihr vertrauten Blutspendern gerne sadistische Spielchen spielte, war es in seiner Gegenwart bisher nur selten vorgekommen, dass diese dabei zu Tode gekommen waren. Zumindest nicht nach seiner eigenen Eingewöhnungszeit. Und nie zuvor hatte er es erlebt, dass sie einen Menschen derart zugerichtet hatte wie diesen armen Jungen hier.

Nathan nahm einen tiefen Atemzug und sah sie dann unbewegt an. „Vielleicht solltest du eine Dusche nehmen und dich ordentlich anziehen", schlug er leise vor.

Béatrice überraschte ihn, indem sie wieder anfing, sich hin und her zu wiegen.

„Ich habe Angst", hauchte sie und in ihren Augen schimmerten tatsächlich Tränen. „Es ist so dunkel."

„Du bist ein Vampir, Béatrice, du kannst im Dunkeln sehen", erinnerte er sie und wusste nicht genau, was er von ihrem seltsamen Verhalten halten sollte. Béatrice hatte sich oft seltsam benommen, aber unter dem Einfluss der Drogen in ihrem Blut war ,seltsam' ein viel zu mildes Wort. Vielleicht war es besser, Jonathan anzurufen. Er wusste gewiss, wie man sie wieder von ihrem Trip herunterholen konnte.

„In mir drin ... es ist so dunkel und kalt in mir drin", stieß sie verzweifelt aus und ein leises Schluchzen entkam ihrer Kehle. „Die Gesichter ... die Gesichter machen mir Angst!"

Er wollte kein Mitleid mit ihr haben, aber er konnte nichts dagegen tun. Die weiche, zerbrechliche Béatrice war jemand, an den er nicht gewöhnt war, der etwas tief in seinem Inneren anrührte und die Mauer, die er gegenüber dieser Frau sorgfältig aufgebaut hatte, bröckeln ließ. Sein Beschützerinstinkt übernahm die Führung, veranlasste ihn dazu, sich ihr vorsichtig auf allen Vieren zu nähern.

„Die Gesichter sind nicht real, Béatrice", sagte er sanft. „Das ist das Heroin. Es lässt dich Dinge sehen, die nicht existieren, und Dinge tun, die du eigentlich nicht tun wolltest."

„Ich ... ich wollte es nicht", stammelte sie nun und die ersten Tränen liefen ihre Wangen hinunter. „Und dann wollte ich es doch ... Ich wollte, dass er leidet."

„*Wieso?*" Er hielt nur eine Armlänge von ihr entfernt inne, weil ihre Augen schon wieder so eigenartig geflackert hatten.

„*Weil sie es verdienen! Sie verdienen es alle!*" Der plötzliche Hass in ihrer Stimme erschütterte ihn, genauso wie die Verachtung, mit der sie nun auf den Toten hinab sah. Diese Schwankungen in ihren Gefühlen, in ihrem Verhalten beunruhigten ihn zutiefst.

„*Sie ... sie tun einem nur weh ... nur weh ... nehmen sich, was sie wollen, wen sie wollen, wann sie wollen, ganz gleich wie alt man ist.*"

Es war ein seltsames Gefühl, das Nathan plötzlich gepackt hatte. Eine Mischung aus Neugierde, Unbehagen und böser Vorahnung. Béatrice hatte ihm bisher nur wenig aus ihrem früheren Leben erzählt, sprach fast nie über ihre Zeit als Mensch. Alles, was er über seine Frau wusste, hatte er mehr oder weniger Jonathan zu verdanken. Dass sie aus Europa kam; einst am Hofe eines Königs gedient hatte; aus ärmlichen Verhältnissen stammte, aber durch ihre Verwandlung zu einem Vampir ‚geadelt‘ worden war, et cetera. Die Qual, die sich nun in ihren Augen zeigte, die Angst und seelische Pein, die ihr die Erinnerungen brachten, erschreckten ihn. Ihm war immer bewusst gewesen, dass sich hinter ihrem oft so seltsamen Verhalten eine schreckliche Vergangenheit verbergen musste. Wie *schrecklich* diese war, hatte er sich allerdings nie klarmachen wollen – jetzt zwang sie ihn dazu.

„*Heißt das, er musste für das büßen, was andere Männer dir angetan haben?*", fragte er leise und das Vor- und Zurückwiegen wurde stärker.

„*Nicht mir ... nicht mir ...*", hauchte sie, „*... Patrice.*"

„Patrice?", wiederholte er vorsichtig. „War das dein Name, bevor du zum Vampir wurdest?"

Sie reagierte nicht, doch er wusste, dass er recht hatte. Genauso wie er wusste, dass er heute zum ersten Mal, seit er diese Frau kannte, eine Chance erhielt, hinter ihre Fassade zu blicken, zu erfahren, wer sie in Wahrheit war.

„Haben die Männer, von denen du gesprochen hast, sich an ihr vergriffen?"

Da war er – der Hauch eines Nickens.

„Gegen ihren Willen?"

„Sie durfte keinen Willen haben. Was zählt der Wille des zwölfjährigen Kindes einer Dienstmagd gegen den eines reichen Adligen?"

Nathan wurde ein weiteres Mal innerhalb kürzester Zeit furchtbar schlecht, während gleichzeitig eine solche Wut, ein solcher Hass gegen diese Menschen in ihm heraufdrangen, dass er innerlich zu beben begann. Ganz automatisch schoben sich seine Eckzähne heraus und er musste mit sich kämpfen, um kein bedrohliches Knurren von sich zu geben. Sich an unschuldigen Kindern zu vergreifen, war eines der schlimmsten Verbrechen, dessen man sich schuldig machen konnte.

„Sie hat sich daran gewöhnt", fuhr Béatrice mit etwas festerer Stimme fort. „Irgendwann wusste sie, was ihre Bestimmung ist."

„Ihre Bestimmung?", wiederholte Nathan, bemüht darum, seine unbändige Wut nicht allzu deutlich nach außen dringen zu lassen.

„Sie musste sterben." Ihre Stimme war kaum noch zu vernehmen, ihr Blick nach innen gerichtet, jedoch so traurig, dass sein Drang, sie in die Arme zu schließen und ihr den Halt zu geben, den sie so dringend brauchte, kaum noch zurückzuhalten war.

„Sie war so schwach. Es gab nichts mehr in ihrem Leben, wofür es sich zu kämpfen lohnte. Der Tod ... er war eine Erlösung ... "

„Man kann kein ganzes Leben auslöschen, indem man versucht, ein neues zu beginnen, Béatrice", sagte er leise und voller Mitgefühl. „Die Erinnerungen werden immer wiederkommen."

Sie schlang in einer hilflosen Geste beide Arme fest um ihren zarten Leib und schüttelte den Kopf.

„Ich will sie nicht ... will sie nicht", stieß sie kaum hörbar aus, ihren Blick starr auf den Boden gerichtet.

„Aber du wirst sie auch nicht mit Drogen verdrängen können", erwiderte er vorsichtig. „Und auch nicht, indem du Unschuldige für die Verbrechen, die man dir angetan hat, leiden lässt."

Ein leises, verzweifeltes Schluchzen drang aus ihrer Kehle und das genügte, um Nathans Zweifel abzuschütteln, seine Hände nach ihr auszustrecken und sie in seine Arme zu ziehen. Béatrices Widerstand währte nur wenige Sekunden. Dann ließ sie sich kraftlos gegen seine Brust sinken und fing haltlos an zu weinen, ließ all die Emotionen heraus, die sie sonst nie zuließ, ließ sich fallen in ihre Schwäche und Hilflosigkeit und klammerte sich an ihn, wie ein Kind, das nach einem Halt suchte, den es längst in dieser Welt geglaubt hatte verloren zu haben.

Nathan hielt sie fest, streichelte ihren Rücken und wiegte sie hin und her, während sein Herz vor Mitgefühl und innerer Zerrissenheit beinahe zu zerbersten drohte. Er wusste ganz genau, wie gefährlich es für ihn war, ihr wieder so nahe zu kommen, sich von ihr innerlich berühren zu

lassen, doch sie brauchte diese Hilfe jetzt, diese Unterstüt-
zung und Fürsorge. Er konnte ihr das nicht verwehren. Sie
hatte doch niemand anderen.

Ihr ganzer Körper bebte und zitterte unter den heftigen
Emotionen, die sie überfielen, und die Wirkung des Heroins
tat ein Übriges. Er konnte sie so nicht den Blicken der Cus-
toren aussetzen, also schob er einen seiner Arme unter sie,
hob sie an und stand auf. Sie klammerte sich fest an ihn und
ließ sich willenlos von ihm hinauf in eines der Schlafzim-
mer tragen. Béatrice war zwar ein Vampir, aber was sie
jetzt vor allem brauchte, war Geborgenheit und Schutz.
Also ließ er sie vorsichtig auf dem großen Himmelbett nie-
der, löste ihre Arme von seinem Hals und deckte sie für-
sorglich zu.

Sie ließ alles mit sich geschehen. Die Tränen versiegten
langsam, doch sie sah unglaublich erschöpft und mitge-
nommen aus. Er ließ sich auf dem Bettrand nieder, beugte
sich vor und strich ihr das dunkle, verklebte Haar aus dem
zarten, tränennassen Gesicht. Ohne es zu wollen, erschien
ein liebevolles Lächeln auf seinen Lippen. Es war seltsam,
aber seine ehemalige Geliebte hatte nie schöner ausgese-
hen. Diese Verletzlichkeit, die Sensibilität und vor allem
diese tiefe Sehnsucht nach Liebe und Geborgenheit, die in
ihre dunklen Augen geschrieben stand, sorgten für ein
warmes Brennen tief in seiner Brust und weckten Gefühle
in ihm, die nicht gut, nicht gesund für ihn waren. Ihre zit-
ternden Finger berührten seinen Handrücken, schoben sich
zaghaft zwischen die seinen und hielten so seine Hand fest,
während der Blick ihrer traurigen Augen tief in seine Seele
zu dringen begann und seine eigene Sehnsucht nach ihr,
seine verzweifelte Liebe zu dieser schwierigen Frau wieder
aufflackern ließ.

„Bleib bei mir", flüsterte sie mit erstickter Stimme und ihre andere Hand legte sich auf seinen Arm. „Lass mich nicht allein."

Er nickte leicht. „Ich kläre das mit den Custoren."

Sie schüttelte heftig den Kopf und wieder drang ein tiefes Schluchzen aus ihrer Kehle. „Bleib bei mir Nathan ... für immer!"

Sein Daumen strich sanft über ihre Wange und in sein Lächeln mischte sich eine Spur von Traurigkeit. „Ich kann nicht."

Der Druck ihrer Finger wurde stärker und sie sog zittrig Luft in ihre Lunge, während ihre Augen sich erneut mit Tränen füllten.

„Ich ... ich brauche dich, Nathan", hauchte sie und er spürte, wie sich sein Herz bei diesen Worten zusammenzog, nur um sich dann ein ganzes Stück weiter zu öffnen. So etwas hatte sie noch nie gesagt und es klang warm und ehrlich.

„Ich brauche dich so sehr", schluchzte sie, richtete sich auf und schlang die Arme um seinen Hals, drängte sich an ihn. „Alles ist kalt und leer ohne dich."

Nathans Kehle hatte sich mittlerweile derart zugeschnürt, dass es ihm schwer fiel, überhaupt noch etwas hervorzubringen. „Das ... das ist nur die Wirkung des Heroins."

„Nein", stieß sie mit einem unterdrückten Schluchzen aus. „Ohne dich bin ich tot. Ohne ... ohne dich stirbt alles Menschliche in mir. Ich ... ich will nicht sterben, Nathan, will ... will nicht schon wieder sterben. Ich habe solche Angst."

Nathans Widerstand brach zusammen. Er spannte seine Arme um sie und zog sie auf seinen Schoß, fest an seinen Körper.

„Du wirst nicht sterben", flüsterte er in ihr Haar. „Das lasse ich nicht zu, Béatrice!"

Er spürte, wie sie von ihm abrückte, und sah in ihre Augen, in denen auf einmal so viel Hoffnung lag. „Patrice", flüsterte sie. „Nenn mich Patrice. Nur einmal."

Er umfasste ihr Gesicht zärtlich mit beiden Händen, brachte es ganz dicht an das seine heran und schenkte ihr ein Lächeln, das all seine Gefühle, seine Liebe und Hoffnung, seine tiefe Sehnsucht nach ihr unverhüllt widerspiegelte.

„Patrice", flüsterte er und im nächsten Augenblick fanden sich ihre Lippen voller Hingabe auf den seinen wieder.

Nathans Verstand existierte nicht mehr, hatte sich zurückgezogen, um seiner gefährlichen Sucht nach dieser Frau nachzugeben, seiner törichten Hoffnung darauf, dass sie sich ändern konnte, dass sie sich ändern wollte, *so viel Raum gebend, dass er keine Kraft mehr hatte, sich ihrem Sog zu entziehen. Er wollte unbedingt daran glauben, dass ihre Beziehung mit dem heutigen Tag, mit ihrer Öffnung ihm gegenüber eine andere Richtung einschlug. Er* musste *es glauben, weil er genau wusste, dass es ihn zerstören würde, wenn sie von Neuem anfing, diese Spielchen mit ihm zu spielen. Es würde seinen Glauben an die Liebe für immer zerstören.*

Über die Zeit mit Béatrice nachzudenken, war schon immer eine schmerzhafte Angelegenheit gewesen, nicht nur weil all die Emotionen von damals noch immer überdeutlich spürbar waren, sondern auch weil Nathan seine eigene Naivität, seine Fehler und Dummheiten vor Augen geführt wurden, all die Begebenheiten, die er sonst liebend gern verdrängte. In einer Situation wie dieser bekam das Ganze noch weitaus problematischere Züge, weil einfach so vieles an seine gemeinsame Geschichte mit dieser Frau geknüpft war; weil sie immer noch eine gewisse Rolle in seinem Leben spielte oder zumindest die Auswirkungen ihrer Handlungen.

Es war ein seltsames Gefühl, zu wissen, dass Béatrice es erst möglich gemacht hatte, Sam zu finden. Zum einen dadurch, dass sie ihn verwandelt hatte, und zum anderen weil sie ihm maßgeblich dabei geholfen hatte, den Menschenhändlerring zu finden und aus den Angeln zu heben. Durch ihre Mithilfe war er zu Sams Retter und sie ewig begleitenden Schutzengel geworden. Die Lunierin hatte zwar seinen Glauben an die Liebe zerstört – jedoch nicht für immer, denn sie hatte unwillentlich auch dafür gesorgt, dass sich ein noch viel tiefer gehender, essentiellerer und dieses Mal unerschütterlicher Glaube an die Liebe in ihm wieder aufgebaut hatte. Mit Sam war eine Verbindung entstanden, die tiefer ging als jede andere Beziehung, die er jemals zu einer Frau gehabt hatte. In ihrer Nähe fühlte er sich trotz der Zerrissenheit, in der er sich so oft befand, vollständig, ganz, sicher und wenn sie getrennt waren, so wie jetzt, fiel es ihm sehr schwer, gegen das Gefühl anzukämpfen, Stück für Stück wieder auseinanderzufallen.

Auch dieses Mal war es Béatrice gewesen, die, ohne anwesend zu sein, dafür gesorgt hatte, dass er sich wieder schlechter fühlte, war er sich doch ganz sicher, dass sie der eigentliche Grund war, warum Sam ihre Hilfe bei dieser heiklen Aktion im Krankenhaus angeboten hatte. Sie konnte Béatrice nicht in ihrer Nähe ertragen, fühlte sich wohl zu recht von ihr bedroht. Doch es schmerzte, sie nicht bei sich zu haben. Es schmerzte und der Gedanke daran, dass ihr vielleicht etwas zustoßen konnte, machte Nathan ganz krank.

Alles nur durch Béatrice. Sie hatte sie zusammengebracht und trennte sie jetzt wieder. Sie war das Paradebeispiel dafür, dass Gut und Böse nie weit voneinander entfernt lagen, gegeneinander kämpften, sich aber auch bedingten und ergänzten.

Béatrice … Es gab so Vieles, was er sie fragen musste, so viele Dinge, die er heute in einem ganz anderen Licht sah, besser verstand und dennoch genauer erforschen musste. Es war wichtig, sie zu treffen – auch für ihn. Und vielleicht war es sogar gut, wenn Sam erst einmal nicht dabei war. So konnte er freier handeln, entspannter, direkter.

Natürlich gab es da auch dieses große Unbehagen in seiner Brust, wenn er an seine bevorstehende Begegnung mit Béatrice dachte. Niemand wusste besser als er, wie gefährlich und hinterhältig seine Ex-Geliebte sein konnte. Sie war eine geistig nicht ganz gesunde Frau, das hatte er einst festgestellt, wieder und wieder am eigenen Leib erfahren müssen. Und als solche blieb sie für immer unberechenbar. Das Bedürfnis sie zu retten, sie von ihren Dämonen zu befreien, war auf der Strecke geblieben und hatte den größten Teil seiner Liebe für sie mitgenommen. Ganz davon abgesehen, dass sein Herz nun Sam gehörte – für immer. Ob Béatrice das allerdings begriff und ertragen konnte, war sehr fraglich. In dieser Hinsicht barg die Idee, seine Ex-Freundin anzulocken und mitzunehmen, gerade auch für Sam eine gewisse Gefahr. Béatrice war zu allem fähig, wenn sie erst einmal das Gefühl hatte, einen Kampf verlieren zu können. Und Sam war trotz ihrer Besonderheiten immer noch nur ein Mensch und den Kräften und Intrigen einer Béatrice Vermont gewiss nicht gewachsen.

Nathans Gedärme verknoteten sich bei diesen Überlegungen und der Gedanke, dass es vielleicht doch ganz gut war, dass Sam zunächst einmal nicht so schnell in Béatrices Nähe geriet, verfestigte sich weiter. Vielleicht war sie in L.A. unter der Obhut Gabriels tatsächlich erst einmal besser aufgehoben als hier bei ihm. Jedoch wollte sich bei ihm keine richtige Zufriedenheit bezüglich dieser Hoffnung einstellen. Sein Bedürfnis, Sam immer und überall beschützen zu wollen, sie möglichst nahe bei sich zu haben, war derzeit zu groß.

Er schloss seine Augen und versuchte tief und ruhig zu atmen, auch wenn er wusste, dass der Zustand innerer Unruhe, der ihn befallen hatte, seit Sam abgereist war, sich nicht sobald wieder verflüchtigen würde – zumindest nicht, solange er noch nicht auf Béatrice getroffen war und er Sam nicht wieder sicher in seinen Armen hatte. Warum musste das Leben manchmal so kompliziert sein? Dieses Auf und Ab der Gefühle in seinem Inneren, brachte die in den letzten Wochen so hart erarbeitete Kontrolle über seinen Körper gehörig ins Wanken. Der Vampir in ihm rief laut nach Aktivität, während seiner menschlichen Seite nur danach war, zu schreien und sich die Haare zu raufen. Beiden wollte er auf keinen Fall nachgeben.

Das Knarren der Bodendielen im Zimmer hinter ihm verriet ihm, dass Jonathan sich ihm näherte und nur wenige Sekunden später öffnete sich die Tür und sein bester Freund trat auf die kleine Veranda des Motels, in dem sie erst vor wenigen Stunden untergekommen waren. Sie waren zusammen mit Elizabeth, Malik und Max aufgebrochen und befanden sich jetzt in einem kleinen Ort namens New Underwood in South Dakota – genau dort, wohin sie auch Béatrice locken wollten. New Underwood war nicht sonderlich groß und die Landschaft um sie herum auch nicht besonders eindrucksvoll: Felder und Wiesen, soweit das Auge reichte, ab und an ein kleines, grünes Wäldchen, kleine Seen und Bäche. Für Jonathan gewiss ein Alptraum.

Nathan wandte sich nicht zu seinem Freund um, sondern starrte nur weiterhin hinauf in den von Wolken verhangenen Himmel, der seine innere Stimmung genau zu spiegeln schien. Er fühlte, dass Jonathan neben ihn trat, hörte wie er einen tiefen Atemzug nahm und sah ihn nun doch von der Seite an. Sein Freund hatte jedoch seinen Blick ebenfalls auf den immer dunkler werdenden Himmel gerichtet und sah ungewohnt nachdenklich aus. Für eine ganze Weile standen sie nur nebeneinander und betrachteten schweigend die friedliche Natur um sich herum.

„Das ist ja beinahe … meditativ", konnte Jonathan schließlich doch nicht mehr an sich halten und sah ihn an, ein kleines Lächeln auf den Lippen tragend. „Furchtbar!"

Er schüttelte sich.

Nathan stieß ein leises Lachen aus und richtete seinen Blick auf die Berge am Horizont, hinter denen sich die Sonne langsam zu verbergen versuchte. Er seufzte resigniert.

„Ja … Entspannung kann man nicht erzwingen."

„Sehr weise", kommentierte Jonathan mit diesem für ihn so typischen ironischen Unterton. „Diese Einsicht scheint dich aber nicht davon abzuhalten, es trotzdem zu versuchen."

„Du kennst mich doch", gab Nathan mit einem Schmunzeln zurück. „Immer mit dem Kopf durch die Wand, ganz gleich wie dick diese ist."

Dieses Mal war es Jonathan, der ein leises Lachen ausstieß. Doch er wurde erstaunlich schnell wieder ernst. Und still. In Bezug auf seinen Freund war das ein Alarmzeichen, denn eigentlich hatte er *immer* etwas zu sagen – ob es nun Belangloses war, zynische oder auch nett gemeinte Kommentare zu Angelegenheiten, die ihn nichts angingen, Belehrungen, Frust über Geschehnisse, die ihn ärgerten, den er unbedingt loswerden musste und so weiter. Jonathan brachte es sogar zustande, Nathan in ein Gespräch zu verwickeln, während er nebenbei ein Telefonat führte!

Wenn er allerdings gar nichts mehr zu sagen hatte, war etwas nicht in Ordnung. Dann war er krank, in einer seiner depressiven Ich-verkaufe-alles-was-ich-habe-und-zieh-mich-als-Eremit-in-die-Wildnis-zurück-Phasen oder hatte mit Überlegungen und Sorgen zu kämpfen, die ihm selbst zutiefst unangenehm waren. Da Vampire schwerlich krank werden konnten, der Auslöser für seine Depri-Phasen – Langeweile und die Suche nach dem Sinn des Lebens – durch die äußeren Umstände nicht gegeben war, konnte es sich also nur um das letzte Problem handeln – für das auch seine leicht verspannte Körperhaltung sprach und dieser zögerliche Blick, den er ihm nun schon zum wiederholten Male zuwarf.

Jonathan war nicht der Typ, der von sich aus über seine Probleme sprach, ganz gleich, wie sehr er es wollte. Ihm musste alles aus der Nase gezogen werden. In diesem Fall hatte Nathan jedoch schon eine gewisse Vorstellung, worum es ging, lagen seine eigenen Gedanken doch nicht allzu weit von Jonathans entfernt. Allerdings sorgte gerade dieser Fakt dafür, dass es ihm selbst auch nicht besonders leicht fiel, in das notwendige Gespräch zwischen ihnen einzusteigen. Umso überraschter war er, als Jonathan sich ihm doch wieder von sich aus zuwandte.

„Ich habe gerade Gabriel angerufen", sagte er in einem bewusst lockeren Tonfall. „Sie sind wohl ganz gut angekommen und werden sich erst morgen früh auf den Weg zum Krankenhaus machen. Sam hat im Hintergrund gefragt, wie es dir geht."

Nathan horchte sofort auf. „Und, was hast du geantwortet? Lass mich raten: Dass du mich schon in Flaschen transportieren musst, weil ich vor Sehnsucht nach ihr völlig zerflossen bin?"

Jonathan sah ihn verdutzt an, nur um dann anerkennend zu nicken. „Das ist gut. Ungemein kreativ und schwülstig – aber gut."

Nathan hob auffordernd die Brauen und Jonathan lächelte.

„Ich sagte, dir geht es gut …"

Nathan ließ seine Brauen noch höher wandern.

„… sie könne das dann aber bald selbst sehen, in dem Videotagebuch, das du gerade liebevoll für sie anfertigst."

Nathan konnte nicht anders als zu lachen. „Und mich nennst du kreativ!"

„Ich sagte ja nicht, dass du dich mit dem Meister messen kannst", grinste Jonathan zurück.

„Und ist Barry mit seiner Recherche erfolgreich gewesen?", kam Nathan auf das eigentliche Thema zurück.

Jonathan nickte.

„Er konnte sich mit zwei Frauen in Verbindung setzen, die morgen ihren ersten Arbeitstag haben sollten und sie davon überzeugen, sich einen anderen Job zu suchen. Er soll zwei wundervolle Krankenhaus-Ausweise gebastelt haben und Sam und Valerie werden da jetzt wohl ohne

Schwierigkeiten rein und wieder rauskommen können. Gabriel hat mir noch einmal versichert, dass die Gefahr, dass etwas passieren kann, nur sehr gering ist."

Jonathan bemühte sich, zuversichtlich auszusehen, doch er konnte Nathan nichts vormachen. Auch seine Bedenken und der damit zusammenhängende Frust waren mit so einer Aussage noch lange nicht weggewischt.

Der Blick des Vampirs glitt noch einmal nachdenklich über die karge Landschaft um sie herum und schließlich stieß er einen tiefen Seufzer aus.

„Frauen", murmelte er leise und schüttelte den Kopf.

Nathan wartete ein paar Sekunden, doch mehr schien nicht zu kommen. Die Stille zwischen ihnen war nicht gut für Nathan. Sie brachte ihn zu schnell wieder zurück zu dem einen Thema, das ihn immer so beunruhigte. Seine Überlegungen in Worte zu kleiden, war jedoch besser, als über Minuten oder gar Stunden in einer irreellen Spirale gefangen zu sein. Vielleicht konnte Jonathan ihn da rausholen.

„Denkst du nicht auch ab und an, dass das Leben manchmal seltsame Wege geht?", fing er etwas allgemeiner an und Jonathan schenkte ihm sofort seine ungeteilte Aufmerksamkeit.

„Inwiefern?", fragte er misstrauisch.

„Ich weiß auch nicht. Einfach, wie die Dinge manchmal zusammenhängen … das ist schon seltsam."

Nathan sah hinauf in den Himmel, versuchte seine Gedanken besser zu sortieren.

„Manchmal ist es nur eine winzige Entscheidung, die dein ganzes Leben auf den Kopf stellt. Du gibst einer Versuchung, einem Bedürfnis nach und plötzlich … ist alles anders."

„Du meinst, vorher warst du zum Beispiel ein zufriedener Single und plötzlich steckst du in einer anstrengenden, nervenaufreibenden Beziehung, von der du weißt, dass sie dir nur Probleme bereiten wird?"

„So ungefähr."

„Aber du redest nicht von Sam", schloss Jonathan sofort richtig. „Das ist wieder die alte Béatrice-Geschichte, oder?"

Nathan musste nicken. „Ich denke, die Probleme, die *du* in Bezug auf deine Beziehung zu Valerie siehst, haben auch nicht so viel mit ihr zu tun."

Jonathan wich seinem Blick aus, betrachtete die Innenseiten seiner Hände und strich sich den nicht vorhandenen Staub von den Handflächen.

„Es sind die Altlasten, die wir mit uns herumtragen", sagte er leise. „Die wir eigentlich hinter uns lassen sollten."

„Das ist es ja, worüber ich immer wieder nachdenke", gab Nathan resigniert zurück. „Und ich weiß nicht, ob ich das eines Tages kann. In gewisser Weise scheint alles zusammenzuhängen. Wenn ich mich nicht in Béatrice verliebt und sie mich nicht verwandelt hätte, dann … dann hätte ich Sam nie finden und retten können. Wahrscheinlich wäre sie längst tot und ich wäre der Liebe meines Lebens nie begegnet."

„Selbst wenn sie nicht gestorben wäre und du sie zufällig getroffen hättest – sie hätte dich ganz bestimmt sehr viel weniger attraktiv gefunden", warf Jonathan mit einem kleinen Grinsen ein. „Es sei denn, sie steht auf Großväter."

„… andererseits wären mir diese … diese anderen Dinge auch nicht passiert", fuhr Nathan ungerührt fort und ignorierte die Neckerei seines Freundes geflissentlich, „und ich wäre nicht der geworden, der ich jetzt bin."

Er seufzte schwermütig. „Die Zukunft ist gerade so stark in Bewegung, dass ich überhaupt nicht einschätzen kann, wohin das alles führt."

„*Kann* man das denn wissen?", erkundigte sich Jonathan nun ernsthaft. „Das Leben ist voller Zufälle."

„Ist es das?", sprach Nathan den Gedanken aus, der ihn schon oft überfallen hatte. „Manchmal ist alles derart fein aufeinander abgestimmt, dass es mir schwerfällt, nur an Zufälle zu glauben."

„Dann glaubst du an Bestimmung?"

Nathan zuckte unschlüssig die Schultern. „Ich weiß es nicht, aber manches…"

Jonathan betrachtete nachdenklich seine Füße, die in einem Paar äußerst teurer, aber für seine Verhältnisse eher sportlicher Schuhe steckten – passend zu dem legereren Look mit Jeans, Shirt und Lederjacke. Selbstverständlich Markenqualität.

„Als ich zum ersten Mal bemerkte, wie tief meine Gefühle für Anna gingen, dachte ich wahrhaftig an Bestimmung", gab er leise zu und lächelte traurig. „Und als ich sie verwandelte und sie all die Qualen, die damit einhergehen, überlebte, war ich mir sicher, dass wir füreinander geschaffen worden waren, dass eine höhere Macht wollte, dass wir einander finden."

Nathan nickte und fühlte auf einmal wieder dieses schmerzliche Sehnen in seiner Brust, das ihn in regelmäßigen Abständen überfiel, seit Sam mit Gabriel und Valerie abgereist war. Es waren *seine* Überlegungen, die Jonathan da aussprach, *seine* Gefühle, wenn er mit Sam zusammen war.

„Aber wenn das so ist … war es auch Bestimmung, dass ich sie wieder verliere?", fuhr Jonathan fort. „War es dann auch Bestimmung, dass Valerie in mein Leben tritt? Soll ich das als Zeichen sehen, Anna zu vergessen? Aber wo wäre dann der Sinn des Ganzen? Was will das Leben mir damit sagen?"

Nathan stieß einen tiefen Seufzer aus. „Genau das ist die Frage, die auch ich mir immer wieder stelle."

„Nur dass du tatsächlich versuchst, sie zu beantworten", setzte Jonathan hinzu. „Ich tu das Ganze nach zehn Minuten als Spinnerei ab."

Nathan sah ihn an und zog die Brauen zusammen. „Tust du nicht", erwiderte er überzeugt. „Das machst du dir nur vor."

„Aber darin bin ich verdammt gut", lächelte Jonathan und Nathans Mundwinkel hoben sich zu einem warmen Lächeln.

Er betrachtete ein paar Herzschläge lang die ihm so vertrauten Züge des älteren Vampirs und musste wie schon einige Male zuvor feststellen, dass er sich verändert hatte. Da war so viel mehr Wärme in seinen Augen, wenn sie miteinander sprachen, größere Offenheit in der Art, wie sie miteinander umgingen, mehr Nähe, die Jonathan zwischen ihnen zuließ. Und es tat gut, in einer solchen Vertrautheit mit ihm zusammen zu sein.

Jonathan wurde unter seinem langen, nachdenklichen Blick spürbar nervöser, ließ seinen Blick wieder über die Landschaft schweifen und stieß dann ein übertriebenes Seufzen aus.

„Warum musst du nur immer solche Fragen stellen?"

Nathan hob abwehrend die Hände. „Hey, die meisten davon kamen aus *deinem* Mund. Aber eine Sache würde mich tatsächlich interessieren …"

Jonathan schloss in böser Vorahnung die Augen.

„Was wäre für dich leichter zu ertragen: Die Vorstellung, dass alles nur Zufall ist, oder die, dass das, was uns passiert, ob nun schöne Dinge oder schreckliche, Bestimmung ist?“

Für einen Augenblick dachte Nathan, Jonathan würde ihm wie früher ausweichen, einen sarkastischen Spruch machen und sich dann ins Haus zurückziehen, doch er nahm stattdessen einen tiefen Atemzug und sah ihn ernst an.

„Ich finde beide Vorstellungen nicht akzeptabel, weil sie einen wichtigen Faktor außer Acht lassen.“

„Das eigene Handeln, die Entscheidungen, die man bewusst fällt“, setzte Nathan für ihn mit einem zustimmenden Kopfnicken hinzu.

„Ich denke, das Leben, das wir führen, wird durch so viele Faktoren bestimmt, dass es schwer ist, festzustellen, warum bestimmte Sachen passieren“, fuhr Jonathan ungewohnt tiefgründig fort, „– ob nun durch Zufall, Bestimmung oder Fehler, die man selbst begeht.“

Er zuckte die Schultern.

„Ich denke, es ist nur wichtig, dass wir bei all diesem Wirrwarr um uns herum nicht den Überblick verlieren und uns schon gar nicht die Dinge aus der Hand nehmen lassen.“

Wieder musste Nathan nicken. Es fiel ihm schwer, sich nicht anmerken zu lassen, wie beeindruckt er war. Es kam nur sehr selten vor, dass Jonathan zeigte, wie viel Lebensweisheit sich über die Jahrzehnte in ihm angesammelt hatte, und jedes Mal überkam Nathan das Gefühl, ein kleiner, unwissender Junge zu sein, der Rat bei seinem weisen Großvater sucht. Ein Bild, das mit dem jungenhaften Gesicht vor ihm und der Rolle des coolen Lebemanns, die Jonathan sonst immer einnahm, kaum zu vereinbaren war.

Ein weiteres, tiefes Seufzen folgte der Stille, die zwischen ihnen entstanden war.

„Weißt du, Nate, du fürchtest dich immer vor dem Vampir in deinem Inneren", meinte Jonathan und sah ihn gespielt rügend an, „dabei ist der Philosoph in dir weitaus furchterregender – der schafft es sogar *mich* runterzuziehen!"

Nathan musste lachen und legte dann Jonathan tröstend eine Hand auf die Schulter. „Wie du schon sagtest, nach zehn Minuten ist das wieder vorbei."

„Ich bitte drum", erwiderte Jonathan in einem leicht arroganten Tonfall und schon war er wieder der Alte.

„Und was machen wir jetzt mit unseren ‚Altlasten'?", fragte Nathan nach einer weiteren kleinen Gesprächspause.

„Nun ja, *deine* ‚Altlast' wird ja nun bald hier auftauchen."

Der Blick, mit dem sein Freund ihn bedachte, hatte etwas Prüfendes, leicht Besorgtes an sich.

„Früher hätte mich das nervös gemacht, aber da sich die Sache zwischen dir und Sam ja mittlerweile recht prächtig entwickelt hat …", er konnte es nicht lassen verschmitzt zu grinsen, „… brauche ich mir, denke ich, nicht allzu viele Sorgen machen. Zumindest was deine Rückfalltendenzen angeht."

„Ich mache mir nur Sorgen um Sam", gestand Nathan ein. „Weil ich nicht weiß, wie lange Béatrice in unserer Nähe bleiben wird und wie die beiden aufeinander reagieren werden – falls sie sich begegnen."

Jonathan zuckte die Schultern. „Na ja, wir quetschen deine Ex ein wenig aus und schlagen ihr dann den Kopf ab. Problem gelöst."

Ein Anflug von Verärgerung schoss brennend durch Nathans Brust.

„Das ist nicht lustig, Jonathan!", brummte er. „Sollten die anderen Vampire das Gefühl haben, dass sie eine Verräterin ist, kann es durchaus sein, dass sie tatsächlich auf solche Ideen kommen."

„Wenn sie wahrlich eine Verräterin ist, hat sie das verdient!", setzte Jonathan ihm streng entgegen und sorgte für ein weiteres Zusammenziehen seiner Gedärme.

„Wenn, dann wird *Gabriel* entscheiden, was mit ihr geschieht!", knurrte Nathan und sah hinüber zu den Bergen – dieses Mal, damit Jonathan seine Wut nicht so deutlich erkennen konnte. Wie schnell so ein angenehmes Gespräch unter Männer doch in sein Gegenteil kippen konnte.

„Ist er also noch da", stellte Jonathan ruhig fest und zwang Nathan mit diesen Worten dazu, ihn mit verärgert zusammengezogenen Brauen anzusehen.

„Was?"

„Dein Beschützerinstinkt Béatrice gegenüber."

Die Berge waren doch ein besseres Motiv – vor allem bei solcherlei Fragen. Er konnte Jonathan resigniert einatmen hören.

„Das solltest du im Griff haben, wenn Sam wieder da ist. Sonst kann das zu gewaltigem Ärger führen. Zu Recht."

„Das weiß ich auch!", knurrte Nathan.

Zweifellos sah Jonathan das richtig. In ihrem sensiblen Zustand würde Sam jede Art von positivem Verhalten gegenüber Béatrice in den falschen Hals bekommen, dennoch baute sich in Nathans Innerem ein Groll gegen seinen besten Freund auf, der gefährlich und nur mit einem Mittel wieder in den Griff zu bekommen war: Bewegung.

„Ich … ich gehe nochmal spazieren", brachte er mühsam beherrscht hervor, als Jonathan seinen Worten nichts Weiteres hinzufügte, und wandte sich von ihm ab, ohne ihn noch einmal anzusehen.

„Wenn du Béatrice begegnest, dann lad sie doch gleich nett zum Kaffee ein", rief Jonathan ihm nach, als er schon längst die Veranda verlassen hatte und quer über den Parkplatz lief.

Natürlich meinte sein Freund das nicht ernst. Die Bemerkung diente vermutlich nur dazu, seinem eigenen Ärger über Nathans Verhalten Luft zu machen. Dass Béatrice jetzt schon hier auftauchte, war äußerst unwahrscheinlich, waren sie doch alle davon ausgegangen, dass sie sich zuletzt in der Nähe San Franciscos herumgetrieben hatte. Von dort aus war es ein weiter Weg für einen Vampir, der möglichst unentdeckt bleiben wollte. Und auch sonst hatte Nathan keine Bedenken, was seinen Spaziergang anging. Die *Garde* hatte keine Ahnung, wo sie waren, und von Menschen, ganz gleich, wie bösartig sie sein mochten, ging für ihn als Hybrid keine richtige Gefahr aus. Er hatte in seinem intensiven Training mit Gabriel gelernt, den Vampir oder auch nur seine herausragenden Fähigkeiten äußerst effektiv zu nutzen – zumindest solange er seine Emotionen unter Kontrolle hatte und nicht von Erinnerungen an die Zeit in den Laboren heimgesucht wurde.

Nathan hatte kein bestimmtes Ziel, als er durch die sich auf die kleine Oase der Zivilisation senkende Dämmerung lief, nur das Bedürfnis, sein Durcheinander erneut zu sortieren und dafür zu sorgen, dass Béatrice nicht schon wieder für ein ungesundes Chaos in seinem Inneren sorgte. Er hatte, nachdem er entdeckt hatte, wie tief seine Gefühle für Sam gingen, geglaubt, mit diesem Teil seines Lebens, mit *ihr* endlich abgeschlossen zu haben. Es hatte sich damals wirklich so angefühlt. Aber nach all dem, was passiert war, nach all den neuen Informationen, die er über das ‚Heilmittel‘ und ihre ‚Familie' in Europa erfahren hatte, war dieser innere Frieden bezüglich seiner Ex völlig verschwunden. Sie hatte ihm nie die volle Wahrheit über ihre Herkunft, ihre bewegte Vergangenheit erzählt, Angaben, die für ihn wichtig sein konnten, verschwiegen und damit konnte er nicht leben. Er musste die volle Wahrheit erfahren. Musste erfahren, ob alles, von ihrer ersten Begegnung bis hin zu seiner Entführung, nur Zufall gewesen war, nur auf falschen Entscheidungen und dummen Fehlern basierte oder ob mehr dahinter steckte. Die Frage machte ihm Angst, aber er wusste, wie wichtig es war, sie zu beantworten. Für seine Zukunft, für sich, für Sam, und vielleicht sogar für die ganze Vampirgesellschaft. Und er war sich sicher, dass Béatrice ihm dabei helfen konnte, dass er mit ihrer Hilfe vielleicht hinter die Dinge kommen würde, die Gabriel ihm verheimlichte, von denen der alte Vampir bewusst immer wieder ablenkte.

Etwas prickelte in Nathans Nacken und er blieb stehen, sah sich kurz um. Er hatte jetzt das kleine Dorf erreicht, an dessen Rand das Motel lag, aber bis auf ein paar spielende Kinder in einem der Gärten, einem älteren Mann, der den Rasen sprengte und ein paar Frauen, die am Straßenrand munter miteinander plapperten und ihm dabei ab und an neugierige Blicke schenkten, war niemand zu sehen. Nathan versuchte seine Sinne zu fokussieren. Normalerweise sorgte nur die Anwesenheit eines Vampirs für eine solche Reaktion seines Körpers, war dessen Aura doch weitaus intensiver und besser spürbar als die eines Menschen. Er konnte allerdings weder etwas riechen noch hören noch fühlen. Da war nichts mehr und das Prickeln in seinem Nacken war auch wieder verschwunden.

Nathan schüttelte den Kopf und setzte seinen Weg fort. Die friedliche Atmosphäre hier unter den normal Sterblichen, so spießig sie auch sein mochte, tat ihm gut. Alles erschien hier so durchschnittlich und gewöhnlich. Die Leute hatten mit alltäglichen Problemen zu kämpfen, wie der Pflege des Gartens und des Hauses, ihrer Arbeit, ihren Beziehungen, der Erziehung der Kinder … Wie er sie beneidete. Was er dafür geben würde, selbst ein solch normales Leben zu führen, sich auch mal zu langweilen. Seit rund fünfzig Jahren war sein Leben nun ‚besonders' und ein Ende war nicht in Sicht. Er hatte die Nase voll davon. Manchmal ertappte er sich bei dem Gedanken, sich Sam zu schnappen und irgendwohin zu verschwinden, wo niemand sie kannte, wo sie sich unter falschen Namen vielleicht für eine kleine Weile verstecken, wie ein ganz normales Paar leben konnten. Gestört wurde dieser Traum nur von der Tatsache, dass sein Körper sich noch lange nicht in einem ausgewogenen, von Medikamenten unabhängigen Zustand befand und es fraglich war, ob das überhaupt jemals so sein würde. Ganz davon abgesehen, konnte er es sich auch nicht vorstellen, all seine Freunde und vor allem Jonathan zurückzulassen. Sein bester Freund war, so taktlos und arrogant er auch manchmal sein konnte, ein wichtiger, unentbehrlicher Teil seines Lebens geworden und ihm schon immer eine große Stütze gewesen.

Da war das Prickeln wieder – nun schon viel deutlicher als zuvor! Und dieses Mal verschwand es auch nicht. Nathan blieb erneut stehen, sah sich jedoch nicht um, sondern schloss die Augen und konzentrierte sich. Es dauerte nur wenige Sekunden und er wusste, aus welcher Richtung dieser Energieschub kam. Zu seiner Rechten befand sich eine schmale Gasse, die zwischen zweien der größeren Gebäude des Städtchens hindurchführte. Nathan zögerte nicht lange. Sein innerer Instinkt sagte ihm, dass es wichtig war, zu erfahren, wer das war. Und er fühlte sich stark genug, um sich auch einer möglichen Attacke eines ihm feindlich gesonnenen Vampirs zu stellen. Wenn er ehrlich war, kam es ihm gerade recht. Auf diese Weise konnte er wunderbar seine Anspannung abbauen.

Das Kribbeln wurde stärker, je weiter er in die Gasse hineinging. Bald schon schien es aus zwei Richtungen zu kommen und er blieb stehen. Zwei Richtungen bedeutete mindestens zwei Vampire – vielleicht war es doch keine so gute Idee gewesen, sich allein dieser Gefahr auszusetzen. Vielleicht war der andere Vampir aber auch Jonathan, der ihm gefolgt war.

Nathan entschied sich, nicht länger Mensch zu bleiben und ließ den Vampir, der sich schon seit ein paar Minuten heftig in ihm regte, die Kontrolle über seinen Körper übernehmen. Es fühlte sich wie immer seltsam an. Sein ganzer Körper kribbelte, als würden Millionen von Ameisen unter seiner Haut krabbeln, während sein Herzschlag langsamer, seine Atmung ruhiger wurde und seine Körpertemperatur fiel. Gleichzeitig wurde sein Verstand wacher und kühler, seine Sinne schärfer.

Da war er, der Geruch, den er zuvor nicht wahrgenommen hatte. Der Geruch nach Vampir, den er früher als Verwesung eingeordnet hatte, von Peterson aber eines Besseren belehrt worden war. Doch dieser Geruch war speziell, vertraut. Ein Gemisch aus altem Blut und Orchideen. Es gab nur *einen* Vampir, der so roch.

Das energetische Knistern wurde stärker. Dann vernahm er das Flattern eines Mantels und nur Sekunden später landete etwas hinter ihm auf dem sandigen, harten Grund.

„Nathan?“

Der Klang der melodischen, hellen Stimme sandte einen Schauer seinen Rücken hinunter, der zu seinem Ärgernis nicht unangenehmer Natur war. Er wandte sich langsam zu ihr um, sich fragend, wie das sein konnte, wie sie es geschafft hatte, so schnell hier zu sein.

Sie war schön wie eh und je, wie sie da vor ihm stand, mit ihren dunklen, ihr zartes, blasses Gesicht umspielenden Locken, dem sehnsüchtigen Blick in ihren großen, braunen Augen und den roten, aufgeworfenen Lippen.

„Gott, Nathan, du bist es wirklich!“, stieß sie mit belegter Stimme aus und ehe er sich versah, stürzte sie schon auf ihn zu, warf die Arme um ihn und zog in eine innige Umarmung.

„Oh, Nathan! Nathan … es tut mir so leid!“, raunte sie in sein Ohr und ihre Lippen berührten seine Wange, obwohl seine Hände bereits ihre Arme packten und er versuchte, sich mit sanften Druck aus ihrer Umklammerung zu befreien.

„Béa…“, begann er, kam aber nicht weit, da ihre Lippen sich plötzlich auf seinem Mund wiederfanden, ihn drängend küssten.

Hitze stieg in Nathan auf. Diese Mal wahrlich aus Wut. Er packte ihre Schultern und schob sie mit solcher Kraft von sich weg, dass sie ein paar Schritte rückwärts machen musste, um nicht zu stürzen.

„Was … was soll das?", fuhr er sie an und wischte sich mit dem Handrücken den Lippenstift vom Mund. Sie kam schon wieder näher und er wich ein Stück zurück, sie damit in ihrer Bewegung innehalten lassend.

„Hör zu. Ich weiß, dass du wütend auf mich bist", begann sie zu erklären. „Du hast auch alles Recht dazu, aber bitte, hör mir erst einmal zu!"

„Moment, Moment!" Er hob Einhalt gebietend die Hand. „Was machst du überhaupt hier und … ich habe ein Recht darauf, auf dich wütend zu sein?"

Béatrice stand ihre Verwirrung nur allzu deutlich ins Gesicht geschrieben. „Hat … hat dir Jonathan nicht erzählt …" Sie stockte.

„Was erzählt?", fragte Nathan scharf und er bemerkte kaum, dass das Prickeln in seinem Nacken wieder stärker wurde.

Sie antwortete ihm nicht, sondern trat nur wieder dichter an ihn heran. „Nathan, du musst mir vertrauen! Komm mit mir! Ich kann dir alles erzählen, alles, was du wissen willst, aber du musst mit mir kommen! Jetzt sofort!"

Sie ergriff seine Hand, doch er entzog sich ihr sofort wieder. „Wohin?", wollte er wissen, obwohl er nun selbst die anderen Vampire roch.

„So weit weg, wie es nur geht", flehte sie. „Ich kann dich verstecken, Nathan. Vertrau mir! Wir beide können das alles zusammen durchstehen!"

„Uns beide gibt es nicht mehr, Béatrice", gab er mit einer Ruhe zurück, die er längst nicht mehr besaß. Ihre Worte wühlten ihn auf, riefen so viele Fragen in ihm wach. Doch er wusste, dass er keine Zeit mehr hatte, sie zu stellen. Die anderen Vampire waren schon zu nah.

Sie sah kopfschüttelnd zu Boden und als sie den Blick wieder hob, lag nicht nur ein seltsames Lächeln auf ihren Lippen, sondern ihre Augen waren eiskalt geworden, ihr Gesicht so maskenhaft wie früher. Sie sah ihn jedoch nicht an, sondern an ihm vorbei, den Vampir an, der lautlos an ihn herantrat. Nathan musste sich nicht umdrehen, um zu wissen, wer das war. Genauso, wie er wusste, wer die andere dunkle Gestalt war, die soeben ein ganzes Stück weit hinter Béatrice die Gasse betrat.

„Hallo, Malik", brachte Béatrice immer noch mutig lächelnd hervor. „Eigentlich hätte ich mir ja denken können, dass ihr euren Schützling nicht aus den Augen lasst."

Der Assassine trat neben Nathan und gab Max ein Zeichen, zu ihnen aufzuschließen. In Nathan selbst brodelte es gewaltig. Er hasste es, gegen seinen Willen beschattet zu werden. Und noch viel mehr hasste er es, dass ihm damit vorerst die Möglichkeit genommen wurde, ungestört mit Béatrice zu sprechen.

„Das ist richtig", erwiderte Malik nun. „Genauso, wie du dir sicher denken kannst, dass du keine Chance hast, jetzt noch zu fliehen. Deswegen gehe ich davon aus, dass du ohne Widerstand mit uns kommen wirst."

Béatrices Blick wanderte zurück zu Nathan. „Willst du das denn?", fragte sie leise und ein Funken Wärme erschien wieder in dem tiefen Braun ihrer schönen Augen.

Er brachte nichts weiter als ein Nicken zustande und wusste, dass sie sich seiner Entscheidung fügen würde. Jedoch fühlte er sich unwohl, als sie sich umwandte und zusammen mit Malik und Max in Bewegung setzte. Das Bild eines Opferlamms, das zur Schlachtung zum Altar geführt wurde, formte sich vor seinem inneren Auge und wollte sich nicht wieder verdrängen lassen.

Jonathan hatte ein weiteres Mal recht gehabt: Sein Beschützerinstinkt für Béatrice war noch da. Er würde nicht zulassen, dass man ihr etwas antat. Selbst wenn er sich dafür mit all seinen Freunden anlegen musste.

Wahrheiten

*„Alles, selbst die Lüge, dient der Wahrheit; Schatten löschen
die Sonne nicht aus."*

Franz Kafka (1883 - 1924)

*T*üren. *Türen waren eigenartige Gegenstände, standen sie
doch für so viele, teilweise furchtbar gegensätzliche Dinge.
Sie konnten jemanden einlassen, aber auch hinausschicken;
Dunkelheit heraufbeschwören, aber auch Licht hereinfallen
lassen; Menschen aus- und einschließen. Doch im Grunde
genommen dienten sie nur einem Zweck: die Dinge zu be-
grenzen, Räume zu schließen und die Freiheit auszusper-
ren. Draußen in der Natur brauchte man keine Türen, denn
dort gab es keine Wände, keine einengenden Grenzen. Alles
war offen, weit, frei.*

*Ohne jeden Zweifel boten Wände und auch Türen
Schutz; Schutz vor den vielen Gefahren in dieser Welt, vor
dem Bösen, Wilden, Unberechenbaren. Doch wenn die
Angst zu groß wurde, wenn man begann, keine Risiken
mehr einzugehen, sich schwach und hilflos fühlte, dann
konnten diese Räume, diese Wände und Türen auf Dauer zu
einem Gefängnis werden, das einem das Leben langsam
aber nachhaltig aus den Adern sog.*

So wie dieser Körper, dieser schwächliche, kranke Körper, in dem ich nun schon seit einiger Zeit leben musste und der mich schon so oft betrogen und im Stich gelassen hatte, gerade in den wichtigsten Momenten. Er hatte seine Aufs und Abs. Gute Tage, an denen die Hoffnung wuchs, vielleicht doch mit dieser Krankheit leben zu können, alt zu werden – zumindest älter als die Ärzte mir prophezeit hatten – und schlechte, an denen die Schwäche mich kaum einen sicheren Schritt machen ließ und der Druck in meiner Brust, der Husten und die schmerzhaften Atemzüge zu einer solchen Qual wurden, dass ich mir manchmal den Tod nur allzu sehnlichst herbeiwünschte.

Dieses Auf und Ab, diese immer wieder aufglimmende Hoffnung – vielleicht war es das, was mir das Leben oft furchtbar schwer machte. Nur manchmal gab es Ereignisse in meinem Alltag, die mich die Krankheit beinahe vergessen ließen, Gedanken, die mich so aufwühlten, dass mir alles andere um mich herum egal war. Wie in diesem Augenblick, in dem ich vor der Tür stand. Dieser dunklen, schweren Eichentür, hinter der das Arbeitszimmer meines Vaters lag. Sie sagte nicht ‚Komm herein. Du bist willkommen.' Nein, sie tat das, was mein Vater mein Leben lang getan hatte: Sie sperrte mich aus. Sie sagte ‚Das hier geht dich nichts an – ganz gleich, ob die Entscheidungen, die hier gefällt werden, dein Leben mitbestimmen. Das, was du willst, spielt keine Rolle. Du bleibst draußen ... bleibst draußen ... bleibst draußen ...'

Ich nahm einen tiefen Atemzug, der ein vertrautes Rasseln in meiner Lunge erzeugte, und hob meine Hand – nun schon zum dritten Mal – um anzuklopfen. Doch dieses Mal traf sie tatsächlich das harte Holz, erzeugte ein dumpfes, verhaltenes Klopfen, das mich fast selbst zusammenzucken ließ. Nicht, weil ich Angst vor meinem Vater hatte, sondern weil ich nicht genau wusste, welche Konsequenzen dieses Gespräch für mich nach sich ziehen würde.

Ich hielt den Atem an, vernahm einige Sekunden lang nur das rasche Schlagen meines Herzens. Dann ertönte gedämpft die Stimme meines Vaters, bat mich herein.

Mein ganzer Körper verspannte sich, als ich die Klinke herunterdrückte und die Eichentür aufdrückte. Fast kam es mir so vor, als würde sie sich gegen mich stemmen, mich nicht einlassen wollen, weil ihr Gewicht dem Druck meiner Hand so stark entgegenwirkte. Doch ich war fest entschlossen, mit meinem Vater zu sprechen, ihm zu sagen, was mir so dringend auf der Seele lastete, zu erfahren, was ich unbedingt wissen musste und doch fürchtete.

Er saß an seinem schweren Holzpult, hatte einen Stapel wichtiger Papiere vor sich auf dem Tisch liegen und sah mich über seinen Zwicker hinweg fragend an. Er war trotz des Kummers der letzten Monate, der ihn einige Pfunde gekostet hatte, noch immer eine stattliche, sehr elegante Erscheinung, trug auch heute wieder eine kunstvoll bestickte Weste über weißem Hemd mit Spitzenbesatz und höchstwahrscheinlich dazu passende, dunkle Hosen. Seinen Frack hatte er auf einen Kleiderständer in der Nähe gehangen, also rechnete er wohl zu dieser frühen Stunde noch nicht mit Besuch. Das blonde, kurze Haar wurde an den Schläfen und den langen Koteletten bereits grau. Mir war das zuvor nie aufgefallen – oder hatte ich ihm tatsächlich schon seit einer Weile nicht mehr längere Zeit ins Gesicht gesehen?

„Entschuldige er bitte die frühe Störung, Herr Vater, aber ich habe ein dringendes Anliegen, das keinen weiteren Aufschub mehr duldet", brachte ich nun doch in einem

erstaunlich ruhigen, kühlen Tonfall hervor und mein Vater runzelte die Stirn und nahm seinen Zwicker ab.

„Dann sprich", forderte er mich auf und lehnte sich in seinem Stuhl zurück, mich in dieser für ihn typischen kritischen Art und Weise betrachtend.

Ich trat näher heran. „Mir ist zu Ohren gekommen, dass er in nur wenigen Tagen Passau wieder verlassen wird ...", ich hielt kurz inne, bis er nickte, „ ... und frage mich, was es für einen Anlass dafür geben könnte."

Die hellen Brauen des so vornehmen Mannes wanderten etwas verärgert aufeinander zu. Er war es nicht gewohnt, dass ich mich so direkt in seine Angelegenheiten einmischte.

„Muss ich mich neuerdings vor dir rechtfertigen, mein Sohn?"

Ich sammelte mich innerlich, versuchte Kraft zu mobilisieren, für den Kampf, der meinen Worten gewiss folgen würde.

„Nun, es haben ein paar Gerüchte einen Weg von Linz bis in dieses Haus gefunden. Gerüchte, die ich nicht glauben möchte."

„Die da wären?" Er hob fragend die Brauen, seine Verärgerung wie so oft mit verhaltener Arroganz überspielend.

„Dass er bei seinen letzten Geschäftsreisen des Öfteren in Begleitung einer reichen Witwe aufgetreten sei. Es wird gemunkelt, dass er der Dame seine Aufwartung macht; dass er es in Erwägung zieht, die Geschäfte und das Gut hier zu verkaufen, um sich in Linz niederzulassen."

Mein Vater wich meinem drängenden Blick erstaunlicherweise aus, betrachtete kurz seine ineinander verschränkten Finger und sah mich dann wieder an. Er sah plötzlich sehr viel älter und erschöpfter aus, fast resigniert und ich wusste, dass dies nichts Gutes bedeutete. Dieser Mann fiel so selten aus der Rolle des reservierten Hausherrn.

„Was genau willst du jetzt von mir, Jonathan?"

Ich holte tief Luft, ärgerte mich über das verräterische Rasseln meiner Lunge. „Die Wahrheit", sagte ich gefasst.

Er nickte schweigend und einige Sekunden lang sah er mich nur an, schien abzuwägen, ob er mir tatsächlich die volle Wahrheit oder nur wieder ungenaue Halbwahrheiten und Märchen erzählen sollte wie sonst auch.

„Ihr Name ist Marie-Adelheid Gräfin von Steinbach und ja, ich spiele mit dem Gedanken, sie zur Frau zu nehmen."

Es fiel mir schwer, mir nicht anmerken zu lassen, wie sehr er mich mit diesen ehrlichen Worten schockierte, mich aus der Fassung brachte.

„Weil sie reich ist?", platzte es nach ein paar Sekunden verächtlich aus mir heraus und mein Vater bedachte mich mit einem tadelnden Blick.

„So einfach ist das nicht, Jonathan!", gab er streng zurück. „Das Leben ist nie einfach!"

„Das weiß ich – sogar besser als er", gab ich unbeherrscht zurück. „Genauso wie ich weiß, dass es nicht notwendig ist, die Geschäfte aufzugeben. Ich habe die Einnahmen in der Zeit seiner wochenlangen Abwesenheit beinahe verdoppeln können! Und ich könnte noch mehr tun, wenn er mich nur lassen, wenn er mir nur vertrauen würde!"

„Du bist krank, Jonathan!", hielt mein Vater mir sofort vor. Es war so klar gewesen, dass er mir damit kommen würde.

„Mir geht es gut", gab ich kühl zurück und sah die Verärgerung in seinen Augen mit jeder Sekunde, die verstrich,
anwachsen.

„Heute – ja. Aber das kann sich sehr schnell ändern!
Ich kann mich nicht auf dich verlassen!"

Seine Worte versetzten mir einen solchen Hieb, dass ich
fast das Gefühl hatte, kurz zu wanken. „Mir geht es gut!",
wiederholte ich ein weiteres Mal, nur weitaus schneidender
und nachdrücklicher.

Mein Vater nahm einen solch schweren und tiefen
Atemzug, dass sich sein Brustkorb sichtbar weitete. „Wie
lange, Jonathan? Wie lange noch? Der Herbst steht vor der
Tür und du weißt, wie anfällig du in dieser Zeit bist, wie
schnell das gehen kann!"

Er hatte recht. Leider hatte er wirklich recht – nur wollte ich das nicht vor ihm eingestehen, mir selbst nicht bewusst machen. Und aus Mangel einer geistreichen Erwide-
rung sagte ich lieber gar nichts, sondern sah ihn nur mit
fest aufeinander gepressten Zähnen böse an. Wie unreif!
Wie kindisch!

„Es ... es ist nicht so, dass es mir leicht fällt, dies alles
hier hinter mir zu lassen", erklärte mein Vater ruhig und
beschwichtigend. „Ich habe so hart, so lange dafür gearbeitet, dass es uns eines Tages gut geht, wir alle ein besseres Leben führen können. Ich habe schöne Zeiten mit deiner
Mutter hier erlebt, doch sie ist nun fort, vor ihrer Zeit. Du
bist schwer krank und ich werde alt."

Er stieß einen betrübten Seufzer aus. „Es ist vielleicht
an der Zeit, die Früchte meiner Arbeit einzuholen und das
Leben mehr zu genießen."

Ein Lächeln schob sich auf meine Lippen. Ein verbittertes, falsches Lächeln, das der tiefen Trauer und Hilflosigkeit in meinem Inneren entsprang.

„Was will er mir damit sagen, Vater?", brachte ich erstaunlich fest hervor. „Dass es sich nicht lohnt, weiter in die hiesigen Geschäfte zu investieren, weil ich ohnehin nicht mehr lange unter den Sterblichen weilen werde? Weil er nur einen einzigen Sohn hat, der nicht stark und gesund ist, der wahrscheinlich nie heiraten und Erben in die Welt setzen wird?"

Er reagierte nicht auf meine Frage, sah mich nur wortlos an. Doch das genügte mir schon. Das Lachen, das ich ausstieß, war noch unechter als mein ihm vorangegangenes Lächeln.

„Warum wirft er mich nicht gleich in den nächsten Fluss, dann ist er den kränklichen Sohn los, der ihm nun schon seit Jahren unbequem am Bein hängt und ihn daran hindert, ein glückliches Leben zu führen?!"

„Jonathan!" Mein Vater erhob sich empört. „Wage es nicht, so mit mir zu reden! Ich habe immer zu dir gestanden, habe dich mit allem versorgt, was du brauchtest, ganz gleich, wie teuer es mich zu stehen kam!"

„Mutter zuliebe, ja!", funkelte ich ihn wütend an und wusste ganz genau, dass ich damit deutlich eine Grenze überschritt. „Aber jetzt ist sie ja tot – also, fühle er sich ganz frei!"

Mein Vater holte schnaufend durch die Nase Luft.

„Ich ... ich wollte dich mitnehmen, dir ein Haus, ein Heim bieten, für die Zeit, die du ..." Er sprach nicht weiter. Nicht weil die Vorstellung, mich zu verlieren, ihn so unglücklich machte, sondern weil seine Wut zu groß war und *er kurz davor war, seine von ihm selbst so geschätzte Beherrschung zu verlieren.*

Doch ich musste es noch weiter treiben.

„Ist er also schon bei der Vergangenheitsform", stellte ich nüchtern fest. „Ist der Grabstein auch schon bestellt?"

„RAUS!" Seine Hand durchschnitt hörbar die Luft, als er ruckartig auf die Tür wies und ich verweilte keinen Augenblick länger in diesem schrecklichen Raum, sondern stürmte hinaus, ließ diesen kalten, egoistischen Mann nicht nur physisch, sondern auch seelisch hinter mir. Das redete ich mir zumindest ein.

Mein Inneres hatte sich mittlerweile so stark verkrampft, dass mir das Atmen schwerfiel und alles in mir zu schmerzen schien. Warum regte ich mich nur so auf? Hatte er mich mit seinem Verhalten überrascht? Nein, denn eigentlich hatte ich damit gerechnet. Mein Vater war schon immer ein Verräter gewesen, tat weise, mitfühlend und freundlich, war jedoch hinterhältig, ehrgeizig und nur auf sein eigenes Wohl bedacht. Wie oft hatte er sich als liebender Ehemann und Vater aufgespielt und war doch in Wahrheit kaum zu Hause gewesen, hatte sich in den vergangenen zwei Jahren in anderen Städten, Ländern und Betten herumgetrieben, während meine Mutter mit all ihren Sorgen um mich auch noch zusätzlich mit den Problemen der hiesigen Geschäfte konfrontiert worden war.

Ich hatte schon früh gelernt, sie zu entlasten, ihr Dinge aus der Hand zu nehmen und eigene Strategien zu entwickeln, mit denen wir die immer wieder auftauchenden geschäftlichen Probleme schnell in den Griff bekamen. Mein Vater hatte nie auch nur ein Wort darüber verloren, hatte sich nie klar gemacht, wem er im Endeffekt seinen anhaltenden Reichtum zu verdanken hatte. Auch nachdem ich so erkrankt war, waren meine Mutter und ich das Gespann gewesen, das wieder Geld in die Kassen gebracht und für Wohlstand in unserem Haus gesorgt hatte – das war die Wahrheit, die dieser Mann einfach nicht erkennen wollte. Und indem er alles verkaufen wollte, um sich und seiner neuen Auserwählten ein noch besseres Leben ermöglichen zu können, zeigte er nicht nur ein weiteres Mal, was für ein Verräter er war, sondern er zerstörte damit alles, was ich mir erarbeitet hatte, alles, was mir das Gefühl gegeben hatte, noch nützlich in dieser Welt zu sein, noch etwas leisten zu können. Er zerstörte mein Leben, die Zukunft, auf die ich ohnehin schon kaum noch zu hoffen wagte.

Ich lief wankend direkt in das kleine Zimmer meiner Mutter, trat an den Schreibpult heran, an dem wir so oft gemeinsam gearbeitet hatten, und ließ mich etwas schwerfällig auf dem Stuhl davor nieder. Für einen langen Moment schloss ich die Augen, bemühte ich mich darum, meinen Puls und meine Atmung wieder unter Kontrolle zu bekommen.

Gerade weil das Leben mir schon oft Steine in den Weg gelegt, mich hatte stolpern lassen, hatte ich gelernt, damit umzugehen, geistig hellwach und flexibel zu sein und mir in besonders bedenklichen Situationen Reservepläne zurechtzulegen. Ich würde mir von meinem Vater ganz gewiss nicht die Möglichkeit aus der Hand nehmen lassen, frei und selbstbestimmt über mein Leben zu entscheiden. Es gab einen Weg, das zu verhindern.

Meine Lider flogen wieder auf. Ich nahm ein Blatt Papier, Feder und Tinte und brachte die Worte auf Papier, von denen ich wusste, dass sie mein Leben für immer verändern würden. Nein, sie würden es nicht nur verändern – sie würden es zerstören, um mir die Möglichkeit zu geben wieder aufzuerstehen, mächtiger und gesünder als jemals zuvor.

Nur wenig später befand ich mich auf der Suche nach Anna, unserem Hausmädchen. Ich fand sie im Esszimmer beim Polieren des Silberbestecks. Ihre großen, blauen Augen leuchteten erfreut auf, als sie bemerkte, dass ich den Raum betrat, doch der ernste, angespannte Ausdruck auf meinem Gesicht ließ es nicht zu, dass auch noch ihr sonst so bezauberndes Lächeln ihre Züge erhellte. Sie wusste sofort, dass etwas nicht in Ordnung war, kannte mich zu gut.

„Lauf zum Gästehaus oben am Ende der Straße", wies ich sie leise an, nachdem ich dicht an sie herangetreten war. „Du weißt doch noch, wo das Zimmer der Gräfin Nádasdny ist?"

Ein beunruhigtes Flackern zeigte sich in ihren ausdrucksvollen Augen und sie nickte stumm.

„Gib ihr – nur ihr – diesen Brief!" Ich drückte ihr den Umschlag in die Hand und sah sie eindringlich an. „Hast du verstanden?"

Dieses Mal kam kein Nicken. Stattdessen begannen sich die Augen des Mädchens mit Tränen zu füllen.

„Oh, bitte ... Jonathan, tu das nicht!", stieß sie stockend aus. „Bitte!"

„Lauf zum Gasthaus!", wiederholte ich fordernd, selbst gegen das mulmige Gefühl in meiner Magengegend ankämpfend, das sich immer wieder einschleichen wollte, wenn ich an die Gräfin und unseren gemeinsam entwickelten Plan dachte.

Anna schüttelte den Kopf und packte meinen Unterarm, klammerte sich an ihn, als könne sie mich so aufhalten.

„Du verkaufst deine Seele, Jonathan!", entfuhr es ihr verzweifelt. „Du darfst das nicht tun! Bitte!"

Die ersten Tränen liefen nun über ihre Wangen und eine Welle des Mitleids ergriff mich. Ohne es zu wollen, umfassten meine Hände plötzlich ihr Gesicht, strichen meine Daumen sanft die Tränen von ihren Wangen.

„Oh, Anna", lächelte ich und meine Lippen berührten in einer zärtlichen, tröstenden Geste ihre Stirn, „liebe, kleine Anna, alles wird gut werden. Nur so kann alles gut werden."

Ihre zarten Finger schlossen sich um die meinen und ein leises Schluchzen drang aus ihrer Kehle.

„Sie ist ein Dämon, vom Teufel gesandt. Sie wird dir nichts bringen als den Tod!"

„Nein, Anna", sagte ich leise und ließ sie los. „Der Tod wohnt doch längst in mir. Er hat mich schon zu lange bedroht, zu oft seine Finger nach mir ausgestreckt. Es wird Zeit, dass ich mich ihm stelle."

Sie sah mich lange an, traurig, sehnsüchtig und voll unausgesprochener Liebe. Doch sie verstand meine Worte, verstand mich in einer Weise, wie es nur wenige Menschen vermochten und wusste, dass sie mich gehen lassen musste.

Ich sah, wie sich ihre Brust unter einem tiefen Atemzug hob und sie die Tränen tapfer verdrängte. Aus einem inneren Drang heraus legte sie noch einmal sanft eine Hand an meine Wange. Es war eine Geste des Abschieds, eine Geste, die ihr unglaublich schwer fiel. Doch sie tat es, wandte sich ab und verschwand leise aus dem Raum. Ich blieb ein paar Sekunden lang bewegungslos stehen und sah, wie sich die Tür hinter ihr langsam schloss. Auch die schöne Zeit mit ihr würde nun bald vorüber sein, der kleine Lichtblick, der *sie mir gewesen war, musste erlöschen, wenn ich diesen letzten Schritt wirklich gehen wollte.*

Ich versuchte, so ruhig und entspannt wie möglich zu atmen, ging innerlich noch einmal in mich, all die Möglichkeiten, die mir geblieben waren, bedenkend und nickte dann. Es war die einzig richtige Entscheidung, die einzige Chance den kümmerlichen Rest meines Lebens, der mir noch geblieben war, zu packen und etwas Unglaubliches daraus zu machen, etwas Großes, Starkes, Unzerstörbares. Die Tür hinein in Freiheit und Selbstständigkeit stand offen. Ich musste sie nur durchschreiten. Wenn ich es nicht tat, würde ich zum Spielball meines Vaters werden, solange bis die Krankheit mich wieder einholte und mein Leben frühzeitig beendete, so wie sie es schon einige Male versprochen hatte.

Ich ließ meinen Blick an mir hinab zu meinen Händen wandern, hob meinen linken Arm und schob den spitzenbesetzten Ärmel zurück. Dicht unter meinem Handballen, direkt über der sanft pochenden Ader befanden sich zwei kleine zarte Male. Die Male des ,Dämons'. Ich trug sie mit Faszination, verbunden mit den eigenartigsten, aber auch aufregendsten, sinnlichsten Erlebnissen, die es je in meinem Leben gegeben hatte. Und ich trug sie als Versprechen. Ein Versprechen, den alltäglichen Kampf mit Leid und Schmerz, den Kampf mit dem Tod eines Tages hinter mir lassen zu können. Ich stieß ein kleines Lachen aus. ,Eines Tages' – das klang so weit entfernt. Dabei war es doch so nah.

„So nachdenklich kenne ich dich ja gar nicht."

Es war eine weibliche, mir sehr vertraute Stimme, die mich aus meinen schwermütigen Erinnerungen riss und mich darauf aufmerksam machte, dass ich schon viel zu lange bewegungslos an einem der Fenster meines Motelzimmers gestanden und hinaus in die Dämmerung gestarrt hatte. Elizabeth zwang mich dazu, mich ihr wenigstens halbwegs zuzuwenden, als sie von hinten einen Arm um meine Taille schob und mir mit einem kleinen Lächeln ein Glas Blut reichte.

„Woran denkst du?"

Ich schloss kurz die Augen und schüttelte den Kopf, bevor ich ihr das Glas aus der Hand nahm.

„Nichts Wichtiges", log ich und nahm einen großen Schluck. Es tat gut, gab mir wieder mehr Kraft und brachte mich aus dem Elend meiner Menschlichkeit zurück in die Welt, in die ich jetzt gehörte – die Welt der Vampire.

„Seit wann gibt es in Jonathan Haynes' Kopf Raum für ‚nichts Wichtiges'?", lächelte Elizabeth und mir entwischte ein leises Lachen. Sie kannte mich zu gut.

„Das ist das Problem, wenn man sich Freunde sucht, die ihren Kopf tatsächlich zum Denken benutzen und dann auch noch anfangen, herum zu philosophieren", seufzte ich übertrieben geplagt. „Sie sorgen dafür, dass man sich sehr bald selbst in diesen unnützen Gedankenspiralen verfängt."

„Hat dein Freund Nathan mal wieder dein Innerstes nach außen gekehrt?", fragte sie mit feixendem Unterton und ich zog vergrämt meine Brauen zusammen.

„Wer redet denn von Nathan? Ich hatte ein interessantes Gespräch über Gott und die Welt mit dem netten Herrn an der Rezeption."

„Der, der seinen Blick noch nicht einmal vom Fernseher abwenden kann, wenn er kassiert und die Schlüssel herausgibt?"

„Genau der."

„Und du nennst ihn sogar Freund?" Sie amüsierte sich wahrlich.

„Erst nachdem er mir eine neue Sichtweise auf Nietzsches ‚Zur Genealogie der Moral' aufzeigen konnte", erwiderte ich nun doch mit einem leichten Schmunzeln auf den Lippen. Es war kaum vorstellbar, dass dieser Halbaffe von der Rezeption auf die Erwähnung des Namens ‚Nietzsche' mit etwas anderem als „Gesundheit!" reagieren würde. Und das war schon eine sehr gewagte These. Konnte der arme Mann sich überhaupt artikulieren?

Elizabeth belohnte meine äußerst geistreiche Antwort mit einem glockenhellen Lachen, sah mich dann aber mit wissendem Blick an.

„Was bedrückt dich wirklich, Jonathan?", fragte sie sanft.

Ich wich ihrem Blick aus und starrte wieder in die Dunkelheit. „Ich frage mich, warum ich manchmal Dinge tue, die ich früher selbst zutiefst verachtet habe."

„Wie was zum Beispiel?"

„Jemandem Dinge zu verschweigen, die er eigentlich wissen sollte – wissen *müsste*, weil sie sein Leben viel mehr betreffen als das meinige."

Ich konnte sie Luft holen hören. „Es ist eine schwierige Sache, mit der Wahrheit auf adäquate Weise umzugehen. Manchmal ist es wichtig, sie zu sagen, manchmal viel weiser, sie für sich zu behalten. Ein kluger Mensch hält sich beide Optionen offen und weiß die jeweilige im rechten Moment einzusetzen."

„Und wenn man den rechten Moment verpasst hat?", gab ich zurück und das drückende Gefühl in meiner Brust, das ich schon seit einiger Zeit mit mir herumschleppte, wurde sofort stärker. „Wenn die Wahrheit ganz von allein und unaufhaltsam herankommt?"

„In Form von Béatrice?", fragte Elizabeth und ihre Stimme erschien mir gleich viel strenger, unnahbarer. „Was weiß sie, was du Nathan nicht längst erzählt hast?"

„Dass sie auch in den Laboren war ..."

Elizabeth sah mich ungerührt an, doch ich wusste, dass meine nächsten Worte auch sie überraschen würden.

„... dass Caitlin Nathan an die *Garde* verraten, ihn sozusagen gegen Béatrice eingetauscht hat."

Elizabeths Augen weiteten sich und ihr Mund öffnete sich in stummem Staunen. Sie musste erst ein paar schnelle Atemzüge nehmen, um sich wieder zu sammeln. „Bitte was?!"

„Caitlin wusste, was sie suchen, was für eine Art Vampir sie für ihre Forschungen brauchen", erklärte ich und mir wurde mit jedem Wort stärker bewusst, wie sehr dies Nathan aufregen würde. Nicht nur die Tatsache, dass ich ihm das nicht schon vorher erzählt hatte, sondern auch die Sache an sich, der Verrat, der an ihm begangen worden war, würde ihn emotional ungeheuer aufwühlen. Es würde all seine zurückgeschobenen Erinnerungen wieder aufpeitschen – nur das war der Grund, warum ich ihm dieses Detail vorerst verschwiegen hatte.

„Sie sah darin ihre einzige Möglichkeit Béatrice zu retten", fügte ich hinzu.

„Warum hast du uns das nicht erzählt?"

Da war sie, die Frage, die ich wohl in den nächsten Stunden sehr oft zu hören bekommen würde. Vielleicht war es an der Zeit, sich schon mal damit anzufreunden.

„Weil es niemanden etwas angeht außer Nathan, Béatrice und Caitlin", erwiderte ich und verschwieg dabei mein eigenes Bedürfnis nach Rache. „Es ändert nichts an Caitlins eigentlichem Verrat an der Vampirgesellschaft durch den Handel mit der alten Substanz. Es würde nur weiter den Hass und die Aggressionen unter uns schüren und das brauchen wir derzeit ganz bestimmt nicht."

Zwischen Elizabeths feinen, rötlichen Brauen hatte sich eine energische Falte gebildet und ich konnte sehen, wie es in ihrem hübschen Kopf arbeitete. Doch schließlich nickte sie.

„Du hast recht. Es wäre nicht gut, wenn die anderen das erfahren. Aber du solltest es Gabriel sagen. Für Nathan wird es wohl zu spät sein." Sie sah mich mitleidig an und mein Unbehagen wuchs erneut.

„Meinst du wirklich, Malik hatte das richtige Gespür?", kleidete ich den kleinen Rest Hoffnung, den ich mir noch bewahrt hatte, in Worte.

Ihre Lippen verzogen sich zu diesem leicht überheblichen Lächeln, das mir früher oft das Gefühl gegeben hatte, nur ein kleiner, dummer Junge zu sein, und mich auch jetzt noch verunsicherte. Neben Gabriel war sie die Einzige, die das vermochte.

„Malik irrt sich nie", fügte sie ihrer Mimik hinzu. „Wenn er einen anderen Vampir erfühlt, dann ist dieser auch in der Nähe."

Nur wenige Minuten, nachdem Nathan voller Verärgerung die Veranda verlassen hatte, waren Malik und Max aus ihrem Zimmern gekommen und hatten erklärt, dass es losgehen würde. Es war für mich völlig unerklärlich gewesen, wie Béatrice in dieser kurzen Zeit zu uns aufgeschlossen haben sollte, und ich hatte es nicht glauben wollen, doch die beiden Vampire hatten meinen Einwänden keine Beachtung geschenkt und waren einfach aufgebrochen. Ich solle im Motel die Stellung halten, hatten sie mir noch zugerufen und mir das Gefühl gegeben, als wäre ich einer ihrer dümmlichen Angestellten – ganz wie mein Vater eben.

„Sie werden bestimmt bald mit ihr hier sein", riss mich Elizabeths Stimme aus den Gedanken. Sie seufzte und sah tatsächlich etwas besorgt aus.

„Das könnte sehr unschön werden, wenn Nathan tatsächlich so ahnungslos ist, wie du sagst. Wie ich Béatrice kenne, wird es ihr eine Freude sein, einen Keil zwischen dich und deinen besten Freund zu treiben. Sie wird versuchen, einen eigenen Vorteil daraus zu gewinnen und sich bestimmt als armes Opfer einer Intrige darstellen."

Elizabeths Stimme war immer schneidender und abfälliger geworden und nun funkelte in ihren Augen auch noch Kampfeslust, die mir alles andere als gelegen kam. Elizabeth war ein ganz umgänglicher Vampir, solange sie emotional unbeteiligt blieb. Waren jedoch bei ihr Gefühle mit im Spiel, konnte sie sehr unangenehm, ja beinahe hysterisch werden.

„Kann es sein, dass du selbst ein persönliches Problem mit dieser Frau hast?", erkundigte ich mich und legte dabei den Kopf schräg, ihr Mienenspiel genau studierend.

„Ich weiß, zu welchen Dingen diese Frau fähig ist, Jonathan!", gab sie beinahe pampig zurück. „Ich kenne sie ein paar Jahre länger als du. Und ich weiß, in welche Schwierigkeiten sie Gabriel schon gebracht ..."

Sie brach ab, weil ihr anscheinend bewusst wurde, dass sie in ihrer Wut Informationen weitergab, von denen eigentlich niemand anderes wissen durfte.

„Ich höre ..." Ich hob auffordernd die Brauen. Wo wir doch gerade beim Thema Wahrheiten waren ... Anscheinend hatte auch *Er* ein paar Geheimnisse vor uns.

„Sie ist im höchsten Maße selbstsüchtig und rücksichtslos", wich Elizabeth mir geschickt aus. „Sie schreckt vor nichts zurück, um ihren eigenen Willen durchzusetzen, ihre Bedürfnisse zu befriedigen! Und niemand kann ihr widerstehen, wenn sie dieses kleine, schutzbedürftige, geistig verwirrte Mädchen herauslässt und gleichzeitig jeden Widerstand mit ihrer naturgegebenen Erotik erstickt."

Sie wollte noch etwas sagen, doch ihre Wut schien ihr das Denken schwer zu machen, ließ sie aus Ermangelung an Worten nur mehrere Male tief Luft holen.

Ich legte ihr mitleidig eine Hand auf die Schulter – hach, tat das gut, wieder der Stärkere, der Gelassenere zu sein – und sah sie verständnisvoll an.

„Du hasst sie", erklärte ich ihr, als würde sie es nicht selbst wissen.

Elizabeth schloss resigniert die Augen und als sie mich ansah, wirkte sie schon beinahe traurig.

„Ich wünschte, es wäre anders. Denn selbst Hass ist noch zu viel Gefühl für sie, dieses ..." Der Kampf um das richtige Wort führte dieses Mal tatsächlich zu einem Ergebnis: „Miststück!"

Auch wenn ich es nicht wollte und die Stimmung dafür auch viel zu gedrückt war – ich stieß ein kleines Lachen aus, das mir jedoch sogleich im Halse steckenblieb.

Der Energieansturm war so stark, dass ich beinahe einen Schritt nach vorne machen musste, so überrollte er mich. Es waren nicht nur die verschiedenen, teilweise sehr alten Vampire, die sich uns gerade näherten, sondern viel eher die deutliche Spannung, die zwischen ihnen herrschte, die eine derart starke Wirkung auf uns hatte und sie uns derart intensiv spüren ließ.

Ich schloss kurz die Augen und versuchte mich auf ein bestimmtes, mir ausgesprochen vertrautes Energiefeld zu konzentrieren. Es überraschte mich, wie schnell ich ihn lokalisierte, wie dicht ich zu ihm vordrang, auch wenn es nicht das erste Mal war, das mir auffiel, in welch erstaunlichem Maße sich unsere Verbindung intensiviert hatte. Da war er schon, der Groll, vor dem es mich so grauste. Also hatte sie ihm bereits etwas erzählt, hatte schon die ersten Intrigenfäden gesponnen.

Ich schlug die Augen wieder auf und musste feststellen, dass Elizabeth meine Seite verlassen hatte und an die Haustür herangetreten war, um diese zu öffnen. Sie blieb jedoch nicht dort stehen, sondern gesellte sich sogleich wieder an meine Seite, als suchte sie schon jetzt meine Unterstützung. Es beruhigte mich etwas, zeigte es mir doch, dass sie unbedingt stark und ruhig bleiben wollte. Immerhin schon einmal ein guter Vorsatz.

Max war der erste, der durch die Tür trat, wie immer mit unbewegter Miene und energischem Schritt. Ihm folgte, wie nicht anders zu erwarten war, Béatrice, schön und sexy wie eh und je, die ein wenig von Malik geschoben wurde. Ihre Augen huschten sofort zu mir und Elizabeth hinüber und ich war mir sicher, einen Hauch von Unsicherheit darin zu erkennen, kurz bevor sie den Blick durch den Raum schweifen ließ. Das Schlusslicht dieses kleinen Aufzugs bildete Nathan. Sein Blick streifte mich nur für eine Sekunde, doch es genügte, um mir zu sagen, dass seine Anspannung zu einem nicht unerheblichen Teil mit Unbehagen und großer Sorge zusammenhing und weniger mit seiner schon durchaus vorhandenen Wut auf mich. Ich hatte jedoch keine Zeit mehr, weiter darüber nachzudenken, weil Béatrice meine Aufmerksamkeit erneut auf sich zog.

„Jonathan", lächelte sie und es zeigte sich sogar ein klein wenig echter Wärme in ihren schönen Augen, als sie langsam auf mich zuschritt. „Es hätte mich wahrlich überrascht, wenn du nicht an dieser Aktion mitbeteiligt gewesen wärst."

Sie sah sich ein weiteres Mal in dem schlecht eingerichteten, engen Raum um. „Und was für Bürden du auf dich nimmst …"

Ich setzte an, um etwas zu erwidern, doch Elizabeth kam mir leider zuvor.

„Wir sind nicht hier, um nett Small-Talk mit dir zu führen, Béatrice", knurrte sie und ging sogleich auf sie zu. Sie war etwas kleiner als die dunkelhaarige Schönheit vor ihr, aber ihr energisches Auftreten ließ sie weitaus kraftvoller und mächtiger erscheinen.

Béatrice hob sichtbar irritiert eine Braue.

„Bin ich plötzlich der Hassfeind Nummer eins?", brachte sie in dieser leicht leiernden, aber doch melodiösen Tonlage hervor. „Womit habe ich das verdient? Oder geht es dir erneut nur wieder um alte Geschichten, die du hier vor allen entstauben und darbieten möchtest?"

Ihre Worte schienen Elizabeths Wut noch mehr anzuheizen, das verriet mir das spürbare Prickeln in meinem Nacken. Ich war nicht der Einzige, der es fühlte, denn Malik trat einfach zwischen die beiden Frauen und schob sie auseinander. Dass auch Nathan sofort mit erkennbarer Besorgnis im Blick hinzutrat, gefiel mir gar nicht. Hatte Béatrice ihn etwa schon jetzt wieder um den Finger gewickelt?

„Wir sollten versuchen, das auf einem für uns alle angenehmen Level zu halten", brachte Malik mit fester Stimme an. „Vielleicht setzen wir uns erst einmal."

Er sah sich kurz um und musste feststellen, dass es gar nicht genügend Sitzgelegenheiten in diesem engen Zimmer gab. Da waren nur das Bett und zwei Stühle an einem kleinen Esstisch.

„Oder ein Teil von uns", setzte er hinzu.

„Soll das eine Art Verhör werden?", fragte Béatrice leicht gelangweilt und schlenderte hinüber zum Bett. „Dann lass ich mich doch gleich hier nieder", erklärte sie und nahm mit einer anmutigen Bewegung auf der viel zu weichen Matratze Platz.

„Auf dem Präsentierteller", setzt sie lächelnd hinzu, eines ihrer langen, schlanken Beine lasziv über das andere schiebend. Es war wohl unser aller Glück – zumindest das der männlichen Anwesenden – dass sie eine elegante Hose trug und keinen kurzen Rock.

„Aber ich muss euch gleich sagen, dass es ein paar Fragen gibt, die ich nur *einer* Person beantworten werde", fuhr sie fort.

„Du meinst *Ihm*", schloss Elizabeth zähneknirschend und Béatrices Mundwinkel hoben sich noch ein wenig mehr. Sie setzte dem nichts mehr hinzu und das brauchte sie auch nicht.

„Bist du der Meinung, in einer Lage zu sein, in der du das einfordern kannst?", gab Elizabeth kühl zurück, doch Malik schüttelte den Kopf und schritt damit zu meiner Erleichterung ein weiteres Mal ein.

„Im Grunde gibt es nur wenige Dinge, die gerade wirklich von Belang sind", sagte er, „und wir werden sehen, inwieweit du uns helfen kannst."

„Ich bin ganz Ohr", erwiderte Béatrice ruhig, lehnte sich zurück, sich mit beiden Händen auf dem Bett abstützend, und ließ ihr volles, dunkles Haar mit einer leichten Kopfbewegung zurück in ihren Nacken und auf den Rücken fallen. Auf wen diese verführerische Geste insbesondere abzielte, war mir ganz klar. Ich warf einen weiteren beunruhigten Blick auf meinen besten Freund, der nur einen halben Meter von mir entfernt mit vor der Brust verkreuzten Armen dastand und sich vor lauter Anspannung an sich selbst festhalten musste. Sein Herz klopfte ziemlich rasch und sein Blick klebte an Béatrices Gestalt. Allerdings wirkte er etwas abwesend, so als würde er nicht hören, was sie sagte, nicht wahrnehmen, wie sie sich benahm.

Ich kannte diesen Blick. Er verriet, dass sich seine eigenen Gedanken längst selbstständig gemacht hatten, er bereits mit Problemen kämpfte, die andere noch gar nicht kommen sahen. Nur konnte ich schwer einschätzen, um was es genau ging, und das machte mich etwas nervös – gerade weil Nathans Anspannung so rasch wuchs.

„Wo ist Caitlin?", fragte Malik ganz direkt und Béatrices Lächeln erstarb. Sie wich seinem Blick aus, wirkte auf einmal weitaus weniger gefasst und setzte sich auf. Anscheinend hatte sie mit dieser Frage nicht gerechnet – oder zumindest nicht so früh.

„Das … das weiß ich nicht", sagte sie und hob den Blick, war nun doch dazu in der Lage, den alten Vampir vor sich wieder anzusehen. „Ich habe sie schon lange nicht mehr gesehen."

„Ach, komm schon, Béatrice", entfuhr es Elizabeth mit einem kleinen, affektierten Lachen. „Wem willst du das denn erzählen? Ihr seid Schwestern!"

Béatrices Kopf flog zu ihr herum, die nun verärgert funkelnden, dunklen Augen direkt auf ihr Gesicht gerichtet. „Das ist vorbei! Sie ist für mich gestorben! Für immer!"

Ich konnte nichts dagegen tun, dass auch meine Brauen in die Höhe wanderten. Es gab wohl kaum eine Beziehung in Béatrices Leben, die über so viele Jahre Bestand gehabt hatte, die so innig gewesen war. Schwer vorstellbar, dass das jetzt auf einmal vorbei sein sollte.

„Aus welchem Grund?", fragte Malik sanft und als Béatrices Blick zu mir anstatt ihm wanderte, ahnte ich schon ungefähr, was kommen würde.

„Weil sie etwas getan hat, das ich ihr nicht verzeihen kann."

Ihre Augen nahmen einen Ausdruck tiefster Reue an und huschten dann hinüber zu Nathan, dessen Anspannung auf einen Level anstieg, der bald schon sogar mich überlastete. Langsam begriff ich, was ihn so in Aufruhr versetzte. Es ging nicht um die alten Geschichten, nicht um Béatrice direkt, sondern eher um das, was sie wusste.

„Kommt jetzt die Geschichte, in der du armes, unschuldiges Ding erfahren hast, dass sie eine Verräterin ist, und du gegen deinen Willen in diese ganze Sache mit reingezogen wurdest?", fragte Elizabeth spöttisch und lenkte Béatrice ein weiteres Mal von Nathan ab.

Wie schnell diese Frau zwischen trauriger Ergriffenheit und tiefster Wut hin und her springen konnte, war schon beinahe bewundernswert.

„Ich bestreite nicht, dass ich über Caitlins Arbeit an dem uralten Wirkstoff informiert war", verteidigte sie sich sofort. „Sie hat Zeit ihres Lebens darunter gelitten, ein Vampir zu sein, und ihre Forschung war auch für mich interessant – so wie sie das für jeden anderen Vampir ist. Ich gebe auch zu, dass ich sie finanziell unterstützt habe, aber als Malcolm davon erfuhr und uns schlimmste Strafen androhte, mich sogar mitnahm, war alles vorbei. Und ich wusste in der Tat nichts von Caitlins Geschäften mit der *Garde* oder ihrer Verbindung zu den *Héritieres*!"

„Du sagst, Malcolm hat dich damals mitgenommen?", mischte sich nun auch Max ein und sie wandte sich ihm zu. „Wohin?"

„Sein Auftrag war, mich zu *Ihm* zu bringen", erklärte sie, „aber er tat es nicht … konnte es nicht tun."

„Warum nicht?"

„Weil die *Héritieres* sich eingemischt hatten", erklärte Béatrice. „Hendrik hat ihnen wohl gesagt, wo wir sind und dann tauchten Clement und ein paar andere im Hotel auf."

„Hendrik gehörte auch zu den *Héritieres*?", platzte es überrascht aus mir heraus.

Béatrices Kopf fuhr zu mir herum. „Gehörte?", wiederholte sie ungläubig. Sie spielte ihre Rolle außerordentlich gut – wie immer.

„Er ist tot", kam es nun düster aus einer ganz anderen Richtung. Nathan wollte wohl trotz seiner Ängste und Befürchtungen nicht mehr nur unbeteiligt daneben stehen.

„Genauso wie Étienne und dieser Clement."

Béatrice spielte einen Augenblick lang die Sprachlose und räusperte sich dann einige Male. „Nun … ich denke nicht, dass dies ein Grund für mich wäre, zu trauern. Am Ende haben sie wohl bekommen, was sie verdient haben."

„Was genau wollten sie von Malcolm?", hakte der Assassine weiter nach.

„Sie wollten mich, um mich an die *Garde* weiterzugeben." Béatrices Blick streifte ihn nur und blieb dann an Nathan hängen, der bei ihren Worten die Arme sinken ließ und sie mit ungläubigem Entsetzen und offenem Mund anstarrte.

„Ich war auch dort, Nathan, in einem ihrer Labore. Ich weiß, in was für einer Hölle du dich dort befunden hast."

„Du ... du ..." Nathan schüttelte den Kopf, nicht fähig, einen vollständigen Satz herauszubringen. Sein Verstand schien nicht begreifen zu wollen, was Béatrice ihm da gerade erzählte. „Das ... das kann nicht sein. Du wärst tot."

„Ich war nur ein paar Wochen dort", erklärte sie schnell. „Und sie waren bei mir vorsichtiger als bei anderen – ich weiß auch nicht wieso, aber es war so. Doch ich habe die anderen gesehen, habe das Leid gehört, die Qualen, durch die sie gehen mussten und es ... es tut mir schrecklich leid, Nathan," ihre Stimme war nun wahrlich voller Mitleid und Kummer, „wenn du nur wüsstest, wie sehr! Alles, was du durchmachen musstest ..."

Sie brach ab, weil er abwehrend beide Hände hob und den Kopf schüttelte, einen gequälten Ausdruck auf dem Gesicht tragend. Bei all den Emotionen und Erinnerungen, die spürbar in ihm hochkochten, fiel es ihm äußerst schwer, die Kontrolle zu behalten, sich zu konzentrieren.

„Ein paar Wochen, Béatrice?", brachte er zwischen zwei schweren Atemzügen hervor. „Wieso nur ein paar Wochen?"

Oh, oh, keine gute Frage! Das würde schiefgehen!

„Caitlin hat mich da rausgeholt", erklärte Béatrice.

„Wie?", stieß Nathan zwischen den Zähnen hervor. Sein Verstand war viel zu scharf, um die Antwort nicht schon längst zu erahnen.

Seine ehemalige Frau hielt seinen drängenden Augen nicht weiter stand, senkte ihren Blick auf den abgetretenen Teppich des Motelzimmers.

„Sie hat es mir erst auch nicht verraten, aber sie ist einen Handel mit der *Garde* eingegangen. Sie … sie hat jemand anderen für mich verkauft."

„Mich", brachte Nathan dieses Mal nur sehr leise hervor und er schloss kurz die Augen, schüttelte zum wiederholten Male den Kopf. Ein kleines verzweifeltes Lachen drang über seine Lippen. Ich wusste, was er dachte, unser letztes Gespräch war mir noch zu gut in Erinnerung. Zufall oder Bestimmung?

,Das böse Intrigenspiel anderer Leute!', wollte ich antworten. Doch ich tat es nicht, hatte auch keine Zeit dafür.

Béatrice sah Nathan traurig an. „Caitlin hatte erfahren, was sie suchen, und sah das als eine Chance, mich zu retten. Du musst mir glauben, Nathan, hätte sie mir erzählt, dass sie dich für mich geopfert hat, dann hätte ich schon viel früher etwas unternommen. Ich hätte *alles* in Bewegung gesetzt, um dich dort rauszuholen. Aber ich habe es erst vor ungefähr zwei Monaten erfahren und war zu dieser Zeit noch nicht einmal in San Diego. Alles, was ich tun konnte, war meine Schwester dazu zu bringen, Jonathan eine Nachricht mit den wenigen Hinweisen, die ich über deinen Aufenthaltsort zu diesem Zeitpunkt hatte, zukommen zu lassen."

Ah, da war er, der kleine Tritt in meine Richtung und er funktionierte hervorragend: Nathans Blick schoss zu mir herüber und ich fühlte eine Welle des Zorns gegen mich in ihm auflodern.

,Du wusstest von all dem?', fragte sein Blick und ich erwiderte ihn so ruhig, wie ich nur konnte, versuchte ihm zu verstehen zu geben, dass dies nicht der richtige Zeitpunkt war, um das hier und jetzt vor allen anderen zu diskutieren, dass wir später noch darüber sprechen konnten –

mussten. Erstaunlicherweise schien ihm das zu genügen, denn er wandte den Blick wieder von mir ab. Sein Brustkorb weitete sich sichtbar bei dem Versuch, möglichst tief und ruhig zu atmen. So einfach schien sich mein Freund wohl doch nicht mehr zum Spielball seiner Ex-Geliebten machen zu lassen. Seine Lippen pressten sich fest zusammen, bis sie nur noch eine feine Linie bildeten, und er verschränkte erneut seine Arme vor der Brust, versuchte wohl so, die Kontrolle über seine Emotionen zurückzugewinnen.

In Béatrices Augen zeigt sich neben ihrem echten Mitleid ein Hauch von Verwirrung.

„Was ich noch nicht ganz an dieser Geschichte verstehe", riss Max wieder das Verhör an sich, „ist, warum die *Garde* unbedingt dich und Nathan für ihre Versuche brauchte."

Die dunkelhaarige Schönheit in unserer Mitte riss sich widerwillig von Nathan los und wandte sich Max zu.

„Sicher bin ich mir da nicht, aber ich glaube, es hängt mit unserer Blutgruppe zusammen ... und unserer Abstammung."

Etwas an der Art, wie sie es sagte, war seltsam. Der Klang ihrer Stimme, das Funkeln in ihren Augen ... Sie war nicht ganz ehrlich.

„Welcher Abstammung?", hakte Max nach, Béatrice jedoch lehnte sich wieder zurück und lächelte auf diese eigenartig Weise, die nur ihr zu eigen war.

„Ich denke, wir kommen jetzt in einen Bereich, der nur für wenige Ohren in dieser Welt bestimmt ist."

„Du meinst Gabriels Blutlinie", sprach Elizabeth aus, was ich längst erahnte, doch es waren nicht ihre Worte, die einen unangenehmen Schauer meinen Rücken hinunterwandern ließen, sondern viel mehr der mahnende Blick, den Malik Elizabeth zuwarf. Geheimnisse. Überall Geheimnisse! Das machte mich langsam krank!

Selbst Béatrice wirkte überrascht … und ein wenig amüsiert, dass Elizabeth sich durch ihren Hass zu solchen Äußerungen hinreißen ließ.

Max, der wohl ebenfalls kein Freund von Geheimnissen zu sein schien, runzelte verärgert die Stirn und trat noch dichter an Béatrice heran. „Was genau hat es damit auf sich?"

Béatrice musterte ihn kurz von oben bis unten und stieß dann einen kleinen Seufzer aus.

„Es gibt kein Blut in dieser Welt, das älter, wertvoller und reiner ist. Seine Wirkungen sind stark, stärker als die jeden anderen Blutes, das man aus den Adern eines Vampirs schöpfen kann. In unseren Reihen ist es nicht umsonst verboten, das Blut der Uralten zu vergießen."

Ihr Blick wanderte über unser aller Gesichter und blieb, wie nicht anders zu erwarten war, schon wieder an Nathan haften.

„Und bei keinem anderen Vampir funktioniert das Serum so gut wie bei Vampiren aus Gabriels direkter Linie."

„Und warum ist das so?", stellt Max eine der Fragen, die auch schon in meinem Kopf herumspukten.

„Weil *er* den alten Wirkstoff, auf dem alle Forschungen basieren, erschaffen hat", beantwortete ausgerechnet Nathan seine Frage und überraschte damit nicht nur Béatrice und mich, sondern wohl auch alle anderen in diesem Raum. „Er ist wahrscheinlich direkt für ihn hergestellt, auf sein Blut abgestimmt worden."

„*Er* hat das alte Mittel hergestellt?", wiederholte ich fassungslos und konnte es immer noch nicht glauben, obwohl das durchaus einen Sinn ergab.

„Zusammen mit zwei anderen Uralten", brachte sich nun auch Malik widerwillig ein. Ihm war anzusehen, wie viel Unbehagen es ihm bereitete, darüber zu sprechen und er es nur tat, um alles ins rechte Licht zu rücken.

„Aber warum?", konnte ich mir nicht verkneifen, zu fragen. Es fiel mir schwer, zu glauben, dass dieser unglaublich mächtige Vampir jemals die Sehnsucht verspürt hatte, die ‚Vampirkrankheit' auszumerzen und wieder ein schwächlicher, sterblicher Mensch zu werden. Dieser Gedanke war mir zutiefst zuwider.

„Das musst du ihn selbst fragen", gab Malik mit einem freudlosen Lächeln zurück. „Ich weiß nur, dass er sich schnell besann und das Mittel wegschloss, vor der Welt verbergen wollte."

„Aber Luis hat es gestohlen", erinnerte ich mich mit nachdenklich zusammengezogenen Brauen. „Und hat es weiterentwickelt. Für sich selbst und seine Familie, die ja alle ebenfalls auf eine Art zu Gabriels Blutlinie gehörten…"

Béatrice nickte mir mit einem kleinen Lächeln zu. „Deswegen hat Nathan es besser vertragen als alle anderen Versuchspersonen – er gehört durch mich auch zu dieser Linie."

„Und was hat das mit der Blutgruppe zu tun?", griff Max den anderen Faden auf, den Béatrice zuvor so großzügig ausgerollt hatte.

„Oh, das ist wiederum eine ganz andere Geschichte", lächelte sie. „Oder auch nicht …" Sie zog nachdenklich ihre Stirn kraus, schüttelte dann aber kurz den Kopf.

„Wie dem auch sei. Menschen mit bestimmten Blutgruppen verwandeln sich schneller in Vampire und haben mit der Metamorphose auch weitaus weniger Probleme.

Warum das so ist, weiß ich auch nicht. Ich weiß nur, dass die *Garde* darüber informiert ist und sich diesen Fakt für ihre Versuche zunutze gemacht hat. Vampire mit einer Blutgruppe wie meiner und Nathans haben während solcher Versuche eine weitaus höhere Überlebenschance als andere. Und Vampire, die beides in sich tragen, die seltene Blutgruppe *und* Gabriels Blut, gibt es nur äußerst selten."

„Und warum haben sie dich dann wieder gehen lassen?", hakte Max nach. „Warum war Nathan besser geeignet?"

„Weil ... weil ich jünger bin", brachte Nathan mühsam beherrscht hervor. „Frank hat mir gesagt, mein Alter wäre nahezu ideal gewesen, aber ich habe keine Ahnung, was er damit meinte." Er schenkte Béatrice einen fragenden Blick, aber auch die zuckte ratlos die Schultern.

„Mehr weiß ich auch nicht", setzte sie ihrer Geste hinzu und ich fühlte mich sogar versucht, ihr zu glauben. Da war so eine leichte Ratlosigkeit in ihren Augen.

„Und das sagt uns wieder, wie dringend wir Frank Peterson brauchen, um den Plänen der *Garde* auf die Schliche zu kommen", brachte ich mit einem tiefen Seufzen hervor.

„Ist das dieser Arzt, über den in der Vampirgemeinschaft geredet wird? Derjenige, der eine Zeit lang bei euch war?", erkundigte sich Béatrice und ich nickte zögerlich.

„Wir müssen ihn unbedingt finden", gab ich zu. „Béatrice, du sagst, du bist ebenfalls in einem ihrer Labore gewesen. Kannst du dich erinnern, ob das außerhalb einer Stadt war oder innerhalb?"

„Es muss irgendwo in L.A. gewesen sein", sagte sie rasch und erneut bildete sich zwischen ihren dunklen, fein geschwungenen Brauen eine nachdenkliche Falte. Sie versuchte sich zu konzentrieren, zu erinnern.

„Sie haben mich unter Betäubungsmittel gesetzt und ich habe alles nur sehr verschwommen wahrgenommen, aber ich bin mir sicher, dass wir nicht lange gefahren sind, bis sie mich Caitlin übergeben haben. Wir waren zu diesem Zeitpunkt am Stadtrand von L.A. Wo genau kann ich dir allerdings nicht sagen, weil ich noch unter Drogen stand."

„War das Labor in einem Keller, einem Untergeschoss?", fragte Max nach.

Die Falte zwischen ihren Brauen wurde tiefer, ihre Augen kleiner. „Das kann sein ... Ja, ich denke schon ..." Sie senkte kurz die Lider, konzentrierte sich noch mehr auf die Bilder ihrer Erinnerung.

„Es war alles steril, hell, aber furchtbar kalt. Doch es gab auch andere Räume in oberen Etagen ... einen Fahrstuhl – ja. Da war es mehr wie ... wie in einem Krankenhaus."

„Krankenhaus?!", wiederholte Nathan und seine Stimme überschlug sich fast.

Béatrice schenkte ihm einen irritierten Blick, nickte dann aber. Er wandte sich von ihr ab, fuhr sich mit beiden Händen über Schläfen und Kopf, verschränkte sie in seinem Nacken und schloss die Augen. Die meterhohe Sorgenwelle, die über ihm zusammengeschlagen war, erwischte leider auch mich mit ihren Ausläufern. Wenn Béatrice sich nicht irrte, war die Wahrscheinlichkeit, dass Sam und Valerie sich morgen früh in die Höhle des Löwen begaben, gerade um mindestens achtzig Prozent gestiegen.

Die Lunierin machte immer noch einen irritierten Eindruck.

„Ist das ... schlecht?", fragte sie Nathan, der nun auch noch ein paar Schritte durch den Raum machen musste, weil seine Emotionen wieder einmal überzukochen drohten.

Ich hatte das Gefühl, dass er drauf und dran war, sofort ins Auto zu springen und wie ein Irrer zum nächsten Flughafen zu rasen, um dort den ersten Flieger nach L.A. zu nehmen.

„Nein, ganz im Gegenteil", brachte ich in einem Ton hervor, der meinen Worten nicht ganz gerecht wurde. Zu sehr nagte auch an mir die stetig wachsende Besorgnis um die beiden Menschen, die für uns wahrscheinlich bald direkt an vorderster Front kämpften – zudem noch völlig ahnungslos. Natürlich konnte auf diese Weise die tiefe Falte zwischen Béatrices Brauen nicht verschwinden.

„Das ist sogar *sehr* hilfreich", setzte Malik hinzu. „Kannst du dich noch an andere Dinge erinnern?"

Sie schüttelte den Kopf, wirkte jedoch etwas unkonzentriert, weil ihr Blick immer wieder zu Nathan hinüber wanderte, der zwar wieder an uns herangetreten war, jedoch einen sehr nervösen, auf Eile drängenden Eindruck machte.

„Höchstens ein paar Gesichter."

„Dann sollten wir Barry vielleicht anrufen, ob er uns die Dateien von Ritchcroft rüberschicken kann", schlug Max vor.

„Wir könnten auch gleich selbst alle zusammen nach L.A. fliegen", mischte Nathan sich sofort ein. „Béatrice ist jetzt bei uns und Gabriel wollte sich ohnehin mit ihr unterhalten. Was sollte uns noch weiter hier halten?"

„Die Absprache war, dass wir uns erst übermorgen treffen!", setzte Elizabeth ihm ungewöhnlich energisch entgegen. „Also, werden wir warten und sehen, was deine Ex uns sonst noch so zu erzählen hat …"

Sie warf Béatrice ein übertrieben liebevolles Lächeln zu und war sich wohl nicht bewusst, dass sie es bei Nathan mit einem Sturschädel zu tun hatte, an dem selbst ich mir immer wieder die Zähne ausbiss.

„Wir sind davon ausgegangen, dass Béatrice erst morgen hier ankommen wird", erwiderte er schneidend und Elizabeth wandte sich verärgert zu ihm um. „Da sie aber jetzt schon da ist, sind wohl jegliche vorherige Absprachen hinfällig. Und wir leben nicht mehr im Mittelalter – es gibt Telefone, mit deren Hilfe man das klären kann!"

Das erboste Funkeln in Elizabeths Augen gefiel mir nicht. Sie war in den letzten Minuten sehr reizbar geworden und da Nathan ihr darin momentan in nichts nachstand, war das keine ungefährliche Situation.

„Telefonieren ist doch eine gute Idee", versuchte ich schlichtend einzugreifen, doch Elizabeth ignorierte mich, indem sie einen Schritt auf Nathan zu machte.

„Worum geht es hier eigentlich?", fragte sie lauernd. „Kannst du es nicht ertragen, dass dein Liebchen auf Abenteuersuche ist oder ...", sie war im Bruchteil einer Sekunde an Béatrices Seite, die reflexartig aufsprang und sich sofort verwandelte, „... hast du Angst, dass ich deiner Ex ein Härchen krümmen könnte?"

Sie sah nun nicht Nathan, sondern direkt Béatrice in die Augen, die sich aus einem Automatismus heraus rückwärts auf Nathan zu bewegte, instinktiv seinen Schutz suchend. Sie fühlte genauso wie ich, dass Elizabeth sich in einen Zustand katapultierte, der bedenklich und vor allem für sie sehr gefährlich war.

„Liz", hörte ich Malik leise sagen und er machte einen Schritt auf die rothaarige Lunierin zu, die mit glühendem Blick Béatrice folgte.

„Ihr Männer seid doch alle gleich!", knurrte sie ihn an und wich ihm aus, um ihren Weg fortzusetzen. „Lasst euch von Schönheit und falschen Worten einlullen. Dabei verheimlicht sie uns so viel."

Die Drohung, die in ihren Worten und ihren nun sehr hellen Augen steckte, konnte niemandem von uns entgehen – schon gar nicht Nathan, der Béatrice mit einer raschen Bewegung hinter sich brachte, gerade als Elizabeth die Hand nach ihr ausstreckte.

„Vorsicht!", kam es ihm in einem dumpfen Knurren über die Lippen und auch ich machte einen Schritt auf meine Creatorin zu. Auch wenn ich es nicht gern zugab, war es im Augenblick nicht mein bester Freund, der sich seltsam benahm.

Elizabeth blieb stehen und stieß ein wütendes Lachen aus. „Stellst du dich gegen uns? Für *sie*?"

„Liz, beruhige dich wieder", versuchte nun auch ich zu ihr durchzudringen und berührte ihren Arm, doch sie schüttelte meine Hand verärgert ab, ohne ihren starren Blick von Nathans bedrohlich funkelnden Augen abzuwenden.

„Gabriel wird sich mit ihr unterhalten und sonst niemand", wiederholte Nathan seine Worte und ich wusste, dass genau das ein großer Fehler war.

Elizabeth gab ein wütendes Fauchen von sich, warf sich zur Seite, um an ihm vorbei an Béatrice heranzukommen, und wurde in der nächsten Sekunde mit solcher Kraft weggestoßen, dass sie an Malik und Max vorbei gegen die nächste Wand krachte.

Doch sie war ein sehr alter Vampir und kampferprobt. Innerhalb weniger Sekunden war sie wieder auf den Beinen und sprang mit einem tödlichen Knurren auf Nathan zu. Die Attacke kam so schnell, dass selbst ich nicht mehr eingreifen konnte, obwohl alles in mir danach schrie, genau das zu tun. Die Schnelligkeit, mit der Nathan reagierte, machte es selbst meinen geschulten Augen nicht möglich, seinen Bewegungen zu folgen. Alles, was ich bemerkte, waren die Wirkungen, die sein Handeln hinterließ.

Béatrice landete in der Ecke neben dem Bett, außerhalb von Elizabeths Reichweite, deren Sprung dadurch ins Nichts geführt hatte und nur dafür sorgte, dass sie innerhalb eines Lidschlages plötzlich wieder mit dem Rücken gegen eine Wand krachte. Nur hatte sich dieses Mal eine starke Hand um ihren Hals gelegt und ein aufs Äußerste angespannter Männerkörper warf sich gegen sie, klemmte sie zwischen sich und der Wand ein, schwer atmend und mit gebleckten Zähnen. Ich blinzelte ein paar Mal fassungslos. Bisher hatte ich nur einen einzigen Vampir gesehen, der sich derart schnell bewegen konnte, und das war Gabriel.

„Komm … wieder … runter …", hörte ich Nathan zwischen zusammengepressten Zähnen zischen und ich war mir nicht sicher, ob er tatsächlich nur mit Elizabeth sprach.

Malik war der erste von uns anderen, der sich schnell genug sammelte, um langsam auf die beiden zuzugehen. Ich folgte ihm sofort, weil ich mir nicht sicher war, auf wessen Seite dieser seltsame Kerl stand, und rechtzeitig einschreiten wollte, wenn die Situation noch weiter eskalierte.

Elizabeth wehrte sich mit aller Macht gegen Nathan, knurrte, fauchte und wand sich, doch sie kam nicht los, ganz gleich wie sehr sie sich anstrengte, brachte meinen Freund nur dazu noch fester zuzupacken und sie zum Röcheln zu bringen.

„Okay, so gerne ich auch an dieser netten Kuschelrunde teilnehmen würde", ergriff ich vor Malik das Wort, „so finde ich doch, dass das gerade nicht der richtige Zeitpunkt dafür ist."

Weder Nathan noch Elizabeth sahen mich an. Ihre hellen Augen hatten sich genauso ineinander verkeilt wie ihre Körper. Ich warf einen besorgten Blick auf Malik, der nun ebenso dicht wie ich an die beiden herangetreten war, doch seine Augen fixierten nur Elizabeth, was mir sagte, dass auch er sie als das größere Problem wahrnahm. Meine Gedärme verknoteten sich dennoch, als der Assassine sein Hand hob, um nun wahrlich einzugreifen, befürchtete ich doch, dass Nathan ihn abwehren würde. Doch das geschah nicht. Stattdessen löste mein Freund sogar seine Hand von Elizabeth Hals, als hätte er sich mit Malik abgesprochen, und der Assassine packte kurz zu. Ich verstand nicht ganz, was er tat, doch plötzlich sackte Elizabeth in sich zusammen und Nathan fing sie geistesgegenwärtig auf, ließ sie sich dann von Malik abnehmen.

Ich war aufgewühlt, schockiert, aber auch unglaublich fasziniert. Ich hatte von diesen Tricks und Griffen der Uralten gehört, hatte so etwas aber noch nie selbst beobachten können. Einen Vampir derart rasch und effektiv ins Aus zu befördern, war eine erstaunliche Leistung, die meinen Respekt verdiente. Und es kribbelte mir in den Fingern, so etwas auch einmal zu erlernen.

Malik trug Elizabeth hinüber zum Bett und legte sie dort vorsichtig ab, dann sah er zu mir hinüber.

„Ich wusste, dass das passiert", erklärte er betrübt. „Aber in diesem Zustand ist sie uns keine Hilfe. Ich werde sie wegbringen und dann später wieder zu euch stoßen."

Sein Blick wanderte zu Nathan, der noch immer einen sehr aufgewühlten Eindruck auf mich machte, sich jedoch darum bemühte, wieder ruhiger zu atmen und sich aus seinem Verwandlungszustand zu lösen.

„Ihr solltet wirklich weiter nach L.A. fahren", fuhr Malik fort. „Ich denke nicht, dass Gabriel etwas dagegen hat. Und sollte das Labor tatsächlich unter dem Krankenhaus liegen, werden wir uns dort ohnehin alle rasch sammeln müssen."

Ich nickte einsichtig und die Sorge in meinem Inneren blühte von neuem auf. Der *Garde* freiwillig auf die Pelle zu rücken, war kein gutes Gefühl. Und als ich Nathan ansah, wusste ich, dass er ganz ähnlich darüber dachte – nur dass seine Angst vor dieser Organisation noch von seiner Sorge um Sam überschattet wurde.

Erst jetzt bemerkte ich, dass Béatrice sich aus ihrer Ecke bewegt hatte und an Nathan herantrat. Sie versuchte sich an einem Lächeln, aber ihr war anzumerken, dass mein Freund sie mit seinen neuen Fähigkeiten nicht nur beeindruckt, sondern auch etwas verängstigt hatte. Dennoch war mir ganz klar, dass ihr Interesse daran, ihn zurückzugewinnen, ganz gewiss nicht geschrumpft war.

„Ich … ich danke dir", brachte sie nur sehr leise hervor und bewegte Nathan dazu, seinen Blick zu heben und sie anzusehen. Er schüttelte kaum merklich den Kopf.

„Es ging dabei nicht um dich, Béatrice", stieß er leise aus und wandte sich dann um, ging zur Tür und verließ das Motelzimmer, um frische Luft zu schnappen.

Ein Hauch von innerem Schmerz erschien für den Bruchteil einer Sekunde in ihren Augen, doch als sich unsere Blicke trafen, war er schon wieder verschwunden, hatte etwas anderem Platz gemacht: Dem Wissen darum, dass dies nur die halbe Wahrheit war. Ein Wissen, das ich mit ihr teilte. Und mit Wahrheiten war das so eine Sache – manchmal konnten sie sehr unangenehm werden.

Im Reich der Toten

Anwältin zu werden, war die richtige Entscheidung gewesen, das wusste Sam jetzt. Ohne Zweifel war bereits die Ausbildung zur und Arbeit als Anwaltsgehilfin stressig und zeitweise sehr anstrengend gewesen, aber es hatte ihr Spaß gemacht. Krankenschwester zu sein – und war es auch nur für einen Tag – war der blanke Horror. Vor allen Dingen, wenn man nur so etwas wie eine Hilfskraft war. Dann hatte man weniger mit den Menschen selbst zu tun als mit ihren Ausscheidungen. Wischen, Putzen, alle Arten von Verbänden, Kathetern und tragbaren Toiletten wechseln, Betten machen, Müll entsorgen – und was für Müll! – und sich von anderen Schwestern und Ärzten herumkommandieren und anschnauzen lassen, das war es, was ihre Arbeit zumindest für diesen Tag ausmachte. Und eine richtige Auszeit konnte sie sich nicht gönnen, weil sie in ihren Pausen genau der Aufgabe nachgehen musste, wegen der sie diese ganze Tortur überhaupt über sich ergehen ließ: sich nach verdächtigen Personen und Geschehnissen umsehen und womöglich einen Blick in den Keller werfen.

Gut, der Blick in den Keller entsprang mehr ihrem eigenen Bedürfnis als dem aller anderen an dieser Aktion Beteiligten, da sie bisher mit ihrer Suche nach möglichen Gardisten erfolglos gewesen war. Gabriel hatte ihnen sogar, nachdem er einen Anruf erhalten hatte, ausdrücklich verboten, allein den Keller aufzusuchen, doch da er ihnen keinen Grund dafür hatte nennen wollen, kribbelte es Sam in den Fingern, sich über das Verbot hinwegzusetzen. Davon abgesehen, war sie auch ein klein wenig verärgert über den alten Vampir, hatte er ihr doch bisher kaum die Möglichkeit gegeben, etwas bei der Aktion mitzubestimmen und zu entscheiden. Vielmehr hatten er, Barry und Javier die ganze Aktion im Alleingang geplant und sie und Valerie waren zu ausführenden Helfern degradiert worden. Eine Sache, die ihr überhaupt nicht gefiel. Männer waren manchmal schlimmer als besorgte Mütter und trauten einem kaum etwas zu.

Davon abgesehen hatte es sie auch immens frustriert, nicht *einmal* die Gelegenheit gehabt zu haben, mit Gabriel allein zu sprechen. Es gab so vieles, was sie ihn fragen wollte, so vieles, das innerlich an ihr nagte und das er gewiss mit einem persönlichen Gespräch unter vier Augen aus ihrem Verstand fegen konnte. Dann war da auch noch das Telefonat von Malcolm, das sie belauscht hatte. Ein drängendes Brennen in ihrem Inneren sagte ihr, dass sie Gabriel unbedingt davon erzählen musste, aber sie wusste noch nicht wie, schien er doch überzeugt davon zu sein, dass er Malcolm vertrauen konnte – ganz anders als damals in Mexiko. Sie fragte sich, woher das kam und ärgerte sich umso mehr über den Mangel an Möglichkeiten, mit dem Vampirältesten zu sprechen. Fast war es ihr so erschienen, als wäre er ihr bisher bewusst ausgewichen, und da sie augenblicklich nicht die Möglichkeit hatte, etwas daran zu ändern, hatte sie sich nach einer Weile voll und ganz auf ihren Auftrag konzentriert und ihre Bemühungen um ein Gespräch erst einmal aufgegeben.

Um fünf Uhr in der Früh aufzustehen war schon eine der negativen Seiten dieses Jobs gewesen und hatte sie von Beginn an etwas brummig gestimmt. Sie war kein Morgenmensch und das war definitiv nicht ihre aktivste Zeit.

Zusätzlich hatte sich Sam anfangs auch nicht ganz wohl in ihrer Haut gefühlt, als sie die Klinik betreten hatte. Die Vorstellung, dass in dem Gebäude Mitarbeiter der *Garde* herumschleichen konnten, war beängstigend. Doch Barry hatte die ganze Aktion zusammen mit Gabriel und Javier hervorragend vorbereitet. Sie und Valerie waren sofort ohne Probleme in der Klinik aufgenommen und gleich von einer nicht allzu freundlichen Oberschwester in ihre Aufgaben eingewiesen worden. Dass sie dabei getrennt worden waren, hatte Sam zwar nicht gefallen, war jedoch nicht zu verhindern gewesen. Vielleicht war es auch besser so, denn auf diese Weise konnten sie verschiedene Bereiche der Klinik durchforsten, ohne dass es jemandem auffiel. Dass sie die Arbeit als Schwester derart in Beschlag nehmen würde, hatte keiner von ihnen ahnen können. Ebenso wenig, dass sich hier tatsächlich nichts, aber auch rein gar nichts Verdächtiges tat.

Nun war es bereits früher Nachmittag und Sam fühlte sich kaputt, müde und aufgerieben, als sie nach einer ihr endlos lang erschienenen Zeitspanne endlich eine weitere zwanzigminütige Pause einlegen konnte. Matt schlurfte sie in den Aufenthaltsraum ihrer Abteilung und begab sich sofort zu der Ablage, auf der die Kaffeemaschine stand. Es fiel ihr schwer, ihre schmerzenden Füße zu ignorieren, die laut danach schrien, endlich entlastet zu werden, doch ihr Bedürfnis nach diesem belebenden, warmen, flüssigen Genussmittel war größer. Mit einem tiefen Seufzer goss sie sich eine der herumstehenden Tassen voll, fügte noch etwas

Milch und Zucker hinzu und konnte sich erst dazu durchringen, sich umzusehen, als sie einen großen Schluck von dem Getränk genommen hatte.

Der Raum war leer. Weder in der gemütlichen Sitzecke noch in einer anderen versteckten Ecke des Zimmers befand sich eine andere Person. Anscheinend hatten alle anderen im gerade etwas zu tun – oder einige waren schon nach Hause gegangen. Die Glücklichen. Ein Hauch von Wehmut befiel Sam, als sie an ihre geliebte, kleine Wohnung dachte, die schon so lange nicht mehr ihr Zuhause sein durfte. Im Grunde genommen gab es gar kein richtiges Zuhause mehr für sie, zumindest was Gebäude anging. Vom Gefühl her kam sie immer nur dann nach Hause, wenn sie wieder bei Nathan war.

Nathan. Seltsamerweise war es dieses Mal kein angenehmes Gefühl, das sie durchströmte, als sie an ihn dachte. Nein, seltsam war es nicht, denn sie wusste, dass es nicht an ihm lag, sondern daran, mit wem er bald zusammen sein, seine Zeit verbringen würde. Hitze brodelte in ihr auf und stieg bis hinauf in ihre Wangen. Wie sie diese Frau hasste! Sie wusste ganz genau, dass sie es wieder versuchen würde; versuchen würde, Nathan um den Finger zu wickeln, ihn ihr wegzunehmen. Und das machte sie furchtbar wütend, obwohl ihr bewusst war, wie wichtig es war, auch von dieser Frau möglichst viele Informationen über die *Garde* zu bekommen.

Der Stachel des Hasses und der Angst, den Béatrice ihr bei ihrer letzten Begegnung ins Fleisch gerammt hatte, saß jedoch tief, konnte nicht so leicht gezogen werden – noch nicht einmal über die große Entfernung hinweg, die nun zwischen ihnen lag. Allein das Wissen, dass Nathan mit ihr reden, mit ihr zusammen sein würde, brachte Sams Blut zum Kochen. Sie schüttelte sich innerlich und nahm einen weiteren großen Schluck Kaffee, während sie hinüber zur Couch schlurfte. Ja, schon gut – mit der Eleganz und dem Sexappeal einer Béatrice Vermont konnte sie es gewiss nicht aufnehmen.

‚Denk nicht andauernd an diese Frau!', knurrte sie sich selbst innerlich zu und ließ sich matt auf die weiche Polsterung nieder. Es war eine kluge Entscheidung gewesen, sich an dieser Aktion hier zu beteiligen. Ganz gleich wie erfolglos sie sein würde, sie verhinderte zumindest vorerst, dass sie Nathans Ex sofort an die Gurgel ging oder auch nur hasserfüllt zusehen musste, wie diese Frau sich an ihn heranmachte. Dennoch nahmen diese Betrachtungen viel zu viel Raum in ihrem Kopf ein. Vielleicht war das auch der Grund, warum sie bisher nicht fündig geworden war. Sie musste sich besser konzentrieren, mit ihren Gedanken im Hier und Jetzt bleiben.

Sam bewegte ihren Kopf, versuchte die Verspannung in ihrem Nacken zu lösen und ärgerte sich, dass ihre Kopfhaut sofort wieder zu kribbeln begann. Das geschah immer, wenn sich die dunkelhaarige Perücke, die sie trug, zu bewegen begann – noch eine Qual, der sie kaum zu entkommen vermochte, würde es doch gewiss sofort auffallen, wenn sie ein Hand unter ihren Haarschopf schob, um sich zu kratzen. Obwohl …

Sam sah sich ein weiteres Mal kurz um. Eigentlich war ja niemand da. Sie stellte schnell ihre Tasse auf den Tisch vor ihr und ergriff den Kugelschreiber, der dort lag. Ein weiterer Blick über ihre Schulter und der Kugelschreiber befand sich unter der Perücke, kratzte so wundervoll über diese kribbelndem verschwitzte Stelle ihres Kopfes und …

Ups! Weg war er, war nun komplett unter die Haarpracht gerutscht. So ein Mist!

Sam sah sich noch einmal um. Von irgendwoher vernahm sie Schritte, doch sie konnte das Ding unmöglich unter der Perücke lassen. Es drückte viel zu sehr und bestimmt war irgendwo eine Delle zu sehen. Das war wieder einmal typisch sie! Einer Béatrice Vermont würde so etwas bestimmt nicht passieren. Ihre Finger schoben sich hastig unter die Perücke, tasteten nach dem hinterhältigen Schreibgerät und erfassten es an einem Ende. Ein Ruck – ein schmerzhafter wohlgemerkt – und der Kugelschreiber lag wieder in ihrer Hand. Gerade rechtzeitig, denn fast im selben Augenblick nahm sie eine rosa gekleidete Gestalt wahr, die den Raum schnellen Schrittes betrat.

Sam setzte ein freundliches Lächeln auf und wandte sich zu der Person um. Erleichterung erfasste sie, als sie in das ebenfalls lächelnde Gesicht Valeries sah, die geradewegs auf die Kaffeemaschine zu steuerte.

„Nette Strähnchen ... Hanna", meinte sie mit einem leichten Kopfnicken in ihre Richtung und Sam hob überrascht eine Hand an ihre Schläfe. Tatsächlich hatte sich eine feine Strähne ihres blonden Haares aus dem festen Griff der Perücke gelöst. Verärgert stopfte sie diese zurück an ihren Platz.

„Das juckt schrecklich, oder?" Valerie sah sie mitfühlend an, während sie sich ebenfalls eine Tasse mit Kaffee füllte. Sie trug einen blonden Pagenschnitt, der bei jeder anderen Frau furchtbar albern ausgesehen hätte – Valerie sah aus, wie eine heiße Blondine, selbst mit der Brille, die sie zusätzlich trug. Beneidenswert.

Sam seufzte tief und schwer. „Fühlst du deine Füße noch?", erkundigte sie sich müde.

Valerie kam zu ihr herüber und ließ sich erschöpft auf dem Sessel ihr gegenüber nieder. „Welche Füße?", erwiderte sie und Sam ließ sich zu einem kleinen Schmunzeln hinreißen. Sie wurde jedoch schnell wieder ernst und beugte sich etwas zu ihrer Freundin vor.

„Und? Hast du schon etwas Verdächtiges entdeckt?", fragte sie leise.

Valerie schüttelte den Kopf. „Dr. Miller stellt Schwester Claire nach, Schwester Rosi fehlt nun schon die dritte Woche und macht wahrscheinlich blau, Dr. Hatcher ist schwanger und keiner weiß von wem und Dr. Thomsen ist vermutlich schwul – aber ich denke nicht, dass das die Dinge sind, die uns interessieren."

Sam stieß ein leises Lachen aus. „Wo du überall deine Ohren hast …"

„Reine Routine", erwiderte Valerie grinsend. „Jonathans Firma ist das reinste Lästerhaus!"

Der Blick und das Schmunzeln, mit dem die junge Anwältin sie musterte, ließ Sam die Stirn runzeln. „Was ist?"

„Nun … da macht noch so ein anderes Gerücht seinen Umlauf", grinste sie.

Sam ließ eine ihrer Brauen fragend nach oben wandern.

„Der junge Dr. Feddar soll ein Auge auf dich geworfen haben."

Sam stöhnte laut auf, verdrehte die Augen und ließ sich zurück gegen die Rückenlehne der Couch fallen. Sie hatte selbst bemerkt, dass einer der jüngeren Ärzte sie heute auffällig häufig an seine Seite zitiert hatte, um ihr bestimmte Dinge zu zeigen und sie mit kleineren, nicht so anstrengenden Aufgaben in seiner Nähe zu beauftragen. Und seine Blicke sprachen Bände. Kein Wunder, dass dies auch anderen aufgefallen war.

Valerie musste lachen. „Komm schon, er ist kein unattraktiver Mann", meinte sie. „Eigentlich genau dein Beuteschema: Groß, dunkel, schöne Augen …"

Sam legte zweifelnd ihre Stirn in Falten. „Wohl kaum", murmelte sie, obwohl sie zugeben musste, dass sie den Mann gar nicht so genau betrachtet hatte. „Und außerdem ist er noch kein richtiger Arzt, sondern nur Assistenzarzt."

Valerie reagierte erneut mit einem Lachen, wurde dann aber von etwas hinter Sam abgelenkt.

„Wenn man den Teufel nennt …", murmelte sie feixend und nun vernahm Sam selbst die Schritte, sah, dass jemand den Raum betrat.

„Oh, gibt's endlich ein kleines Päuschen?", erkundigte sich eine etwas hellere Männerstimme und Sam strengte sich mit ihrem Lächeln wirklich an, als sie sich umwandte. Der etwas schlaksig wirkende, jungenhafte Halbgott in Weiß erwiderte ihre Freundlichkeit mit großem Enthusiasmus, steuerte dann aber ebenfalls zuerst die Kaffeemaschine an.

„Ja, sonst hätte man mich heute Abend wohl aus der Klinik raustragen müssen", erwiderte Sam freundlich und wagte es doch einmal, den Mann vor sich kurz zu mustern. Valerie hatte recht. Unattraktiv war er nicht und er hatte tatsächlich etwas an sich, das sie an Nathan erinnerte, obwohl er ihm nicht so richtig ähnlich sah. Er war sehr viel jünger und zarter, hatte weichere Gesichtszüge. Aber die Wärme und das Temperament in seinen Augen …

„Ich denke, es hätte einige Männer hier gegeben, die das nur allzu gern übernommen hätten", erwiderte er charmant und Sam ließ sich zu einem kleinen, etwas albernen Lachen hinreißen. Es fühlte sich gut an, mit anderen Männern zu flirten. Was Béatrice konnte, konnte sie schon lange!

Leider war diese kleine Freude nicht von allzu langer Dauer, denn schon kam einer der anderen Ärzte in den Raum gestürmt.

„Hast du grad viel zu tun, Kieran?", fragte der etwas ältere Arzt abgehetzt.

Dr. Feddar schüttelt den Kopf.

„Kannst du dann Mr. Smith runter in die Pathologie bringen?"

Dieses Mal genügte ein Nicken zur Antwort. Der andere Arzt schenkte seinem Kollegen ein dankbares Lächeln und war dann auch schon wieder verschwunden.

Dr. Feddar sah sie an und zuckte dann hilflos die Schultern. „Da schwindet sie dahin, die wohlverdiente Pause …"

Er stieß ein kleines Seufzen aus und stellte seine Kaffeetasse wieder ab. „Wer braucht schon den gemütlichen Pausenraum, wenn er seine Zeit auch in der Pathologie absitzen kann?"

Sam stieß ein Lachen aus. Der Arzt zwinkerte ihr kurz zu und verschwand dann aus dem Raum. Etwas begann in Sams Kopf zu rattern. Da war eine wichtige Eingebung, die sich viel zu langsam herauskristallisierte.

„Dem hast du's aber angetan", grinste Valerie sie an, doch Sam reagierte nicht darauf.

„Sagte er gerade Pathologie?", kam es ihr angespannt über die Lippen.

Valerie schenkte ihr einen irritierten Blick. „Ja."

„Die ist doch im Keller!" Sam war schon auf den Beinen, bevor sie ihren Satz zu Ende gesprochen hatte und stürmte sofort los. Das war *die* Idee!!

„Oh nein, Sam, bitte!", konnte sie Valerie noch rufen hören, doch ihr Plan stand unverrückbar fest. Was für ein genialer Einfall! Und so unauffällig!

Auf dem Flur sah sie sich kurz um und entdeckte ‚ihren' Doc vor einem der Aufzüge. Sie zögerte nicht lange und eilte sofort auf ihn zu, ihr schönstes Lächeln aufsetzend.

„Sa… Hanna!", hörte sie Valerie hinter sich rufen, doch sie ließ sich nicht weiter aufhalten.

Dr. Feddar sah in ihre Richtung und sein Gesicht erhellte sich sofort. Dennoch runzelte er fragend die Stirn, als sie ihn endlich erreicht hatte.

„Ich habe beschlossen, Sie zu begleiten", strahlte sie ihn an. „Sie haben mir die Pathologie soo schmackhaft gemacht."

Seine dunklen Augen leuchteten erfreut auf und er stieß ein kleines Lachen aus. Fast tat es ihr leid, dass sie ihn so ausnutzte.

„Wollen Sie mich ernsthaft da runter begleiten?", fragte er mit erhobenen Brauen nach.

„Na ja … ich denke mal, als gute Krankenschwester sollte man sich überall auskennen. Auch in den gruseligen Bereichen", erwiderte sie in diesem Flirtton, der die meisten Männer nervös machte. „Und zur Not habe ich ja einen starken Mann an meiner Seite."

Das nächste, weitaus kehliger klingende Lachen des Doktors zeigte, dass ihr Geplänkel auch dieses Mal seine Wirkung nicht verfehlte.

„Und man kann ungestörter miteinander reden", setzte er hinzu und der Blick, mit dem er sie kurz musterte, war schon mehr als eindeutig. Herrje, das konnte problematischer werden, als sie gedacht hatte.

„Kann ich mit zur Gruseltour kommen?", ertönte Valeries Stimme hinter Sam und auch ihr Tonfall hatte einen Unterton, der das Blut eines Mannes durchaus in Wallung bringen konnte.

Dr. Feddar starrte sie perplex an und zuckte leicht zusammen, als sich die Tür des Fahrstuhls mit einem leisen ‚Pling' öffnete. Er blinzelte ein paar Mal.

„Äh, ja, natürlich", stammelte er, packte dann etwas verkrampft die Liege mit der Leiche und schob sie in den Lift.

Valerie warf Sam einen mahnenden Blick zu, als sie beide dem Arzt folgten, und Sam wusste genau, was sie ihr damit sagen wollte: ‚Nur einmal kurz gucken, dann verschwinden wir wieder.'

Als der Fahrstuhl rasch in Fahrt kam bemühte sich Sam, dem jungen Arzt immer wieder ein neckisches Lächeln zukommen zu lassen, jedoch ließ seine leichte Verkrampfung nicht nach. Zwei scheinbar an ihm interessierte Frauen auf einmal schienen ihn doch etwas zu überfordern. Und so wirkte er beinahe erleichtert, als sich die Fahrstuhltüren wieder öffneten und er nicht mehr auf so engem Raum mit ihnen beiden eingesperrt war.

„Also, wir müssen da lang", sagte er und wies nach links, die Liege sofort in diese Richtung schiebend.

Sam warf einen Blick in die andere Richtung den Flur hinunter. Es gab dort einige geschlossene Türen und am Ende des Flurs einen weiteren Aufzug.

„Und was ist dort hinten?", fragte sie ganz offen, als sie dem jungen Arzt schon folgten.

Er warf kurz einen Blick über die Schulter und runzelte die Stirn. „Ehrlich gesagt, weiß ich das nicht so wirklich. So lange arbeite ich hier noch nicht. Aber Matty kann euch das bestimmt sagen."

Er hielt auf eine teils verglaste Doppeltür zu und stieß diese mit der Liege auf. Der Raum, der dahinter lag, war groß, besaß vier Untersuchungstische, von denen zwei besetzt waren, allerlei medizinische Geräte und Wägelchen mit anderen Utensilien und die typischen Leichenschränke, die in eine der Wände eingelassen waren. Eine ganz normale Pathologie eben. Nichts, was Sam nicht schon mal gesehen hatte. An Nathans Seite bekam man so einiges zu sehen. Valerie hingegen machte einen leicht angewiderten Eindruck, was wohl auch an dem nicht zu übergehenden Geruch lag, der von den Leichen ausging.

Ein einziger Mann in der ebenfalls sehr typischen grünlichen Pathologenkleidung war am heutigen Tag hier tätig und kam mit einem breiten Grinsen auf seinen Besuch zu, Valerie und Sam sofort auffällig musternd. Er war selbst nicht allzu groß, trug sein wasserstoffblondes Haar in einem interessanten Bürstenschnitt und hatte ein rundes, freundliches Gesicht mit fröhlich funkelnden braunen Augen.

„Ich hab gar nicht mit solch reizender Gesellschaft gerechnet", grinste er sie beide an. „Sonst hätte ich 'nen Kuchen gebacken und Kaffee gemacht."

Er bedachte den jungen Arzt, der soeben die Liege neben einen der leeren Tische schob, mit einem auffordernden Blick.

„Matt, das sind Hanna Jonas und ...", er warf Valerie einen hilfesuchenden Blick zu.

„Daria Mac Field", sagte sie mit einem bezaubernden Lächeln und reichte dem Pathologen ihre Hand, die er sofort willig annahm und sie noch einmal wohlwollend musterte. Ihm schien zu gefallen, was er sah.

„Sie sind neu bei uns und wollten sich mal die Pathologie ansehen", setzte Dr. Feddar erklärend hinzu.

„Na, dann …" Matt breitete in einer präsentierenden Geste die Arme aus. „Willkommen im Reich der Toten! Soll ich eine kleine Führung machen?"

Er lachte in sich hinein und Sam bemühte sich mitzulachen, obwohl ihr nicht danach war. Der stetig wachsende Wunsch, sich einmal gründlich hier umzusehen, sorgte für ein unruhiges Kribbeln in ihrem ganzen Körper.

„Och, Führung klingt doch nett", erwiderte Valerie und zwinkerte dem Pathologen neckisch zu.

„Na dann …", grinste er und machte eine schwungvolle Drehung auf seinen Hacken.

„Das hier ist unsere kleine Sammelstelle. Alle Patienten, die da oben bei unseren Göttern in Weiß verscheiden", er wies zur Decke und Dr. Feddar verdrehte die Augen, „landen erstmal hier. Hier prüfen wir – das sind normalerweise Stacy und ich – ob die Ärzte auch mit ihren Angaben zum Tod des Patienten nicht gemogelt haben."

„Mann, Matty, spiel dich nicht so auf!", konnte sich der junge Doktor nicht verkneifen zu sagen und stemmte energisch eine Hand in die Hüfte.

„Was denn? Ist doch so!"

„Alle Toten kommen hierher?", wiederholte Sam noch einmal. „Aus dem ganzen Gebäude?"

Der Pathologe nickte, hielt dann aber zögerlich inne. Seine Augen verengten sich, während er ihr Gesicht ein paar rasche Atemzüge lang nachdenklich betrachtete. Schließlich zeigte sich ein seltsam wissendes Lächeln auf seinen Lippen.

„Dann hast du wohl schon davon gehört …"

Sie versuchte sich ihre Überraschung nicht anmerken zu lassen, sondern nickte nur, sein Lächeln sogar erwidernd.

„Wovon denn?", erkundigte sich Dr. Feddar leicht irritiert.

„Na, von unseren Gruselfällen aus dem Untergeschoss!" Matt war bemüht, seiner Stimme einen besonders dunklen, unheimlichen Klang zu geben – aber das brauchte er gar nicht. Sam lief auch so schon ein eiskalter Schauer den Rücken hinunter.

„Ach, das sind doch nur dumme Geschichten der Studenten", winkte der junge Arzt mit einem Lachen ab.

„Und worum geht es da?", hakte nun Valerie nach.

Matt wackelte albern mit seinen Brauen, ein breites Grinsen auf dem Gesicht.

„Angeblich tauchen hier immer mal wieder Leichen von Patienten auf, die keiner zuvor gesehen hat, immer nachts, wenn Stacy allein Schicht hat", erzählte er leise mit Grabesstimme. „Und die packt sie dann in *den* Raum, um sie still und heimlich …", er beugte sich verschwörerisch zu ihnen vor, „… zu fressen!"

Er stieß die letzten Worte so abrupt aus, dass Sam und Valerie zusammenzuckten. Dann brach er in lautes Lachen aus.

Dr. Feddar verdrehte ein weiteres Mal die Augen und sah die beiden Frauen entschuldigend an.

„Tut mir leid. Matty ist ein bisschen irre. Das wird man wohl hier unten mit der Zeit." Er zuckte hilflos die Schultern, doch Sams Aufmerksamkeit ruhte längst wieder auf dem Pathologen.

„Was ist denn *der* Raum?", fragte sie interessiert und ließ damit das Lachen des jungen Mannes schnell verstummen.

„Das ist ein Raum auf der anderen Seite des Flures, der *immer* abgeschlossen ist", erklärte er schmunzelnd. „Und nur unsere Zombie-Stacy hat Zutritt zu ihm – ehrlich jetzt. Wenn ich da reingehe, werde ich gefeuert. Und das Tollste kommt jetzt noch …" Er sah nun seinen Freund an, der kritisch seine Brauen zusammenzog.

„Ich hab' heute mal durch die Scheibe gelinst und stell dir vor: Da liegt tatsächlich ein Leichensack drinnen!"

Sams Herz begann sofort etwas schneller zu schlagen.

„Wirklich?", fragte sie, das neugierige Mädchen dieses Mal nicht nur spielend. „Kannst du uns den Raum mal zeigen? Ich liiiebe solche gruseligen Sachen!" Sie kicherte albern und Valerie stimmte halbherzig mit ein.

Matt zuckte die Schultern. „Klar – wenn wir dann nach der Arbeit ein Date zu viert haben …" Er hob fragend die Brauen und Sam schenkte ihm und dem Arzt ein strahlendes Lächeln.

„Aber sicher!", gab sie freudig zurück und Matts breites, glückliches Grinsen war sofort wieder da.

„Na, dann …" Er schob sich an ihr und Valerie vorbei und lief ihnen voran aus dem Raum hinaus. Selbstverständlich führte ihr Weg direkt in den Bereich des Flures, der Sam von Anfang an verdächtig vorgekommen war.

„Wohin führt eigentlich der Fahrstuhl dort hinten", erkundigte sie sich, als sie sich diesem näherten.

„Nur nach unten, in die Forschungsstation", erklärte der Pathologe nüchtern.

„Forschungsstation?", wiederholte Sam hellhörig.

„Ja, für Viruskrankheiten. Da darf nur ausgewähltes Personal unter höchsten Sicherheitsvorkehrungen rein. Kein Zutritt für Durchschnittsleute wie uns."

Er blieb nun vor einer weiteren verglasten Tür stehen und knipste von außen das Licht an. Eine der Neonröhren an der Decke ging an, die andere wollte nicht so richtig, sondern flackerte nur unruhig und sorgte dafür, dass sofort eine unheimliche Aura auf dem kleinen, hell gekachelten Raum lastete. Es gab dort genau eine Bahre, auf der eine in einen Leichensack gehüllte Gestalt lag.

„Der soll heute Abend, soweit ich weiß, verbrannt werden", hörte Sam Matt neben sich sagen. „Stacy war mit der Untersuchung noch nicht ganz fertig und mich wollte sie, wie gesagt, nicht ranlassen. Sie tut auch gern mal geheimnisvoll."

„Und du steckst das einfach so weg?", hakte Sam herausfordernd nach und spürte erst jetzt, wie verkrampft Valerie mittlerweile war. Ihr Blick wanderte immer wieder auffällig zurück zum Fahrstuhl, doch in Sam hatte sich der dringende Wunsch geformt, einen Blick auf die Leiche zu werfen. Ein Gefühl in ihrem Inneren sagte ihr, dass das ein Vampir war. Und wenn das stimmte, hatten sie einen mehr als eindeutigen Beweis dafür, dass die sogenannte Forschungsstation unter ihnen der *Garde* gehörte

„Na ja, was soll ich machen?", gab Matt zurück. „Meinen Job riskieren, um irgendwelchen albernen Gruselgeschichten nachzugehen?"

Valerie räusperte sich nun auffällig hinter ihr. „Äh, Hanna, unsere Pause ist gleich vorbei. Vielleicht sollten wir wieder nach oben fahren."

Sam ignorierte sie. Das hier war zu wichtig. „Hast du einen Schlüssel für den Raum?", fragte sie Matt ganz unverblümt.

Er zögerte einen Augenblick, dann nickte er. „Weil Stacy in letzter Zeit so oft weg muss. Und einer muss ja zur Not in alle Räume reinkommen können."

Sie hob die Brauen und ihre Lippen verzogen sich zu einem breiten Grinsen.

Matt verstand sie sofort. „Oh nein! Ich geh da nicht rein. Ehrlich nicht. Ich will meinen Job behalten!"

„Du brauchst ja auch nur aufzuschließen", meinte sie. „Ich geh kurz rein und guck nach, ob jemand von der Leiche genascht hat, und dann bin ich auch schon wieder weg – und das Geheimnis um Zombie-Stacy ist gelöst."

„Das ist doch totaler Blödsinn!", mischte sich jetzt Dr. Feddar wieder ein und machte nun einen leicht nervösen Eindruck. „Und die Pause ist eh um."

„Genau!", stimmte Valerie ihm zu und sah Sam drängend an. Nur Matt schien sich noch nicht ganz entschieden zu haben. Ihn schien die Vorstellung, endlich zu erfahren, was es mit dieser Leiche auf sich hatte, sehr zu reizen.

„Komm schon, Matty!", brachte Sam mit einem deutlich verruchteren Ton heraus und sah ihn von unten herauf an. „Ich bin wirklich schnell! Sei kein Feigling!"

Da war es, das Grinsen, auf das sie gewartet hatte. Der Griff in seine Hosentasche und das darauf folgende Klimpern eines Schlüsselbundes ließen Sams Herz gleich noch ein paar Takte schneller schlagen. Matt sah sich kurz um, steckte einen der Schlüssel ins Schloss und öffnete die Tür.

„Ich gebe dir zwei Minuten", raunte er ihr zu und sie schob sich schnell an ihm vorbei in den Raum, eilte im flackernden Licht der Neonleuchten auf den Leichensack zu. Ihr Herz schlug ihr bis zum Hals und ihre Finger zitterten, als sie den Reißverschluss ergriff und ihn rasch hinunterzog. Als erstes kam eine aschfahle Nase zum Vorschein und ihr schlug ein Geruch entgegen, der sie ein Stück zurückweichen und ihr Gesicht verziehen ließ. Warum mussten Leichen nur immer derart stinken?

„Mach hinne!", drang Matts Stimme zu ihr hinüber und sie packte beherzt zu, zog den Sack über dem Gesicht des

Toten auseinander und zuckte ein weiteres Mal angewidert zurück.

Leichen an sich waren ja schon nicht sehr schön anzusehen aber diese hier … Sie sah beinahe aus wie eine Mumie, innerlich total vertrocknet, mit eingefallenen Wangen und verschrumpelter Haut. Das Haar jedoch war noch dunkel und voll wie bei einem jungen Mann. Zusätzlich hatte sich ein ekliger eitrig-blutiger Ausschlag von der Wange der Leiche bis hinab zur Brust ausgebreitet und das Gesicht war verzerrt, als wäre der Mann unter schrecklichen Schmerzen gestorben.

„Und? Hat sie reingebissen?", kam von der Tür Matts nicht ganz ernstzunehmende Frage.

Sam schüttelte angewidert den Kopf. „Ganz bestimmt nicht!", stieß sie leise aus. Alles in ihr sträubte sich dagegen, sich die Leiche auch nur im Ansatz genauer anzusehen, doch sie musste es tun, musste eine Sache unbedingt überprüfen.

Ihre bebenden Finger bewegten sich auf den ein wenig offen stehenden Mund des Toten zu. Sie schluckte schwer und musste gegen das in ihr aufkeimende Gefühl von Übelkeit ankämpfen, als ihre Fingerspitzen auf die kalte Haut trafen. Sie war nicht hart und unbeweglich, wie sie vermutet hatte, sondern noch erstaunlich nachgiebig, sodass sie die Oberlippe ohne Probleme etwas anheben konnte. Fast wäre ihr ein freudiger Laut entwischt. Da waren sie, deutlich und gut zu erkennen: Die Fänge eines Vampirs. Sie hatte recht gehabt! Sie hatte verdammt nochmal recht gehabt!

„Was machst du denn da?!", raunte Matt ihr zu. „Du sollst den Rest des Körpers ansehen und nicht die Zähne. Willst du mal Zahnärztin werden oder was?"

Sam schüttelte den Kopf, packte den Reißverschluss und zog ihn wieder zu. Dann drehte sie sich auf dem Absatz um und eilte zur Tür. Matt schenkte ihr einen fragenden Blick, den sie mit einem kleinen Grinsen beantwortete.

„Sind eben doch nur Geschichten", meinte sie mit einem Schulterzucken und er sah beinahe etwas enttäuscht aus, als er die Tür hinter ihr wieder abschloss. Sam wandte sich zu Valerie und Dr. Feddar um und bekam noch am Rande mit, dass er seinen Pieper in der Tasche seines Kittels verschwinden ließ, bevor er sie ansah. Er war etwas blass um die Nase herum und schien sich überhaupt nicht wohl in seiner Haut zu fühlen.

„Sie sind auch nicht gerade fürs große Abenteuer gemacht, oder Doc?", versuchte sie die etwas angespannte Stimmung zwischen ihnen mit einem lockeren Flirtton zu verjagen. Doch das Lächeln, zu dem sich der junge Arzt hinreißen ließ, war eher gequält als überzeugend. Er wandte sich an seinen Freund, der Sams Bemerkung mit einem kleinen Lachen quittiert hatte.

„Kannst du dich jetzt endlich um den Kerl kümmern, den ich dir vorhin gebracht habe?", fragte er etwas entnervt und Matt hob mit einer Mischung aus Erstaunen und Verärgerung die Brauen.

„Warum bist du denn jetzt so angepisst?", fragte er unverblümt. „War doch nur ein kleiner Spaß!"

„Für dich vielleicht", brummte der Arzt und Valerie nutzte das Streitgespräch der beiden dafür, Sam am Arm zu packen und mit sich zu ziehen.

„Komm! Unsere Pause ist längst um", murmelte sie und Sam wollte ihr in der Tat folgen, doch da war auf einmal eine andere Hand, die ihren Arm packte und sie festhielt.

Sie sah verblüfft hinauf in Dr. Feddars angespanntes Gesicht und ein mulmiges Gefühl stieg in ihr auf, als sie das aufgewühlte Flackern in seinen Augen entdeckte.

„Wartet mal bitte", sagte er drängend und sah dann wieder Matt an. „Ich regle jetzt das mit unserem Date und du machst bitte deine Arbeit. Dr. Thomsen hat gesagt, er bräuchte die Ergebnisse in der nächsten Stunde."

Hatte er das?

Matt warf einen enttäuschten Blick auf die beiden Frauen und zuckte dann die Schultern. „Okay", meinte er und bedachte Sam und Valerie noch mit einem Lächeln. „Dann sehen wir uns nachher."

Sam hatte das dringende Bedürfnis ihn festzuhalten und ihn dazu zu bewegen, sie mit nach oben zu begleiten, denn der feste Griff, mit dem der Arzt sie festhielt, machte ihr langsam Angst. Doch sie brachte es nicht über sich, weil ein anderer Teil von ihr über sie meckerte und sie als albern beschimpfte. Also ließ sie es zu, dass Matt im anderen Teil der Pathologie verschwand und sie mit dem nervösen Arzt allein ließ.

„Dann gehen wir doch am besten nach oben, um alles genauer zu besprechen", schlug Valerie mit einem verführerischen Lächeln vor, doch der Arzt reagierte nicht auf sie, sah stattdessen Sam beinahe traurig an.

„Warum machst du nur so etwas?", fragte er drängend und ließ nicht nur ihre Irritation, sondern auch ihre Angst damit ein weiteres Stück anwachsen.

Ein mechanisches Geräusch hinter ihm ließ Sam zusammenzucken. Mit Schrecken bemerkte sie, dass sich der Fahrstuhl in Bewegung gesetzt hatte. *Der* Fahrstuhl. Jemand von dort unten kam zu ihnen herauf. Sie hatte so eine üble Vorahnung wer oder was der Grund dafür war.

„Das … das war doch nur ein Spaß", brachte sie nicht sehr überzeugend hervor und versuchte ihren Arm aus dem festen Griff seiner langen Finger zu befreien, während ihr Herz bereits heftig gegen ihren Brustkorb schlug.

„Sie macht öfter solche verrückten Dinge", pflichtete Valerie ihr bei und warf einen erschrockenen Blick hinter sich, weil sich nun auch der normale Fahrstuhl in Bewegung setzte. Ihr war anzusehen, dass sie mittlerweile dieselben schlimmen Befürchtungen hatte wie Sam.

Dr. Feddars Wangenmuskeln zuckten verdächtig und seine dunklen Augen schienen sie beinahe durchbohren zu wollen.

„Warum hast du dem Mann in den Mund gesehen?", bestätigten seine nächsten Worte ihre beängstigende Vermutung und Sams Herz stolperte, nur um dann in einem irrsinnigen Tempo weiter zu jagen. Sie wusste nicht, was sie darauf sagen sollte, wie sie sich aus dieser heiklen Situation herausmanövrieren konnte. Ihr Verstand war wie gelähmt. Stattdessen flog ihr Blick an seiner Schulter vorbei hinüber zum Aufzug. Gleich würde er da sein! Gleich würden sie in der Falle sitzen!

Panik packte sie und sie machte einen Schritt zurück, versuchte sich nun mit einem heftigen Ruck zu befreien. Doch der Arzt war erstaunlich kräftig, wurde nur ein wenig nach vorne gerissen und packte nun auch noch ihren anderen Oberarm.

„Antworte mir gefälligst!", blaffte er sie an, während sie ihre Hände gegen seine Brust drückte, versuchte ihn auf Abstand zu halten.

„Hey!" Valerie war sofort an ihrer Seite, zerrte nun auch an seinem Arm. „Lassen Sie sie los!"

Das Signal des Kellerfahrstuhls, das nun laut durch den Flur hallte, ging Sam durch Mark und Bein. Dr. Feddar hatte sich bei seinen Bemühungen, sie ihm Zaum zu halten, so weit mit ihr gedreht, dass sie einen ungehinderten Blick auf die sich nun öffnenden Türen hatte. Der Anblick, der sich ihr bot, ließ ihren Atem stocken, denn ihr ganz persönlicher Alptraum schien wahr zu werden. Es war nicht nur ein weiterer in weiß gekleideter Arzt, der in den Flur trat, den strengen Blick drohend auf sie und Valerie gerichtet, sondern auch vier in schwarz gekleidete, bewaffnete Männer – Männer, die aussahen wie Soldaten der *Garde*.

Alles in Sam verkrampfte sich schmerzhaft und ihr Herz schlug nun so heftig gegen ihren Brustkorb, dass sie glaubte allein deswegen schon in die Knie gehen zu müssen. Gleichwohl tat sie es nicht, stand nur bewegungslos da und ließ die Männer auf sich zukommen.

„Manche Dinge macht man nicht einfach nur aus Spaß", konnte sie Dr. Feddar mit tiefem Bedauern flüstern hören.

Dann machte es ein weiteres Mal ‚Pling' und die Türen des anderen Fahrstuhles öffneten sich geräuschvoll. Sam wandte sich nicht um. Sie wusste, dass ihr Schicksal besiegelt war, dass sie aus dieser Sache nicht mehr heil herauskommen konnten. Es war vorbei. Sie würde Nathan nie wieder sehen.

„Gibt es hier ein Problem?"

Die tiefe, sanfte Stimme, die hinter ihr ertönte, ließ Sam ihre Augen aufreißen und sich nun doch ungläubig umsehen.

Hinter ihr stand ein großer, dunkelhaariger Mann in einem weißen Arztkittel, dessen eisblaue Augen mit kalter Entschlossenheit der Übermacht an Gegnern entgegenblickten – und Sams überfordertes Herz ließ sich zu einem weiteren, dieses Mal hoffnungsvollen Sprung hinreißen. Gabriel! Wenn es jemanden gab, der sie jetzt noch heil aus der Sache herausholen konnte, dann war es er! Die Hoffnung war zurück.

Plan B

Zeit war etwas unglaublich Tückisches. Wenn man sie brauchte, hatte man sie nicht und wenn man sie hatte, brauchte man sie nicht. Genau von diesem Dilemma hing es auch ab, auf welche Weise man sie wahrnahm: als Sturm von vorbeirauschenden Sekunden, Minuten und Stunden, die als Zeiteinheiten kaum noch voneinander zu unterscheiden waren, oder als zähes, langes Ausdehnen von eigentlich sehr kurzen zeitlichen Abschnitten, die einfach nicht vergehen wollten. Besonders schlimm wurde es, wenn sich diese in der Realität non-existenten Zeitverschiebungen kurz hintereinander abspielten, die eine die andere in rascher Abfolge ablöste. Dann lagen die Nerven blank, begannen die Selbstbeherrschung und Kontrolle über die eigenen Emotionen und Handlungsmöglichkeiten den matten Fingern zu entgleiten. Wenn man diese Nerven allerdings zuvor gar nicht erst besessen hatte, konnte das Ganze nur in einer mittelschweren Katastrophe enden.

,Nicht so negativ denken. Ganz ruhig bleiben', sprach Nathan sich innerlich zu, während sein Knie unruhig auf und ab zuckte und seine Augen hektisch den dichten Verkehr, durch den sich ihr Auto schob, nach möglichen Schlupflöchern absuchten. Er versuchte angestrengt, ruhig und gleichmäßig zu atmen, gegen die Angst, die Sorgen und das Unbehagen in seiner Brust zu kämpfen, doch das war leichter gesagt als getan.

‚Denke nicht an die Dinge, die passieren könnten, sondern konzentriere dich auf das Ist, das Hier und Jetzt', sprach er sich weiter zu, doch sein Blick richtete sich schon wieder auf seine Armbanduhr. Weitere kostbare fünf Minuten waren vergangen, ohne dass sie ihrem Ziel deutlich näher gekommen waren.

„Kannst ... kannst du nicht versuchen da drüben vorbeizukommen?", wandte er sich ungeduldig an Jonathan und wies auf eine Lücke, die gerade zwischen zwei Autos entstanden war.

Der Lunier stieß ein entkräftetes Seufzen aus und schüttelte den Kopf, mit seiner ganzen Körperhaltung unmissverständlich ausdrückend, dass *er* momentan entschied, was getan wurde und was nicht.

Nachdem sie am frühen Morgen von Barry erfahren hatten, dass Gabriel die Aktion im Krankenhaus trotz der neuen Informationen Béatrices durchführte, hatte Jonathan darauf bestanden, den Wagen selbst zu fahren, und Nathan mit der Aussage, er wolle nur in die Nähe des Krankenhauses gelangen und nicht als Patient hineingeschoben werden, vom Steuer des Fahrzeuges verscheucht. Nathan hatte sich furchtbar darüber geärgert, obwohl er insgeheim wusste, dass Jonathans Bedenken durchaus eine Berechtigung hatten. Der Gedanke, dass Sam etwas in diesem Krankenhaus zustoßen, dass die *Garde* ihr etwas antun könnte, machte Nathan fast wahnsinnig. Wenn es nach ihm gegangen wäre, wäre er schon in der Nacht zu Gabriel, Sam und den anderen gestoßen, doch das Schicksal hatte es nicht gut mit ihnen gemeint.

Der kleine Privatflugplatz, den sie auf Nathans Drängen noch in der Nacht angefahren hatten, war nahezu ausgestorben gewesen und erst als Jonathan eine der an dem Schild angegebenen Telefonnummern gewählt und den Besitzer des Flugplatzes aus dem Bett geklingelt hatte, war ihnen nach einem erfolgreichen Bestechungsversuch versprochen worden, einen Piloten zu ihnen zu schicken. Selbstredend hatte der sich erst einmal Zeit gelassen und dafür gesorgt, dass Nathan ernsthaft überlegt hatte, über den Zaun zu klettern und eine der Maschinen zu kapern. Jonathans Argument, dass sein alter Flugschein aus den zwanziger Jahren keine Geltung mehr habe, hatte Nathan wenig überzeugt und er hatte seinem Freund ungeduldig versprochen, ihn mit seiner eigenen Erfahrung am Flugsimulator zu unterstützen. Max war von der Idee so begeistert gewesen, dass er schon halb über dem Zaun gehangen hatte, als der Wagen des Piloten endlich aufgetaucht war und Jonathan aus seiner Angststarre erlöst hatte. Es hatte eine Weile gedauert, bis er wieder zu seiner alten, gelasseneren Form zurückgefunden hatte – was nicht zuletzt auch daran gelegen hatte, dass ihr Pilot wohl nicht von zu Hause gekommen war, sondern direkt aus der Kneipe und eine Weile gebraucht hatte, um überhaupt das richtige Flugzeug zu finden.

In jeder anderen Situation hätte auch Nathan es sich dreimal überlegt, mit dem Mann zu fliegen, aber das mulmige Gefühl in seinem Magen, das ihn seit Béatrices schockierenden Nachrichten befallen hatte, hatte ihm gesagt, dass er keine Zeit verlieren durfte, wenn er noch rechtzeitig in L.A. ankommen wollte, um zu verhindern, dass Sam in dieses Krankenhaus ging. Und so hatte auch Jonathans eindringlicher Blick, sein auffälliges Nicken in Richtung des wankenden Piloten ihn nicht davon abhalten können, das Flugzeug zu besteigen. Und da auch Max und Béatrice ihm gefolgt waren, war Jonathan nichts anderes übrig geblieben, als sich dem Willen der Mehrheit zu beugen.

Der Pilot war während des Fliegens immer nüchterner geworden und hatte sich dann leider daran erinnert, dass er noch ein Paket bei einer seiner Tante abholen wollte. Nathan hatte lautstark protestiert, während Jonathan dem Mann auch noch geraten hatte, sich die Zeit für einen starken Kaffee zu nehmen. Natürlich hatten sie dadurch eine weitere kostbare Stunde verschwendet und Nathans Nerven noch weiter ausgereizt. Irgendwann, nach fünf weiteren Unterbrechungen, um etwas zu Essen zu besorgen, das Flugzeug aufzutanken, Mittagspause und später dann Kaffeepause zu machen und am Ende noch einmal nachzutanken, hatten sie schließlich einen Vorort L.A.s erreicht und waren auf ein Fortbewegungsmittel ohne Flügeln, dafür aber mit größeren Rädern umgestiegen.

Obwohl es schon mittags gewesen war, als sie in die Stadt hinein gefahren waren, hatte sich Nathan wieder etwas beruhigt. Sie waren ihrem Ziel nahe und da es keinen schockierenden Anruf gegeben hatte, war Nathan davon ausgegangen, dass Gabriel die Aktion abgeblasen hatte. Er hatte nur noch einmal sicher gehen wollen, als er die Nummer angewählt hatte, die Barry ihm zuletzt gegeben hatte. Und dann hatte er so etwas hören müssen: dass nach Gabriels Meinung die Aktion so gut geplant sei, dass man sie trotz der verschärften Bedingungen durchführen könne; dass es eine einmalige Chance sei, herauszufinden, wo Frank Peterson gefangen gehalten wird; dass schon nichts passieren würde und so weiter.

Nathan konnte nicht vermeiden, dass er den Kopf schüttelte, als er daran dachte, mit welcher Naivität und Selbstsicherheit Barry ihm diese Argumente entgegengebracht hatte. Aber noch viel mehr ärgerte ihn das Verhalten Gabriels, die Gelassenheit, mit der er Sams und Valeries Leben aufs Spiel setzte und großkotzig so tat, als wüsste er alles besser und die Welt würde ständig nach seiner Pfeife tanzen. Dass dem nicht so war, hatte der alte Vampir schon oft in seinem Leben zu spüren bekommen und dennoch tat er so, als könne Sam in seiner Gegenwart nichts passieren. Vielleicht glaubten ja alle anderen Vampire daran, doch Nathan hatte er zu viel aus seiner Lebensgeschichte erzählt. Er wusste es jetzt besser, wusste, dass auch Gabriel ein Wesen mit Schwächen und Fehlern war, dass auch er nicht verhindern konnte, dass manchmal schlimme Dinge geschahen. Und dieses Wissen tat Nathan nicht gut. Es kämpfte mit all seinen anderen Ängsten, mit seinem Unbehagen gegenüber dieser Stadt, mit seinen tiefen Sorgen um Sam gegen seine Beherrschung an und ließ den Vampir, die Bestie in ihm bereits unruhig auf und ab laufen und immer wieder aggressiv die Zähne blecken.

„Warum fährst du nicht über die Baker Street?", wandte Nathan sich nun wieder an Jonathan, als dieser erneut auf die Bremse treten musste, weil sich vor der nächsten Ampel schon wieder ein kleiner Stau gebildet hatte.

„Da ist es zu dieser Zeit leerer."

Jonathan stöhnte ein weiteres Mal entnervt auf.

„Nathan! Du machst mich irre! Ich fahre jetzt genau hier lang und werde nicht irgendwelche Schlängelrouten ausprobieren, die mich überall hinführen, nur nicht zu unserem Ziel!"

„Hey! Du wolltest unbedingt fahren!", knurrte Nathan zurück und spürte wie sich seine Anspannung augenblicklich in Aggression verwandelte. „Wenn ich gefahren wäre..."

„... würde jetzt wahrscheinlich eine Traube von Polizeiwagen hinter uns her sein", beendete Jonathan seinen Satz nach eigenem Ermessen und fuhr nun endlich wieder an. Er nahm einen tiefen Atemzug.

„Versuch doch mal ruhig zu bleiben. Du bist nicht der Einzige, der sich Sorgen macht."

Nathan biss die Zähne zusammen, verkreuzte die Arme vor der Brust und sah starr nach vorne. Wie gern hätte er jetzt herumgetobt, geflucht und auf etwas eingeschlagen – doch er konnte es nicht. Nicht nur, weil das nun wirklich nicht der richtige Ort und die richtige Zeit dafür war, sondern auch, weil Jonathan recht hatte. Er war nicht der Einzige, der sich Sorgen machte. Auch wenn Jonathan oft so tat, als würde er Valerie nicht richtig lieben, wusste Nathan, dass die Gefühle seines Freundes für seine junge Assistentin erstaunlich tief gingen und er bezüglich der Aktion der beiden Frauen ganz ähnliche Ängste ausstand. Nur zeigte er dies nicht so deutlich.

„Ganz davon abgesehen, dass wir schon sehr nah an unser Ziel herangekommen sind, sollten wir Gabriel einfach vertrauen", setzte Jonathan leise hinzu und Nathan spürte, wie schwer es ihm fiel, das zu sagen. „Er weiß schon, was er tut."

„Nun ... meistens jedenfalls", ertönte eine weiche, weibliche Stimme von den hinteren Sitzen und erinnerte Nathan zum wiederholten Male daran, dass sie noch ein unbequemes Anhängsel mit sich herumschleppten.

‚Unbequemes Anhängsel'? Nathan erstaunte sich selbst. Er konnte sich nicht daran erinnern, jemals so über Béatrice gedacht zu haben – aber er empfand tatsächlich so. Sie war jemand, mit dem er sich in seiner jetzigen Situation überhaupt nicht beschäftigen wollte. Der Stress stand ihm bis zum Hals und er wusste aus Erfahrung, dass sie ganz gewiss nicht dazu beitragen würde, ihn abzubauen. Das Gegenteil war meist der Fall – wie ihre Bemerkung auch schon wieder bezeugte.

„Wie meinst du das?", fragte er dennoch, ohne es zu wollen, und drehte sich zu ihr um.

Bisher war sie erstaunlich zurückhaltend gewesen, hatte das Geschehen um sich herum eher still, jedoch sehr wachsam beobachtet und nur das Nötigste gesagt. Ein sicheres Zeichen dafür, dass sie bereits ihre eigenen Pläne schmiedete.

„Nun ja, Gabriel neigt zumeist nicht zu unbedachten Handlungen", erwiderte sie ruhig. „Er ist extrem gut darin, andere Personen schnell und richtig einzuschätzen, Situationen und die Möglichkeiten, die sich aus ihnen ergeben, innerhalb von Sekunden zu erfassen und dementsprechend geschickt und schnell zu agieren. Aber auch er macht Fehler, lässt sich ab und an von seinen Gefühlen und Bedürfnissen leiten und neigt dann auch zu selbstsüchtigem Handeln."

„Das heißt?", brummte Nathan und seine innere Unruhe fand einen neuen Höhepunkt.

„... dass auch er manchmal nur seine eigenen Interessen durchsetzt, ohne Rücksicht auf Verluste."

Jonathan stieß ein leises, abwertendes Lachen aus, während sich Nathans Eingeweide ein weiteres Mal verkrampften.

„Meine Güte, Béatrice, du lässt aber auch keine Gelegenheit aus, um deine Intrigen zu spinnen und uns gegeneinander aufzuwiegeln."

Sie antwortete mit einem leicht entrüsteten Laut.

„Wenn du das so sehen willst, Jonathan … Nur denke ich, dass du Gabriel weit weniger gut kennst als ich. Ich kenne ein paar Seiten von ihm, die nicht ganz so angenehmer Natur sind."

„Da spricht die Richtige!", erwiderte der Lunier mit einem weiteren verärgerten Lachen und Nathan konnte fühlen, dass auch er allmählich wütend wurde.

„Du missverstehst mich, mein Lieber", seufzte Béatrice nun. „Ich will Gabriel nicht vor euch schlecht machen – ganz bestimmt nicht. Ich verehre und bewundere ihn wie die meisten anderen Vampire auch. Ich kann nur Nathans Bedenken verstehen und finde, dass sie eine Berechtigung haben. Und man sollte niemals eine Person idealisieren und ihr bedingungslos vertrauen – ganz gleich wie alt und weise sie ist. Niemand ist perfekt, niemand ist frei von Fehlern."

„Haben wir nicht irgendwo einen Knebel?", fragte Jonathan nach hinten in Richtung Max und trotz seiner Anspannung huschte ein Schmunzeln über Nathans Lippen, sprach sein Freund doch genau den Wunsch aus, der auch ihn schon überfallen hatte.

„Nicht dass ich wüsste", gab Max ernsthaft zurück. Ihm war die feine Ironie in Jonathans Stimme wohl entgangen. „Aber ich kann auch anders dafür sorgen, dass sie still ist."

Nathan schüttelte schnell den Kopf, während Jonathan zustimmend nickte, die Augen weiterhin auf die Fahrbahn gerichtet. Max hatte sich jedoch auf Nathan konzentriert, zuckte nun die Schultern und lehnte sich in seinem Sitz zurück.

Nathan wollte dasselbe tun, doch der eigenartige Blick, mit dem Béatrice ihn bedachte, hielt ihn davon ab. Seine Brauen zogen sich zusammen und ungewollt forderte er sie so dazu auf, auszusprechen, was ihr durch den Kopf ging.

„Ist es eigentlich wahr, dass du die letzten Wochen in Gabriels Obhut verbracht hast?"

Er reagierte nicht sofort auf ihre Frage, sondern dachte kurz darüber nach, auf was sie wohl hinauswollte und ob das wieder nur der Versuch war, ihn emotional weiter aufzuwühlen. Béatrice wusste ganz genau, dass er in einem so erregten Zustand weitaus leichter zu manipulieren war, als wenn er in sich ruhte.

Sie ließ sich allerdings auch von seinem Schweigen nicht weiter aufhalten. „Er hat sich wirklich um dich gekümmert, oder?", bohrte sie weiter und Nathan stutzte, weil er meinte, einen Hauch von Eifersucht aus ihrer Stimme herauszuhören.

„Er hat mir dabei geholfen, den Vampir in mir zu zähmen, falls du das meinst", erwiderte er nun doch und konzentrierte sich auf ihre Mimik.

Da war ein erneutes Zucken in ihren Augen, ein Mix aus Schmerz und Wut, den sie mit aller Macht zu unterdrücken schien. Den meisten Menschen und auch Vampiren wären diese Regungen in den dunklen Tiefen ihrer Augen wohl entgangen, doch er kannte sie zu gut, hatte oft genug diese Anzeichen von einsetzender Eifersucht wahrnehmen und die daraus entstehenden Konsequenzen einschätzen müssen. Ungewöhnlich hieran war nur, dass der Auslöser dafür nicht er selbst, sondern ein ganz anderer Mann war.

„Und das war alles?", fragte sie und der Ton, den sie dabei anschlug, sagte ihm, dass sie ihm das nicht glauben wollte. „Er hat dir nichts von sich erzählt? Woher wusstest du dann, dass das alte Serum auf ihn abgestimmt ist?"

„Gabriel und ich hatten einige interessante Gespräche, Béatrice, das ist wahr", gab Nathan nun doch widerwillig zu. „Aber dieses eine feine Detail habe ich meiner eigenen Fähigkeit, schnell Schlüsse aus bestimmten Informationen zu ziehen, zu verdanken."

Béatrice bedachte ihn mit einem weiteren zweifelnden Blick. „Habt ihr auch über mich gesprochen?"

Nathan stieß ein kleines, verärgertes Lachen aus. „Warum hätten wir das tun sollen?"

Sie hob die Brauen und setzte ein herausforderndes Lächeln auf. „Oh, es gibt so viele Gründe dafür. Aber deine Reaktion zeigt mir, dass du die Wahrheit sagst, sonst würdest du das nicht fragen."

Oh ja, das war die alte Béatrice, die Frau, die es wie keine andere verstand, in ihren Sätzen unterschwellige Botschaften zu verstecken, die einen in tiefste Verwirrung stürzten und dazu trieben, ihr nachzulaufen, an ihren Lippen zu hängen, zu betteln, zu kämpfen und den Verstand zu verlieren, nur weil man endlich Antworten auf all die Fragen haben wollte, die sie mit ihren Andeutungen auslöste.

Nathan biss die Zähne zusammen und versuchte ihre Worte nicht an sich heranzulassen. Doch er spürte ganz genau, dass es dafür längst zu spät war. Sein Verstand arbeitete von ganz allein weiter und formte neue beängstigende Gedanken.

„Jetzt will sie dir natürlich weismachen, dass sie eine unglaublich wichtige Rolle in der ganzen verstrickten Geschichte um dich herum gespielt hat, Nathan", hörte er Jonathan verärgert sagen. „Weil sie es nicht verkraften kann, nur ein ganz kleines Licht in unserer Vampirgesellschaft zu sein."

Wut glomm in Béatrices Augen auf. „In mir steckt mehr adliges Blut als in dir oder irgendeinem anderen Vampir in deinem Bekanntenkreis, Jonathan!", fauchte sie und Nathan zuckte vor ihr zurück, weil sie sich dabei sogar ein Stück nach vorne beugte.

„Ach, ja? Du bist Luis' Familie doch nur durch Gabriels Blut verbunden", erwiderte Jonathan kühl und musste etwas härter abbremsen, weil sein eigener Unmut ihn wohl den Straßenverkehr hatte vergessen lassen.

Béatrice lachte wütend auf. „Arroganz ist nicht das richtige Mittel, um seine eigenen Wissenslücken zu überspielen, Darling. Du weißt ja gar nicht, wie sehr du hier irrst."

„Moment!", mischte sich nun auch Nathan wieder ein und seine Anspannung wuchs erneut. „Soll das heißen, du bist auch über deine menschliche Seite mit der Familie Luis' verwandt?"

Béatrice nahm einen tiefen Atemzug und der Ausdruck ihrer Augen wurde wieder weicher und wärmer, als sie sich ihm zuwandte.

„Bevor du jetzt wieder glaubst, dass ich dich belogen habe, was meine menschliche Vergangenheit angeht, solltest du wissen, dass das nicht der Fall ist. Alles, was ich dir jemals über meine Vergangenheit erzählt habe, entspricht der Wahrheit – das musst du mir glauben, Nathan!"

Sie sah ihn eindringlich an und er versuchte das Kopfschütteln Jonathans zu ignorieren, obwohl ihm selbst so sehr danach war. Auf der einen Seite wollte er nicht, dass sie weitersprach, wusste er doch welches Unheil diese Frau mit nur wenigen Worten heraufbeschwören konnte, auf der anderen drängte es ihn jedoch so schmerzhaft danach, mehr zu erfahren, dass es kaum auszuhalten war.

„Es ist nur so, dass ich erst mit Gabriel sprechen muss, bevor ich dir erzählen kann, was damals passiert ist", fuhr sie sanft fort, „warum ich zum Vampir gemacht wurde, warum ich ausgerechnet dich erwählt habe, mein Gefährte zu werden, warum … warum ich bestimmte Dinge getan habe … und …"

Er unterbrach sie unwirsch, indem er in einer raschen Bewegung die Hand hob. „Du …"

Er schloss kurz die Augen, um seine verrücktspielenden Gedanken zu sortieren. „Du hast mich nicht ausgewählt. Wir haben uns zufällig auf einer Party kennengelernt!"

Der Ausdruck in ihren Augen schockierte ihn mehr als alles andere, was sie bisher gesagt hatte. Sie wirkte ertappt, erschrocken und er war sich sicher, dass sie das nicht spielte.

„Du hast mich ausgewählt?", stieß er kaum hörbar aus und Béatrice hob eine Hand vor ihren Mund, als könne sie so ihre Worte wieder zurücknehmen. Doch das war nicht möglich. Genauso wenig, wie es ihm selbst möglich war, ihr Gerede jetzt noch als List oder Schwindel abzutun – so sehr er es auch wollte.

„Nathan, ich …" Sie suchte nach den richtigen Worten, konnte sie jedoch nicht finden.

Wieder schüttelte er den Kopf. Dieses Mal, weil er glaubte, sein Schädel würde durch die heranstürmenden Gedanken, Fragen und Ängste gleich platzen. Lügen … schon wieder Lügen und Intrigen … Alles war falsch, unwahr … ein weiteres Kartenhaus, das in sich zusammenfiel. Alles nur Schein, sein ganzes Leben, der Körper, in dem er festsaß. Nichts war so, wie es einmal gewesen war. Nicht einmal mehr seine Vergangenheit.

Sein Herz klopfte hart in seiner Brust und Wut und tiefer, kalter Hass begannen langsam alle anderen Gefühle in seinem Inneren zu verdrängen. Die Bestie in ihm knurrte bedrohlich.

„Wann?", brachte er schließlich unter großen Schwierigkeiten hervor.

„Nathan, das ist alles so kompliziert und ich weiß nicht…"

„WANN?!" Die Heftigkeit, mit der er die Frage wiederholte, ließ nicht nur sie, sondern auch Max und Jonathan zusammenzucken.

„Ich … ich kann es dir nicht sagen", stammelte sie leise und wich auf ihrem Sitz so weit vor ihm zurück, wie sie nur konnte. „Ich muss erst mit Gabriel sprechen."

„Er weiß darüber Bescheid?!", grollte Nathan und spürte die scharfen Spitzen seiner Eckzähne an seiner Zunge. Seine Selbstbeherrschung begann zu bröckeln, verschwand unter der Last dieses Desasters, das sich sein Leben nannte.

„Es hängt alles mit ihm zusammen, Nathan", brachte sie mit zittriger Stimme hervor. „Einfach *alles*! Du darfst ihm nicht so vertrauen, Nathan. Er wird dich nur enttäuschen."

„Dann sag mir, was du weißt!", knurrte er und versuchte ihren Blick festzuhalten, in sie zu dringen, so wie Gabriel es ihm gezeigt hatte. Doch sie wand sich, riss sich mit Mühe von seinen Augen los.

„Das kann ich nicht!", stieß sie verzweifelt aus und nun standen wahrlich Tränen in ihren Augen. „Er ist mein Creator, Nathan! Ich kann ihn nicht verraten!"

Ohne es richtig zu wahrzunehmen, hoben sich seine Mundwinkel zu einem seltsamen Lächeln. Eisige Kälte machte sich in seinem Inneren breit, ließ ihn ruhig und gefühllos werden. Er wusste, dass das nicht gut war, wusste, dass ihm die Kontrolle nun vollständig zu entgleiten drohte, konnte jedoch nichts dagegen tun.

„Du wirst! Das wirst du noch, meine Liebe!", hörte er sich selbst mit dieser eigenartig kalten Stimme sagen, die ihm unglaublich fremd, aber doch ein Teil seiner selbst war und sich seiner immer dann bemächtigte, wenn der Vampir in ihm die Führung übernahm. „Dafür werde ich schon sorgen."

Im nächsten Augenblick schoss seine Hand auf Béatrice zu, packte sie am Hals und zog sie zu sich heran. Seine Ex brachte nichts weiter als ein entsetztes Keuchen hervor, dann rang sie schon panisch nach Luft, krallte ihre Finger in seinen Handrücken und versuchte sich verzweifelt aus seinem tödlichen Griff zu befreien.

Jonathan war der erste, der sich schnell genug von seinem Schock erholte, um zu handeln. Er fuhr den Wagen an den Straßenrand und hielt ruckartig an. Max reagierte nicht weniger schnell. Sein Arm schob sich zwischen sie, während er mit der anderen Hand versuchte Béatrice dabei zu unterstützen, den viel zu festen Griff um ihren Hals zu lösen.

Nathan nahm kaum wahr, dass er ihn berührte. Er fühlte sich, als wäre er ganz weit weg und würde sich selbst dabei zusehen, wie er seiner röchelnden Ex-Freundin langsam den Kehlkopf zerdrückte. Selbst der kalte Hass und das Bedürfnis, endlich die Wahrheit zu erfahren, schienen weit weggerückt zu sein. Sein menschlicher Verstand schrie ihn an aufzuhören, loszulassen, aber er konnte nicht, kam gegen den Drang der Bestie, zu töten, nicht an. Sie war zu stark, zu wütend.

„Nathan! Nathan!"

Das war Jonathan, der an seiner Schulter zog, der versuchte zu ihm durchzudringen.

„Lass sie los! Wir brauchen sie noch. Außerdem sind wir jetzt da!"

Da?

„Wir sind am Krankenhaus! Wir müssen verhindern, dass Sam und Valerie eine Dummheit begehen! Du kennst doch Sam!"

Sam … Bilder drangen zurück in seinen Kopf. Sams liebliches Gesicht, ihre strahlenden Augen, ihr sanftes Lächeln. Er konnte sie sehen, ihre Stimme hören. Sein Verstand nutzte sie, um sich gegen die Bestie durchzusetzen, bat ihn erneut aufzuhören und der Mensch in ihm, seine sanfte Seite, begann sich wieder zu regen.

„Willst du, dass ihr etwas zustößt, nur weil du unbedingt deine Ex umbringen musst?", bedrängte Jonathan ihn weiter. „Nicht, dass sie sich nicht freuen würde – aber so richtig genießen kann Sam das dann nicht mehr als Leiche."

Sam als Leiche? Die Sorge war wieder da, brüllte ihn an, rüttelte ihn wach. Nathan blinzelte. Einmal, zweimal. Entsetzen packte ihn, als er in das leicht bläuliche, Angst verzerrte Gesicht Béatrices starrte und er ließ sie ruckartig los, wich in seinem Sitz zurück, als wäre sie diejenige, von der die Gefahr ausging.

„Oh Gott!", stieß er aus.

Max fing Béatrice geistesgegenwärtig auf und hielt sie fest, während sie hustend und krächzend nach Atem rang.

Nathan fühlte zwei kräftige Hände an seinen Wangen, dann drehte Jonathan auch schon sein Gesicht zu sich, sah ihm prüfend in die Augen.

„Okay, durchatmen, mein Freund!", befahl er und Nathan tat, wie ihm geheißen, spürte, wie sein wahres Ich wieder zurück an seinen Platz rutschte, wie die Bestie vor dem warmen, besorgten Blick seines besten Freundes zurückwich und sich verkroch. Und schon kamen sie mit aller Macht, die Schuldgefühle, das Bedauern und Bereuen, die Erschütterung über sein eigenes Handeln.

„Großer Gott!", stieß er wieder aus, doch Jonathan schüttelte den Kopf, zwang ihn, seine Augen auf seinem Gesicht ruhen zu lassen.

„Nein, nein, dafür haben wir jetzt keine Zeit, Nathan", widersprach er den Gedanken, die sich seiner bemächtigen wollten. „Du hast jedes Recht der Welt, so zu handeln, bei allem, was sie dir schon in deinem Leben angetan hat. Aber du musst dich jetzt auf die wichtigeren Dinge konzentrieren. Und das ist jetzt Sam. Okay?"

Sam … Sie war in dem Krankenhaus und bestimmt drauf und dran wieder einmal völlig sinnlos ihr Leben zu riskieren. Ihretwegen waren sie hierhergekommen! Wie hatte er das vergessen können?

Er nickte verhalten, waren doch die Geräusche der immer noch nach Luft ringenden Béatrice noch zu durchdringend, zu quälend. Was hatte er nur getan? Das war das zweite Mal seit seinem Training mit Gabriel, dass er derart die Kontrolle über sich verloren hatte. Ohne Frage waren die kargen Informationsbrocken, die Béatrice ihm hingeworfen hatte, erschütternd und verwirrend zugleich und er brauchte dringend Antworten, aber das berechtigte ihn nicht dazu, derart auszuflippen.

„Nathan?" Jonathan hielt immer noch seinen Blick, kämpfte darum, ihn wieder in eine einigermaßen brauchbare Verfassung zu bringen.

Nathan schluckte schwer, kniff kurz die Augen zusammen und erwiderte dann den fragenden Blick seines Freundes so gefasst wie möglich.

„Ich … es geht wieder", stammelte er.

Der Lunier ließ ihn nur sehr zögerlich los. „Ich brauche deine volle Aufmerksamkeit – bekomme ich die?"

Nathan rang sich zu einem weiteren Nicken durch und nachdem Jonathan ihn noch ein paar Sekunden lang prüfend angesehen hatte, wies er mit dem Kinn in Richtung Windschutzscheibe.

„Siehst du den Krankenwagen da drüben?"

Nathan folgte seinem Blick. Nur wenige Autos von ihnen entfernt stand einer dieser typischen Notfallwagen. Es gab allerdings ein kleines Detail, das ihn von den anderen Wagen unterschied: Auf seinem Dach war eine kleine, merkwürdig aussehende Antenne angebracht.

„Wenn ich mich nicht irre, finden wir darin unseren Freund Barry", setzte Jonathan mit einem kleinen Lächeln hinzu, und Nathan hatte beinahe das Gefühl, als würde sich sein Freund darüber freuen, den jungen Vampir wiederzusehen.

„Aber Gabriel ist nicht hier", setzte Nathan stirnrunzelnd hinzu. Die Präsenz des alten Vampirs war schon spürbar, aber nur hauchfein, so als würde er weit weg sein.

Jonathan nickte zustimmend und ihm war anzumerken, dass dieser Fakt auch ihn etwas beunruhigte.

„Lass uns mal hinüber gehen und sehen, was da los ist", schlug er vor und öffnete sogleich die Fahrertür, um auszusteigen.

Auch Nathan zögerte nicht länger. Barry konnte ihnen gewiss einige Fragen beantworten und sagen, wo der Rest seines Teams war, denn Nathan konnte auch Javier gerade nicht fühlen. Er hielt kurz inne, als sich auch die hintere Tür ihres Wagens öffnete und Béatrice wankend ausstieg.

„Ich komme mit", brachte sie krächzend hervor und eine weitere Welle der Reue überfiel ihn, brachte ihn dazu, sofort zu nicken. Als auch Max aus dem Wagen gestiegen war und Béatrice beim Gehen stützte, konnte Nathan sich endlich umdrehen und Jonathan hinüber zum Krankenwagen folgen. Es fiel ihm nicht leicht, zu verdrängen, was er ihr angetan hatte, doch seine wieder wachsende Sorge um Sam machte es ihm schließlich möglich. Er konzentrierte sich auf das, was er sah, hörte und fühlte.

Barry befand sich definitiv in dem Wagen. Er war allein, schien sich jedoch mit jemandem über Funk zu unterhalten, wie Nathan hören konnte, als sie bis auf ein paar Meter heran waren. Dann schien auch Barry die Anwesenheit anderer Vampire wahrzunehmen und schwieg plötzlich. Es dauerte nur wenige Sekunden, bis sich die Hintertür des Wagens öffnete und der große Junge erstaunt seinen Lockenkopf herausstreckte. Sein Mienenspiel schwankte zwischen Freude und Erstaunen, als er erkannte, wen er da vor sich hatte, doch letzten Endes rang er sich zu einem erfreuten Lächeln durch.

„Was macht ihr denn schon hier?", begrüßte er sie und Nathan stellte zu seiner Erleichterung fest, dass der junge Vampir ganz entspannt wirkte. Also konnte noch nichts Schlimmes passiert sein.

„Oh, wir waren grad so in der Gegend und dachten uns, wir sehen mal nach, wie es euch so geht", erwiderte Jonathan betont gelassen, doch sein nervöser Blick an Barry vorbei in den Wagen, bezeugte, dass auch seine Anspannung nicht nachgelassen hatte.

Barrys Blick war derweilen an Béatrice hängengeblieben und für ein paar Herzschläge erschien er wie erstarrt. Nathan wunderte das nicht weiter. So reagierten die meisten Männer, wenn sie seine Ex-Geliebte zum ersten Mal sahen. Vor allem Jungs wie Barry wurden schnell Opfer ihrer geheimnisvollen Aura und ihres unwiderstehlichen Charmes.

„Können wir vielleicht reinkommen, um alles Weitere zu besprechen?", wandte sich Nathan in einem leicht genervten Tonfall an ihn.

„Was?" Barry sah ihn irritiert an, blinzelte ein paar Mal. „Äh ja, natürlich, kommt rein."

Er machte etwas unbeholfen Platz und sie stiegen alle nacheinander in den von außen viel zu eng erscheinenden Krankenwagen. So sehr er auch von außerhalb wie ein Krankentransporter erscheinen mochte, von Innen sah er aus wie eine hypermoderne Überwachungszentrale, ausgestattet mit vielen Monitoren, kleinen Computern und allerlei anderer, für Nathan nicht auf Anhieb identifizierbarer Technik. Sein Blick flog sofort suchend über die Monitore, konnte jedoch unter den Personen, die sich dort bewegten, weder Sam noch Valerie ausmachen.

„Wohin hat Gabriel sich denn verdrückt?", erkundigte sich Jonathan mit einem freundlichen Lächeln und Barry, dessen Blick erneut an der einzigen Frau in ihrer Mitte hängengeblieben war, sah ihn irritiert an.

„Verdrückt …"

Béatrices Lächeln, das sie ihm nur Sekunden zuvor geschenkt hatte, hatte wohl ein paar seiner Gehirnzellen absterben lassen.

„Äh, keine Ahnung … Ich meine, er hat gesagt, dass er sich in der Nähe von Sam und Valerie aufhalten wird, um im Notfall einschreiten zu können."

„Hattet ihr nicht die Vermutung, dass das Krankenhaus mit Wärmebildkameras ausgerüstet ist, sollte es tatsächlich zur *Garde* gehören?", hakte Nathan streng nach.

Barry überraschte ihn mit einem breiten Grinsen und sprang zurück in seine zweite Haut – die des Computergenies, das seiner unwissenden Umwelt gern sein überragendes Können präsentierte.

„Die hatten wir", sagte er, schob Nathan beiseite und ließ sich auf einem kleinen Hocker vor dem Hauptcomputer nieder. Er gab ein paar Befehle ein und sofort veränderten sich die Bilder der Monitore, zeigten die sich darauf bewegenden Menschen in ihrer ganzen mehrfarbigen Pracht.

Nathan hielt den Atem an und versuchte, sein Herz angestrengt daran zu hindern, schneller zu schlagen. Doch es wollte ihm nicht so recht gelingen und der Vampir in seinem Inneren wurde wieder wacher.

„Warum sind Sam und Valerie dann noch in der Klinik?!", stieß er angespannt aus. „Mehr Beweise braucht man doch gar nicht. Welche normale Klinik installiert schon Wärmebildkameras auf den Gängen?"

„Wann habt ihr das festgestellt?", fragte nun auch Jonathan deutlich besorgter nach.

„Erst vor zwei, drei Stunden", erwiderte Barry. „Es hat ewig gedauert, bis ich mich in das System einklinken konnte. Die haben ein sehr ausgeklügeltes Sicherheitssystem."

„Das heißt, ihr konntet am Anfang gar nicht sehen, was da drinnen vor sich geht?" Nathan hatte nun große Mühe, seine Stimme unter Kontrolle zu halten.

„Na ja, Sam und Valerie tragen einen Sender am Körper", gab Barry kleinlaut zurück, „und wie gesagt, Gabriel meinte, er bleibe in ihrer Nähe."

„Und wie soll er das, wenn die mit Wärmebildkameras arbeiten?!" Nun überschlug sich Nathans Stimme doch noch und er fuhr sich mit einer Hand über das Gesicht, schüttelte ungläubig den Kopf. Das war doch alles Wahnsinn und passte so gar nicht zu dem überlegten, scharf kalkulierenden Gabriel, den er kannte.

„K-keine Ahnung", stammelte Barry etwas beängstigt. „Er hat sich einen von den Arztkitteln mitgenommen und zuvor ein paar Telefonate geführt und dann ist er verschwunden. Er meinte, er gehe rein. Ich dachte ja, er nimmt mich auf den Arm."

Nathan suchte Jonathans Blick, auf dessen Stirn sich nachdenkliche Falten gebildet hatten.

„Hat er vorher noch etwas gemacht?", erkundigte sich der Lunier und Nathan ging ein Licht auf. Er wusste plötzlich ganz genau, worauf sein Freund hinaus wollte.

Barry jedoch war immer noch ahnungslos, reagierte auf diese Frage nur mit noch größerer Irritation in den Augen.

„Hat er sich etwas gespritzt?", setzte Nathan hinzu.

Der junge Vampir dachte kurz nach, zog angestrengt die Brauen zusammen. „Er hat irgendwas mitgenommen, das ihm Javier aus dem anderen Wagen mitgebracht hat. Eine kleines Fläschchen oder so."

„Dann hat er sich verwandelt", schloss Nathan sofort. „Das würde erklären, wie er in das Gebäude gekommen ist, ohne enttarnt zu werden."

Jonathan nickte, schien von der Vorstellung aber nicht sehr angetan zu sein. „Das ist doch Irrsinn. Wie lange hält das an, wenn es funktioniert? Mehrere Tage, oder?" Er sah

Nathan an und dem blieb nichts anderes übrig, als ebenfalls zu nicken.

„Es sei denn, er wird schwer verletzt."

„Und wie will er Sam und Valerie dann helfen, wenn etwas passiert?"

Jonathan hatte recht und es war kein besonders beruhigender Gedanke.

„Gabriel weiß, was er tut", vernahm Nathan eine weiche Stimme dicht an seiner Schulter und bemerkte erst, als er sich umdrehte, dass Béatrice ebenfalls an die Monitore herangetreten war und diese nach vertrauten Gesichtern absuchte. „Er hat immer einen Plan B."

„Hat er das?", richtet Nathan seine nächste Frage erneut an Barry.

„Ich glaube, Javier sollte die Stromversorgung des Krankenhauses finden und dort einen kleinen Sprengsatz anbringen", war die überraschende Antwort.

Nathan hob schockiert die Brauen. „Bitte, was?!"

„Na, im Notfall drehen wir dem Kasten den kompletten Strom aus und schalten damit alle Videokameras und Alarmanlagen aus – die werden nämlich vom Notstromgenerator nicht mit versorgt. Und es wird in einigen Bereichen des Krankenhauses recht dunkel werden."

„Was für Vampire von Vorteil wäre, aber nicht für Menschen", erwiderte Nathan angespannt. „Doch Gabriel ist sehr wahrscheinlich ein Mensch, wie wir gerade eben festgestellt haben."

„Javier und ich sind ja auch noch da."

„Weil du ja auch so schnell aus dem Wagen und hinein ins Krankenhaus kommst!"

„Wo ist denn Javier jetzt überhaupt?", schaltete sich Jonathan wieder ein, bemüht darum, möglichst ruhig zu sprechen.

„Auf der Rückseite des Krankenhauses, in der Nähe der Tiefgarage." Barry wies auf einen der Monitore. „Seht ihr, hier irgendwo. Selbstverständlich außerhalb der Reichweite der Kamera."

Auf dem Monitor war die Ausfahrt der Tiefgarage zu sehen, streng bewacht von zwei grimmig aussehenden Sicherheitsbeamten.

„Wir haben festgestellt, dass dann und wann ein dunkler Lieferwagen herausfährt und vermuten, dass die *Garde* gerade dabei ist, das Labor unter dem Gebäude abzubauen. Da herrscht ein auffällig reger Betrieb."

Nathan schüttelte ein weiteres Mal den Kopf. Wieder ein Beweis dafür, dass die *Garde* in diesem Krankenhaus tätig war, und dennoch hatte Gabriel Sam und Valerie hineingeschickt und bisher nicht wieder herausgeholt. Vielleicht war aber auch gerade dieser ‚rege Betrieb' der Grund, warum der alte Vampir die Aktion nicht abblies. Wenn die *Garde* das Labor auflöste, hatten sie keine Chance mehr, etwas über Petersons Verbleib und die Aktivitäten dort unten zu erfahren.

„Und wo genau sind Sam und Valerie?", versuchte Nathan so gefasst wie möglich zu fragen.

„Ich glaube, die machen beide grad Pause", erklärte Barry rasch. „Aber im Pausenraum gibt's keine Kamera. Und du wirst sie auch kaum erkennen. Die haben sich echt gut verkleidet."

Erneut glitt Nathans Blick über die Monitore und heftete sich schließlich an eine brünette Krankenschwester, die soeben ins Bild stürmte, einem Arzt aufgeregt hinterherlaufend. Nathans Magen machte eine kleine Umdrehung. Sie war tatsächlich gut verkleidet, aber die Art, wie sie sich bewegte, war ihm so vertraut, dass er sie sofort erkannte.

„Da!", stieß er angespannt aus und wies mit dem Finger auf die winzige Figur, die nun vor einem Fahrstuhl stehenblieb und mit dem Arzt, dem sie gefolgt war, sprach – auf eine Weise, die Nathan überhaupt nicht gefiel.

„Was macht sie da?"

Barry zuckte unschuldig die Schultern. „Keine Ahnung. Hören können wir sie hier nicht."

Eine andere Schwester erschien – vermutlich Valerie, weil nun auch Jonathan sich vorbeugte, näher an den Monitor heranrückte. Der Arzt schob die Liege mit der Leiche, die er bei sich hatte, in den Aufzug und Sam und Valerie folgten ihm.

Nathans Gedärme zogen sich dieses Mal krampfhaft zusammen. „Wohin fahren die?"

Barry gab schnell ein paar Befehle in seinen Computer ein und warf einen kurzen Blick auf dem Bildschirm auf seiner linken Seite. „Oh, Shit!"

Nathans Kopf flog zu ihm herum. „Was heißt das?!"

„In den Keller. Da sollen sie eigentlich gar nicht hin!"

Nathan fuhr sich nun mit beiden Händen über das Gesicht, während sein Puls enorm an Tempo zulegte.

„Ich wusste es!", stieß er leise aus und versuchte einen klaren Gedanken zu fassen, etwas zu finden, das er tun konnte. „Kannst du Gabriel kontaktieren?"

Zu Nathans Erleichterung nickte Barry, setzte sich rasch sein Headset auf und aktivierte es. Dann gab er erneut ein paar Befehle in den PC ein und wartete. Sein Gesichtsausdruck wechselte schnell von optimistisch zu nervös.

„Ich … ich glaube, ich bekomme keinen Kontakt."

Und Nathans Magen machte einen weiteren Handstand-Überschlag.

„Was ist mit den Kameras im Keller?", fragte Jonathan angespannt. „Kommst du an die heran?"

Barry nickte und nur Sekunden später wechselten die Bilder auf den Monitoren und sie konnten Sam und Valerie gerade noch in einem der Räume dort unten verschwinden sehen.

„Da ist keine Kamera drin", setzte Barry gleich hinzu und Nathan stieß einen resignierten Laut aus.

„Versuch weiterhin Gabriel zu erreichen."

„Das mache ich doch, aber er hat seinen Sender ausgeschaltet."

Nathan wandte sich aufgewühlt von den Bildschirmen ab, musste ein paar Schritte gehen, um der extremen Anspannung in seinem Inneren wenigstens ein bisschen entgegenzuwirken. Alles in ihm drängte danach, sofort in dieses Krankenhaus zu stürmen und Sam da rauszuholen.

„Da sind sie wieder!", entfuhr es Barry und Nathan war sofort bei ihm, starrte angespannt auf den Monitor.

Ein weiterer Mann hatte sich zu dem kleinen Grüppchen gesellt und führte dieses nun den Flur entlang zu einem anderen Raum. Einen Augenblick lang blieben sie alle vor dessen Tür stehen. Sam sprach mit dem Fremden und schließlich schloss dieser die Tür auf und sie verschwand darin.

„Was tut sie nur?!", stieß Nathan ungläubig aus. Das war wieder typisch Sam. Sie musste die Situation so lange ausreizen, bis schließlich doch noch etwas passierte. Und er war nicht da, war nicht in ihrer Nähe, um sie zu beschützen.

Nathan kam dem Monitor noch näher, als er bemerkte, dass der Doktor vor der Tür etwas aus seiner Kitteltasche zog, eine Art Pieper oder etwas Ähnliches, und ein paar Knöpfe drückte. Er konnte es gerade rechtzeitig verschwinden lassen, bevor Sam wieder aus dem Raum kam, sichtlich aufgeregter als zuvor. Ihr schien völlig zu entgehen, wie angespannt der seltsame Doktor mit einem Mal war.

Nathans Herz pochte nun hart gegen seine Rippen. Er spürte, dass etwas nicht stimmte, fühlte, wie das Unheil mit großen Schritten herannahte. Doch er konnte sich selbst nicht mehr bewegen, starrte nur weiterhin wie gebannt auf den Bildschirm.

Der andere Mann ging wieder und als Sam zum Fahrstuhl gehen wollte, packte der Arzt plötzlich ihren Arm und hielt sie fest. Sie sträubte sich, bekam von Valerie Unterstützung, dennoch kam sie nicht wieder los und einen raschen Herzschlag später öffnete sich die Tür eines weiteren Fahrstuhls, den Nathan zuvor gar nicht bemerkt hatte. Drei Männer stiegen aus: Ein Doktor und vier schwarz gekleidete Gardisten.

Kaltes Entsetzen packte Nathan und er riss sich von dem Bild los, wandte sich um, um aus dem Wagen und hinüber zum Krankenhaus zu stürmen. Doch Jonathan hatte wohl damit gerechnet und packte ihn gerade rechtzeitig am Arm.

„Warte! Wir können da nicht einfach so rein!", knurrte er und hielt ihn eisern fest.

Nathan wollte sich von ihm losreißen, ihn wegstoßen, doch dieses Mal hielt ihn Barrys Stimme davon ab.

„Gabriel! Da ist Gabriel!"

Beide stürzten zurück an die Monitore und tatsächlich war der alte Vampir aus dem Aufzug gestiegen und ging mit einem Lächeln auf die kleine Ansammlung von Menschen zu. Er sprach ein paar Worte mit den Doktoren und die Gardisten, deren Hände soeben noch deutlich in Richtung ihrer schweren Waffen gezuckt waren, ließen diese wieder sinken. Der jüngere der Doktoren ließ Sam jedoch nicht los, sondern erklärte nur aufgebracht etwas, worauf der Ältere plötzlich nach ihren Haaren griff und ihr die Perücke vom Kopf zog.

Nathan hielt zeitgleich mit Jonathan und Barry die Luft an, doch Gabriel schien gar nicht daran zu denken, zum Angriff überzugehen. Stattdessen packte er nun selbst Sam grob am Arm und tat dasselbe mit Valerie.

„Was zur Hölle …“, stieß Jonathan leise aus, brach aber ab, weil ihn das Geschehen auf dem Monitor zu sehr fesselte.

Weitere rasche Worte wurden gewechselt und der ältere Doktor wies zum Fahrstuhl, woraufhin Gabriel zustimmend nickte. Nathans Gedärme drehten sich nicht nur um sich selbst, sie verknoteten sich schmerzhaft, als sich der Tross nun auf den Fahrstuhl hinab ins Labor zubewegte.

„Was … was macht er da?“, keuchte Nathan, nicht fähig zu glauben, was er da sah.

„Ich würde sagen, sie fahren jetzt ins Labor“, gab Jonathan mit belegter Stimme zurück.

Nathan schüttelte den Kopf, obwohl er genau wusste, dass sein Freund recht hatte. Dieser packte ihn in weiser Vorahnung erneut an den Oberarmen und hielt ihn fest, bevor er auf dumme Ideen kommen konnte.

„Gabriel wird wissen, was er tut!“

„Er ist gerade ein Mensch – wie soll er sie da alle heil herausholen?!“, setzte Nathan ihm viel zu heftig entgegen und packte nun ebenfalls die Arme seines Freundes, um sich aus dessen Griff zu befreien. Er musste da runter, musste in den Keller des Krankenhauses kommen.

„Dann werden wir ihm helfen, aber nicht ohne einen Plan!"

„Soll ... soll ich Javier anfunken, damit er den Strom ausschaltet?", fragte Barry verunsichert.

Jonathan dachte kurz nach. „Nicht sofort. Die rechnen sonst zu früh mit uns."

„Da sind immer noch zwei Wachen übriggeblieben", mischte sich nun auch Max ein und wies auf den Monitor. Die beiden Gardisten waren tatsächlich nicht in den Fahrstuhl eingestiegen und hielten nun im Keller Wache.

„Die müssten erst ausgeschaltet werden, um in den Keller zu kommen."

Nathan schloss die Augen, versuchte sich zu konzentrieren.

‚Ruhig atmen, fokussieren! Lass die Bestie nicht heraus. Dein Verstand ist deine stärkste Waffe.'

„Gut. Wenn der Strom aus ist, werden die beiden auf der Hut sein", gelang es ihm mühsam beherrscht hervorzubringen. „Wenn er *nicht* aus ist, werden die anderen Gardisten auf den Kameras sehen, wie wir sie ausschalten. Und ihr könnt nicht in das Krankenhaus hinein, ohne entdeckt zu werden."

„Aber du kannst es", dachte Barry mit und Nathan nickte.

„Auf gar keinen Fall!", protestierte Jonathan sofort. „Du gehst da nicht alleine rein."

„Erst einmal schon", gab Nathan zurück und der Plan in seinem Kopf begann schnell Formen anzunehmen. „Ich gehe als Doktor verkleidet rein und schalte die Wachen aus."

„Dann sind anderen unten im Keller alarmiert und werden dich auf sehr nette Art und Weise willkommen heißen!", knurrte Jonathan.

„Ganz genau", stimmte er seinem überraschten Freund zu. „Sie werden alle zum Fahrstuhl kommen und andere Ausgänge vernachlässigen."

Jonathan stutzte und Erkenntnis glomm in seinen Augen auf. „Du meinst den Ausgang beim Parkhaus, wo Javier ist?"

Nathan nickte.

„Dann schalte ich den Strom aus", setzte Barry hinzu. „Und ihr könnt ungesehen hinein und habt auch noch den Vorteil, dass das Labor wahrscheinlich im Dunkeln liegen wird."

„Das wird funktionieren", setzte Max erfreut hinzu. „Ich denke, drei Vampire können in einem Überraschungsangriff ganz schön viel Unheil anrichten."

„Vier!", verbesserte Béatrice entschlossen. „Ich komme mit!"

Die Augen aller anderen ruhten für einen Augenblick auf ihr, doch niemand widersprach ihr. Ihnen war klar, dass sie jede Hilfe gebrauchen konnten.

Nathan sah wieder Jonathan in die Augen und nach einem kurzen Moment nickte sein Freund.

„Na, dann los!", waren die letzten Worte, die sie noch benötigten.

ଔ ଓଃ

Surreal. Das war der richtige Ausdruck, um ihre derzeitige Situation zu beschreiben. Surreal wie eines von Dalís Bildern – so realistisch gemalt, das man glaubte, das Dargestellte beinahe greifen zu können, aber doch so entfremdet und in seinem neuen Umfeld so seltsam, beängstigend wirkend, dass man lange grübelnd davor verharrte – oder lieber schnell wegsah. Wegsehen konnte Sam leider nicht. Dazu war die Situation viel zu gefährlich und ihre Angst zu groß. Genauso schwer war es für sie, überhaupt zu begreifen, was hier geschah, warum Freunde plötzlich zu Feinden, Vampire plötzlich zu Gardisten wurden.

Timothy Soreign hatte Gabriel sich genannt und war so glaubhaft in die Rolle eines der Gardisten geschlüpft, dass sie sich für einen kurzen Moment tatsächlich gefragt hatte, ob er ein Verräter war. Woher er diesen interessanten Namen hatte, wusste sie nicht und es hatte sie erstaunt, dass dieser den beiden Soldaten und dem älteren Doktor nicht nur bekannt war, sondern sie tatsächlich heute eine Person mit diesem Namen erwartet hatten.

Selbstverständlich hatte Gabriel erst einmal versucht, sie und Valerie aus der gefährlichen Situation heraus zu manövrieren, indem er behauptet hatte, sie seien nur neugierige Schwestern, die etwas Action erleben wollten. Damit hatte er den Gedanken eines Verrats an ihnen in Sam völlig verdrängt. Doch der ältere, so kalt aussehende Arzt hatte ihre Maskerade leider längst durchschaut gehabt und ihr die Perücke vom Kopf gerissen. Gabriel hatte schnell vom ‚freundlichen Neuankömmling' zum ‚energisch durchgreifenden Feldwebel' umgeschaltet und nicht nur sie und Valerie selbst an den Armen gepackt, um sie festzuhalten, sondern auch verlauten lassen, dass *er* die beiden Frauen unten im Labor verhören wolle.

Nach ihrem anfänglichen Schrecken hatte Sam sich erfolgreich eingeredet, dass der alte Vampir eigentlich nur versuchte, das Beste aus ihrer verfahrenen Situation zu machen. Er konnte sie nicht befreien, ohne sofort in einen Kampf zu geraten – unbewaffnet und unvorbereitet – also packte er die Gelegenheit beim Schopfe und ließ sich von den Gardisten selbst hinunter ins Labor führen.

Was Sam verunsichert hatte, war sein weiteres Verhalten: dass er die beiden Ärzte nicht einfach im Fahrstuhl überwältigte, als die bewaffneten Männer oben vor dem Lift stehenblieben, und sie ohne Schutztruppe hinunterfuhren; dass er an seiner Rolle festhielt, obwohl dies aus ihrer Sicht in dieser Situation gar nicht mehr notwendig war. Zwei so schwächliche Menschen wie die beiden Ärzte waren doch für einen Vampir seines Kalibers keine richtige Herausforderung.

Erst als ihr bewusst wurde, wie warm der Druck von Gabriels Hand an ihrem Arm war, wie rasch er atmete, begann ihr zu dämmern, warum er so vorsichtig war, und ihr Herzschlag, der sich gerade noch ein wenig beruhigt hatte, zog wieder seine Geschwindigkeit an. Das Gefühl von Sicherheit, das sie in seiner Gegenwart gewonnen hatte, begann zu bröckeln.

„Wie weit sind die Abbauarbeiten denn schon fortgeschritten?", erkundigte sich Gabriel gerade, als sie mit großen Augen und einem dicken Kloß im Hals auf seine pochende Halsschlagader starrte und ihr Magen eine weitere kleine Umdrehung machte.

Der ältere Arzt stieß einen kleinen Seufzer aus.

„Nicht so weit, wie ich es gern hätte", gab er erschöpft zurück, „aber Mr. Crane war vorhin unten und hat behauptet, wir lägen noch im Limit. Er hat mir auch gesagt, dass

Sie heute hier auftauchen würden, Sir. Dass das so früh sein würde, war mir jedoch nicht bewusst."

Ein kleines Schmunzeln huschte über Gabriels Gesicht.

„Nun, ich bin bekannt für meinen Hang zu Überraschungsbesuchen, oder?", erwiderte er und das Schmunzeln wurde zu einem selbstgefälligen Lächeln, das den Arzt tatsächlich noch mehr verunsicherte.

„Wie steht es denn um unser kleines Forschungsprojekt?"

„Gut. Wirklich gut", erwiderte der Arzt beinahe übereifrig, doch ihm war anzumerken, dass er flunkerte.

„Na, na, Dr. Ramone", Gabriel hob mahnend den Finger und sein Blick wurde deutlich kühler, obwohl er immer noch lächelte. „Es lief ja dann doch nicht alles so planmäßig, wie Sie mir hier weismachen wollen."

„Sie spielen auf die fehlende Lieferung an", mischte sich nun Dr. Feddar ein und verlor ein weiteres großes Stück von Sams kaum noch vorhandener Sympathie für diesen Mann. Sie hatte nicht damit gerechnet, dass der junge, unschuldig und nett erscheinende Arzt derart tief in diese ganze Sache verstrickt war.

„Die hat uns nicht so schwer getroffen wie Labor 5. Wir hatten noch ein paar Vorräte und konnten in den letzten Tagen trotz des anstehenden Umzugs einige Fortschritte erzielen. Ich muss mich verbessern: immense Fortschritte. Wirkstoff BXA-12 ist so gut wie fertig und einsatzbereit."

„Dann ist die Erprobungsphase auch schon abgeschlossen?", hakte Gabriel nach und Sam bewunderte ihn für die Kunst, mit seinem mangelndem Wissen und reiner Raterei eine solche Professionalität und Selbstsicherheit auszustrahlen und zwar in einem solchen Maße, dass diese Männer ihn übereifrig mit Neuinformationen versorgten, ohne zu bemerken, dass sie einen ihrer ärgsten Feinde vor sich hatten.

„Nein, aber die Waffen sind erst gestern angekommen und wir hatten ein paar Testversuche", erklärte nun wieder der ältere Doktor und stieß ein kleines Lachen aus. „Leider leiden wir gegenwärtig an einem akuten Mangel an Testpersonen. Die beiden gestern haben den Versuch nicht besonders gut überstanden. Manche von ihnen reagieren zu extrem auf die beschleunigte Rückverwandlung – ihr Organismus hält das nicht aus. Und es gibt nur wenige, die schon einmal Kontakt zu Serum BX23 hatten."

„Das heißt, sie sind nur an den Folgen des Wirkstoffs gestorben?" Gabriel zeigte ganz genau, dass er dies nicht glaubte, und er verstärkte diese Wirkung auch noch mit einem schelmischen Augenzwinkern. „Kommen Sie schon…"

Das Lachen des Arztes ging in dem Gong des Fahrstuhls unter und Sams Herzschlag beschleunigte sich ein weiteres Mal, als Gabriel sie und Valerie erstaunlich grob hinausschob. Sie war nicht überrascht, als sie einen weiteren Trupp von gleich vier Gardisten in dem gekachelten Flur auf sie warten sah. Dem alten Vampir blieb nichts anderes übrig, als sie und Valerie loszulassen und damit an die Soldaten weiterzureichen, die sogleich weitaus fester zupackten.

Das Gefühl von Panik, ihr Bedürfnis sich loszureißen und zu versuchen zu fliehen, wuchs erheblich an. Die grimmig aussehenden, unnahbaren Männer, von denen sie nun umgeben waren, machten ihr Angst und ließen das letzte bisschen an Zuversicht, das ihr Gabriels Auftauchen noch hatte vermitteln können, ganz schnell verpuffen. Vor allem, da der Ort hier gar keine Fluchtmöglichkeiten aufwies: enge, gekachelte Korridore, kleine Büroräume, Behandlungszimmer und immer wieder schwer bewaffnete Menschen, die dabei halfen, Kisten aus den Räumen zu tragen und schwer beladene Wagen durch die Flure zu schieben. Sam fühlte sich eingesperrt, eingeengt, bedroht. Nirgendwo gab es ein Fenster, nirgendwo Licht oder frische Luft. Es roch auch hier intensiv nach Krankenhaus: steril, unangenehm, beängstigend. Wie hatte Nathan es nur ein Jahr lang in so einem Labor aushalten können, ohne durchzudrehen? Ihr war jetzt schon ganz schlecht und ihre Angst wuchs mit jeder Sekunde, mit jedem Schritt, den sie tiefer hinein in dieses Grauen machte.

Sie warf einen Blick auf Valerie, die erheblich blasser geworden war und ihre Lippen so fest zusammengekniffen hatte, dass sie nur noch eine feine Linie bildeten. Auch sie hatte furchtbare Angst, wirkte angespannt und verunsichert. Sam versuchte tief und ruhig zu atmen, versuchte zu verhindern, dass sich die Angst in ihrem Inneren noch weiter ausbreitete, sie unvernünftig oder gar panisch reagieren ließ.

‚Ganz ruhig, Sam', sprach sie sich innerlich leise zu. ‚Du kommst hier wieder raus. Du musst nur auf Gabriel vertrauen. Er hat gewiss einen guten Plan und irgendwo wartet längst ein Befreiungstrupp auf ein Zeichen von ihm. Du musst deinen Verstand einschalten und mitspielen und dabei alles an Informationen aufnehmen, was dir deine Umwelt übermittelt. Und halte nach Peterson Ausschau!'

„… wird es uns in einem Kampf einen immensen Vorteil verschaffen", beendete gerade Dr. Ramone seinen Satz und Sam ärgerte sich, dass ihre Panik verhindert hatte, dem Gespräch zwischen ihm und Gabriel weiter zu folgen.

„Auf welchen Zeitraum haben Sie denn das Einsetzen der Wirkung verringern können?", fragte dieser interessiert.

„Wenige Minuten", mischte sich Dr. Feddar wieder ein. „Und selbst wenn diese Bestien nicht an der heftigen Dosierung sterben, macht es sie zumindest so sterblich wie jeden anderen Menschen!"

„Meine Güte, sie machen mich wirklich neugierig!", meinte Gabriel begeistert und ein weiteres Mal bewunderte Sam ihn für seine Fähigkeit, die Wut gegen diese Menschen, die er zweifelsohne haben musste, so gut zu verdrängen, dass er tatsächlich den Eindruck vermittelte, sich über diese neuen Erkenntnisse zu freuen.

„Gibt es tatsächlich kein Testobjekt mehr, an dem sie das demonstrieren könnten?"

„Leider nein", seufzte der ältere Arzt und Sams Herz stolperte, als Gabriels nachdenklicher Blick eindeutig zu ihr hinüber wanderte.

„Und wenn wir einfach jemanden in einen Vampir verwandeln …", raunte er den Ärzten mit einem verschwörerischen Grinsen zu und Sam wurde nun auch noch schlecht. Das konnte sie doch gerade eben nicht gehört haben!

„Dann hätten wir wieder ein Testobjekt …"

Valerie schnappte empört nach Luft, während sich Sams Gedärme nun schmerzhaft zusammenzogen und sie den alten Vampir voller Unglauben anstarrte. Wie konnte er die Ärzte auf eine solche Idee bringen, wenn er selbst ein Mensch war und ihnen und den Soldaten wohl kaum etwas entgegenzusetzen hatte? Das war doch der reinste Wahnsinn! Ihre so mühsam zurückgewonnene Ruhe verflüchtigte sich innerhalb von Sekunden.

Dr. Ramones Lippen hatten sich zu einem teuflischen Grinsen verzogen. Er blieb vor einem der Behandlungsräume stehen, an dem sie gerade hatten vorübergehen wollen, und öffnete schnell die Tür.

„Das ... das ist nicht Ihr Ernst!", stieß Valerie aus und wehrte sich nun doch gegen den Versuch eines der Gardisten, sie in den Raum zu schieben. Doch der Mann war zu groß und stark.

„Lassen Sie mich los!", hörte Sam ihre Freundin mit deutlicher Panik in der Stimme rufen, als die Sicht auf sie für einen kurzen Moment von dem breiten Kreuz des Soldaten verdeckt wurde. Sam selbst sträubte sich nicht ganz so sehr, denn sie wusste tief in ihrem Inneren, trotz ihrer Zweifel und Ängste, dass Gabriel auch damit einen Plan verfolgte. Dennoch wallte die Panik auch in ihr weiter auf, ließ ihren Puls rasen und ihre Hände ganz schwitzig werden.

„Lass mich los, du Steinzeitmensch!", schrie Valerie den Mann, der sie festhielt, jetzt an und im nächsten Augenblick holte er aus und schlug zu – mit solcher Wucht, dass die junge Frau zur Seite geworfen wurde, gegen die nächste Wand prallte und dort zu Boden ging.

Das war auch für Sam zu viel. Aus einem tiefen, nicht zu kontrollierenden Instinkt heraus drehte sie sich geschickt, rammte dem Mann hinter ihr ihren Ellenbogen in den Magen, der sie mit einem überraschten Keuchen losließ, und stürzte hinüber zu ihrer Freundin, die betäubt liegengeblieben war. Sie sank vor ihr auf die Knie und wollte sie vorsichtig berühren, doch nur einen Herzschlag später durchfuhr ein heftiger Schmerz ihre Kopfhaut und sie wurde schreiend an ihren Haaren wieder auf die Füße gerissen, taumelte rückwärts gegen ihren grobschlächtigen Peiniger, in ihrer Panik nun doch um sich schlagend. Sie traf ein paar Mal Teile seines Körpers, dann wurde sie auch schon wieder weggestoßen und krachte mit Schwung in den scheppernden Behandlungstisch. Sie strauchelte, konnte sich aber noch rechtzeitig daran festhalten, um nicht zu Boden zu gehen. Aus dem Augenwinkel nahm sie wahr, dass der Mann ihr nachsetzte. Doch er kam nicht weit, denn plötzlich war da eine andere Person zwischen ihr und dem wütenden Soldaten: Dr. Feddar.

„Ganz ruhig bleiben", sagte er und hob in einer beschwichtigenden Geste die Hände. „Das sind nur zwei ganz normale, harmlose Frauen. Es gibt keinen Grund, so brutal gegen sie vorzugehen."

Die Brust des Soldaten blähte sich noch ein paar Mal unter seinen schweren, wuterfüllten Atemzügen, dann nickte er und zog sich zur Tür zurück, gefolgt von seinem Kumpan. Die anderen beiden waren erst gar nicht mit in den Raum gekommen, konnte Sam jetzt mit Erleichterung feststellen.

Sie richtete sich unter dem deutlich besorgten Blick Dr. Feddars mühselig wieder zu ihrer vollen Größe auf. Ihr tat alles weh und es fiel ihr schwer, sich wieder zu sammeln. Erst als sie bemerkte, dass Valerie langsam wieder zu sich kam und sich ebenfalls zittrig aufrichtete, gelang es ihr, ihre Atmung und ihren Puls wieder unter Kontrolle zu bekommen. Dennoch konnte sie es nicht verhindern, dass sie Gabriel einen vorwurfsvollen Blick zuwarf. Warum hatte er nichts getan? Warum hatte er es zugelassen, dass man sie so behandelte? Ohne Frage war es wichtig, dass er seine Maskerade beibehielt, aber hätte er nicht dennoch einschreiten können? Wie weit hätte er die beiden Männer wohl gehen lassen?

Der alte Vampir ließ ihren Blick jedoch sogar mit einem kühlen Lächeln an sich abprallen und wandte sich wieder dem grinsenden Dr. Ramone zu.

„Und wo ist ihre Wunderwaffe nun?", fragte er freundlich.

Dr. Ramone sah zu seinem jüngeren Kollegen hinüber. „Würdest du?"

Der junge Mann nickte zögernd und lief hinüber zur Tür. Die beiden Soldaten dort machten ihm sogleich Platz, doch er wurde noch einmal von Dr. Ramone aufgehalten.

„Und bring doch gleich etwas von der V-9-Mischung mit", setzte dieser hinzu und Dr. Feddar verharrte in seiner Bewegung. Dieses Mal nickte er nicht sofort. Sein Blick blieb an Sam hängen und sie sah Sorge und Widerstand in seinen Augen aufglimmen. Also hatte sie sich doch nicht so sehr geirrt: dieser Mann besaß ein Herz, war noch nicht so kalt und unbarmherzig wie seine Kollegen. Doch letzten Endes blieb ihm nichts anderes übrig, als zu nicken und sich der Anweisung des älteren, ihm wahrscheinlich vorgesetzten Arztes zu fügen. Mit hängenden Schultern verließ er den Raum.

„Sie … Sie wollen uns wirklich verwandeln?", stieß Valerie mit zittriger Stimme aus, als sie zu Sam hinüber wankte, sich Blut aus dem Mundwinkel wischend. Sam machte einen Schritt auf sie zu und zog sie an sich, ihr ein wenig Halt gebend.

„Wissen Sie überhaupt, wie lange eine solche Verwandlung dauert?", stieß sie aus. „Das macht doch überhaupt keinen Sinn!"

„Die V-9-Mischung beschleunigt den Vorgang auf wenige Minuten", tat der Arzt ihren Einwurf mit einem arroganten Lächeln ab. „Und wir hatten schon zwei Testpersonen, die das überlebt haben."

„Zwei von wie vielen?", verlangte Sam zu wissen.

„Von zehn", war die kühle Antwort und Valerie schnappte nach Luft.

„Sie werden uns damit umbringen!", stieß sie entgeistert aus.

Dr. Ramone sah sie voll offener Abscheu an. „Wenn Sie beide zu diesen Vampirhuren gehören – was ich vermute – dann tue ich ihnen doch selbst damit noch beinahe einen Gefallen."

Er lächelte falsch und Sams Abscheu für diesen kalten Mann wuchs ungemein. Genau so hatte sie sich die Ärzte vorgestellt, die Nathan gequält hatten: Voller Vorurteile, selbstgerecht und engstirnig. Er war so gar nicht wie Frank.

„Interessant wäre es nur, zu erfahren, warum die beiden sich so frech in die Höhle des Löwen gewagt haben", mischte sich Gabriel ein und trat näher an sie heran. Er schenkte ihr einen auffordernden Blick – und auch wenn Sam noch unglaublich wütend auf ihn war und sich alles in ihr sträubte, mit ihm zusammenzuarbeiten – sie verstand, worum er sie bat, wusste, was er von ihr wollte.

„Wir haben jemanden gesucht", erwiderte sie und Valerie sah sie entsetzt an.

„Wen?", fragte der Arzt sofort neugierig und kam nun auch näher.

„Sag es nicht!", stieß Valerie aus und umklammerte ihren Arm.

„Dr. Frank Peterson", gestand Sam dennoch ein und Überraschung zeigte sich in den Augen des Arztes. Dann stieß er auch schon ein höhnisches Lachen aus.

„Hier?" Er lachte erneut. „Da sieht man mal, wie schlecht ihr arbeitet! Wir sind ein völlig anderer Forschungsbereich – obwohl wir selbstverständlich auch von seiner Arbeit profitieren. Aber derzeit ist mit dem Mann ohnehin nichts anzufangen. Der kann froh sein, wenn er das Ende des Monats noch erlebt."

Sams Kehle schnürte sich zusammen und ihr Hass wuchs.

„Ihr Bestien!", stieß sie leise aus und provozierte ein weiteres Lachen des Arztes.

„Wieso? Er ist krank, das ist alles", erwiderte er. „Der hätte nie und nimmer eine Folter durchgestanden. Die anderen meinen ja noch, dass sie ihn wieder hinkriegen, aber ich bezweifle das. Seine Medizin ist verbraucht und an die Quelle dafür kommt er ja wohl jetzt nicht mehr ran."

„Vielleicht kann man das ja bald ändern", erwiderte Gabriel mit einem weiteren Blick in Sams Richtung und sie sah ihn irritiert an. Ein wichtiges Detail war ihr hier entgangen und das machte sie äußerst nervös.

Auch der Arzt schien nicht sofort zu verstehen, worauf Gabriel hinaus wollte, denn er runzelte irritiert die Stirn. Doch dann erhellte sich sein Gesicht sichtlich und seine schmalen Lippen verzogen sich zu einem weiteren grausamen Lächeln. Seine kalten Augen glitten kurz über Sams Gestalt.

„Aber natürlich!", stieß er leise, beinahe erfreut aus. „Vielleicht wissen unsere beiden Schätzchen ja, wo er ist. Warum bin ich da nicht gleich drauf gekommen?"

„Haben Sie Sodium Amytal hier?", erkundigte sich Gabriel sogleich.

Der Arzt nickte begeistert und lief unter Sams besorgtem Blick hinüber zu einem der Schränke, um eine Schublade aufzuziehen und darin herumzuwühlen.

„Schmerzen sind zwar auch ein brauchbares Mittel, um an Informationen zu kommen", murmelte er in sich hinein, zückte schließlich eine Ampulle mit einer Flüssigkeit und betrachtete das Etikett, „aber so ein kleines Wahrheitsserum macht die ganze Sache doch um einiges leichter."

„Was ist mit Fentanyl?", setzte Gabriel nach und folgte dem Arzt unauffällig.

Der Knoten in Sams Gedärmen lockerte sich und ihr Herz pochte gleich noch viel schneller. Etwas hatte sich an Gabriels Haltung geändert, ganz fein, für andere, die den Umgang mit Vampiren nicht gewohnt waren, wohl kaum zu bemerken. Sie jedoch hatte ein Gefühl dafür entwickelt, schien es beinahe in ihrem Körper, ihrem Blut zu spüren, wenn Vampire sich anspannten, etwas im Schilde führten. Seltsam war dies nur, weil Gabriel gerade ein Mensch und kein Vampir war.

Der Arzt sah ihn stirnrunzelnd an. „Sie wollen sie betäuben?", fragte er irritiert.

„Nicht sofort", erwiderte er gelassen. „Aber glauben sie im Ernst, die lassen sich in aller Ruhe nachher zu Vampiren machen?"

Dr. Ramone überlegte ein paar Sekunden. Dann nickte er zustimmend.

„Sie haben recht", sagte er, öffnete eine andere Schublade und holte ein weiteres Fläschchen und zwei Injektionsnadeln heraus.

Valerie atmete zitternd neben Sam ein und sie legte eine Hand auf die ihre, drückte sie beruhigend, versuchte ihre eigene Zuversicht auf die junge Frau zu übertragen.

„Darf ich helfen?", fragte Gabriel und trat nun dicht an den Arzt heran.

„Aber gern", erwiderte der lächelnd und drückte ihm doch tatsächlich das Fläschchen mit zugehöriger Spritze in die Hand.

Sam konnte es sich gerade noch so verkneifen, beruhigt aufzuatmen. Ihr Verstand hatte die neuen Eindrücke in Windeseile so zusammengesetzt, dass sie meinte, Gabriels Plan wenigstens im Ansatz durchschaut zu haben. Plötzlich verstand sie sein Handeln, begriff, wie wunderbar er die beiden Ärzte manipuliert hatte, ohne dass sie auch nur den Hauch eines Verdachtes verspürt hatten. Es war ihr ja beinahe selbst entgangen. Doch nun verstand sie, während sie beobachtete, wie er mit einem sanften Lächeln die Spritze aufzog, dass ihm diese Männer genau die Mittel zu Füßen legten, die er brauchte, um sich, Valerie und sie ohne großes Aufheben zu befreien und zugleich auf einem sehr einfachen Weg an neue Informationen zu kommen.

Der einzige kritische Punkt würde es sein, die Soldaten an der Tür zu überwältigen, ohne dass andere außerhalb des Raums davon Notiz nahmen. Aber wahrscheinlich fiel Gabriel auch dafür noch etwas ein.

Sam zuckte heftig zusammen, als sich die Tür wieder öffnete und Dr. Feddar in den Raum geeilt kam. Er sah abgehetzt und bedrückt, ja beinahe verängstigt aus und wandte sich sofort an seinen Kollegen.

„Ich hab mit Sergeant Finnigan gesprochen", brachte er atemlos hervor und stellte eine Schachtel mit einigen Fläschchen und Spritzen auf dem Behandlungstisch ab.

„Er meinte, wir sollten uns beeilen und dass unsere beiden Besucher bestimmt nicht allein hier aufgetaucht sind. Er schickt gleich ein paar Suchtrupps los, die das Gelände nach möglichen Spitzeln absuchen sollen. Die beiden Soldaten draußen sind auch schon weg."

„Dann sollten wir uns jetzt beeilen", meinte Dr. Ramone und trat mit gezückter Spritze auf Sam und Valerie zu, die sofort vor ihm zurückwichen. Doch wieder schob sich Dr. Feddar mutig zwischen sie und den anrückenden Feind.

„Ich wäre eigentlich dafür, das Ganze zu verschieben und lieber unsere Sachen zu packen und die beiden mitzunehmen", sagte er mit fester Stimme und die Brauen des anderen Arztes zogen sich erbost zusammen.

„Seien Sie doch nicht immer so ein schrecklicher Angsthase, Kieran!", knurrte er und rückte weiter vor, sie alle vor sich her treibend, bis die Wand in ihrem Rücken sie stoppte.

„Was soll uns hier schon passieren? Das ganze Haus ist voller Soldaten!"

Das hätte er wohl nicht sagen dürfen, denn genau in dieser Sekunde entstand draußen auf dem Flur ein großer Tumult. Geräusche von schnellen Schritten ertönten, Zurufe und Kommandos kerniger Männerstimmen waren zu vernehmen und veranlassten einen der Soldaten im Raum dazu, sofort die Tür aufzureißen und einen vorbeistürmenden Kameraden am Arm zu packen.

„Was ist los?", konnte sie ihn fragen hören und Sams Magen machte eine kleine Umdrehung, als sie die Antwort hörte.

„Wir bekommen Besuch!"

Der Mann wandte sich mit einem fragenden Blick zu Dr. Ramone um und der nickte schnell. Zu mehr kam er auch nicht, denn nur einen Herzschlag später versank der ganze Raum in nachtschwarzer Dunkelheit.

„Was für ein Timing!", vernahm Sam Gabriels tiefe Stimme und das leise Lachen, das sich in ihr verbarg, verriet ihr, dass er den richtigen Zeitpunkt gefunden hatte, um seine Maskerade fallenzulassen.

In der Höhle des Löwen

Da war es wieder, dieses ganz dumme Gefühl, das mich immer dann befiel, wenn wir uns mit einem schlecht organisierten, zurechtgestümperten Plan mitten ins Getümmel warfen, ohne zu wissen, was uns erwartete. Eine typische Nathan-Aktion eben – ganz wie früher. Mit dem kleinen Unterschied, dass mein lieber Freund nervlich nicht ganz so stabil war wie in alten Zeiten, vor Sorge um seine geliebte Sam fast durchdrehte und sich dennoch zunächst ganz allein in die Höhle des Löwen begeben wollte.

‚Höhle' war hier eigentlich gar nicht der richtige Ausdruck. ‚Hölle' musste dem, was er empfand, weitaus besser entsprechen, denn auch wenn das nicht dasselbe Labor war, in dem er ein Jahr lang gefangen gehalten und gequält worden war, war es immerhin eines in einem Keller tief unter der Erde. Und soweit ich bisher hatte feststellen können, glichen sich die Labore der *Garde* wie ein Ei dem anderen. Dass er sich beim Betreten dieses Domizils ‚etwas' in diese Zeit zurückversetzt fühlen würde, war so sicher wie das Amen in der Kirche. Ich hoffte inständig, dass ihm das Training mit Gabriel genug Kraft gegeben hatte, um nicht wie ein tollwütiges Tier durch die Reihen der Soldaten dort unten zu toben und am Ende sogar selbst dabei draufzugehen. Er hatte sich gewiss einige Tricks und Kniffe eingeprägt, mit denen er seine traumatischen Erinnerungen in den Griff bekam und einigermaßen bedacht und sinnvoll handeln konnte. Sein Aussetzer in der Diskothek war nur ein letzter Ausrutscher gewesen und immerhin hatte er ja auch dort fast alle seine Gegner im Alleingang eliminiert. Wenn er das dieses Mal auch tat, konnte es uns nicht schaden.

Zumindest versuchte ich mir das einzureden, während ich mit unserem Wagen schräg gegenüber der versteckten hinteren Ausfahrt des Krankenhauses hielt, angespannt hinüber sah und den Motor dann ausschaltete. Eine Sache hatte ich noch dringend zu erledigen, bevor wir mit Projekt ,Selbstmord' starteten.

Ich drehte mich so weit in meinem Sitz um, dass ich Béatrice direkt ansehen konnte, und sie hob sofort fragend die schön geschwungenen Brauen.

„Kommt jetzt die dramatische Warnung?", fragte sie, bevor ich zum Sprechen ansetzen konnte, und ich war ärgerlicherweise gezwungen innezuhalten. Nicht nur weil sie recht hatte, sondern auch weil ich meinem starken Bedürfnis, angriffslustig die Zähne zu blecken, nicht nachgeben wollte. Wo hatte sich nur meine dringend benötigte Coolness versteckt?

„Ja, ich verspreche dir, der kleinen Sam nicht zu nahe zu kommen und ihr kein Haar zu krümmen und werde mich auch von Nathan während des Kampfes fernhalten", leierte sie beinahe gelangweilt herunter und ließ mir ein weiteres Mal keine Chance, meine Aggressionen in Form einer kleinen Drohung herauszulassen.

„Wir sollten nicht mit solchen Dingen unsere Zeit verschwenden, Jonathan", setzte sie sogleich weitaus enthusiastischer hinzu. „Ich bin nicht euer Feind. Und auch wenn du es mir nicht glaubst – ich habe mich geändert. Ich stehe auf eurer Seite und werde den Teufel tun und Nathan Schaden zufügen! Wenn ihn zu beschützen beinhaltet, auch Sam zu retten, werde ich es tun!"

Ich zog verärgert die Brauen zusammen und wollte ihr etwas entgegensetzen, doch dieses Mal hielt mich Barrys unangenehmes Keuchen in meinem Ohr davon ab. Er hatte wohl soeben die Headsets aktiviert, die ein jeder von uns trug.

„Er ist jetzt drin", stieß er angespannt aus und ich wandte mich von Béatrice ab, sah stattdessen mit Unbehagen hinüber zum Krankenhaus.

„Im Keller?", fragte ich zurück.

„Nein, im Krankenhaus. Er ist mit dem Kittel und dem Namensschild problemlos reingekommen. Ich möchte echt wissen, wer da vorgearbeitet hat. All die Namen von den Schildern in Gabriels Spezialtasche gehören zu einwandfreien Identitäten. Das ist unglaublich! Und da lobt er mich überschwänglich für das, was ich für Valerie und Sam gebastelt habe! Irgendwie fühle ich mich ein bisschen ver..."

„Barry!", unterbrach ich ihn unwirsch. „Hör auf herum zu jammern! Kannst du Nathan noch sehen?"

Der kleine Freak brauchte einen Moment, um sich von meinem rüden Ton zu erholen, doch dann antwortete er.

„Ja, er ist grad beim Fahrstuhl angekommen."

„Sollen wir schon aussteigen?"

„Warte, ich frag kurz Javier."

Es knackste in der Leitung und Barry war weg, ließ mich zurück mit einem deutlich erhöhten Puls und meiner stetig wachsenden Anspannung. Mir war vollkommen klar, dass jeden Augenblick unser Einsatz gefragt war.

„Meinst du, er packt das?", vernahm ich Max' tiefe Stimme hinter mir.

Ich drehte mich nicht um, nickte nur, obwohl ich mir gar nicht so sicher war.

„Er wird ja nicht lange allein bleiben", gab ich erstaunlich ruhig zurück, wenngleich auch diese Tatsache nicht unbedingt mit angenehmen Gefühlen verbunden war. Schon wieder wurde ich in die Rolle des Kämpfers gezwungen, während ich die des Lovers geradezu sträflich vernachlässigen musste. Wann hörte das bloß endlich auf?

„Wenn unser kleines Ablenkungsmanöver gelingt, wird er es mit ziemlich vielen Gegnern auf einmal aufnehmen müssen – zwar nicht für lange Zeit, aber es werden erst einmal viele sein."

Los sag es! Sag es und glaube es!

„Er kann das."

Fantastisch! Meine Stimme wackelte noch nicht einmal.

„Nathan ist hart im Nehmen", setzte Béatrice nun auch hinzu und aus ihrer Stimme sprach derselbe Zweifel, den auch ich empfand. „Und er ist unglaublich schnell und stark geworden."

Ich zuckte kaum merklich zusammen, als es erneut in der Leitung knackte, dann konnte ich auch schon wieder Barry hören.

„Los! Raus aus dem Auto! Nathan ist unten angekommen und ..." Er gab ein Keuchen von sich. „Mann, das hättet ihr sehen müssen! Egal. Ihr habt eine Minute, um am Hintereingang zu sein, dann dreht Javier den Strom aus. Er stößt dort zu euch. Die beiden Wachmänner sind noch da!"

Ich wusste nicht genau, was ich von Barrys Aussage bezüglich Nathans Aktion halten sollte, aber ich hatte auch keine weitere Zeit mehr darüber nachzudenken. Mein Körper bewegte sich fast ohne mein Zutun, als wüsste er besser, was zu tun war, als ich selbst. Ich stieg aus dem Auto, schloss leise die Tür und rannte in Vampirgeschwindigkeit los, flankiert von Max und Béatrice, direkt auf das helle, nett aussehende Gebäude zu, das dort friedlich vor uns im Sonnenschein schlummerte.

Zwischen den Gebüschen und Bäumen der parkähnlichen Anlage sah ich einen weiteren Schatten auf uns zu huschen und spürte innerhalb weniger Sekunden Javiers Anwesenheit. Der Eingang zur Tiefgarage kam rasch näher – so wie die beiden dunklen Gestalten, die sich soeben abwenden und ins dunkle Innere vor ihnen treten wollten. Sie wirkten aufgebracht und konzentrierten sich nicht darauf, was außerhalb des Gebäudes geschah, sahen nicht die Gefahr, die sich in rasender Geschwindigkeit auf sie zu bewegte. Erst als es schon zu spät für sie war, drehte sich einer von ihnen noch einmal um. Das letzte, was er in seinem Leben sah, waren meine gebleckten Reißzähne und die Mordlust in meinen Augen, als ich auf ihn zuschoss.

ॐ ೮೩

Das Unwohlsein verschwand langsam, nahm das leichte Zittern, das rasche Hämmern seines Herzens mit sich, das die Enge des Fahrstuhls in ihm ausgelöst hatte. Nun, da er sich in einem etwas breiteren Flur befand, der ihm mehr Raum gab zu handeln, sich freier zu bewegen, war er fähig die Bilder von sich zu schieben, die ihn in den letzten Minuten befallen, ihn so viele Nerven gekostet hatten. Das durfte nicht noch einmal passieren! Konzentration, das war es, worauf es jetzt ankam, wovon ihre ganze, notdürftig zusammengeschusterte Rettungsaktion abhing. Er durfte nicht versagen ... durfte nicht ... durfte nicht ...

Die Soldaten, die vor dem anderen Fahrstuhl Wache hielten, sahen überrascht aus, hoben misstrauisch ihre Waffen, als Nathan mit einem überaus freundlichen Lächeln auf sie zuging und beschwichtigend die Hände hob.

„Ich suche Dr. Jenkins", rief er ihnen entgegen, gleichzeitig seine Energien sammelnd und die Staturen der Männer abtastend, nach Schwächen, Angriffspunkten suchend.

„Ist der vielleicht hier unten aufgetaucht?"

Der kleinere von beiden wirkte etwas nervöser, aufmerksamer, der andere träger, dafür aber auch sehr viel kälter. Beide trugen schwere Waffen und kugelsichere Westen. Aber ihre Hälse waren ungeschützt, boten die Angriffsfläche, die Nathan brauchte, um sie ein für alle Mal auszuschalten. Kälte stieg in ihm auf, ließ ihn verdrängen, dass er Menschen vor sich hatte. Gefühllose Kampfmaschinen, das war es, was er in ihnen sah. Maschinen, die nicht einmal davor zurückschreckten, wehrlose Frauen zu töten. Wie Sam. Seine Sam. Der Vampir in seinem Inneren fing an, zu knurren und die Zähne zu blecken.

„Der ist hier nicht", erwiderte der größere Kerl auf seine zuvor gestellte Frage und wies mit dem Kinn in Richtung Aufzug. „Fahren Sie wieder rauf!"

„Er ist ungefähr 1,80 groß, dunkelhaarig ...", fuhr Nathan ungerührt fort und näherte sich den beiden, bis sie so drohend ihre Waffen hoben, dass er stehenbleiben *musste*. Näher brauchte er auch gar nicht heranzugehen. Für einen Vampir war das keine nennenswerte Entfernung mehr. Ein Sprung würde genügen.

„Trägt eine Brille ...", setzte Nathan noch hinzu und hob fragend die Brauen, während die Bestie in ihm sich in

Position brachte, sich kribbelnd in ihm vorantastete, die Energien in ihm zum Fließen bringend, die sonst so gut vor aller Augen versteckt waren.

„Sie sollten jetzt besser wieder nach oben gehen!", sagte der kleinere Soldat und sein linkes Auge zuckte etwas nervös, als würde er spüren, dass etwas in Nathan vorging, das für ihn und seinen Kameraden nicht ungefährlich war.

„Dieser Bereich hier ist für das normale Personal gesperrt. Sie werden ihren Freund hier nicht finden, Dr …" Sein Blick wanderte zu dem Schild auf Nathans Brust. „… Durowsky."

„Schon gut, schon gut", Nathan hob erneut die Hände. „Es war ja nur eine Frage …"

Er wandte sich um, als wollte er tatsächlich gehen. Aus dem Augenwinkel nahm er wahr, wie beide Männer ein wenig die Waffen senkten und ihm die Chance gaben, auf die er gewartet hatte. Der Energieschub war ungewohnt heftig, schoss wie flüssiges Feuer durch seine Muskulatur und ließ ihn aus der Bewegung heraus herumwirbeln. Der Wechsel fand innerhalb des Bruchteils einer Sekunde statt. Nun war es nicht mehr der Mensch in ihm, der sich vorwärts warf, die Waffe des kleineren Soldaten packte und den Lauf mit ungeheurer Kraft gegen den Kopf des anderen Mannes rammte, ohne dass dieser seine MP auch nur ansatzweise in seine Richtung drehen konnte.

Nathans übersensibles Gehör vernahm voller Genuss das Knacken von Schädelknochen, doch er hatte leider keine Zeit, sich noch weiter um den Soldaten zu ‚kümmern', der polternd zu Boden ging. Stattdessen stieß er seinen noch übrig gebliebenen Gegner gegen die Fahrstuhltür, um ihm dann die gebleckten Reißzähne so tief wie möglich in den Hals zu jagen. Der Mann schrie auf, versuchte ihn wegzudrücken, aus seinem eisernen Griff freizukommen, doch er hatte keine Chance. Nathan trank nur so viel Blut, wie er benötigte, um sich einen weiteren Energieschub zu verschaffen, dann brach er dem Mann mit einer raschen Bewegung das Genick. Erschlafft glitt auch dessen Körper zu Boden.

Nathans Blick wanderte rasch über die Schaltfläche des Fahrstuhls vor ihm. Natürlich war es keine gewöhnliche, besaß statt der normalen Knöpfe ein Sensorfeld.

„Barry!", stieß er angespannt aus und sofort drang ihm ein atemloses „Ja!" durch den Knopf in seinem Ohr entgegen.

„Was für ein Sensor ist das?"

„Warte …" Er vernahm das hektische Klicken einer Tastatur. „Ich würde sagen Fingerabdrücke. Probier's mal aus."

Nathan packte ohne weiteres Nachfragen den Arm des toten Soldaten und presste dessen Daumen auf das Sensorfeld. Sofort war das mechanische Geräusch des Fahrstuhls zu vernehmen und dann setzte sich das schwere Gerät rasch in Bewegung.

„Die werden dich bestimmt nett willkommen heißen. Du bist ganz wunderbar auf der Kamera zu sehen", bemerkte Barry, während Nathans Puls sich nun doch wieder rasant beschleunigte. Ruhig bleiben … ganz ruhig …

„Deswegen sollst du ja auch den Strom ausschalten, sobald ich unten bin!", gab er etwas ungeduldig zurück.

„Kletterst du durch die Luke in der Fahrstuhldecke in den Schacht?"

Nathan antwortete ihm mit einem kurzen Nicken, obwohl er sich auch bei dieser Idee nicht wohl fühlte. Die

Männer der *Garde* waren nicht dumm. Sie wussten gewiss sofort, wo er war, wenn sie den Fahrstuhl leer vorfanden.

„Cool! Wie Bruce Willis bei *Stirb langsam*!", entfuhr es Barry begeistert. „Jetzt brauchst du nur so ein dreckig-weißes Unterhemd und nackte Füße, dann …"

„Barry!", brummte Nathan entnervt und fühlte sich beinahe erlöst, als sich der Fahrstuhl endlich vor ihm öffnete. Er packte eine der Waffen, die die Soldaten bei sich getragen hatten und trat dann ein. Schon wieder ein enger Raum, wieder eine Fahrt hinunter in einen Keller. Selbst seine vampirische Seite zeigte nun Anzeichen von Widerwillen, als er sich hastig in dem modernen Fahrstuhl umsah und feststellen musste, dass er schon wieder kreativ werden musste.

„Hier gibt's keine Luke", informierte er Barry rasch und machte einen Satz nach oben, schlug mit der flachen Hand gegen die Decke. Doch sie gab nicht nach.

„Und nun?", fragte Barry angespannt.

Nathan gab es nicht gern zu, aber es fühlte sich gut an, die Stimme des jungen Vampirs zu hören. Obwohl seine Worte nicht sehr tröstlich waren.

„Die schießen doch, sobald sich die Tür öffnet!"

Nathans Gedanken überschlugen sich. So einengend sie auch erscheinen mochten, waren die Wände und Tür des Fahrstuhls das Einzige, was ihn schützen konnte. Und da gab es noch die Dunkelheit, produziert durch den Stromausfall.

„Komm da wieder raus und zurück zu mir", hörte er Barry sagen, während er weiter an der Idee herumbastelte, die sich zwischen all seinen Ängsten und Sorgen hindurchzwängte.

„Die sind jetzt abgelenkt genug und die anderen können Sam und Valerie da auch ohne dich rausholen."

„Kannst du die Türen des Fahrstuhls kontrollieren?", unterbrach Nathan ihn angespannt.

„Ich kann mich ins System hacken", war die erfreuliche Antwort und Nathan könnte hören, dass Barry seinen Gedanken sofort in die Tat umsetzte.

„Kannst du sie dann auch öffnen, wenn der Fahrstuhl noch fährt?"

„Klar, aber warum soll ich …"

Barry brach ab, weil Nathan sich auf einmal vorbeugte und entschlossen den Knopf nach unten drückte. Die Türen des Fahrstuhls schlossen sich und die Kabine setzte sich ruckartig in Bewegung. Barry schnappte nach Luft.

„Mann, warte doch mal! Ich bin noch nicht drin!"

Nathan überhörte seine Worte, schloss die Augen und biss die Zähne zusammen. Er versuchte sich das Bild eines weiten Feldes vor Augen zu führen, Landschaften ohne Häuser, ohne Mauern, ohne Begrenzung, so wie er es gelernt hatte. Doch immer wieder schoben sich andere Bilder dazwischen, zuckten Gesichter vor ihm auf. Menschen in weißen Kitteln, dunkle Kammern, Tische mit Lederriemen, Fesseln … Seine Atmung begann sich zu beschleunigen, seine Gedärme schnürten sich zusammen und ihm brach kalter Schweiß auf der Stirn aus.

Konzentrier dich! Du bist nicht gefangen. Niemand hält dich fest! Was ist dein Job? Was musst du tun?!

„Barry?" Er brauchte eine Stimme, jemanden, der ihm das Gefühl gab, nicht allein zu sein.

„Ich hab's! Okay, bin drin! Und ich hab den anderen Bescheid gegeben."

Sie mussten jetzt beinahe unten sein. Nathan riss die Augen auf, holte tief Luft und ging in die Hocke.

Fokussieren. Er konnte das, würde nicht versagen. Ein weiterer tiefer Atemzug half ihm, wieder so viel Ruhe in seinen Körper zu bringen, dass er erneut seine Energien sammeln konnte und auch die Bestie sich anspannte, konzentrierte.

„Mach die Türen auf! Und Javier soll den Strom ausschalten."

„Okay."

„Wenn ich ‚jetzt' sage, gibst du ihm das weiter!"

Die Türen des Lifts bewegten sich und Nathan konnte hören wie sich auch die Türen dicht unter ihm öffneten. Dann setzte auch schon das Maschinengewehrfeuer ein. Er konnte noch einen kurzen Atemzug nehmen, dann fiel ein schmaler Streifen Licht in den Fußbereich des Fahrstuhls.

„Jetzt!", zischte Nathan und nur ein paar Sekunden später wurde alles dunkel und der Aufzug blieb mit einem Rucken stecken, sodass nur eine schmale Öffnung von vielleicht einem halben Meter zwischen dem Boden des Lifts und dem oberen Rand der geöffneten Tür des Flures entstand.

Nathan stieß sich mit aller Kraft von der Wand ab, schlidderte über den Boden und rutschte präzise durch diesen Spalt, gab den aufgeregten Soldaten im Flur unter ihm keine weitere Chance, sich zu sammeln und sich auf die neue Situation einzustellen. Er kam relativ weit über den Köpfen der schießwütigen und nun recht blinden Männer aus dem Fahrstuhl geschossen, drehte sich im Flug und sorgte so dafür, dass er bei seiner Landung in der kleinen Gruppe direkt einen der Männer von den Füßen riss.

Seine Auffassungsgabe funktionierte so schnell und gut mit seinen übernatürlichen Sinnen und Reflexen zusammen, dass die vier Männer kaum Zeit hatten, sich ernsthaft zur Wehr zu setzen. Einem rammte er mit voller Kraft den Ellenbogen ins Gesicht, trieb ihm das Nasenbein direkt ins Gehirn, zog einen anderen vor sich, sodass die Kugeln einer auf ihn abgefeuerten Salve dessen kugelsichere Weste durchbohrten und brach ihm aus derselben Bewegung heraus das Genick. Der erschlaffende Körper prallte gegen den Schützen und riss ihn von den Beinen, während Nathans Handkante ungebremst gegen den Kehlkopf eines anderen Soldaten prallte und dieser mit einem erstickten Laut rückwärts taumelte und dann verzweifelt nach Luft schnappend in die Knie ging.

Die nächsten Kugeln schossen auf Nathan zu und er warf sich zur Seite, wurde dabei nur von einem der Geschosse seitlich gestreift und nutzte den scharfen Schmerz, um weitere Energiereserven zu lösen. Ein tiefes Grollen drang aus seiner Kehle, als er in die Luft schnellte und mit den Knien voran gegen die Brust seines Angreifers sprang, ihn so umreißend und unter sich vergrabend. Ein weiterer Schuss löste sich aus der Waffe zwischen ihnen, doch der Lauf hatte sich längst auf den Hals des Soldaten gerichtet. Blut spritzte Nathan entgegen und der Mann brachte nur noch ein ersticktes Gurgeln heraus. Dann wurde es still um ihn herum. Er hob den Kopf, lauschte angespannt. Nicht allzu weit von ihm entfernt waren Stimmen zu vernehmen, das schnelle Trampeln von Stiefeln auf glattem Boden, das schnell näher kam. Die Verstärkung rückte nach.

Nathan war schnell wieder auf den Beinen, eilte geduckt an der Wand des Flures entlang, hielt auf die nächste Tür zu. Glücklicherweise war diese nicht verschlossen und er öffnete sie lautlos, ließ sich von der Dunkelheit des Raumes verschlucken. Ein rascher Rundumblick sagte ihm, dass dies ein Büro war, und er war beinahe erleichtert. Büroraum war gut. Keine Tische und Geräte, keine Fesseln und Medikamente.

Er lehnte sich an die Wand neben der Tür, versuchte ruhig und tief zu atmen und mehr Ruhe in seinen aufgeputschten Körper zu bringen. Er musste unbedingt wieder seinen Verstand einschalten und zwar ohne gleichzeitig den Umstand an sich heranzulassen, dass er sich erneut in einem Labor befand, dass er schon wieder unter der Erde saß, umgeben von Menschen, die ihn hassten und töten wollten.

Sam. Er musste an Sam denken. Sie musste er finden und retten. Und sie war hier irgendwo. Irgendwo ganz nah.

⁎ ⁎

Erst vernahm sie nur das Rascheln von Kleidung. Dann gab es einen dumpfen Laut, gefolgt von einem erschrockenen Keuchen und schließlich weitere eigenartige Geräusche, die auf einen Kampf schließen ließen.

„Was … was …", hörte sie einen der Ärzte erschüttert stammeln, als erst ein und dann ein weiterer Körper hörbar zu Boden ging, eingeleitet von erstickten schmerzerfüllten Lauten und dem folgenden Knirschen mehrerer Halswirbel. Dann fühlte sie jemanden an sich vorbeihuschen, spürte den raschen Luftzug.

Valeries Fingernägel krallten sich schmerzhaft in ihren Arm und auch sie musste sich ängstlich an ihrer Freundin festhalten. In einer Situation wie dieser so gut wie nichts sehen zu können, kam beinahe einer Folter gleich und zerrieb ihre kaum noch vorhandenen Nerven wie unter einem Mahlstein.

„Was … wer … aaah!"

Das war Dr. Ramone … und wieder dumpfe Kampfgeräusche, das Scharren von Füßen, Rascheln von Kleidern. Jemand stieß krachend gegen den Behandlungstisch und Sam wich zur Seite, zog Valerie mit sich, gegen die Panik in ihrem Inneren ankämpfend.

Das folgende Rumpeln klang so eindeutig nach einem Körper, der auf dem Boden aufschlug, dass Sam keine Zweifel daran hatte, dass es einen der beiden Ärzte erwischt hatte. Es dauerte nicht lange, dann ging auch der Zweite zu Boden.

Von weiter weg aus den Fluren ertönten dumpfe Schüsse – Maschinengewehrfeuer und weitere Schmerzensschreie. Sam jedoch versuchte angestrengt, diese nicht an sich herandringen zu lassen und schon gar nicht die Gedanken zuzulassen, die diese Geräusche automatisch produzierten. Die Situation hier war zu gefährlich, um sich ablenken zu lassen. Sie musste auf der Hut bleiben, sich darauf einstellen, selbst wieder tätig zu werden, zu kämpfen, wenn es nötig wurde.

Sie kniff die Augen zusammen, weil sie meinte, in der Dunkelheit vor sich eine Bewegung wahrgenommen zu haben. Tatsächlich erkannte sie nun doch langsam die Umrisse des Raumes und einzelner Schränke, obwohl es so gut wie keine Lichtquelle in diesem verfluchten Keller zu geben schien, die nicht auf elektrischen Strom angewiesen war. Dass Gabriel mit dem Stromausfall gerechnet hatte, tröstete sie etwas, sagte es ihr doch, dass der Mann einen Notfallplan gehabt hatte, der zu funktionieren schien. Es änderte jedoch nichts an der Tatsache, dass sie und Valerie in dieser Dunkelheit vollkommen hilflos waren. Da war es doch einfach nur wundervoll, dass sich ihre Augen nun doch wenigstens soweit an die Düsternis gewöhnten, dass sie fähig war, die dunkle Gestalt, die am Boden hockte, auszumachen. Diese hatte sich über einen der beiden Ärzte, die soeben niedergestreckt worden waren, gebeugt und schien dessen Puls zu fühlen.

„Sam …", hauchte Valerie ihr mit zittriger Stimme zu. „Ich fühle mich wie blind. Siehst du etwas?"

Das tat sie. Immer klarer wurde die dunkle Form Gabriels, sodass sie jetzt sogar erkannte, dass er den Kopf hob und zu ihnen hinüber sah. Er richtete sich langsam auf und Sam wich automatisch ein Stück zurück, veranlasste ihre Freundin dazu, ein entsetztes Keuchen von sich zu geben. Sie konnte zu wenig von seinem Gesicht erkennen, um sich nicht zu fürchten und er hatte sich die ganze Zeit so seltsam verhalten.

„Alles in Ordnung", vernahm sie nun den ihr weitaus vertrauteren sanften Klang seiner Stimme. „Macht das, was ich euch sage, und verhaltet euch möglichst still, dann wird euch nichts geschehen."

Schreie und Fußgetrampel direkt draußen auf dem Flur ließen Sam und Valerie heftig zusammenzucken und sich an die Wand hinter ihnen drängen. Gedämpftes, zuckendes Licht drang nun durch die gläserne Scheibe der Tür und Sams Herz begann wieder zu hämmern. Die Soldaten hatten sich wohl Taschenlampen besorgt, um nicht völlig blind gegen ihren bisher unsichtbaren Feind vorzugehen – wer immer das auch sein mochte. Sam hoffte so, dass es nicht Nathan war, dass er noch nicht in L.A. angekommen war und sich gezwungen gefühlt hatte, hier in diesen Keller hinunterzusteigen und sie zu retten – nicht nur, weil es äußerst gefährlich für ihn war, sondern auch weil er sich damit etwas zumutete, das er seelisch wohl kaum heil überstehen konnte. Er gehörte nicht so schnell wieder in ein Labor. Das konnte er unmöglich verkraften. Nein, er würde es gewiss nicht sein. Jonathan hätte das nicht zugelassen, war besonnen genug, um das zu verhindern.

Sam beobachtete verängstigt, wie Gabriel dieses Mal vor der Tür in die Knie ging und den beiden dort reglos liegenden Soldaten ihre Waffen abnahm: die beiden Maschinenpistolen und zwei lange Nahkampfmesser. Immer wieder huschte ihr Blick zurück zur Tür, verspannte sie sich, wenn der dunkle Schatten einer vorbei eilenden Person in den Raum fiel. Wann würde wohl einer von ihnen hereinkommen und entdecken, was hier geschehen war?

Gabriel richtete sich rasch auf, trat an sie beide heran, nahm Sams Hand und drückte ihr eine der Waffen in die Hand.

„Das ist eine modifizierte HK MP7", raunte er ihr zu, ergriff auch ihre andere Hand und bewegte sie über die Waffe.

„Hier entsichern...", er vollführte gemeinsam mit ihr die Bewegung, „ da spannen ... da abdrücken. Nicht jetzt."

Sam kam nur dazu, irritiert die Brauen zusammenzuziehen, dann sprach er auch schon weiter.

„Auf die Köpfe zielen. Die tragen kugelsichere Westen. Zwar nur leichte, das heißt, wenn ihr direkt davor steht, könnte auch die ein oder andere Kugel durchgehen, aber geht lieber auf Nummer sicher."

Valerie zuckte zusammen, als Gabriel auch ihre Hände ergriff, ihr die andere Waffe gab und ihr leise erklärte, wie sie diese bedienen musste. Sam nahm sich derweil die Zeit, sich noch einmal umzusehen. Die beiden Soldaten schienen tot zu sein. Beide hatten ungesund verrenkte Hälse. Erstaunlich, dass Gabriel auch als Mensch eine solche Kraft besaß. War er überhaupt noch Mensch?

Die beiden Ärzte lagen direkt neben dem Behandlungstisch. Sie wusste nicht genau, wer von beiden Dr. Feddar war, aber zumindest einer von ihnen hatte das kurze Handgemenge überlebt, denn er bewegte sich gerade matt und stöhnte schmerzerfüllt. Gabriel schien das ebenfalls mitbekommen zu haben, denn er lief sofort zu dem Mann hinüber, packte ihn an seinem Hals und hob ihn mit einem Arm vom Boden auf, als wäre er nur mit Luft gefüllt.

Gut, dann hatte sich eine von Sams vielen Fragen schon von allein beantwortet. Menschen waren zu so etwas nicht in der Lage, hatten nicht eine solch immense Kraft. Aber wie zum Teufel hatte sich Gabriel so schnell zurückverwandeln können?

Der alte Vampir ergriff mit der anderen Hand das Kästchen mit den Fläschchen, das Dr. Feddar mitgebracht hatte, stellte es auf die Ablage und hievte den röchelnden Arzt auf den Behandlungstisch, ihn sofort darauf niederdrückend.

Sams Herz klopfte zum Zerspringen. Sie sah gehetzt zur Tür und wieder zu Gabriel, der sich nun über den Mann beugte, sein Gesicht ganz nah an dessen heranbringend, und sie befiel sofort der starke Drang, sich in eine Ecke des Raums zu verkriechen, sich ganz klein zu machen und Augen und Ohren zuzuhalten. Was immer auch Gabriel mit dem Mann vorhatte – sie wollte das nicht mit ansehen. Ohne Frage war auch ihr Hass auf diese Ärzte groß und dieser Dr. Ramone – sie war sich nun sicher, dass er es war – war eines der allergrößten Schweine hier; aber Folter war dann doch eine Sache, die sie lieber nicht miterleben wollte, ganz gleich, wen sie traf.

„Sie … Sie … gehören zu denen?", hörte sie den Doktor jetzt voller Angst krächzen. „Wie … wie ist das möglich?"

„Sch-sch", machte Gabriel nur und hielt das Gesicht des Mannes mit beiden Händen fest. „Ich bin Ihr Freund. Ich werde Ihnen helfen. Ruhig atmen. Ganz tief und ruhig."

Sam runzelte verwirrt die Stirn. Nach Folter sah das nicht aus und es hörte sich auch nicht so an. Die Tonlage, die Gabriel benutzte, war sanft und einlullend. Das Wahrheitsserum fiel ihr wieder ein und ihr Blick flog über die Ablage, den Boden. Ja, da lag sie, eine – nein, zwei entleerte Spritzen. Die zweite hatte gewiss das Betäubungsmittel enthalten. Das erklärte auch die Reglosigkeit Dr. Feddars, der immer noch nicht weit von ihr entfernt am Boden lag. Sie musste zugeben, dass sie erleichtert war, dass Gabriel ihn nicht getötet hatte. Immerhin hatte er sie heute zweimal verteidigt und schien damit weitaus weniger bösartig zu sein als jeder andere hier arbeitende Mensch.

Sie sah wieder hinüber zum Tisch, auf dem der Arzt nun tatsächlich tief Atem holte, nicht fähig seinen Blick von Gabriels Augen zu lösen.

„Weiter tief atmen", forderte der alte Vampir ihn auf und ließ sich auch nicht von den lauter werdenden Geräuschen auf dem Flur ablenken.

Sam und Valerie machten diese allerdings sehr nervös. Sie pressten sich wieder an die Wand hinter ihnen und hielten synchron den Atem an. Dieses Mal rannten die Männer draußen in die andere Richtung, riefen sich etwas zu und luden ihre Waffen nach, liefen den Kampfgeräuschen und Schüssen entgegen, die immer näher zu kommen schienen. Dort draußen war ein verdammter Krieg ausgebrochen!

„Alles wird gut", sprach Gabriel ungerührt weiter, während Sams zitternde Finger sich noch fester um ihre Waffe schlossen. „Wir werden Sie zurück zu Labor 5 bringen. Dort sind Sie sicher."

„Ja …", stieß der Arzt matt aus. „Sicher …"

„Wir müssen nur einen Weg hier hinaus finden. Vielleicht können Sie uns helfen."

„Es gibt einen Notfallfahrstuhl, der über einen eigenen Generator verfügt und zur Garage hochfährt", antwortete der Arzt in diesem leiernden Tonfall, der so typisch für Menschen war, die unter starken Drogen standen. „Linke Seite des Labors."

„Funktioniert der auch mit Fingerabdruck?"

Der Arzt nickte. „Und Sie … bringen mich hier weg?"

„Ganz genau." Gabriel nickte bestätigend. „Wir bringen Sie zu Labor 5. Wir müssen dafür in einen anderen Bundesstaat fahren, nicht wahr?"

„Ja, nach Arizona."

Sams Augen weiteten sich. Sie hatte noch nie davon gehört, dass ein Wahrheitsserum so schnell derart effektiv war. Und plötzlich wusste sie, dass die Redseligkeit des Arztes nicht allein damit zusammenhängen konnte. Sein Blick war eigenartig starr auf die Augen Gabriels geheftet.

„Das Labor liegt noch mal in der Nähe welcher Stadt?", fragte dieser jetzt sanft.

„Das … das weiß ich nicht", brachte der Arzt leise heraus. „Niemand hier weiß es."

„Wer leitet das Labor?"

„Gallagher."

Sam lief ein eisiger Schauer den Rücken hinunter. Dieser Name war mit so viel Grausamkeit und Leid verbunden.

„Er ist zellenübergreifender Leiter." Gabriel formulierte seine Worte zwar als Aussage, Sam jedoch konnte die Frage ganz deutlich heraushören.

„Ja", stimmte Dr. Ramone ihm zu. „Wenn Sie ihn kontaktieren, kann er Ihnen gewiss sagen, wo das Labor ist."

„Wie mache ich das von hier aus?"

„In meinem Büro ist ein Computer. Sie schicken mir täglich neue Codes, Nummern und Notfalladressen zu."

„Bringen Sie uns dorthin."

Dieses Mal war es Gabriels Stimme, die Sam einen Schauer den Rücken hinunter sandte. Sie hatte einen eigenartigen Klang, dominant aber auch unglaublich verführerisch. Sie hatte ihn schon einmal so reden hören – damals in diesem schrecklichen Kampf in Mexiko – und auch bei ihr zeigte sich eine gewisse Wirkung, obwohl sie gar nicht direkt angesprochen war. Wie sonst ließ sich erklären, dass der Gedanke, diesen einigermaßen geschützten Raum zu verlassen und sich in das Schlachtfeld da draußen zu begeben, ihr keine richtige Angst machte? Jedenfalls nicht für diesen Moment.

Der alte Vampir richtete sich auf und ließ es zu, dass auch Dr. Ramone dasselbe tat, vom Tisch rutschte und schwankend auf die Beine kam. Bis auf Gabriel zuckten sie alle heftig zusammen, als draußen, sehr viel näher an ihrer Tür, Schüsse fielen und Sam warf ihm einen erschrockenen Blick zu. Der hatte zu ihrer Überraschung gerade die Augen geschlossen und als er die Lider wieder hob, verzogen sich seine Lippen zu einem kleinen Lächeln.

„So ein ungeduldiger, unvernünftiger Junge", sagte er mit einem leichten Kopfschütteln aber auch einer gewissen Bewunderung in der Stimme, als ein langgezogener

Schmerzensschrei, der das Blut in Sams Adern gefrieren ließ, auf dem Flur ertönte.

Ihr Herz schlug ihr nun doch wieder bis zum Hals. Ihre Augen fixierten angespannt die Glasscheibe der Tür vor ihr. Da war so ein dumpfes Gefühl in ihrer Brust, ein Kribbeln ganz tief in ihrem Inneren, das ihr verriet, wer sich ihnen näherte, wer dort draußen die wild um sich ballernden Soldaten vor sich her scheuchte und einen nach dem anderen massakrierte, ihnen diese entsetzlichen Laute entlockend.

Sie hatte Angst – nicht *vor* dieser Bestie, in die sich Nathan gewiss verwandelt hatte, sondern *um* sie, wusste sie doch ganz genau, wie wenig Nathan auf sich aufpasste, wie egal es ihm war, verwundet zu werden, wenn er sich in diesem Zustand befand. Vor allem, wenn er kam, um sie zu retten.

℘ ᴕ

„Barry, wo ist Nathan?!"

Knacksen.

„Unten. Aber ich erreiche ihn nicht mehr. Irgendwas stört den Empfang oder er hat seinen Sender verloren."

Na, großartig! Das waren genau die Nachrichten, die ich jetzt brauchte, um Ruhe zu bewahren.

Unser Überraschungsangriff war uns bisher wunderbar gelungen. Die beiden Wachmänner hatten wahrscheinlich selbst beim Vollführen ihres letzten Atemzuges nicht begriffen, was genau passiert war – so schnell war alles gegangen. Dennoch war ich zu erfahren und vorsichtig, um jetzt schon zu jubilieren, auch wenn das Glück uns zunächst hold geblieben war. Dank dem sicheren Instinkt von Max und seiner Erfahrung in Situationen wie dieser, war es uns recht schnell gelungen, einen Zugang zum Labor zu finden: ein Not-Fahrstuhl, der an einem eigenen Stromkreis hängen musste, denn er funktionierte noch einwandfrei – wenn man wusste wie. Und Max hatte das wohl schon geahnt, denn er hatte geistesgegenwärtig einen der toten Soldaten mitgeschleppt und konnte uns so das Tor zur Hölle rasch öffnen. Dass uns bis zu diesem Punkt keine weiteren Gegner mehr entgegengekommen waren, machte mir Angst, denn wenn sie nicht bei *uns* waren, konnte das nur eines bedeuten: Sie stürzten sich alle auf Nathan.

„Ich versuche mal, ob ich den Funk der Gardisten abhören kann, dann melde ich mich wieder", meinte Barry und verabschiedete sich mit einem weiteren Knacksen.

Mein Blick wanderte angespannt über die Gesichter der Vampire, die an meiner Seite waren: Max, Javier und Béatrice. Alle trugen die Sorge um Nathan, aber auch um uns selbst im Gesicht, wussten wir doch nicht, was uns dort unten erwartete.

Mein Körper verspannte sich noch mehr, als die ersten aufgebrachten Stimmen aus dem Labor unter uns zu uns hinauf drangen. Stimmen, die uns sagten, dass sich dort Menschen direkt vor dem Fahrstuhlschacht aufhielten. Wahrscheinlich wollten sie fliehen.

Max warf mir einen Blick von der Seite zu und ich wusste ganz genau, was er fragen wollte.

„Wir haben keine Zeit, Gefangene zu machen", wandte ich mich der Einfachheit halber sofort an alle. „Oberste Priorität ist Nathan, Gabriel, Sam und Valerie zu finden und dafür zu sorgen, dass sie hier heil herauskommen. Alle Menschen, die eine Waffe tragen, sind eine potentielle

Gefahr und müssen beseitigt werden. Auf Unbewaffnete braucht keine Rücksicht genommen zu werden!"

Ich sah die anderen nicken, atmete noch einmal tief durch und spannte meinen Körper an. Ein kurzer Ruck ging durch den Fahrstuhl, dann öffneten sich auch schon die Türen und wir blickten für den Bruchteil einer Sekunde in die schockierten Gesichter zweier Laborassistenten und deren bewaffneter Begleitung. Ich sprang sofort los, dennoch war eine Person schneller als ich, riss einen der Soldaten von den Füßen und rammte ihm dabei mit einem unmenschlichen Knurren ihre scharfen Fänge tief in den Hals: Béatrice.

Fast synchron tat ich dasselbe mit dem anderen Soldaten, entschied mich aber, nachdem ich hart mit dem Mann zu Boden gegangen war und bemerkte hatte, wie kräftig seine Gegenwehr war, für die schnellere Art ihn auszuschalten und brach ihm mit einem geübten Griff das Genick. Ganz gleich wie dick ein Mensch in kugelsichere Kleidung eingepackt war, dass Genick war für uns Vampir immer eine wundervolle Schwachstelle.

Javier hatte einen der Laborassistenten gepackt und mit solcher Wucht gegen die nächste Wand geschmettert, dass der nun reglos am Boden liegenblieb, während Max, so wie ich, sich für die schnellste Methode entschieden hatte, den anderen Mann für immer zum Schweigen zu bringen.

Béatrices Opfer stieß noch ein schwaches Röcheln aus, als sie sich von ihm erhob, sich mit einer Hand das Blut von den Lippen wischend, dann hörte auch sein Herz auf zu schlagen. Erfolgreicher konnte eine Attacke wohl kaum verlaufen und die ersten Anzeichen von Freude und Übermut durchzuckten meinen Körper. Viel Zeit uns umzusehen und abzusprechen, wie wir weiter vorgehen wollten, blieb uns allerdings nicht, denn von dort, wo der Flur, in dem wir uns befanden, sich gabelte, ertönten die schnellen Schritte in Stiefel gekleideter Füße und das Entsichern von Waffen.

Ich dachte nicht viel weiter nach, sondern stürzte los, auf die sich nähernde Gefahr zu. Angriff war auch in der heutigen Zeit immer noch die beste Verteidigung und je überraschender er kam, desto besser. Meine Freunde schienen dasselbe zu denken, denn sie folgten mir, ohne zu zögern, befanden sich mit mir zusammen schnell in einer Geschwindigkeit, die allein schon genügen würde, um unsere Gegner bei einem Aufprall von den Füßen zu reißen. Und das tat sie.

Er war heftig, aber nicht unkontrolliert. Durch unsere unglaublich sensiblen Sinne und schnellen Reflexe, waren wir fähig, die um die Ecke biegenden Soldaten innerhalb von Sekundenbruchteilen auseinanderzuhalten, die Gefahr, die von ihnen ausging, einzuschätzen und gleichzeitig wahrzunehmen, wer von uns welchen Gegner ins Visier nahm. Ich stürzte mich auf einen großen, breitschultrigen Kerl, der mit weit aufgerissenen Augen eine eigenartig aussehende Waffe hob und damit direkt auf meine Brust zielte. Zum Abdrücken kam er allerdings nicht mehr, denn meine Faust traf so ungebremst sein Gesicht, dass ich hören konnte, wie seine Schädelknochen dabei brachen. Als wir gemeinsam auf dem Boden aufschlugen, war er schon hirntot. Ich rollte mich herum und trat dem Mann neben mir die Beine weg, sodass Javiers Versuch, ihn mit der Schulter umzurammen, noch weitaus erfolgreicher war, als geschätzt. Gleichzeitig schlug ich meine Zähne in die Wade eines anderen Soldaten, mir rasch ein paar Schlucke adrenalinreichen Blutes gönnend.

Der schreiende Mann schien damit nicht ganz einverstanden zu sein, denn ich bekam mit, dass sofort sein Gewehrkolben auf mich zuschoss, packte den selbigen und stieß ihn mit voller Kraft senkrecht nach oben. Der Schaden, den das Gewehr anrichtete, als es in das Gesicht des Soldaten krachte, musste immens sein, denn er klappte in sich zusammen wie eine leblose Puppe, schlug hart auf dem Boden auf und regte sich nicht mehr.

Für ein paar Sekunden hatte ich Zeit, mich umzusehen, da die anderen vier Männer, die noch übrig waren, durch die Attacken meiner Freunde keine Möglichkeit hatten, sich auch noch um mich zu kümmern. Der Gang war nicht allzu lang und endete wieder in einem anderen. Rechts und links waren einige Türen und mir drang der widerliche Geruch von getrocknetem Vampirblut und Verwesung entgegen. Mir fiel wieder ein, wo genau wir hier waren, was hier gemacht wurde, und der Hass in mir wuchs an, ließ mich ein leises Knurren ausstoßen.

Neben mir fiel der nächste Soldat, hielt sich mit beiden Händen seinen blutenden Hals zu und japste mit weit aufgerissenen Augen nach Luft. Ich hatte nichts als Verachtung für ihn übrig und verspürte so etwas wie leichte Befriedigung, als sein Herzschlag erstarb. Jeder, der für diese sadistische Bande arbeitete, hatte den Tod verdient! Für die grausamen Versuche, die hier gemacht worden waren, für die unzähligen Vampire, die hier gelitten hatten, für all das Leid und Elend, das sie über unsere Spezies gebracht hatten … für das, was sie Nathan angetan hatten … Nathan.

Ich schloss die Augen und versuchte mich zu konzentrieren, wahrzunehmen, wo er und die anderen waren. Doch das war nicht so leicht. Der Krankenhausgeruch, der Gestank von Desinfektionsmitteln und Medikamenten betäubte meinen Geruchssinn und meine eigene Aufregung machte es mir schwer, die anderen wenigstens energetisch zu erspüren. Sie konnten überall in diesem Labyrinth stecken.

Nein, nicht überall, fiel mir ein, als ich aus der Ferne Schüsse vernahm. Zumindest Nathan hatte ebenfalls mit den Gardisten zu kämpfen – und er würde Sam ganz bestimmt finden. Also mussten wir nur dorthin, wo er war und uns nicht von den Soldaten aufhalten lassen, die soeben am anderen Ende des Flures auftauchten und sofort die Waffen hoben. Dieses Mal hatten wir nicht mehr die Möglichkeit eines Überraschungsangriffs und der Flur war auch noch zu schmal, um auszuweichen.

„Zurück!", war das Einzige, was ich noch herausbrachte, als ich mich herumwarf und losstürmte, dann ratterten auch schon die ersten Salven auf uns nieder. Wir waren schnell, aber doch nicht schnell genug. Eine Kugel streifte meine Schulter, eine andere meinen Oberschenkel, sandte einen heißen, brennenden Schmerz durch meine Muskeln und ich begann zu stolpern. Eine zarte Hand packte meinen Arm, riss mich zur Seite und stieß mich gegen die Tür eines Raumes, die sofort nachgab. Mein Schwung war so groß, dass ich ungebremst in einen der dort befindlichen Behandlungstische hineindonnerte und mit dem Oberkörper auf etwas Kaltem, aber Weichem zu liegen kam.

Ich ahnte schon, was es war, bevor ich mich wieder erhob. Der Geruch war zu intensiv, zu deutlich. Dennoch wich ich mit einem angewiderten Laut zurück und hielt mir einen Arm vor die Nase, die Augen entsetzt auf die grau angelaufene, aufgeschnittene und verstümmelte Gestalt vor mir gerichtet. Nekrophilie war ja so gar nicht mein Ding.

Ich wusste, dass ich mich eigentlich auf den anstehenden Kampf vorbereiten musste, dass es viel wichtiger war, festzustellen, wer von meinen Freunden noch bei mir war. Doch der Anblick des Toten hielt mich gefangen – nicht, weil ich noch nie eine so zugerichtete Leiche gesehen hatte, sondern weil ihr Geruch eine Besonderheit preisgab, die mich zutiefst verwirrte: Sie roch mehr nach Mensch als nach Vampir. Und da waren auch keine Fänge in ihrem wohl im Todeskampf weit geöffneten Mund. Vampire verwandelten sich normalerweise, wenn sie in Lebensgefahr gerieten.

Ein Schmerzenslaut hinter mir ließ mich letztendlich doch herumfahren und ich stellte fest, dass außer mir und Béatrice noch Javier die Flucht in den Raum geglückt war. Er hockte mit dem Rücken an der Wand am Boden und hielt sich mit schmerzverzerrtem Gesicht den Oberarm, während Béatrice rasch die Kugel inspizierte, die sie wohl gerade aus seinem Arm herausgeholt hatte. Sie warf mir einen auffordernden Blick zu und ich eilte schnell zu ihnen hinüber, meine Sinne dabei dennoch auf die Geräusche auf dem Flur ausrichtend. Es war deutlich zu vernehmen, dass die Gardisten anrückten, sich heranschlichen.

„Silber", raunte sie mir zu.

Ich nickte, ging neben Javier in die Knie und zog eine der Spritzen heraus, die Barry in Gabriels Kiste gefunden hatte. Es war das Mittel, das sie damals bei der Versammlung verteilt hatten – unser Schutz gegen diese teuflische Silbermunition. Der alte Vampir hatte sich außerordentlich gut auf alles vorbereitet.

„Wo ist Max?", fragte ich Béatrice, während ich Javier schnell das Mittel injizierte.

„Ich glaube, er hat in einem anderen Raum Deckung gesucht", erwiderte sie und sah mich eindringlich an. Große Sorge stand in ihre schönen Augen geschrieben.

„Jonathan, hast du das auch gesehen? Die schießen nicht mehr nur mit Silberkugeln!"

Ihr Blick huschte zur Tür. Das angespannte Atmen der Männer dort draußen war jetzt ganz nah und ich duckte mich, wich dichter in die schützende Dunkelheit des Raumes zurück, obwohl ich registriert hatte, dass die Männer keine Lampen dabei hatten – was eigentlich nur bedeuten konnte, dass sie Nachtsichtgeräte trugen; zumindest einige von ihnen.

Auch Béatrice ging nun in Angriffshaltung über und nur den Bruchteil einer Sekunde später erschien der Lauf einer Waffe im Eingang. Béatrice war unglaublich schnell, packte die Waffe am Lauf, die sofort losging, und riss den Soldaten in den Raum hinein, warf sich mit einem dumpfen Knurren auf ihn. Eine weitere Bewegung am Eingang ließ mich selbst losschnellen. Der Soldat in der Tür schoss in dem Moment, als ich seinen Arm nach oben stieß, und verfehlte Béatrice, die seinen röchelnden Kameraden in einer tödlichen Umarmung gefangen hielt, nur um wenige Millimeter. Doch ich war nicht der Grund für den schmerzerfüllten Schrei, den er in der nächsten Sekunde ausstieß. Nein, einer seiner Kameraden hatte ihm von hinten in den Oberschenkel geschossen – wohl nicht ganz freiwillig, denn die Geräusche draußen verrieten mir, dass auch Max wieder aktiv geworden war. Der Soldat ging vor mir ungewollt in die Knie und machte es mir ganz einfach seinen Hals zu packen und kräftig zuzudrücken. Menschliche Kehlköpfe waren ja so instabil.

Sein Todeskampf währte nur wenige Sekunden, dann ließ ich den Mann fallen und war mit einem Satz neben Max im Flur, trat einem weiteren Gegner aus einer Drehung heraus ins Gesicht und rammte einem anderen den Ellenbogen gegen das Nasenbein. Meine Sinne nahmen dabei noch zwei weitere stehende Gegner mit erhobenen Waffen wahr – zu weit weg, um sofort an sie heranzukommen. Ich spurtete los. Zwei Mann. Was für Schäden konnten zwei Mann schon anrichten, wenn wir doch dieses geniale Gegenmittel gegen die Silberkugeln dabei hatten?

Doch schon während die Kugeln auf mich zuschossen, bemerkte ich, dass etwas mit ihnen nicht stimmte. Sie rochen nicht nach Silber, sie machten nicht dieselben Geräusche wie normale Kugeln, als sie durch die Luft schnitten, und sie sahen anders aus. Zweien konnte ich reflexartig ausweichen, die dritte war schon zu nahe herangekommen, war zu schnell, um ihr noch zu entgehen und bohrte sich gnadenlos in meinen Bauch, einen brennenden, intensiven Schmerz erzeugend, der mich taumeln und seitlich die Wand rammen ließ, bevor ich mich auf den Schützen werfen konnte. Meine Zähne bohrten sich in sein Fleisch, zerfetzten ihm den Hals, rissen eine Wunde in seine Schlagader, die er nicht überleben konnte.

Neben mir ging der andere Soldat unter Max Gewicht zu Boden, doch ich war nicht mehr fähig, mich auf meine Umwelt zu konzentrieren. Etwas passierte plötzlich in mir, ausgelöst durch das Brennen und Prickeln in meinem Bauch, durch das Geschoss, dass immer noch in meinem Fleisch steckte. Ich richtete mich auf, packte das Ende des Geschosses und zog es mit einem unterdrückten Schmerzenslaut heraus. Meine Augen weiteten sich vor Entsetzen, als ich das Ding betrachtete, das da in meiner Hand lag: länglich, leicht wie eine Feder, mit einer Kanüle als Aufsatz.

Das hatte Béatrice also mit ihren Worten gemeint. Sie schossen tatsächlich nicht mehr nur mit Silberkugeln.

Er hatte es versucht. Hatte versucht, sich Sams Gesicht in sein Gedächtnis zu rufen, es als Waffe gegen diese schrecklichen Erinnerungen zu benutzen, die durch die Gerüche, durch den vertrauten Anblick des Labors, des Raumes, in dem er nun saß, in ihm wachgerufen wurden. Doch es funktionierte nicht, konnte ihm nicht so helfen wie sonst. Und dieses schreckliche, beklemmende Gefühl, das sich in seinem Inneren ausbreitete, das Zittern, das seinen Körper immer wieder durchzuckte, und das Rasen seines Herzens machten es unglaublich schwer, sich zu konzentrieren, herauszufinden, wo Sam war.

Drei weitere Männer hatte er nun schon niedergestreckt, präzisiert, kalt, gefühllos, beinahe routiniert und war dabei ein gutes Stück vorwärts gekommen, befand sich nun in einem anderen Flur, einem weiteren Bereich des Labors, einem anderen Raum. Er hatte sofort bemerkt, dass es kein Büro war, hatte es gerochen, gefühlt und doch versucht, es nicht an sich heranzulassen, sich nicht umzusehen. Er wusste es auch so, wusste, dass er genau dort war, wo er nie wieder hatte landen wollen: in einem Behandlungsraum, in einem dieser sterilen Zimmer, in dem diese Teufel in Weiß Gott spielten, herumdokterten, folterten, töteten.

Wieder diese Bilder, diese furchtbaren Bilder! Er konnte sie sehen, die Menschen in Weiß, die Hälfte ihrer Gesichter unter sterilen Mundtüchern verborgen, wie sie sich über ihn beugten, wie sie ihm etwas spritzten, ihn verletzten, um zu sehen, wie schnell seine Wunden heilten, um zu sehen, wie viel er ertrug, wie stark, wie resistent er war. Er konnte die

Schmerzen fast wieder körperlich fühlen, als würden sie ihm erneut zugefügt werden, konnte sie unterscheiden. Jede Verletzung hatte ihren eigenen Schmerz: brummend, stechend, brennend, dröhnend, pochend. Mancher war so schlimm, dass der Kreislauf versagte, man in diese wohltuende Dunkelheit kippte, in die Erlösung, die den Wunsch in einem weckte, doch niemals wieder aufwachen zu müssen.

Nathan sog die Luft um ihn herum tief und hektisch in seine Nase, versuchte verzweifelt gegen die Panikattacke anzukämpfen, die ihn befallen, ihn lähmen wollte. Er brauchte eine Ablenkung, etwas, das ihn aus dieser teuflischen Spirale herausbrachte. Er holte tief Luft, ballte seine Hand zur Faust und schlug sich gegen seine verletzte Schulter, den Schmerzenslaut nur mit Mühe unterdrücken könnend, der sofort aus ihm herausdrängen wollte. Der Schmerz war heiß, zunächst stechend, dann nur noch dröhnend, gefolgt von einem beinahe sanften Pochen, das unangenehm in seine Brust- und Rückenmuskulatur ausstrahle. Aber er war wirklich, war gut, nicht zu vergleichen mit den Phantomschmerzen seiner Erinnerungen. Er holte ihn zurück in das Hier und Jetzt, erinnerte ihn daran, dass er kein Gefangener mehr war, dass er kämpfen, sich wehren konnte. Die Bilder in seinem Kopf verschwammen langsam, lösten sich auf. Bald brummte der Schmerz nur noch, betäubte seine Muskulatur, erschwerte es ihm, seinen linken Arm zu bewegen.

Eigentlich musste er dem Soldaten, der ihm die Wunde zugefügt hatte, sogar ein klein wenig dankbar sein. Nathan hatte die Kugel zwar kommen sehen, aber keinen Platz mehr gehabt, ihr auszuweichen. Sie war glatt durchgegangen, hatte Fleisch und Sehnen durchtrennt und beim Austritt eine noch viel größere Verletzung hervorgerufen als bei ihrem Eintritt. Dennoch war es gut so, denn Nathan hatte auch sofort die brennenden Spuren gespürt, die das Silber des Geschosses hinterlassen hatte. Auch wenn er eine gewisse Resistenz gegen diesen gefährlichen Stoff entwickelt hatte – geriet das Zeug erst einmal in seine Blutbahn, hatte auch er damit zu kämpfen und war nicht mehr so einsatzfähig wie zuvor. Doch die Kugel war draußen, hatte nicht viel Schaden hinterlassen, außer der stark blutenden Eintritts- und Austrittswunden und diese jetzt glücklicherweise wieder anschwellende Wut in seinem Inneren.

Wut war gut – Wut war nützlich, half doch auch sie ihm, die Erinnerungen zu verdrängen und seinen zitternden, verschwitzten Leib wieder in den Griff zu bekommen und sich zu konzentrieren. Und das war bitter nötig, denn sie rückten schon wieder an, dieses Mal leise und geordnet, versuchten, sich an ihn heranzuschleichen. Nathan schloss die Augen, konzentrierte all seine Sinne auf das, was da auf dem Flur vor sich ging. Jetzt konnte er sie hören. Sie flüsterten, gaben sich knappe Anweisungen. Das Rascheln ihrer Kleider verriet, dass sie sich zusätzlich mit Handzeichen verständigten, auf leisen Sohlen zu ihm aufrückten. Sie wussten nicht genau, wo er war. Es gab hier viele Räume und nicht alle waren leicht einsehbar, selbst wenn man dichter herankam. Nathan konnte Licht auf dem Flur ausmachen, also hatten sie wahrscheinlich Lampen an ihren Gewehren befestigt, hatten sich in Eile ausgerüstet, um gegen die Gefahr aus der Dunkelheit besser antreten zu können. Lampen waren gut, zumindest besser als Nachtsichtgeräte, weil sie nur einen gewissen, begrenzten Radius der Umgebung für menschliche Augen einsehbar machten.

Nathan wich von der Wand zurück, an die er sich zuvor gelehnt hatte, weil ihn seine Beine allein nicht mehr hatten tragen wollen, ging in die Hocke und wandte sich aus derselben Bewegung heraus wieder zur Wand um, spähte hinüber zu dem großen, breiten Fenster, das es ermöglichte, auch von außen bei den Experimenten im Zimmer zuzusehen. Experimente ... Er kniff kurz die Augen zusammen.

Nicht daran denken, nicht daran denken.

Die erste dunkle Gestalt glitt an dem Fenster vorbei, die Waffe im Anschlag, sich absichernd nach links und rechts drehend. Kurz leuchtete das Licht der Lampe durch das Fenster und Nathan duckte sich noch ein wenig mehr. Doch niemand schien ihn gesehen zu haben. Es folgte kein Schuss, kein Lärm, stattdessen nur weitere, dunkel gekleidete, schwer bewaffnete Männer, die sich an der Scheibe vorbei bewegten. Eins, zwei, drei, vier ... der fünfte verharrte am Rande des Fensters, wohl weil der Trupp an der Tür zum Raum stehengeblieben war, um sicherzustellen, dass sich keiner ihrer Feinde in seinem Inneren befand. Nathan bewegte sich – lautlos und tödlich schnell.

Einer der Soldaten trat mit Schwung die Tür auf und schoss auch schon im nächsten Augenblick seinem Kameraden hinter sich das Gesicht weg, weil die Waffe, die er gerade noch vor sich gehalten hatte, plötzlich in eine ganz andere Richtung zielte. Den Schmerz, den sein gebrochenes Handgelenk aussandte, spürte er gar nicht mehr, denn auch sein Kopf hatte sich im Bruchteil einer Sekunde unter dem festen Griff von Nathans Händen knirschend viel zu weit herumgedreht. Nathans Ellenbogen traf krachend den Kiefer eines weiteren Soldaten, der schon allein durch den Schwung mit dem der Halbvampir sich gegen die komplette Truppe in der Tür geworfen hatte, rückwärts getaumelt war, und nun endgültig zu Boden ging.

Die Überraschung und unkontrollierte Panik der Männer verschaffte Nathan eine Zeitspanne von wenigen Sekunden, in denen seine Gegner zu keiner vernünftigen Handlung fähig waren, während sein eigener Körper in einer Perfektion mit seinem Verstand und seinen natürlichen Reflexen zusammenarbeitete, zu der er selbst früher, in seinen besten Zeiten als Vampir, nicht fähig gewesen wäre. Sein Körper funktionierte ganz von allein. Die kalte Klarheit und hohe Konzentration war wieder da und sorgte dafür, dass die immensen Energien, die in seine Muskeln schossen, in einer Präzision und Konzentriertheit eingesetzt wurden, dass jeder Schlag, jeder Stoß, jede Attacke auf diese zerbrechlichen menschlichen Körper, die sich ihm in den Weg stellten, irreparable Schäden anrichteten.

Er brauchte seine Zähne dieses Mal gar nicht einzusetzen. Er wusste, welche Punkte des menschlichen Körpers er mit wie viel Kraft treffen musste, um den größtmöglichen Schaden zu erzielen, und gleichzeitig hatte er das eigenartige Gefühl, gar nicht mehr richtig anwesend zu sein, nichts von dem, was passierte, zu fühlen. Das Messer, dessen Klinge ihn streifte, störte ihn genauso wenig wie die Kugel, die seine Hüfte touchierte. Das Knacken von Knochen unter seinen Fingern, das Aussetzen des Herzschlages nach einem heftigen Tritt gegen den Solarplexus war alles, was zählte, was wichtig war, genauso wie das dumpfe Geräusch von Körpern, die schlaff auf dem Boden auftrafen.

Und dann wurde es wieder still. Die einzigen Geräusche, die jetzt noch überlaut in seinen Ohren widerhallten, waren sein eigener rasender Herzschlag und sein rasches, kurzes Atmen. Die massiven Energien, die seinen Körper in diese beinahe schmerzhafte Anspannung versetzt hatten, zogen sich etwas zurück, ließen einen Teil seiner menschlichen Seele zurückkehren. Erst jetzt war er fähig, sich aus der geduckten Haltung zu lösen, die er automatisch erneut eingenommen hatte, die fünf leblosen Körper wahrzunehmen, die den Bereich des Flures pflasterten, den er für sich erobert hatte. Keiner bewegte sich mehr, atmete, lebte. Es fühlte sich gut an, trug dieses Gefühl von Sicherheit, von Unbesiegbarkeit an ihn heran, das er brauchte, um weiterzulaufen, weiter zu suchen.

Nathan erlaubte es sich, ein weiteres Mal die Augen zu schließen, seine Sinne auf das auszurichten, was er suchte. Er brauchte ein paar Sekunden, aber dann war es plötzlich da, dieses energetische Kribbeln. Zu stark, um von Sam zu kommen, zu intensiv, um überhaupt zu einem Menschen zu gehören. Gabriel! Er war wieder ein Vampir!

Ohne dass er es verhindern konnte, drang ein leises Knurren aus Nathans Kehle. Der Vampir in ihm selbst kontrollierte noch zu stark sein Handeln und Denken und er grüßte den alten Vampir, sehnte sich sofort an seine Seite, obwohl der Mensch in ihm noch immer diesen Groll gegen ihn in sich trug. Doch war es nicht nur der Vampir, der sich darauf vorwärts bewegte, die Nähe des anderen suchte, obwohl schon wieder der Geruch von Menschen, von Angst, Wut und Aufregung an seine Nase drang. Der Mensch wollte es genauso, wusste er doch, dass Sam in Gabriels Nähe sein würde – sein *musste*.

Es dauerte nur wenige Sekunden, dann konnte er sie ebenfalls fühlen und riechen und seine Schritte beschleunigten sich. Auch dem Vampir drängte es nun nicht nur danach, Gabriel zur Seite zu stehen – auch er wollte nun zu ihr, sehnte sich nach ihrem Geruch, ihrem Blut, ihrer Nähe … nach seiner Gefährtin. Ein weiteres Knurren kam über seine Lippen. Er rief nach ihr und wusste, dass sie ihn hören würde, ganz gleich, wie weit weg sie noch war. Sie würde wissen, dass er kam, um sie zu holen, und sich gewiss nicht von den drei Soldaten aufhalten ließ, die gerade schwer bewaffnet um die Ecke vor ihm bogen.

Erneut erfasste ihn einer dieser unbeschreiblichen Energieschübe und er schoss auf die entsetzten Männer zu, die ihre Waffen hochrissen und sofort abdrückten. Sein feines Gehör verriet ihm, wie schnell und aus welchem Winkel sich die Kugeln näherten und er duckte sich, wich zur Seite, ohne an Geschwindigkeit zu verlieren, und sprang ab.

‚Rechts vor dir!', vernahm er eine vertraute Stimme in seinem Kopf und registrierte nicht nur, dass der benannte Soldat tatsächlich am schnellsten seine Waffe auf ihn ausgerichtet hatte, sondern auch, dass aus dem Schatten hinter dem Mann eine Bestie mit gebleckten Zähnen hervorbrach und zum selben Zeitpunkt wie Nathan auf die Soldaten prallte.

ෆ ෆ

Sams Hände hatten sich fest um ihre Waffe geschlossen, als sie Gabriel und dem Arzt durch den Flur folgte, ganz genauso fest, wie sich Valeries Finger in ihren Arm gekrallt hatten, um wenigstens *irgend*etwas zu haben, woran sie sich in ihrer Angst klammern konnte. Sam konnte sie so verstehen. Die Dunkelheit, die Geräusche, die Schüsse und Schreie und die Gewissheit, dass sie jederzeit auf ihnen feindselig begegnende Soldaten stoßen könnten, zehrte auch an ihren Nerven. Das Herz schlug ihr bis zum Hals und ihre Beine waren butterweich. Und dennoch wurde sie langsamer, sah sich immer wieder in die andere Richtung des Flures um, durch den sie sich bewegten, und fühlte sich mit jedem Schritt, den sie machten, unwohler.

Gabriel schien das zu spüren, denn er wandte sich auf einmal zu ihr um.

„Er wird zu uns stoßen, Sam, aber wir können jetzt nicht sofort zu ihm", hörte sie ihn sagen, obwohl sie das Gefühl hatte, als würden sich seine Lippen kaum bewegen.

„Aber ... aber er braucht unsere Hilfe", gab sie leise zurück und Valerie zuckte etwas zusammen, sah sie verwirrt von der Seite an, während sie sich weiter von Sam mitziehen ließ.

Etwas blitzte in Gabriels Augen auf und ein seltsames Lächeln huschte über sein Gesicht.

„Die braucht er nicht", erwiderte er. „Ich kann keinen Kampf mehr aus seiner Richtung hören. Und wenn weitere Soldaten kommen, müssen sie durch diesen Flur und dann kann ich immer noch einschreiten."

„Aber ..."

Sein deutliches Kopfschütteln ließ sie verstummen und nur eine Sekunde später öffnete Dr. Ramone eine weitere Tür.

„Mit wem hast du da geredet?", raunte Valerie Sam ins Ohr, als sie sich nach Gabriel und dem Arzt in den Raum schoben.

Sam schenkte ihr einen irritierten Blick, nahm sich jedoch nicht die Zeit, weiter über den verwirrten Zustand ihrer Freundin nachzudenken und auf ihre seltsame Frage zu reagieren. Stattdessen trat sie an Gabriel heran, der dem leicht wankenden Arzt auf den Drehstuhl vor dem Bürotisch half, und bedachte den alten Vampir mit einem weiteren besorgten Blick.

„Hör in dich hinein – dann weißt du, wie es ihm geht", sagte er knapp und wandte sich dann wieder dem Arzt zu.

„Ich brauche alle Nummern und Adressen, die Sie von Standorten der *Garde* besitzen", sprach er ihn wieder mit diesem eigenartigen Singsang an, der auch sie seltsamerweise sofort ruhig werden ließ. Meine Güte, das war ja beinahe unheimlich!

„Und die Dateien über die Forschungen in diesem Labor", setzte er hinzu.

„Aber die ... die sind geheim!", stammelte der Arzt und kniff ein paar Mal seine Augen zusammen, sich doch noch einmal kraftlos gegen seinen Trancezustand aufbäumend.

„Und deswegen sind sie ganz besonders gut bei mir aufgehoben", setzte Gabriel noch sehr viel weicher hinzu und Sam rann ein äußerst angenehmer Schauer den Rücken hinunter. Ihre Muskeln begannen sich zu entspannen, ihr Herzschlag wurde wieder langsamer und auch Valerie ließ sie los, einen tiefen, beinahe erleichterten Atemzug nehmend.

„Nur ich kann Sie und Ihre Arbeit vor dem Untergang retten, Doktor", hörte sie Gabriels unglaublich schöne Stimme weiter auf den Arzt einreden. Stimulierend – das war wohl der richtige Ausdruck für die Tonlage, die er benutzte, so stimulierend, dass er die Menschen in seiner Nähe nahezu willenlos machte. Was für eine Waffe!

Sie begann nun selbst zu blinzeln, sich zu bewegen, versuchte diese gefährlich Ruhe und Entspannung aus ihrem Körper zu vertreiben. Und es gelang ihr sogar ein klein wenig, hatte sie doch das Glück nicht auch noch unter Drogen zu stehen, so wie der Arzt. Der Mann funktionierte nun wieder wie eine Marionette, nahm Gabriel einen USB-Stick aus der Hand und verband diesen mit seinem Computer.

Seine Finger flogen nur allzu willig über die Tastatur, jede Anweisung der sanft schmeichelnden Stimme des Vampirs akkurat befolgend.

Hypnose. Hatte Gabriel ihr nicht so etwas gesagt, damals in Mexiko? Sie war völlig aufgelöst gewesen und er hatte nur wenige Sekunden benötigt, um sie zur Ruhe zu bringen – genau mit dieser Stimme, dieser Art zu sprechen.

Ein leichtes Zittern ging durch Sams Körper und dann geschah es schon wieder. Bilder blitzten vor ihrem inneren Auge auf: Männer mit Mundschutz, die sich über sie beugten; Kanülen, eigenartige Geräte; sie lag auf einer Liege, bewegungsunfähig und die Männer taten etwas … Schmerzen – entsetzliche Schmerzen!

Sam taumelte keuchend rückwärts und wurde von ihrer besorgten Freundin aufgefangen. Ihr Herz raste und ihr Blick flog panisch durch den Raum, erfasste Gabriels Gesicht vor sich, spürte, dass er sie an den Schultern packte, um ihr zusammen mit Valerie dabei zu helfen, auf den Beinen zu bleiben.

„Ganz ruhig", sagte er sanft, während seine Augen sie besorgt ansahen. „Das war nicht real, Sam!"

Sie atmete stockend ein und aus und schüttelte den Kopf.

„Er … er steht das nicht durch! Das ist zu viel für ihn!", stieß sie aufgewühlt aus, gegen die Tränen ankämpfend, die in ihr hinaufdrängen wollten. „Ich muss zu ihm!"

„Er schafft das allein, Sam!", gab Gabriel zurück und seine Augen bekamen diesen eigenartig starren Ausdruck, seine Stimme diesen weichen Klang.

Oh, nein – nein! Sam riss sich von seinem Blick los, versuchte sich auch aus seinem Griff zu winden, obwohl sie genau spürte, wie sich ihr Körper bereits wieder entspannte.

„Das ist zu viel für ihn!"', wiederholte sie noch einmal und war überrascht, als Gabriel sie tatsächlich losließ. „Wir müssen zu ihm!"

Sie machte einen großen Schritt aus der Reichweite des alten Vampirs und wagte es erst dann wieder, ihn anzusehen. Doch Gabriels Aufmerksamkeit ruhte längst nicht mehr auf ihr. Er hatte seinen Blick konzentriert auf die Tür des Büros gerichtet und schien auch seine anderen Sinne auf etwas außerhalb ihrer Wahrnehmung zu fokussieren. Erst nach wenigen Sekunden vernahm sie, was der Vampir schon viel früher bemerkt hatte: Die raschen Schritte mehrerer Menschen draußen auf dem Flur. Ein weiterer Trupp Soldaten rückte an.

Sams Augen weiteten sich vor Entsetzen. Sie wusste genau, in welche Richtung diese Männer liefen, wen sie bekämpfen wollten. Ganz von allein bewegten sich ihre Füße auf die Tür zu. Weit kam sie allerdings nicht. Gabriel packte sie erneut am Oberarm und hielt sie fest, drehte sie zu sich herum

„*Ich* kümmere mich darum!"', sagte er fest, sie eindringlich ansehend. „Ihr bleibt hier und passt auf, dass der Doktor seine Arbeit zu Ende bringt – ist das klar?"

Sam sah hinüber zu dem Arzt, der nichts anderes mehr zu sehen schien, als den Bildschirm vor sich und die Daten, die er herunterladen sollte. Sie wollte nicht hierbleiben, konnte es nicht ertragen zu warten, ohne zu wissen, was mit Nathan da draußen passierte, und Gabriel schien das genau in ihren Augen lesen zu können, als sie ihn wieder ansah.

„Ist das klar?!"', wiederholte er noch einmal streng und in seinem Blick lag definitiv etwas Bedrohliches. „Es geht nur um ein paar Minuten, Sam – ein paar Minuten!"

Er wartete auf ein Nicken von ihr, doch sie konnte es nicht, konnte ihm nichts versprechen, von dem sie nicht wusste, ob sie es einhalten konnte. Seine andere Hand packte nun ihren anderen Oberarm und sie zuckte zurück, als er sie mit einer raschen Bewegung dichter an sich heranzog, seine Augen tief in die ihren bohrend.

„Ich lasse mir Widerwillen vielleicht ein- oder zweimal gefallen, Sam", sagte er sanft, aber mit einem Hauch Verärgerung in der Stimme, „aber ein drittes Mal werde ich das nicht dulden! Zwinge mich nicht dazu, dir zu zeigen, warum man mich so fürchtet!"

Für einen Herzschlag wechselten seine Augen die Farbe, zeigte sich eine tödliche Kälte in seinem Gesicht, die Sam schwer erschütterte und ihre Atmung zum Stocken brachte. Das Nicken fiel ihr auf einmal gar nicht mehr schwer. Sagen konnte sie allerdings nichts, dazu war ihr Mund zu trocken und ihre Kehle zu eng.

„Gut", meinte Gabriel nur und ließ sie los, um hinüber zur Tür zu gehen. Dort angekommen drehte er sich noch einmal um und sah sie an.

„Ich bin gleich wieder da – *mit* Nathan", versprach er und war in der nächsten Sekunde verschwunden.

Erst jetzt wagte es Sam wieder, zitternd durchzuatmen und obwohl ihre Sorge um Nathan nicht einen Hauch geringer geworden war, blieb sie in dem Raum. Es war nicht nur so, dass sie Gabriel jedes seiner Worte glaubte und wusste, dass sie sich eine Menge Ärger einhandeln würde, wenn sie erneut eigenmächtig handelte. Im Grunde ihres Herzens war ihr auch klar, dass der alte Vampir Nathan weitaus effektiver helfen konnte, wenn er nicht noch zusätzlich auf sie aufpassen musste. Ganz davon abgesehen, dass tatsächlich jemand den Arzt bewachen musste, der immer noch brav seine Arbeit machte.

Valerie schien das ähnlich zu sehen, denn sie war im Licht des Bildschirms näher an den Arzt herangetreten und hielt ihre Waffe im Anschlag. Ihr Blick ruhte jedoch voller Sorge auf Sam.

„Er wird das hinkriegen", sagte sie leise in ihre Richtung und Sam wurde das Gefühl nicht los, dass sie damit mehr zu sich selbst sprach als zu ihr. Ihre Freundin sah zerzaust und aufgelöst aus. Auch sie hatte ihre Perücke längst verloren und ihre Haare hatten sich aus dem strengen Dutt darunter gelöst und hingen ihr ungeordnet ins Gesicht. Ihr Schminke war verwischt und ihre Haut blass. So hatte sie sich ihren ersten aktiven Einsatz bestimmt nicht vorgestellt. Und in Anbetracht ihrer katastrophalen Lage hielt sich die junge Frau wirklich gut.

Sam nickte ihr so aufmunternd zu, wie es ihr möglich war, und drehte sich dann wieder zu Tür, angespannt darauf lauschend, was dort draußen vor sich ging. Zunächst war nicht viel zu vernehmen. Die meisten Kämpfe hatten sich wohl gegeben und Sam fragte sich zum wiederholten Mal, wer von ihren Freunden wohl noch hier unten in diesem Keller-Labor war und um sein Leben kämpfen musste. Zumindest Jonathan hatte seinen besten Freund gewiss nicht allein gehen lassen.

Sam zuckte heftig zusammen, als erneut Schüsse nicht weit von ihr entfernt ertönten und dann Knurren und Fauchen und … jemand rief nach ihr, verursachte ein Ziehen in ihrem Inneren, einen Sog hin zum Flur. Nathan! Wie in Trance setzte sie sich in Bewegung, lief sie auf die Tür zu.

„Sam!", hörte sie Valerie entsetzt hinter sich zischen, doch sie konnte sich nicht umdrehen, nicht innehalten, musste die Tür öffnen, obwohl da erneut schnelle Schritte auf dem Flur zu hören waren.

„Sam!"

Eine Hand packte ihren Arm, zog sie zurück in den Raum, doch es war schon zu spät. Ein dunkler Schatten erschien im Türrahmen. Kalte Augen, die sie verwirrt anblickten. Eine schwere Waffe, die sich hob, direkt auf ihr Gesicht zielte.

Sam kam wieder zu sich, taumelte rückwärts, entsetzt einen Arm vor ihr Gesicht haltend, als würde diese Geste sie schützen.

„Wer zum Teufel bist du?!", knurrte der dunkel gekleidete Soldat, ihr bedrohlich folgend, die Waffe so haltend, als wolle er ihr jede Sekunde in den Kopf schießen.

„Nicht! Nicht!", rief Valerie verzweifelt, ließ ihre Waffe fallen und streckte beide Hände in die Luft. „Wir sind Zivilisten! Zivilisten!"

Sam wich weiter zurück, ließ ebenfalls ihre Waffe fallen, stieß mit der Hüfte gegen den Tisch und riss damit unwillentlich Dr. Ramone aus seiner Trance, der so ruckartig aufsprang, dass der Stuhl, auf dem er gerade noch gesessen hatte, krachend zu Boden ging.

Ein ohrenbetäubender Knall ertönte, dann verstummten sämtliche Geräusche um Sam herum. Sie taumelte zur Seite, presste eine Hand auf ihr schmerzendes Ohr, das helle Pfeifen, das nun ertönte, kaum ertragen könnend. Doch sie fühlte keine Schmerzen – zumindest bis zu dem Moment, als ein weiterer Soldat sie so fest am Arm packte, dass sie glaubte, ihr Oberarmknochen würde gleich brechen. Sie wurde herumgewirbelt, sah kurz, dass der andere Soldat Valerie packte und die Waffe an ihre Schläfe drückte und krachte auch schon im nächsten Augenblick gegen die Wand. Ganz leise und dumpf hörte sie sich selbst auf-schreien, sah dann, dass sich die Lippen des Mannes vor ihr bewegten, hörte auch seine Stimme, als ob er Meilen weit von ihr entfernt wäre, und konnte doch nur aus seiner Mi-mik lesen, dass er furchtbar wütend war. Sie sah den Lauf seiner Waffe, der sich ihr entgegen hob, sah dass er sie anschrie, und verstand dennoch nicht, was er von ihr wollte. Sie wusste nur, dass er keine Geduld hatte, spürte mit wild schlagenden Herzen, dass er gekommen war, um zu töten.

Sie riss entsetzt die Augen auf, als auch er seine Waffe gegen ihre Schläfe presste. Doch mehr geschah nicht. Et-was riss plötzlich seinen Arm und dann ihn selbst nach hinten weg. Sie blickte ungläubig in die hellen Augen des Vampirs, der in der nächsten Sekunde seine scharfen Zähne von hinten in den Hals des Mannes geschlagen hatte und ihm mit einem Ausdruck tiefster Genugtuung ein großes Stück Fleisch herausriss, eine so tiefe Wunde in dem Be-reich seiner Halsschlagader hinterlassend, das er das nicht überleben konnte.

Ein paar Herzschläge lang war Sam froh, dass sie kaum etwas hören konnte, denn sie sah, dass der Mann entsetzlich schrie, als er zu Boden ging und sich dann dort panisch wand, verzweifelt eine Hand auf die Verletzung presste. Doch Sam hatte keine Zeit sich weiter um ihn zu kümmern, denn die gespenstisch schöne Frau, die ihr soeben das Le-ben gerettet hatte und von der sie dennoch nur das Schlech-teste erwartete, bewegte sich auf sie zu. Sam warf sich herum, versuchte ihr auszuweichen, doch sie war nicht schnell genug, fühlte, wie die Frau sie am Arm packte und zurückzog. Sie schlug um sich, doch Béatrice hielt ihre Arme fest, zwang sie, ihr ins Gesicht zu sehen. Zu ihrer Überraschung sah Sam keine Mordlust in den Augen von

Nathans Ex aufleuchten, sondern eine Mischung aus Verärgerung und Sorge. Sie sprach mit ihr und Sam meinte deutlich die Namen ‚Gabriel' und ‚Nathan' von ihren Lippen lesen zu können.

Eine weitere Gestalt schob sich in ihr Blickfeld und Sam hätte vor Erleichterung beinahe laut aufgeschluchzt, als sie nun in die besorgten Züge Javiers sah. Auch er sprach mit ihr, doch sie schüttelte den Kopf und rief so laut wie möglich: „Ich verstehe dich nicht! Ich höre nichts mehr!"

Sie konnte nicht verhindern, dass ihren Worten ein unterdrücktes Schluchzen folgte. Na, wundervoll, die Tränen waren auch schon wieder da! Sie war solch ein Schwächling! Und nun musste der junge Mexikaner sie auch noch an sich ziehen, ihr den Trost geben, nach dem sie sich so schrecklich sehnte.

Sam schloss die Augen und hörte sich zumindest schon wieder schluchzen, konnte nichts dagegen tun, dass sie sich an ihm festhielt und die Tränen nun doch über ihre Wange liefen.

„Dafür haben wir doch nun wirklich keine Zeit", hörte sie nun eine Frauenstimme dumpf sagen, und auch wenn Sam sie dafür hasste – Béatrice hatte recht.

Sam nahm sich zusammen und befreite sich aus Javiers tröstender Umarmung, gerade als die schöne Frau zur Tür stürzte und Max dabei half, eine andere Person in den Raum zu transportieren, die kaum dazu fähig war, auf ihren eigenen Beinen zu stehen.

Sams Herzschlag setzte für eine Sekunde aus, nur um dann umso heftiger gegen ihren Brustkorb zu springen. Fast zur gleichen Zeit wie Valerie stürzte sie auf den Vampir zu, den Max und Béatrice nun vorsichtig auf den Boden betteten.

„Oh Gott, Jonathan!", stieß sie entsetzt aus und fiel zusammen mit Valerie neben ihm auf die Knie.

Ihr Freund hatte eine blutende Wunde an seinem Oberschenkel, die aber kaum seinen Zustand erklären konnte. Sein ganzer Körper zuckte immer wieder und er war in Schweiß gebadet. Sein Blick war merkwürdig nach innen gerichtet und er schien kaum noch etwas um sich herum mitzubekommen.

„Was ... was ist passiert?", hörte Sam ihre Freundin nun schon etwas deutlicher fragen.

Sams Gehör schien sich glücklicherweise schnell von dem Schuss neben ihrem Ohr zu erholen.

„Er ist damit getroffen worden", gab Max zurück und hielt ihnen etwas entgegen, das aussah wie ein Geschoss mit aufgesetzter Kanüle.

„Keine Ahnung, was da drin war, aber es scheint nicht gut für Vampire zu sein."

„Jonathan?", versuchte Sam ihn anzusprechen, berührte sein Gesicht und zuckte zurück. „Er kocht ja!"

„Oh Gott!", stieß Valerie erschüttert aus und unterdrückte ein verzweifeltes Schluchzen, indem sie eine Hand vor den Mund presste.

„Vielleicht braucht er Blut", schlug Sam vor und hielt Jonathan sofort ihr Handgelenk vor die bleichen zitternden Lippen. Doch er reagierte nicht darauf, sah sie noch nicht einmal an. Sams Magen zog sich schmerzhaft zusammen. Etwas sagte ihr, dass hier gerade etwas ganz Übles ablief. Etwas, was nur ein Arzt wieder kitten konnte. Ein Arzt?

Sie erhob sich rasch, blickte hinüber zum Schreibtisch und erstarrte. Dr. Ramone war nicht verschwunden. Er lag reglos am Boden und die Blutspritzer, die großflächig über die Wand hinter ihm verteilt waren, verrieten ihr, wen der Schuss an ihrem Ohr im Endeffekt getroffen hatte.

Sie zuckte heftig zusammen, als sie erneut an ihrer Schulter berührt wurde und sah in Béatrices Gesicht, in dem sie immer noch nichts weiter als Sorge lesen konnte.

„Sam, wo ist Gabriel?", fragte sie drängend und Sam wollte ihr antworten, doch ein energetisches Kribbeln, das sie in derselben Sekunde überfiel, ließ sie innehalten.

Auch alle anderen Vampire im Raum hatten es wohl gespürt, denn ein jeder von ihnen wandte sich zur Tür und nur wenige Sekunden später erschien die große, eindrucksvolle Gestalt des Vampirältesten im Türrahmen. Es war so, als schien er bereits zu wissen, was passiert war, denn er war sofort bei den anderen und kniete sich neben Jonathan.

So sehr Sam auch um ihren Freund besorgt war, ihr Blick flog sofort wieder zurück zur Tür, in der jetzt eine weitere Gestalt erschien und dort verharrte, seine hellen Augen auf sie gerichtet. Sam unterdrückte das Schluchzen, das aus ihr herausdrängen wollte, und stürzte los, war mit wenigen Schritten bei Nathan und warf sich in seine schützenden Arme, die sich sofort ganz fest um sie schlossen. Sie fühlte, wie sich sein Brustkorb unter einem tiefen, unglaublich erleichterten Atemzug weitete, und drängte sich sofort noch dichter an ihn, ließ ihn spüren, wie leid ihr alles tat und wie gut es sich anfühlte, ihn wieder bei sich zu haben. Viel Zeit ließ sie sich für ihr Wiedersehen allerdings nicht, ihre Sorge um Jonathan war zu groß, und sie spürte, dass es Nathan genauso ging. Er ließ sie los und ging zusammen mit ihr hinüber zu den anderen.

Gabriel hatte sich Jonathan genau angesehen und auch sein Blick wanderte hinüber zu dem toten Arzt. Er schüttelte kurz den Kopf und stand auf.

„Was ist passiert?", fragte Nathan voller Sorge und ging neben seinem Freund in die Knie, legte wie Sam zuvor eine Hand auf seine Stirn und zuckte entsetzt zurück.

„Das ist jetzt irrelevant", gab der alte Vampir knapp zurück und ging unter Sams fassungslosem Blick hinüber zum Tisch, auf dem der Computer stand.

„Wir können hier nichts für ihn tun", setzte er hinzu. „Ganz davon abgesehen, dass es viel zu gefährlich ist, noch länger hier zu bleiben. Es kann jede Minute Verstärkung eintreffen und ich denke nicht, dass wir gut genug dafür ausgerüstet sind, uns mit den Eliteeinheiten der *Garde* anzulegen."

„Er braucht aber *sofort* Hilfe!", brachte Nathan aufgewühlt hervor. „Sieh ihn dir doch an!"

„Er wird nicht sterben", erwiderte Gabriel und zog den USB-Stick aus dem PC.

„Wie willst du das wissen?!", knurrte Nathan ihn an und Sam spürte, dass sich alle anderen Vampire um sie herum anspannten. Auch sie hatte das verärgerte Aufblitzen in Gabriels Augen bemerkt.

„Ich *weiß* es einfach", gab Gabriel streng zurück und kam wieder auf sie alle zu. „Das muss genügen."

Sam spürte genau, dass Nathan noch etwas erwidern wollte, und legte ihm rasch eine Hand auf die Schulter, in der Hoffnung, er würde ihre unausgesprochene Bitte verstehen und seine Ängste und Sorgen um seinen besten Freund wenigstens für kurze Zeit aufschieben können – und diese wurde erfüllt. Nathan holte zwar tief Luft, biss dann aber die Zähne zusammen und sagte nichts mehr.

Ein anderer ergriff stattdessen das Wort. „Wir sollten aber wenigstens einen der Ärzte hier mitnehmen – falls wir noch einen lebendigen finden", wandte Max ein. „Nur die wissen genau, wie man ihm helfen kann."

Gabriel nickte knapp. „Das werden wir. Aber Nathan, Jonathan und die beiden Menschen müssen hier zuerst weg!"

Das nächste Nicken kam mehr einer Aufforderung gleich und Max verstand sofort, legte sich Jonathans Arm um die Schultern und hob ihn hoch. Nathan war sofort an seiner anderen Seite, doch Max winkte ab und wuchtete sich Jonathan komplett über die Schultern.

Sams Herz schlug ihr nun schon wieder bis zum Hals, als Gabriel hinaus auf den Flur lief und sich kurz umsah, die Augen ein paar Sekunden lang in höchster Konzentration schließend.

„Das wird nicht leicht werden", sagte er leise und Sam war sofort klar, dass sie nicht ohne Weiteres zum Aufzug kommen würden. Es gab wohl noch zu viele Soldaten, die sich ihnen in den Weg stellen wollten, und die Vorstellung machte ihr furchtbare Angst. Überhaupt war es seltsam, dass hier so viele Einsatztruppen stationiert gewesen waren. Sie hatten regelrecht in ein Wespennest gestochen.

Eine große, kühle Hand griff nach der ihren, zog sie dicht an einen ebenso kühlen Körper heran und Sam sah hinauf in Nathans angespanntes Gesicht.

„Du bleibst bei mir und tust, was ich dir sage!", sagte er mit fester Stimme und sie nickte schnell. Solange sie hier unten waren, würde sie ihn nicht mehr loslassen, selbst wenn er das wollte. Eine andere Gestalt schob sich neben sie und als sie in das unbewegte Gesicht Béatrices sah, erkannte sie zum ersten Mal tatsächlich so etwas wie Wut in ihren dunklen Augen, obwohl sie sich bemühte, ihr ein Lächeln zu schenken.

„Patrice!", zischte eine andere Stimme drohend und Sam sah hinüber zu Gabriel, der die Lunierin, die heftig zusammengezuckt war, eindringlich ansah.

„Prends garde! C'en est fait de ma patience! Tu viens avec moi! Aussitôt!"

Béatrice reagiert sofort und eilte hinüber zu Gabriel, der ihr einen sehr seltsamen Blick schenkte, bevor er sich und damit ihren ganzen kleinen Tross in Bewegung setzte. Doch Sam hatte nicht mehr die Nerven, sich auch noch über die Beziehung von Gabriel und Béatrice Gedanken zu machen. Alles, was sie jetzt noch wollte, war möglichst ohne weitere Schäden aus diesem furchtbaren Höllenloch heraus und Jonathan die Hilfe zukommen zu lassen, die er jetzt benötigte – was immer auch die Soldaten der *Garde* ihm angetan hatten.

Schwäche

„Die größte aller Schwächen ist, zu befürchten, schwach zu er-
scheinen."

Jacques Bénigne Bossuet (1627 - 1704)

„**J**onathan!"

Das war eine Stimme. Eine vertraute Stimme, die da aus weiter Ferne an mich heran drang, durch dieses wattige Gefühl des Schwebens, der Nicht-Existenz hindurch.

„Jonathan!"

Das war schon viel drängender, fordernder und das Gefühl in mir, darauf zu reagieren, mich bemerkbar zu machen, wuchs, wurde stärker als der Wunsch, so lange wie möglich in dem dunklen, schützenden Kokon, der mich umgab, zu verweilen.

Andere Geräusche drangen nun an mein Ohr: ein monotones Brummen, eine heulende Sirene, das Klappern von Geräten … und dann setzten meine anderen Sinne wieder ein, machten mir klar, warum ich so gern in der regungslosen Dunkelheit verblieben war. Ich fühlte den raschen Schlag meines Herzens, das Rauschen meines Blutes in meinen Adern und den heftig pochenden Schmerz in meinem Kopf. Nein, nicht nur in meinem Kopf. Je mehr ich zur

Besinnung kam, desto deutlicher wurde mir, dass eigentlich mein ganzer Körper nur noch aus Schmerzen und Krämpfen bestand und meine Haut sich anfühlte, als würde sie brennen. Ein Stöhnen entrang sich meinen Lippen und als ich blinzelnd die Augen öffnete, verzog ich ganz automatisch das Gesicht. Verflucht, war mir schlecht und das Licht, dieses furchtbare Licht! Es brannte so in den Augen. Ich kniff die Augen sofort wieder zu und gab ein weiteres Stöhnen von mir, als das Ruckeln um mich herum stärker wurde und ein heißer Schmerz mein Bein durchzuckte, um dann in ein dumpfes Brummen überzugehen.

„Jonathan!"

Dieses Mal klang die mir so vertraute Frauenstimme erleichtert. Ich fühlte Finger an meiner Wange, Hände, die mein Gesicht festhielten, mich geradezu dazu zwangen, die Augen wieder zu öffnen. Ich konnte nicht viel erkennen. Nur die Umrisse einer – nein, zweier Personen, die sich über mich gebeugt hatten, links und rechts an meiner Seite saßen, und die nahen Wände des furchtbar engen Raumes, in dem ich mich befand. Alles war verschwommen, laut, schmerzhaft ... Warum konnte ich das nicht ausschalten wie sonst auch, mich nur darauf konzentrieren, was wichtig war? Und diese Kopfschmerzen ... Wieso hatte ich Kopfschmerzen? So etwas hatte ich seit rund hundertfünfundsiebzig Jahren nicht mehr gefühlt.

„Hörst du mich?", fragte die Stimme und weiche Finger streichelten meine erhitzte Haut, erzeugten dort ein seltsames Prickeln. Erhitzt? Ja ... ich hatte in der Tat das Gefühl, als würde ich innerlich und äußerlich kochen. So warm war mir schon seit einer ganzen Weile nicht mehr gewesen. Was passierte hier nur?

„Jonathan?"

Das war eine andere Frauenstimme und eines der Gesichter kam näher. Ein Gesicht, das von blonden Locken umrahmt wurde. Sam?

„Ja! Gott sei Dank! Du hast uns solch einen Schrecken eingejagt!"

Dann hatte ich wohl meine Frage ausgesprochen. Kein Wunder, dass ich mich gleich viel erschöpfter fühlte – oder eigentlich war es schon ein Wunder. Vampire waren normalerweise nicht lange geschwächt, ganz gleich, was für schwere Verwundungen sie in einem Kampf davongetragen hatten.

„Ist er wach?"

Die Stimme kannte ich auch und mir fiel beinahe ein Stein vom Herzen, als ich sie trotz meines umnebelten Verstandes Nathan zuordnen konnte. Wir hatten also auch ihn gefunden. Vielleicht war es aber auch anders herum gewesen, wenn ich bedachte, dass eigentlich ich derjenige war, der hier schlaff und kraftlos herumlag und extreme Schwierigkeiten hatte, wieder Herr über seine gar nicht mehr so gut funktionierenden Sinne und seinen noch viel weniger kooperativen Körper zu werden.

Da war mein Freund, kletterte in diesem merkwürdigen, engen Raum zu mir herüber. Als er neben mir in die Hocke ging, waren meine Augen bereits fähig, wenigstens nahe Gesichter einigermaßen gut zu erkennen, und ich stellte fest, dass es Valerie gewesen war, die mich so sanft aus der Ohnmacht geholt hatte und mich nun liebevoll anlächelte. Sie sah verändert aus, als wäre sie mit einem Mal um Jahre gealtert.

Nathans Hand bewegte sich auf mich zu, legte sich behutsam auf meine Stirn. Tat das gut! Sie war so schön kalt.

„Kannst du mich erkennen?", erkundigte sich mein Freund mit großer Sorge in seinen Augen und ich fragte mich, warum sein Körper so komisch wackelte. Nicht nur seiner, auch Sams und Valeries ... und meiner. Eigentlich war es der ganze Raum. Waren wir in einem Wagen? Das würde auch das monotone Brummen im Hintergrund erklären.

„Jonathan?", sprach Nathan mich wieder an und mir gelang es, schwerfällig den Kopf zu bewegen, ein Nicken anzudeuten.

„Nathan!"

Auch diese Stimme kannte ich, wenngleich ich sie selten so panisch erlebt hatte. Barry, wenn ich mich nicht irrte.

„Und jetzt? Wo lang jetzt?", fragte er mit einem deutlichen Beben in der Stimme.

Nathan sah kurz auf, spähte angespannt in eine bestimmte Richtung. „Rechts rum."

„Und dann?"

Der kleine Freak hatte ja richtige Angst.

„Das weiß ich auch nicht! Fahr einfach!", blaffte Nathan ihn an. „Hauptsache raus aus der Stadt!"

Er atmete geräuschvoll und merklich gestresst aus und wandte sich dann Sam zu, die ziemlich aufgelöst und fertig aussah. „Hat August sich schon gemeldet?"

Sie schüttelte den Kopf und ich sah Nathan an, dass ihm diese Information gar nicht gefiel. Auch er wirkte so, als wäre er gerade aus einem Hurrikan geworfen worden und wüsste nicht genau, wo er war und was er tun sollte.

„Was machen wir, wenn er noch einen Anfall bekommt?", fragte Valerie mit zittriger Stimme.

Mein Freund schien mit dieser Frage allerdings völlig überfordert zu sein, denn er fuhr sich nur mit einer Hand über das Gesicht und hob die Schultern, gleichzeitig den Kopf mit einem Ausdruck tiefster Hilflosigkeit schüttelnd.

Ich hingegen begriff überhaupt nicht, wovon sie sprachen. Mein Verstand funktionierte noch nicht sonderlich gut, wurde immer wieder durch die Zuckungen und mir unbegreiflichen Regungen meines desolaten Körpers davon abgehalten, die Situation, in der ich mich befand, zu analysieren und zu begreifen, was hier los war. Und diese verfluchte Hitze in meinem Inneren machte mir echt zu schaffen.

„Scheiße! Da ist 'ne Polizeistreife, Nathan!", ertönte erneut Barrys entsetzte Stimme. „Was machen wir, wenn die uns anhalten?"

„Fahr einfach ganz ruhig weiter", erwiderte der Angesprochene angespannt. „Das hier ist nach außen hin ein ganz normaler Krankenwagen. Sie werden schon nichts machen."

Krankenwagen? Ja, da war doch etwas gewesen. Ich versuchte den Kopf zur Seite zu bewegen, um mich besser umsehen zu können, aber selbst das war zu anstrengend, zu schmerzhaft. Was war nur mit mir los? Selbst von den letzten Silberkugeln, die ich mir eingefangen hatte, war ich nicht so geschwächt gewesen. Irgendwann mussten doch meine Selbstheilungskräfte wieder einsetzten. Ich brauchte sie, verdammt nochmal!

Für einen Moment verharrten alle anderen angespannt um mich herum, dann, wie auf ein geheimes Signal hin, entspannten sie sich wieder und Barry stieß einen hörbar lauten Seufzer aus. Die Polizeistreife war wohl vorbeigefahren.

Ein leises Brummen ertönte in meiner Nähe und Sam zuckte zusammen, hob dann ein Handy, das sie wohl die ganze Zeit in der Hand gehalten haben musste, an ihr Ohr und meldete sich etwas atemlos.

Für eine Weile sagte sie nichts mehr – also musste der Anrufer sprechen. Aber warum konnte ich ihn nicht hören? Ich fühlte mich wie schwerhörig und sehbehindert. Und sprechen konnte ich auch nicht. Das geflüsterte ‚Sam‘ war bereits zu viel für mich gewesen. Ich fühlte mich viel zu schwach, um auch nur eine weitere Silbe hervorzubringen.

„Ja, ist er", sagte Sam nun, während alle Augenpaare angespannt auf ihrem Gesicht ruhten. „Aber das Fieber geht nicht runter."

Ich zog mühsam die Brauen zusammen. Sprach sie von mir? Wenn ich Fieber hatte, brauchte ich doch nur Blut. Was war das Problem? Allerdings verspürte ich überhaupt keinen Hunger. Ganz im Gegenteil. Mir war immer noch furchtbar schlecht.

„Das haben wir gemacht … Ja, ich …"

Sam verstummte wieder, war wohl gezwungen zuzuhören und ich sah matt zu Nathan hinüber, versuchte einzuschätzen, wie es ihm ging. Doch das war gar nicht so leicht. Meine Augen hatten auf einmal wieder Probleme, Schärfe herzustellen. Immer wieder verschwamm und verzerrte sich das Bild. Alles, was ich erkennen konnte, war, dass auch er den Kampf im Labor nicht ganz unbeschadet überstanden hatte. An seiner Schulter und seiner Seite befanden sich zwei große, dunkle Flecken – vermutlich Blut – und auch das Hemd war an diesen Stellen zerfetzt, wenn ich mich nicht irrte. Sein besorgter Blick hatte sich wieder auf mich gerichtet, aber ich sah nicht gut genug, um aus seinen Augen zu lesen, wie es innerlich um ihn stand. Dann musste das halt auf einer anderen Weise passieren, ich senkte meine Lider wieder und strengte erneut mein Gehör an, konzentrierte mich auf die Körper um mich herum. Das musste doch wieder funktionieren. Doch da war nichts. Kein Herzschlag, kein verlockendes Rauschen von Blut in menschlichen Adern. Es war, als wären sie tot!

Ich riss meine Augen wieder auf und schnappte nach Luft, sah panisch von Nathan zu Sam und Valerie, nur um dann wieder meinen besten Freund verzweifelt anzustarren, als könne er etwas an meinem Zustand ändern. Das war allmählich einfach zu viel. Ich fühlte mich, als hätte man ohne mein Einverständnis wichtige Teile meines Körpers amputiert und mich völlig verstümmelt zurückgelassen. Mein Herzschlag und meine Atmung beschleunigten sich enorm und versetzten mich zusätzlich in Angst. Meine Haut begann zu prickeln, das Innere des Wagens und die Gesichter meiner Freunde verschwammen noch stärker und der hämmernde Schmerz in meinem Kopf setzte erneut, dieses Mal in noch schlimmerer Form, ein.

„Oh Gott, er bekommt schon wieder einen Anfall!", hörte ich Sams entsetzte Stimme, die bald schon hinter dem hellen Pfeifen in meinen Ohren verschwand. Mein Körper zuckte eigenartig und meine Muskulatur begann sich schmerzhaft zu verkrampfen. Und dann kam sie zurück, diese wohltuende, wundervolle Dunkelheit, getragen von einem wattigen Gefühl, das mich einzuhüllen begann, mich von allem befreite, was mich quälte.

„Jonathan!"

Sie riefen schon wieder nach mir, doch dieses Mal würde ich ihren Stimmen nicht folgen, würde mich nicht wieder herauslocken lassen in diese Hölle.

Das Dumme am Zustand der Ohnmacht ist, dass man sein Zeitgefühl völlig verliert und sie einen, wenn man dann endlich wieder aufwacht, in eine schreckliche Orientierungslosigkeit katapultiert.

Wie lange ich ‚geschlafen' hatte, wusste ich nicht, als sich meine Sinne, einer nach dem anderen, langsam wieder anschalteten. Zuerst vernahm ich nur Geräusche, beziehungsweise deren Nichtexistenz. Das Brummen des Wagens war verschwunden, genauso wie die aufgeregten Stimmen meiner Freunde und das war es wohl, was mich schneller wieder zur Besinnung kommen ließ, als mir lieb war. Ich riss meine Augen auf und zuckte zusammen. Nicht, weil mir grelles Licht ins Gesicht schien wie zuvor, sondern weil ich in komplette Dunkelheit gehüllt war. Mein Herz nahm sofort ein recht ungesundes Tempo an und auch meine Atmung beschleunigte sich. Es war dunkel und ich sah nichts! Ich schnappte entsetzt nach Luft, weil nun auch mein Kopf wieder zu hämmern und zu dröhnen anfing. Oh Gott, schon wieder so ein Alptraum! Warum hörte das nicht auf?

„Jo… Jonathan", vernahm ich eine schlaftrunkene Stimme neben mir und dann nahm ich eine Bewegung in der Dunkelheit wahr. Nur Sekunden später erhellte das gedämpfte Licht einer Nachttischlampe den Raum, in dem ich mich befand.

Ich holte erneut keuchend Luft, als mein Blick durch das grässlich eingerichtete Zimmer flog und ich feststellen musste, dass ich in einem noch viel hässlicherem Bett lag. In einem Bett unter einer Decke und mir war dennoch kalt!

„Jonathan, beruhige dich!", drängte mich die sanfte Frauenstimme. Warme Hände legten sich an meine Wangen, zwangen mich, meinen Blick auf das schöne Gesicht direkt vor mir zu richten. Blaue Augen sahen mich voller Sorge an. Valerie.

„So ist gut", sagte sie sanft, doch das leichte Zittern in ihrer Stimme verriet, wie aufgewühlt auch sie eigentlich war.

„Was … Wo …", krächzte ich kaum verständlich und hatte keine Ahnung, welche Frage ich formulieren sollte. Da waren zu viele Gedanken auf einmal in meinem Kopf, die alle zur selben Zeit herausdrängen wollten.

„Wir sind in einem Motel untergebracht, in der Nähe von Thousand Oaks", erklärte Valerie, ohne zu wissen, was ich hatte fragen wollen. „Wir sind hier erst mal in Sicherheit. Der Besitzer des Motels ist ein Freund Alejandros und wird uns decken, bis wir wissen, wie wir weiter vorgehen können."

Ich schloss kurz die Augen, riss sie aber sogleich wieder auf, als ich vernahm, dass sich die Tür zu meinem Zimmer öffnete.

„Ich habe jetzt einen Früchtetee genommen", murmelte die blonde, junge Frau, die nun auf uns zukam, ihre Augen achtsam auf die beiden vollen Teetassen gerichtet, die sie ganz vorsichtig transportierte. „So groß war die Auswahl ja nicht …"

Sie hatte den Blick kurz gehoben und blieb nun wie angewurzelt stehen, ihre vor Erstaunen geweiteten Augen auf mich gerichtet.

„Er ist wach?", stieß sie kaum hörbar aus.

Valerie nickte nur, stand auf und nahm Sam die Tassen ab, die sie sofort auf den Nachttisch stellte. Dann ließ sie sich wieder auf dem Stuhl neben mir nieder und schenkte mir ein sanftes Lächeln.

„Wie du siehst, ist Sam auch noch bei uns", erklärte sie weiter. „Für Nathan und Barry gilt dasselbe."

Ihre Worte beruhigten mich ein wenig. Ich verstand zwar immer noch überhaupt gar nichts, aber immerhin war ich nicht allein.

„Wie geht es dir?", fragte Sam und ließ sich vorsichtig am Fußende meines Bettes nieder. Etwas an ihren Gesichtsausdruck sagte mir, dass sie nicht nur von meinem körperlichen Zustand sprach.

„Kannst du dich daran erinnern, was unten im Labor mit dir passiert ist?"

Ich schloss kurz die Augen, strengte meinen Verstand mehr an. Die Aufregung, die Kämpfe … dies alles schien schon so lange her zu sein. Einer der Soldaten hatte auf mich geschossen – das wusste ich noch – mit einer seltsamen Patrone, einer Art Spritze. Und dann war es plötzlich rapide mit mir bergab gegangen. Es hatte sich angefühlt, als würde mein ganzer Körper zu brennen anfangen, Krämpfe hatten mich geschüttelt und alles hatte begonnen, sich um mich zu drehen. Ich war zusammengebrochen und dann in Ohnmacht gefallen. Immer wenn ich für einen kurzen Zeitraum wieder bei Besinnung gewesen war, hatte ich in ein anderes Gesicht geblickt: Javier, Béatrice, Gabriel, Nathan. Aber ich war nur für wenige Sekunden bei Besinnung gewesen, hatte nicht wirklich etwas um mich herum wahrgenommen.

Was immer auch in dieser Spritze gewesen war, es hatte eine höllische Wirkung auf Vampire und entließ mich auch jetzt noch nicht wieder aus seinen Klauen. Ich fühlte mich anhaltend erschöpft und meiner übermenschlichen Kräfte beraubt. Wann würde das bloß wieder aufhören?

„Jonathan?"

Sam wartete noch auf eine Reaktion meinerseits und ich hob matt die Lider und nickte kurz, um ihr damit eine Antwort auf ihre zuvor gestellte Frage zu geben.

„Gabriel hat uns vor einer halben Stunde noch mal angerufen und uns ein paar wichtige Dinge über das Mittel verraten, das man dir injiziert hat", sagte sie nun und strich sich in einer recht nervös anmutenden Geste das Haar hinter die Ohren.

„Ga… Gabriel?", krächzte ich und ärgerte mich gleichzeitig über den erbärmlichen Eindruck, den ich hier vermittelte. Diese Schwäche war ja so unangenehm!

„Ja. Er, Max, Béatrice und Javier haben uns den Weg freigemacht, um aus dem Labor herauszukommen und sind dann nochmal zurückgegangen, um in kürzester Zeit so viele Unterlagen und Informationen wie möglich über die *Garde* und vor allem dieses Mittel mitzunehmen", erklärte nun Valerie schnell und tauschte mit Sam einen eigenartigen Blick. Die beiden schienen sich über eine Sache nicht ganz einig zu sein, versuchten dies aber vor mir zu verbergen.

„Wir waren alle sehr um sie besorgt", fuhr Valerie fort, „aber sie sind wohl da ohne größere Schäden herausgekommen und nun ebenfalls auf der Flucht."

Mir gelang es einigermaßen eindrucksvoll die Stirn zu runzeln.

„Nach dieser Sache müssen wir uns alle erst einmal verstecken und uns ganz still verhalten", setzte Valerie hinzu. „Die *Garde* sucht derzeit überall nach uns. Aber du brauchst dir keine Sorgen zu machen. Alejandro hat alles im Griff. Er hat uns nicht nur hier sehr gut versteckt, sondern auch bereits eine falsche Fährte für die *Garde* gelegt. Er scheint genau zu wissen, wie die arbeiten."

Oh Gott, nicht gut ... nicht gut. Wenn das Valerie schon aufgefallen war, wollte ich nicht wissen, was Nathan dachte.

Ich bewegte mich, versuchte mich aufzurichten, aber meine Kraft genügte nicht dafür, ganz davon abgesehen, dass auch Valerie nichts von dieser Idee zu halten schien, denn sie drückte mich mit einer Hand zurück in die Kissen.

Mit *einer* Hand? *Diese* zarte Frau? Was für eine Blamage! Was war nur für ein schwächliches Etwas aus mir geworden! Das war ja schlimmer als in meiner Zeit als kränklicher Mensch!

„Du sollst dich ausruhen, Jonathan, bis du dich an deinen neuen Zustand gewöhnt hast", erklärte nun Sam und Valerie sah sie entsetzt an.

Neuer Zustand? Wovon zum Teufel sprach sie da? Die Schwäche hing mit der Injektion zusammen und deren Wirkung würde doch gewiss bald vorüber sein!

„Was ... was meinst du damit?", brachte ich nun doch endlich meinen ersten vollständigen Satz heraus. Auch wenn meine Stimme schrecklich krächzte, es war immerhin ein Anfang.

„Dass du immer noch unter der Wirkung des Präparats stehst", setze Valerie hastig hinzu. „Und solange sich das nicht ändert, musst du im Bett bleiben und dich ausruhen."

Auch das Stirnrunzeln funktionierte langsam besser, beeindruckte Valerie aber wenig. Sie lächelte, anstatt zu fragen, was ich wissen wollte, war aber nicht dazu in der Lage, damit die Besorgnis in ihren Augen zu überspielen. Überhaupt wirkte sie unglaublich angespannt. Mein Blick wanderte zu Sam. Ich hatte das Gefühl, dass ich aus ihr mehr herausbekommen würde.

„Das … das Mittel …" Ich räusperte mich kurz. Diese Heiserkeit musste doch irgendwie aus meiner Stimme zu verbannen sein. „Was war das genau?"

„Es nennt sich BXA-12 und wurde aus Versuchen mit dem alten Serum gewonnen", erklärte Sam, den Protestlaut Valeries ignorierend. „Sie setzen es als neue Waffe gegen euch Vampire ein."

„Waffe?", wiederholte ich, obwohl das alles für mich sehr wohl einen Sinn machte. Das Zeug hatte mich innerhalb von Sekunden ausgeschaltet, mir sämtliche Kräfte entzogen. Und da arbeitete etwas in meinem Hinterkopf, ein Gedanke, den ich nicht denken wollte und der ein mulmiges Gefühl in meinem Magen erzeugte.

„Wie … wie genau funktioniert es?"

Sam holte Luft, um mir zu antworten, doch sie kam nicht weit, weil im selben Augenblick im Nebenzimmer eine Tür geöffnet wurde und jemand geräuschvoll hereinkam. Es dauerte nicht lange und er stürmte auch schon mein Zimmer, eine tiefe Sorgenfalte auf der Stirn und eine Welle von Anspannung und Frust vorausschickend.

„Wir haben noch ein Problem!", verkündete Nathan beinahe knurrig und bekam erst dann mit, dass ich wach war und ihn ansah. Er stoppte in seiner Bewegung und die Erleichterung, mich bei Bewusstsein vorzufinden, ließ den Kummer aus seinem Gesicht verschwinden.

„Du bist wach?", wiederholte er Sams Eingangsfrage und trat nun dichter an mein Bett heran, ließ seinen Blick rasch über meinen von der Decke verhüllten Körper gleiten, nur um mir dann wieder prüfend ins Gesicht zu blicken.

„Nein, ich tu nur so", gab ich immer noch viel zu schwächlich zurück.

Ein kleines Schmunzeln huschte über seine Lippen, dann war der freudige Ausdruck auch schon wieder verschwunden. Sein Blick wanderte zu Sam.

„Weiß er es schon?"

Sie schüttelte den Kopf. „Ich wollte es ihm gerade beibringen und …"

„Das Zeug, mit dem sie dich ausgeschaltet haben, hat dich zu einem Menschen gemacht, Jonathan", sagte Nathan geradeheraus und ich bemerkte, dass die beiden Frauen neben ihm entsetzt die Luft anhielten, während ich zunächst gar nicht verarbeiten konnte, was mein Freund mir da so schonungslos an den Kopf geknallt hatte, und ihn nur perplex anstarrte.

„Das Präparat ist eine verbesserte und intensivierte Form des alten Serums und macht *jeden* Vampir innerhalb von Sekunden zu einem Menschen", fuhr Nathan ungerührt fort. „Die meisten Vampire vertragen es gar nicht und sterben bei ihrer Rückverwandlung. Du hattest Glück, dass du von Gabriels Blutlinie abstammst, für den das Heilmittel ursprünglich konstruiert wurde. Deine Chancen, das Ganze zu überleben, standen also von Anfang an recht gut."

Überleben … Mensch … Ich war ein *Mensch*?!!! Ich schnappte nach Luft.

„Jonathan?"

Nathan machte einen weiteren Schritt auf mich zu, während es mir aufgrund meiner Panikattacke endlich gelang, in eine aufrechte Position zu kommen und die plötzlich so dringend benötigte Luft in meine Lunge zu saugen. Das konnte nicht wahr sein! Das war nur ein Alptraum! Ein ganz schlimmer Alptraum!

Zwei starke Hände packten meine Schultern, unterstützen mich dabei aufrecht zu sitzen, was auch nötig war, denn mein Kreislauf spielte nun völlig verrückt. Alles drehte sich um mich, mir war schlecht und ich begann zu zittern.

„Ganz ruhig atmen, Jonathan", hörte ich Nathans nun sehr viel sanftere Stimme und eine andere, kleinere Hand streichelte meinen Rücken. Ich tat, was er mir sagte, versuchte die Panikattacke wegzuschieben, ruhiger zu werden und mit einiger Mühe gelang mir das wenigstens soweit, dass ich das Gesicht meines Freundes vor mir wieder einigermaßen gut erkannte.

„Mensch?", stieß ich kaum hörbar aus. Es fiel mir schwer, das zu verarbeiten, geschweige denn es auszusprechen. Mensch … *Ich*?!

„Nicht … nicht so wie du?"

Nathan schüttelte den Kopf und versuchte sich an einem zuversichtlichen Lächeln, als wäre das eine besonders wundervolle Nachricht.

„Nur vorübergehend", setzte er hinzu und das gab mir tatsächlich etwas mehr Kraft, um meine Gefühle wieder in den Griff zu bekommen. „Auch die erfolgreichen Versuche mit dem Mittel haben gezeigt, dass die Wirkung maximal zwei bis drei Wochen anhält …"

„Zwei bis drei *Wochen*?!", keuchte ich.

„… wir können dich aber schon vorher wieder zurückverwandeln, sobald du dich einigermaßen erholt hast", beendete Nathan seinen Satz, meine Hysterie geflissentlich ignorierend.

Zurückverwandeln. Was für ein wunderschönes Wort! Ja, genau das mussten wir tun, jetzt – sofort! Ich wollte keine Sekunde länger mehr in diesem Zustand bleiben!

„Dann … dann verwandle mich!", stieß ich aus, packte Nathans Arme, die mich immer noch festhielten und wandte ihm sofort meinen Hals zu. „Los! Tu es!"

Nathan überraschte mich, indem er vor mir zurückwich, sich aus meinem schwächlichen Griff befreite und sich dann aufrichtete.

„Nicht jetzt und ganz bestimmt nicht durch mich", sagte er mit Nachdruck. „August und Gabriel sind sich einig, dass dein Körper sich erst von der ersten Verwandlung erholen muss, bevor du dich wieder zurückverwandeln kannst. In so rascher Folge würdest auch du das nicht überleben. Du musst dich ein wenig gedulden, Jonathan."

„Aber ich bin ..." Meine Güte konnte das Sprechen manchmal anstrengend sein. „Ich bin nicht der Typ dafür."

Nathan zog seine Brauen zusammen. „Fürs geduldig sein?"

Ich schüttelte den Kopf.

„... für das Menschsein ...", erwiderte ich und meinte das vollkommen ernst. Die Vorstellung noch länger in diesem Zustand zu bleiben, womöglich sogar für ein paar Tage, machte mir furchtbare Angst. Ich hatte mich vor langer, langer Zeit dafür entschieden, dem menschlichen Leben zu entfliehen und hatte diese Entscheidung nie bereut. Dass ich nun durch das Schicksal gezwungen war, ein Mensch zu sein, wollte ich nicht akzeptieren, konnte ich nicht hinnehmen, auch wenn mir klar war, dass ich so schnell nichts dagegen tun konnte.

Der Blick, mit dem Nathan mich bedachte, war selbst für mich undefinierbar, aber ich war mir sicher, auch Verärgerung in seinen Augen aufglimmen zu sehen.

„Es ist nun mal nicht zu ändern", konstatierte er schließlich deutlich kühler. „Wir sollten versuchen, das Beste aus unserer jetzigen Situation zu machen und überlegen, wie wir weiter verfahren können."

„*Wann* kann ich zurückverwandelt werden?", fragte ich, obwohl mir klar war, dass Nathan eigentlich in ein anderes Thema hatte einsteigen wollen. Doch das konnte er nicht von mir verlangen, nicht nach dieser furchtbaren Nachricht.

„Das kann ich dir nicht sagen", erwiderte er nun schon deutlich angespannter. „Gabriel und August müssen das entscheiden."

„Und wann erscheinen die hier?"

Nathan nahm einen tiefen Atemzug. Geduld war wohl etwas, das auch er momentan nur in geringem Maße besaß.

„Das weiß ich nicht. Ich weiß auch gar nicht, ob sie das überhaupt tun können. Sie müssen sich erst mal, so wie wir, in Sicherheit bringen, weil unsere Aktion für großen Wirbel gesorgt hat."

„Was heißt, sie tun das überhaupt nicht?" Ich musste schon wieder nach Luft schnappen. War das normal für einen Menschen?

„Jonathan!", stieß Nathan nun deutlich genervt aus und seine Augen funkelten angriffslustig. „Das heißt, dass ich keine Ahnung von gar nichts habe! Ich weiß nicht, wo wir hin sollen, ob wir hier überhaupt sicher sind, was mit den anderen da draußen passiert und wie alles weitergehen soll! Diese tolle Aktion hat die halbe Welt gegen uns aufgebracht! Und jetzt fängst du auch noch an herumzuquengeln wie ein Kleinkind, anstatt froh zu sein, dass du überhaupt noch lebst! Du bist *nur* ein Mensch – nicht tot!"

„Glaub mir, das fühlt sich fast genauso an!", platzte es wütend aus mir heraus.

Wie konnte jemand wie Nathan nur so wenig Verständnis für meine Situation haben? Er wusste doch genau, wie es sich anfühlte, gegen seinen Willen zu etwas gemacht zu werden, das man nicht sein wollte. Aber anstatt sich wieder zu beruhigen und einzusehen, dass er im Unrecht war, schüttelte er nun verständnislos den Kopf, wandte sich mit einer wegwerfenden Handbewegung von mir ab und verschwand aus dem Zimmer. Ich starrte ihm ungläubig nach. Er verhielt sich gar nicht so, wie ich es mir gewünscht hätte. Als guter Freund musste er bei mir bleiben, mir Trost zusprechen und sich um mich sorgen. *Ich* war hier verflucht noch mal der Geschädigte, der Kranke! Ich brauchte die Unterstützung der Menschen um mich herum!

„Das … das ist nur der Stress", entschuldigte sich Sam für ihn, schenkte mir ein kurzes, tröstendes Lächeln und eilte dann meinem Freund hinterher. So war es nur noch Valerie, die an meiner Seite sitzen blieb. Interessant, zu sehen, wer in der Not zu einem hielt.

Ich ließ mich mit einem zutiefst resignierten Seufzen zurück in die Kissen fallen und schüttelte nun selbst den Kopf. Die Welt um mich herum war innerhalb weniger Stunden eine andere geworden und sie gefiel mir gar nicht.

„Sei ihm nicht böse", vernahm ich Valeries sanfte Stimme und sah ihr in die warmen Augen. „Er hat sich solche Sorgen um dich gemacht. Er dachte, du stirbst. Er kann das nur nicht vor dir zeigen. Und seine Nerven sind so runter …"

Sie stieß ein kleines Lachen aus. „Sam, Barry und ich haben in den letzten Stunden eine ganze Menge einstecken müssen. Aber wir haben ein dickes Fell und hoffen, dass das aufhört, wenn er erst einmal zur Ruhe gekommen ist. Dann wird er sich bestimmt auch dir gegenüber wieder anders verhalten."

Ich zuckte die Schultern und starrte auf das hässliche Muster der Bettdecke. Ich fühlte mich auf einmal so ausgelaugt und müde, dass es mir schwer fiel, die Augen aufzuhalten.

„Ist mir doch egal!", brummte ich nun tatsächlich wie ein kleines Kind, das sich entschlossen hatte, zu schmollen, und als ich wieder aufsah, bemerkte ich, dass sich ein Schmunzeln auf Valeries Lippen geschlichen hatte.

Verstehen konnte ich das schon, aber mir selbst war noch nicht zum Lächeln zumute. Ich hatte vor Nathan nicht übertrieben. Ein Mensch zu sein, war für mich eine der schrecklichsten Vorstellungen, die es gab, und ich wusste nicht, wie ich die nächsten Stunden oder vielleicht sogar Tage durchstehen sollte, ohne zu einem schlecht gelaunten, völlig ungenießbaren, herumjammernden Gesellen zu mutieren, den ich noch nicht einmal selbst ausstehen konnte. Am besten war es wohl, wenn ich durchschlief, bis sich einer der hoffentlich bald eintreffenden Vampire erbarmte und mich wach biss. Ich schloss die Augen. Ja, an diese wundervolle Vorstellung wollte ich mich klammern, wenigstens so lange, bis mich ein anderer schlimmer Vorfall wieder viel zu früh aus dem Schlaf riss. Denn eines war so sicher wie das Amen in der Kirche: Schlimme Vorfälle waren derzeit unser aller Spezialität.

Absturz

Ab einem bestimmten Punkt war es genug. Dann waren die Kräfte aufgebraucht und die Nerven so weit runter, dass man sich nur noch in sein Bett verkriechen, die Decke über den Kopf ziehen und den Rest der Welt aussperren wollte.

Genau danach war Sam jetzt, als sie mit schweren Beinen aus Jonathans Zimmer hinaus und in den kleinen Wohnraum des Apartments schlurfte, das sie sich zu fünft teilen mussten. Apartment war vielleicht zu viel gesagt. Eddy, wie sich Alejandros Freund und Besitzer dieses Motels nannte, hatte drei seiner Zimmer zu einer kleinen Wohnung verbunden, sodass sie neben zwei Schlafzimmern und einem Wohnzimmer auch über Küche und Bad verfügten. Er benutzte diese Unterkunft des Öfteren dazu, Flüchtlingen, die Alejandro ihm zuschanzte, für eine paar Wochen einen Unterschlupf zu bieten. Flüchtlingen, wie sie es gegenwärtig waren.

Es war schrecklich gewesen, aus diesem Labor im Keller des Krankenhauses zu kommen und nicht genau zu wissen, was einen draußen erwartete. Sam hatte mit allem gerechnet: einer Übermacht an neuen Feinden, einem Polizeiaufgebot oder gar dem Militär. Es war für sie unvorstellbar gewesen, dass dieses Gemetzel dort unten für Außenstehende völlig unbemerkt geblieben sein könnte. Doch anscheinend lag das Labor so tief unter der Erde, dass tatsächlich niemand davon Notiz genommen hatte und stattdessen alle Leute nur damit beschäftigt gewesen waren, den Strom im Krankenhaus wieder zum Laufen zu bringen. Was die *Garde* anging, so war diese wohl dann doch nicht so schnell, dass sie noch rechtzeitig hatte Verstärkung schicken können, denn der Einzige, der mit laufendem Motor im Parkhaus auf sie gewartet hatte, war Barry gewesen.

Gabriel war gar nicht erst mit ihnen nach oben gefahren, sondern hatte sie nur sicher bis zum Fahrstuhl geleitet und angewiesen, aus der Stadt zu fahren und dann auf neue Instruktionen von ihm zu warten. Béatrice, Javier und Max waren bei ihm geblieben, dennoch hatte Sam kein gutes Gefühl dabei gehabt, die Vampire dort unten zu lassen und ohne sie die Flucht anzutreten. Es war nicht nur so, dass sie befürchtet hatte, doch noch einer Verstärkungstruppe zum Opfer zu fallen, sondern auch, dass Jonathans Zustand derart bedenklich ausgesehen hatte, dass sie sich einen erfahrenen Vampir an die Seite gewünscht hätte, der wusste, was er tun musste.

So waren sie ziemlich hilflos gewesen, als Jonathan während der ersten zwanzig Minuten ihrer turbulenten Flucht mit dem Rettungswagen mehrere sehr bedenklich aussehende Anfälle bekommen und ein paar Mal den Eindruck gemacht hatte, als würde er wahrlich sterben. Es waren entsetzliche Sekunden gewesen, Sekunden, in denen sie vor Angst erstarrt war und Nathan nur dabei zusehen hatte können, wie er Jonathans Gesicht in den Händen gehalten, ihn geschüttelt und die Worte ausgestoßen hatte, die Sam schon viel zu oft in ihrem Leben hatte aussprechen müssen: „Tu das nicht! Bitte! Bleib bei uns! Bleib bei uns!"

Worte, die sie gehofft hatte, nie wieder sagen, nie wieder hören zu müssen. Aber in einer Zeit wie dieser war das wohl ein eher unrealistischer Wunsch. Das hatte ihr der Kampf in dem Labor noch einmal in aller Deutlichkeit klargemacht.

Jonathans Zustand hatte sich ab einem Punkt soweit stabilisiert, dass sie sich alle besser auf ihre Flucht hatten konzentrieren können. Dann hatte sich auch August gemeldet, der wohl von Gabriel über ihre Situation und das Mittel, das man Jonathan injiziert hatte, informiert worden war und hilfreiche Tipps geben konnte. Als Gabriel dann auch noch persönlich angerufen hatte, hatten sie wenigstens *eine* ihrer größten Sorgen beseitigen können: Keine weitere Person aus ihrer Mitte war zu Schaden gekommen und sie mussten jetzt nur alle dafür sorgen, dass sie so schnell wie möglich unsichtbar für die *Garde* wurden.

Gabriel hatte sie an Alejandro weiter verwiesen und der hatte ihnen dann tatsächlich effektiv helfen können. Und nun waren sie hier, in diesem Motel, das kein richtiges war, mit einem neuen Menschen, der keiner sein wollte, und einem neuen Anführer, der diese Rolle nicht haben wollte und eigentlich überhaupt nicht wusste, wohin er sie führen sollte. Ganz davon abgesehen, dass er dafür auch gar nicht mehr die Kräfte und Nerven besaß und sich – wie ein jeder von ihnen – dringend ausruhen musste.

Besagter Anführer tigerte nun ruhelos durch das Wohnzimmer, das Sam betrat, und schien etwas angestrengt zu suchen. Zumindest bewegte sich sein Blick ebenso hektisch hin und her wie sein gesamter, angespannter Körper. Er musste sich dringend beruhigen, wenn er keinen totalen Nervenzusammenbruch erleiden wollte. Nur war Sam nicht so ganz klar, wie sie ihn dazu bewegen sollte, waren ihre eigenen Kräfte doch nahezu aufgebraucht und alles in ihr sträubte sich dagegen, sich auch nur minimal anzustrengen.

Nathans Blick war an ihr hängengeblieben. Er studierte kurz ihren Gesichtsausdruck, wohl um abzuschätzen, was sie genau von ihm wollte, und ließ seine Augen dann wieder durch das Zimmer wandern.

„Ich hab doch vorhin eine Tasche hier hereingebracht", brummte er, immer noch sichtbar schlecht gelaunt. „Weißt du, wo die hin ist?"

„Die mit den Blutkonserven?", fragte sie zurück und er nickte flüchtig. Jetzt erst nahm sie die leichte Nervosität wahr, die unter seiner Anspannung verborgen lag, das kaum merkliche Zittern, das in einigen Abständen seinen Körper überfiel.

„In der kleinen Küche ist ein Kühlschrank …", begann sie, doch die wenigen Worte genügten Nathan schon. Mit wenigen Schritten war er durch die Tür in die Küche verschwunden. Es musste wirklich dringend sein.

Sam atmete tief durch, schleppte sich zur Couch und ließ sich erschöpft darauf fallen. Doch viel Zeit zum Ausruhen ließ Nathan ihr nicht.

„Ist das alles, was da drin war?", hörte sie ihn aus der Küche rufen und die Ungeduld in seiner Stimme ließ sie kurz die Augen verdrehen. Es sah nicht so aus, als würde er sich so schnell beruhigen.

„Ja. Vier Beutel – mehr nicht", rief sie zurück und wusste ganz genau, dass das ein neuer Anlass für ihn war, um sich aufzuregen.

„Das wird ja besser und besser!", hörte sie ihn brummeln, dann folgte erst einmal für eine Weile gar nichts mehr und Sam nahm sich die wenigen Minuten der Ruhe, um ihren Kopf auf die nicht unbedingt weiche Rückenlehne der Couch zu betten und kurz die Augen zu schließen. Verdammt, war sie müde. Es fiel ihr schwer, die Lider wieder zu heben, als sie vernahm, dass Nathan hereinkam, aber sie tat es dennoch. Es gab noch so vieles, das sie unbedingt klären mussten, bevor es ihnen erlaubt war, sich auszuruhen.

Nathan machte erstaunlicherweise trotz der Blutzufuhr keinen besseren Eindruck. Er war immer noch sehr blass, sah müde aus und wirkte unverändert nervös. Etwas war mit ihm nicht in Ordnung.

„Willst du dich nicht zu mir setzen?", fragte Sam matt, als er etwas unschlüssig mitten im Raum stehenblieb.

Er schüttelte den Kopf. „Ich muss gleich nochmal in die Garage zu Barry."

Sie runzelte die Stirn. „Wieso?"

„Weil es noch eine Menge Dinge zu erledigen gibt – deswegen", gab er etwas zu ruppig zurück und Sam begann sein Ton ihr gegenüber langsam zu ärgern. Sie hatte das in all dem Stress zuvor ja für eine Weile hinnehmen können, aber langsam war es an der Zeit, dass er damit aufhörte und sich wieder zusammennahm.

„Hat das nicht ein wenig Zeit?", fragte sie und hatte Mühe, sich ihre Verärgerung nicht anmerken zu lassen. „Du solltest dich wenigstens für ein paar Minuten ausruhen."

„Das kann ich auch später", erwiderte er und bewegte sich schon auf die Haustür zu. „Es gibt ein paar Dinge, die jetzt wichtiger sind."

Sam nahm einen tiefen Atemzug und erhob sich. „Gut. Was ist das weitere Problem, von dem du zuvor gesprochen hast, Nathan?"

„Ich kümmere mich schon darum", wich er ihr aus und öffnete die Tür.

„Nathan!" Ihre Stimme war ein bisschen zu laut und wütend, aber immerhin hielt er jetzt inne und drehte sich wieder zu ihr um, seine Brauen verärgert zusammenziehend.

„Was soll denn das jetzt?", setzte sie hinzu. „Gerade eben wolltest du es uns doch noch erzählen."

„Da wusste ich ja noch nicht, dass Jonathan mehr als einen Babysitter braucht", gab Nathan mit deutlichem Spott in der Stimme zurück. „Sein tragisches Schicksal, für ein paar Tage im Körper eines Menschen gefangen zu sein, bringt ihn nachher noch auf suizidale Gedanken. Da ist es besser, wenn er noch ein paar mehr Leute um sich herum hat."

Sam starrte ihn mit offenem Mund an und wusste erst einmal nicht, was sie darauf sagen sollte. Sie hatte schon begriffen, dass die beiden Männer mit Jonathans Verwandlung nicht besonders gut klarkamen, aber so eine Äußerung aus Nathans Mund zu hören und dabei auf eine solche Verständnislosigkeit zu treffen, schockierte sie nicht nur, sondern machte sie regelrecht wütend.

„Das ist nicht lustig!", stieß sie nach einer Weile aus.

„Ist es nicht?", fragte Nathan zurück und schloss die Tür wieder. Der provozierende Blick, mit dem er sie bedachte, gefiel ihr gar nicht.

„Ich würde das als Ironie des Schicksals bezeichnen. Jeder von uns beiden wird gegen seinen Willen genau zu dem Wesen gemacht, das er zutiefst verachtet." Nathan stieß ein unechtes Lachen aus. „Also, ich finde das schon komisch."

Sam betrachtete ihn genauer. Vor nicht allzu langer Zeit, hatte er ganz genau denselben ruhelosen, aggressiven Eindruck gemacht, hatte dieselbe unangenehme, beängstigende Wirkung auf sie gehabt.

„So siehst du aber nicht aus", erwiderte sie leise und mit ernstem Blick.

„Oh, das hängt nur damit zusammen, dass sonst alles um uns herum ein einziges Chaos ist", erwiderte er mit einem Lächeln, das ihr beinahe Angst machte. „Aber davon abgesehen, ist doch alles ganz lustig."

„Hör auf damit, Nathan!", gab sie nun doch etwas strenger zurück.

„Hey, *du* wolltest, dass ich hier bleibe und mit dir spreche", erwiderte er und kam noch näher.

Sam musste sich zwingen, an Ort und Stelle stehenzubleiben.

„Wenn es nach *mir* ginge, wäre ich schon längst wieder drüben bei Barry."

„Um dich um unser neues Problem zu kümmern?", fragte Sam und stemmte ihre Hände in die Hüften, mehr um sich selbst zu stützen, als ihn beeindrucken zu wollen.

„Ganz genau."

„Und was wäre dieses schlimme Problem?"

Sie hatte das nicht so sagen wollen – so, als würde er alles maßlos aufbauschen – aber nun war es raus und konnte nicht mehr zurückgenommen werden.

Da war sofort dieses typische, angriffslustige Funkeln in Nathans Augen.

„Dass uns nicht nur die *Garde* sucht, sondern auch die Polizei – mit Fotos, die jedem Streifenwagen in Kalifornien zugesendet werden. Ist das schlimm genug?"

Sam wurde schlecht und ihr stand für ein paar Sekunden der Mund offen. Das war nicht nur schlimm – das war eine Katastrophe! Seit wann arbeitete die *Garde* mit den staatlichen Behörden zusammen?

„Wie ... was ... aber ..." Sam fehlten die Worte. „Wie ... wie habt ihr das herausgefunden?"

Ihre Frage schien ihn von seinen Aggressionen herunterzubringen, denn seine Haltung entspannte sich etwas. Oder es tat ihm gut, seine Sorge mit einer weiteren Person zu teilen. Sie wusste es nicht, doch das war auch nicht weiter wichtig.

„Barry hat sich in die Datenbank der Polizei eingeklinkt, um herauszufinden, ob etwas über den Kleinkrieg im Labor gemeldet wurde und dabei ist er auf unsere Fahndungsfotos gestoßen."

„Unsere? Das heißt ..."

„Du, Jonathan und ich. An den anderen scheinen sie nicht interessiert zu sein."

Sam atmete lautstark aus und schüttelte den Kopf. „Das ist nicht gut. Wir müssen uns wieder verkleiden. Noch besser als zuvor."

„Oder wir suchen nach einem Weg, die Fahndung nach uns wieder zu canceln", erklärte Nathan, nun spürbar ruhiger.

„Kann Barry das von hier aus machen?"

Nathan schüttelte den Kopf. „Er meint, dazu müsste er sich in ein anderes Sicherheitssystem einhacken und das sei wiederum zu ausgeklügelt, um es auf die Schnelle zu machen. Es würde Tage, wenn nicht sogar Wochen dauern, es zu durchbrechen. Die Zeit haben wir nicht."

„Was dann?" Sam sah ihn fragend an, denn sie hatte das Gefühl, dass Nathan sich schon einen Plan zurechtgelegt hatte, mit dem er nur noch nicht herausrücken wollte.

„Wir bräuchten jemanden, der genügend Macht hat, um das von offizieller Seite aus zu machen", meinte Nathan nach einem Moment des Zögerns und Sam meinte seinen Körper kurz zucken zu sehen.

„Jemand, dem man einen Gefallen dafür erweisen kann."

Sam runzelte nachdenklich die Stirn. Ihr Verstand arbeitete gerade zu langsam, um sofort zu begreifen, auf wen Nathan da anspielte.

„Jemand, der auch bereit ist, ein gewisses Risiko einzugehen, um mit uns in Kontakt zu treten", setzte Nathan hinzu und Sam stieß einen überraschten Laut aus, als ihr endlich ein Licht aufging.

„Langdon!", brachte sie entsetzt hervor. „Du willst Langdon kontaktieren?"

Sie brauchte gar nicht auf sein Nicken zu warten. Sie wusste ohnehin, dass sie recht hatte.

„Er wird uns da nicht helfen."

„Ich denke schon", widersprach Nathan ihr sofort und kniff kurz seine Augen zusammen, als würde auch ihm seine Müdigkeit mittlerweile ganz schön zu schaffen machen.

„Wenn wir ihm geben, was er die ganze Zeit schon will."

„Du willst dich mit ihm treffen." Das war keine Frage, sondern eine Feststellung und sein ernster Gesichtsausdruck sprach Bände.

„Aber das ... das geht nicht!", erwiderte sie und begann sich innerlich mit Händen und Füßen gegen diese Idee zu sträuben. Das war doch verrückt, so kurz nach dieser Eskalation mit der *Garde* und so ganz ohne die Hilfe der anderen.

„Das muss gründlich durchdacht und geplant werden."

„Dafür haben wir aber keine Zeit", gab Nathan zurück und kniff erneut angestrengt seine Augen zusammen, so als hätte er Probleme, sich zu konzentrieren.

„Es ist die einzige Möglichkeit, das Problem schnell in den Griff zu bekommen."

„Aber es ist niemand bei dir, weder Jonathan noch Gabriel, noch sonst jemand", wandte sie ein und suchte innerlich verzweifelt nach weiteren Argumenten, die ihn vielleicht von diesem riskanten Vorhaben wieder abbringen könnten. Nur am Rande nahm sie wahr, dass Nathan nun auch seine Schultern bewegte, als müsse er dort Verkrampfungen seiner Muskulatur lösen.

„Es geht nur um ein Gespräch mit einem Mann, der eigentlich im Auftrag unseres Rechtssystems arbeitet, Sam", erwiderte Nathan und seine Haltung änderte sich sichtlich, wurde angespannter und unruhiger. „Es ist ja nicht so, dass ich mich risikobereit mitten in eine der Zentralen der *Garde* begebe."

Natürlich – das *musste* ja kommen! Sam hatte geahnt, dass Nathans anhaltender Groll gegen sie hauptsächlich mit ihrer Beteiligung an der letzten Aktion zusammenhing. Aber sie würde sich nicht so schnell ablenken lassen.

„Auch Langdon hat seine eigenen Ziele", gab sie nun ebenfalls erregt zurück. „Und jetzt, da auch noch großräumig nach uns gefahndet wird, hat er alles Recht der Welt, dich zu verhaften! Und wenn du da allein hingehst, ist das Risiko, dass er genau das tut, sehr groß!"

„Erzähl du mir nichts von Risiken!", fuhr Nathan sie unbeherrscht an und sein Körper schien vor Anspannung beinahe zu beben. „*Du* schaffst es ja noch nicht einmal, dich *in* gefährlichen Aktionen an Absprachen zu halten und lässt dich auf Risiken ein, die du nicht abschätzen kannst!"

„Aber Langdon kannst du einschätzen, oder wie?!", fuhr nun auch Sam auf. „Ich bin wenigstens nicht im Alleingang losmarschiert, ohne Plan und Unterstützung anderer!"

„Ach? Bist du nicht?" Nathan beugte sich zu ihr vor, hob seine Brauen in gespieltem Erstaunen. „Dann war es wohl Valeries Idee, runter in den Keller zu gehen?"

Sam atmete scharf durch die Nase ein und war kaum noch in der Lage, ihre brennende Wut zu zügeln, die sich rasch vor ihre Schuldgefühle schob.

„Immerhin haben wir dadurch erfahren, dass das Labor tatsächlich unter dem Krankenhaus ist."

„Und was hat uns das gebracht, außer dass Jonathan jetzt ein Mensch ist?", fragte Nathan mit wütend funkelnden Augen und brachte es tatsächlich zustande, wieder auf diese Gänsehaut erregende Weise zu lächeln. Seine Bemerkung tat weh und Sam platzte der Kragen.

„Wenigstens haben *meine* Alleingänge bisher nicht dazu geführt, dass ich in die Hände sadistischer Forscher falle und über ein Jahr lang spurlos verschwinde, was man über *deine* ja nicht gerade sagen kann!", brach es aus ihr heraus, obwohl sie genau spürte, dass sie damit zu weit ging.

Nathan schien kurz zu erstarren – obwohl dieser Eindruck von dem leichten Zittern seines Körpers beeinträchtigt wurde. In seinen Augen zeigte sich eine Mischung aus Kränkung, Enttäuschung und Wut und Sam wartete mit klopfendem Herzen auf den sicherlich folgenden Wutausbruch. Doch der kam nicht. Stattdessen schien sich Nathans Blick plötzlich nach innen zu richten, mischte sich nun wachsende Angst in seine Augen. Da war wieder dieses Zucken, gefolgt von einem nun noch viel deutlicher sichtbaren Schütteln, das kurz seinen Körper überfiel.

Sam stutzte, versuchte ihre wirren Gedanken zu sortieren, während Nathan sich nun doch umwandte und sich von ihr entfernte. Gleichwohl lief er nicht zur Tür, sondern machte ein paar unschlüssige, wankende Schritte durch den

Raum, die dafür sorgten, dass sich Sams Gedärme sofort verkrampften. Großer Gott, bitte keiner dieser Anfälle! Bitte nicht jetzt! Das hatte ihnen zu ihrem Unglück noch gefehlt.

„Meine … meine Jacke, wo ist die?", stieß Nathan jetzt aus und kniff schon wieder die Augen zusammen. Sein Körper zuckte erneut und dieses Mal krümmte er sich, stieß ein leises Keuchen aus.

Sam antwortete nicht, sondern stürmte mit wild schlagendem Herzen hinüber ins Schlafzimmer, riss dort den Schrank auf und die Jacke vom Kleiderhaken.

„Wo ist es?!", rief sie laut und als sie sich umwandte, taumelte Nathan bereits hinter ihr in den Raum auf das Bett zu.

„Innentasche", war alles, was er herausbrachte, bevor er sich schwerfällig auf dem Bett niederließ, deutlich durch die einsetzenden Krämpfe beeinträchtigt.

Sam folgte hektisch seiner Anweisung, ergriff das Etui, das in der Tasche war und zerrte es heraus. Mit wenigen Schritten war sie bei Nathan, ließ sich neben ihm nieder und öffnete mit fliegenden Fingern das kleine Täschchen. Es befanden sich mehrere Spritzen nebst Kanülen und drei kleine Fläschchen mit verschiedenfarbigen Flüssigkeiten darin. Gott oh Gott! *Spritzen*!

Sam zuckte fast selbst zusammen, als Nathan einen schmerzerfüllten Laut von sich gab und sich wieder zusammenkrümmte, zischend durch die zusammengepressten Zähne Luft holend.

„Okay, was … was brauchst du?", stammelte sie hilflos.

Für kurze Zeit kam keine Reaktion und sie legte ihm vorsichtig eine Hand auf die Schulter, fühlte dadurch, dass der Krampf langsam nachließ. Nathan hob schwer atmend den Kopf, versuchte sich wieder gerader aufzurichten und griff nach einem der Fläschchen. Er hatte Schwierigkeiten, den Blick zu fokussieren, blinzelte vermehrt, schaffte es aber trotz dieser Beeinträchtigung und seiner zitternden Finger eine der Spritzen zu nehmen und die Kanüle aufzustecken. Doch weiter kam er nicht. Der nächste Krampf war so heftig, dass er sich nicht nur erneut zusammenkrümmen musste, sondern auch zur Seite kippte und vom Bett auf den Boden rutschte.

„Nathan!" Sam war sofort neben ihm auf den Knien, widerstand ihrem starken Bedürfnis, ihn in die Arme zu schließen, und ergriff stattdessen tapfer die Spritze, die er fallengelassen hatte. Das Fläschchen aus seinen verkrampften Fingern zu lösen war weitaus schwieriger, doch schließlich gelang ihr auch das.

„Oh Gott, oh Gott!", stammelte sie weiter, während sie mit zitternden Fingern die Spritze aufzog und Nathans schmerzerfülltes Stöhnen und stoßweises Atmen dafür sorgte, dass sich ihre Gedärme schmerzhaft verkrampften.

„Du kannst das, du kannst das!", sprach sie sich selbst zu und wandte sich dann wieder Nathan zu, den seine Spasmen nun gar nicht mehr verlassen wollten. Sein ganzer Körper hatte sich gekrümmt, bis hinein in die Finger, und Sam hielt hilflos inne. Sie fühlte sich völlig überfordert. Krankenschwester zu *spielen* war etwas völlig anderes, als eine zu *sein*.

Schritte hinter ihr ließen sie herumfahren. Es war Valerie, die ins Zimmer geeilt kam und entsetzt die Augen aufriss, als sie begriff, was los war.

„Oh mein Gott!", stieß sie schockiert aus und wollte Sam sofort zur Hilfe eilen, doch die schüttelte schnell den Kopf. Ihr war ein anderer Einfall gekommen.

„Hol Barry! Schnell!", stieß sie aus.

Valerie nickte kurz und eilte sofort los.

Sam holte tief Atem, packte Nathans Arm und versuchte ihn zu strecken, um an seine Vene heranzukommen. Doch das gestaltete sich äußerst schwierig, denn Nathans Muskulatur war mittlerweile derart verkrampft, dass sie mit ihren begrenzten Kräften so gut wie gar nichts bewirkte.

Sie unterdrückte ein Schluchzen, beugte sich zu ihm vor und strich ihm mit bebenden Fingern über das zuckende Gesicht.

„Nathan, du musst versuchen, deinen Arm zu entspannen. Wenigstens etwas. Sonst kann ich dir nicht helfen. Bitte, Nathan!"

Er stieß einen weiteren schmerzerfüllten Laut aus, kniff die Augen zusammen und biss fest die Zähne aufeinander. Sein Arm bewegte sich tatsächlich, versuchte sich zu strecken und Sam griff beherzt zu, zog mit aller Kraft und hob gleichzeitig die Hand mit der Spritze. Doch es reichte noch immer nicht. Sie kam einfach nicht an seine Armbeuge heran.

„Scheiße, Mann!", stieß plötzlich jemand dich hinter ihr aus und Sam zuckte so heftig zusammen, dass sie Nathans Arm losließ. Dabei war es nur Barry, der mit besorgtem Gesichtsausdruck direkt neben ihr in die Knie ging. Manchmal war die enorme Geschwindigkeit der Vampire ein wahrer Segen.

„Mann, ihr lasst euch aber auch immer was Neues einfallen, um einen in Action zu halten", murmelte er und packte nun seinerseits Nathans Arm. Auch ihm schien es nicht leicht zu fallen, aber schließlich gelang es ihm, den Arm so weit zu strecken, dass Sam an die Armbeuge herankam.

Alles in ihr verkrampfte sich, als sie die Kanüle auf die Stelle von Nathans zuckendem Arm zu bewegte, an der seine Vene am deutlichsten hervortrat. Sie hatte so etwas noch nie gemacht und wusste nicht genau, wie sie das hinkriegen sollte. Ihr war furchtbar schlecht und ihr rasender Puls sorgte dafür, dass ihr langsam auch noch schwindelte.

„Du musst vorher die Luft rausdrücken", stieß Barry angestrengt aus und ihm war anzumerken, wie schwer es ihm fiel, Nathans Arm weiter festzuhalten, weil die Krämpfe immer schlimmer zu werden schienen.

Sam nahm sich zusammen, hob schnell die Spritze an und drückte die Luft heraus, dann beugte sie sich wieder mit hämmerndem Herzen über Nathans Arm.

„Da?", fragte sie mit bebender Stimme, als sie die Spritze ansetzte.

„Ja, hau sie rein!", forderte Barry sie ungeduldig auf.

Sam schluckte schwer. Reinhauen?

„Du brauchst ein wenig Druck, sonst kommst du nicht durch die Haut durch", hörte sie Valerie hinter sich sagen und die junge Frau tauchte etwas atemlos an ihrer anderen Seite auf.

Sam sah sie zweifelnd an und ihre Freundin streckte ihre Hand aus und nickte ihr kurz zu. Sam zögerte nicht lange und gab Valerie schnell die Spritze. Es dauerte nur den Bruchteil einer Sekunde und diese steckte in Nathans Vene und entleerte sich langsam durch den sanften Druck geschickter Finger. Sam war verwirrt, aber sie hatte nicht die Nerven, ihre Freundin danach zu fragen, woher sie das konnte. Es genügte für den Augenblick zu wissen, dass das rettende Mittel nun in Nathans Körper war und gewiss bald seine Wirkung tun würde.

Barry ließ Nathans Arm vorsichtig los und ein paar Sekunden lang saßen sie alle nur da und betrachteten den Halbvampir voller Sorge. Es bereitete Sam selbst körperliche Qualen, ihn so leiden zu sehen, und sie rutschte noch näher an ihn heran, streckte wieder eine Hand nach ihm aus und strich ihm sanft über das zuckende Gesicht. Warum konnte das nicht endlich aufhören?

„Gleich ist es vorbei", flüsterte sie und kämpfte tapfer gegen die erneut in ihr herauf drängenden Tränen an.

Schuldgefühle kochten in ihr hoch, verstärkten das Ziehen in ihren Gedärmen, die leichte Übelkeit, die sich ihrer bemächtigt hatte, seit sie diese schreckliche Spritze in ihrer Hand gehalten hatte. Warum hatte sie das nicht kommen sehen? Warum waren ihr die ersten Anzeichen für diesen Krampfanfall nur entgangen? Nicht einmal Nathan hatte es rechtzeitig bemerkt, dabei wussten sie beide, dass das passieren konnte, vor allem wenn er für eine lange Zeit in seinem vampirischen Zustand gewesen war und danach zu wenig Blut zu sich genommen hatte. Sie hätte es wissen und Gegenmaßnahmen ergreifen müssen. Stattdessen hatte sie auch noch mit ihm gestritten, trotz des Stresses, dem er unten im Labor und durch Jonathans Verwandlung ausgesetzt gewesen war; hatte Rot gesehen, vergessen, dass man ihn noch nicht wie einen gesunden Menschen behandeln konnte. Er *war* nicht gesund, brauchte eigentlich immer noch ärztliche Betreuung; brauchte Frank Peterson, den sie ihm schon wieder nicht hatten zurückbringen können.

„Es tut mir so leid", wisperte sie, während ihre Finger weiter sein Gesicht streichelten. Es kam ihr so vor, als würde die krampfhafte Anspannung seines Körpers langsam nachlassen, das Zucken geringer werden.

„Es fängt an zu wirken", konnte sie nun auch Barry neben sich erleichtert seufzen hören und sie schloss kurz die Augen, wagte es nun endlich tief durchzuatmen und ihre eigene Anspannung loszulassen. Als sie die Lider wieder hob, hatte Nathan selbst erschöpft die Augen geschlossen. Er atmete zwar immer noch schnell und stoßweise, aber nicht mehr ganz so gepresst.

Das Brennen in ihren Augen wurde stärker und sie straffte die Schultern, versuchte angestrengt die Kontrolle über ihre aufgewühlten Gefühle zurückzugewinnen, das Brummen und Summen in ihrem eigenen Kopf zu ignorieren.

„Barry, kannst du mir vielleicht helfen, ihn auf das Bett zu legen?", wandte sie sich leise an den jungen Vampir, der sofort nickte.

Sam richtete sich auf und versuchte erst einmal selbst auf die Beine zu kommen, doch das war leichter gesagt als getan, denn mit einem Mal wollte ihr eigener Kreislauf nicht mehr mitspielen. Ein leises Pfeifen ertönte in ihren Ohren, der Raum begann sich um sie herum zu drehen und sie taumelte rückwärts. Mehrere Hände griffen nach ihr, hielten sie aufrecht, denn auch ihre Knie hatten plötzlich einen eigenen Willen und gaben deutlich nach. Sam blinzelte verwirrt und versuchte durch das mittlerweile sehr laute Pfeifen und Pochen in ihren Ohren zu verstehen, was Valerie zu ihr sagte, aber auch ihr Verstand wollte nicht richtig funktionieren.

Ihre Freundin schien auch gar nicht auf eine Reaktion von ihr warten zu wollen. Sie schlang sich einen von Sams Armen um die Schultern und transportierte sie mit sichtbaren Schwierigkeiten raus aus dem Schlafzimmer.

„Nein, warte … warte!", stammelte Sam und sträubte sich so weit, wie es ihre übrig gebliebenen Kräfte noch ermöglichten. Doch dieses Mal war Valerie ihr überlegen und brachte sie zur Couch, um sich dann dort mit ihr zusammen niederzulassen.

„Ich muss zu Nathan", kam es nicht sonderlich überzeugend über Sams Lippen. Es tat verdammt gut, endlich wieder auf etwas Weichem zu sitzen.

„Musst du nicht!", hielt Valerie dagegen. „Barry legt ihn jetzt ins Bett und dann wird er wahrscheinlich für eine ganze Weile schlafen. Zumindest sollte er das besser."

„Aber er braucht vielleicht noch mehr", setzte Sam ihr entgegen und spürte, wie ein Zittern durch ihren erschöpften Körper lief.

„Darum kann sich auch Barry kümmern." Valerie sah sie streng an. „Wenn du nicht aufpasst, Sam, dann brichst du hier noch völlig zusammen und kannst Nathan für eine ganze Weile nicht mehr helfen! Du müsstest mal sehen, wie du aussiehst. Du bist aschfahl und deine Hände sind eiskalt."

Erst jetzt bemerkte Sam, dass ihre Freundin ihre Hände ergriffen hatte und sie immer noch festhielt. Sie bewegte ihre Finger, spürte nun selbst, wie klamm diese waren, und nahm auch zum ersten Mal wahr, dass ihr kalter Schweiß auf der Stirn stand und ihr ganzer Körper zitterte. Und ihre Übelkeit wollte und wollte nicht weggehen.

„Du musst dich dringend ausruhen", setzte Valerie hinzu. „Nathan ist hier nicht der Einzige, der dazu neigt, ständig über seine eigenen Grenzen zu gehen."

Sam zögerte kurz, dann nickte sie einsichtig. „Ich glaube, das war für uns alle zu viel des Guten."

Valerie schenkte ihr ein mildes Lächeln. „Glücklicherweise mutiert nicht jeder hier gleich zu solch einem brummigen Scheusal wie Nathan."

„Wir haben aber auch nicht mit einem solchen Trauma zu kämpfen wie er", fühlte Sam sich verpflichtet ihn zu verteidigen, obwohl auch sie sich in den letzten Stunden mehrmals über ihn geärgert hatte. Ihre Wut war nun jedoch verraucht und gab ihren Sorgen und Schuldgefühlen mehr Raum, sich zu entfalten.

Valerie wollte etwas erwidern und holte Luft, brach aber ab, als auch sie bemerkte, dass Sams Worten nichts entgegenzusetzen war. Es war ein unverrückbarer Fakt, dass Nathan einen Sonderstatus unter ihnen hatte und man ihn nicht mit einem von ihnen gleichsetzen konnte. Auch wenn sein oft so normales Verhalten sie alle immer wieder in Versuchung führte, zu vergessen, was im letzten Jahr mit ihm gemacht worden war.

„War der Streit sehr schlimm?", hakte Valerie nun mitfühlend nach und Sam sah sie beschämt an.

„Habt ihr das im anderen Zimmer gehört?"

„Jonathan nicht", lächelte Valerie. „Der ist sofort wieder eingeschlafen, als ihr aus dem Zimmer heraus gewesen seid. Er ist noch nicht einmal dazu gekommen, seinen Früchtetee zu trinken."

Sam stieß ein leises Lachen aus. „Es war einen Versuch wert."

Auch Valerie musste nun lachen, doch die heitere Stimmung verflog rasch wieder und Sam lehnte sich mit einem tiefen Seufzen auf der Couch zurück. Sie schüttelte den Kopf.

„Ich hätte es wissen müssen", kleidete sie ihre wachsenden Schuldgefühle in Worte. „Damals, nach dem Kampf in der Wüste, ist genau dasselbe passiert. Und nach dem Vorfall in der Diskothek stand er auch kurz davor. Da hat er es nur selbst rechtzeitig gemerkt und etwas dagegen tun können. Sein Körper kommt nicht damit klar, wenn er für zu lange Zeit Vampir ist und einen hohen Blutverlust erleidet."

Sie schüttelte erneut den Kopf.

„Und die Anzeichen waren da. Ich habe sie bloß nicht wahrnehmen wollen, war zu sehr mit meiner eigenen Wut beschäftigt gewesen."

„Du bist auch nur ein Mensch, Sam", erwiderte Valerie. „Und Nathan ist auch für sich selbst verantwortlich. Du kannst nicht immerzu auf ihn aufpassen."

„Aber genau das hat *er* für *mich* getan, Valerie", gab Sam nun mit belegter Stimme zurück und die Tränen waren wieder da, genauso wie der Kloß in ihrem Hals und das Druckgefühl in ihrer Brust. „Das tut er, seit ich fünf Jahre alt bin. Und ich … ich versage schon nach wenigen Monaten."

„Sam, jetzt hör aber auf! Du …"

Valerie brach ab, als Sam ihre Tränen nun doch nicht mehr halten konnte und ein unterdrücktes Schluchzen von sich gab. Stattdessen rutschte sie wortlos dichter an sie heran und zog sie in ihre Arme. Sam klammerte sich an sie und gab ihren Emotionen nach, ließ all den Stress, die Ängste und Sorgen der letzten Stunden heraus und weinte leise in Valeries Schulter. Ihre Freundin streichelte ihren Rücken, wiegte sie sanft hin und her und gab ihr den Halt, den sie brauchte, um wieder zu sich finden zu können, ihre Kräfte zurückzugewinnen. Wie gut es tat, einmal nicht die Starke zu sein. Wie gut es tat, echte Freunde an seiner Seite zu haben, die für einen da waren.

„Du bist keine Superheldin, Sam", flüsterte Valerie sanft. „Auch deine Kräfte und Nerven haben Grenzen. Und Nathan weiß das. Ich kann mir nicht vorstellen, dass er dir in irgendeiner Weise Vorwürfe machen wird. Ganz im Gegenteil. Er wird sich eher sein eigenes Verhalten vorwerfen, sobald es ihm etwas besser geht."

Sam hob matt den Kopf. „A-aber das soll er ja nicht", schniefte sie. „Wenn, dann haben wir uns beide nicht richtig verhalten."

„Weil ihr beide vollkommen mit den Nerven runter seid", erwiderte Valerie. „Und das solltest du ihm auch sagen, Sam, und dich nicht in deinen Schuldgefühlen vergraben und noch weiter über deine Grenzen hinausgehen. In dieser Hinsicht solltet ihr wahrlich besser aufeinander aufpassen und euch nicht auch noch gegenseitig zu neuen Höchstleistungen anspornen, die euch im Endeffekt nur Kummer bringen."

Sam seufzte noch einmal schwer und fühlte sich schon wieder gezwungen zu nicken. Ihre Freundin hatte mit jedem ihrer Worte recht. Nur kam sie nicht mehr dazu, es ihr zu sagen, denn gerade in dieser Sekunde öffnete sich die Tür gegenüber der Couch und das reichlich blasse Gesicht Jonathans erschien in dem entstandenen Spalt. Er blinzelte ein paar Mal, wohl weil auch er noch mit seinem Kreislauf zu kämpfen hatte, und räusperte sich dann.

„Haben ... haben wir eine neue Katastrophenmeldung?", fragte er verwirrt.

Valerie ließ Sam los und eilte auf die Tür zu.

„Du sollst doch im Bett bleiben!", sagte sie und tiefe Sorge sprach aus ihrer Stimme.

Jonathan hob schlaftrunken einen Finger und hatte sichtbare Problem, sich auf das zu konzentrieren, was er von sich geben wollte.

„So genau hat das keiner von euch gesagt", murmelte er, als Valerie die Tür weiter öffnete, ihn kurzerhand umdrehte und dann zurück in das Schlafzimmer schob. Sie warf Sam einen hilflosen Blick zu, die gleich abwinkend die Hand hob.

„Ich komme jetzt klar", verkündete sie. „Lasst euch Zeit."

Valerie schloss mit einem entschuldigenden Lächeln die Tür hinter sich und Sam ließ sich erneut in die Polster sinken. Sie fühlte sich mit einem Mal so ausgelaugt und müde, dass sie meinte, auf der Stelle einschlafen zu können. Doch dieses Mal hielt ein Geräusch hinter ihr sie davon ab. Sie drehte ihren Kopf und war nicht überrascht, Barry auf sich zukommen zu sehen.

Der junge Vampir schenkte ihr ein tröstendes Lächeln, ging um die Couch herum und ließ sich dann mit einem Seufzen, das noch tiefer war als das ihre zuvor, dicht neben ihr in die Polster fallen.

„Meine Güte, das war ein Tag!", stieß er aus und schüttelte den Kopf. „Ich hoffe, das war's jetzt erst mal mit den Notfalleinsätzen."

„Wie geht es ihm?", fragte Sam.

„Wieder ganz gut, denke ich", meinte Barry und Sam sah ihm an, dass er nicht log. „Die Krämpfe sind verschwunden und er schläft jetzt tief und fest. War mal dringend nötig."

Sam nickte verstehend und fühlte gleich, wie sich ihre Muskeln noch weiter entspannten. Als sie Barry wieder ansah, waren seine Augen voll warmen Mitleids.

„Du brauchst dir keine Sorgen mehr machen", sagte er sanft. „Und das nächste Mal rufst du mich sofort. Barry wird das Kind schon schaukeln."

Er zwinkerte ihr kurz zu und sie stieß tatsächlich ein kleines Lachen aus, schlang aus einem sie überkommenden Gefühl heraus die Arme um seinen Hals und drückte ihn fest.

„Ich danke dir", murmelte sie und fühlte, wie er zaghaft einen Arm um sie legte und etwas unbeholfen ihren Rücken tätschelte.

„Kein … kein Problem", stammelte er, als sie wieder von ihm abrückte, und schenkte ihr ein verlegenes Lächeln.

Sam lehnte sich wieder zurück, halbwegs in seinen Arm hinein und genoss das Gefühl, nicht allein zu sein. Vielleicht hatten Barry und Valerie recht. Vielleicht sollte sie sich wirklich angewöhnen, bei Problemen mit Nathan auch mal auf die Hilfe ihrer anderen Freunde zurückzugreifen. Sie war nur so daran gewöhnt, alles allein anzugehen und zur Not nur Jonathan heranzuholen, dass es ihr sehr schwerfiel, überhaupt in eine andere Richtung zu denken.

„Tja", meinte Barry nach einer Weile des einvernehmlichen Schweigens zwischen ihnen, „so ist das halt. Am Ende bleiben nur wir Starken zurück."

Sam sah ihn stirnrunzelnd an und der betont ernste Ausdruck auf Barrys Gesicht brachte sie erneut zum Lachen.

„Sehr schön", meinte er, „wenn du wieder lachen kannst, heißt das, dass es dir wieder gut geht."

Wie auf ein geheimes Kommando hin, gab Sams Magen plötzlich ein lautes Grummeln von sich. Sie selbst hielt peinlich berührt den Atem an, doch Barry lachte nur.

„Bis auf den kleinen, ungeduldigen Löwen in deinem Bauch", fügte er belustigt hinzu. „Wann hast du das letzte Mal etwas gegessen?"

Sam musste über diese Frage nachdenken. „Heute Morgen?", schlug sie etwas unschlüssig vor und Barry hob überrascht die Brauen.

„Na, kein Wunder, dass du da eben fast abgeklappt bist", meinte er und rückte ein wenig von ihr ab, um ihr mit fragend erhobenen Brauen ins Gesicht zu sehen. „Was hältst du davon, wenn ich mal eben in die gerade freigewordene Rolle deines besorgten Beschützers schlüpfe und Eddy frage, ob er etwas zum Mampfen für dich auftreiben kann?"

Ein Strahlen glitt über Sams Gesicht. Jetzt, wo Barry es so offen ansprach, spürte sie erst, wie hungrig sie war, und der Gedanke, endlich wieder etwas zu essen, weckte neue Lebensgeister in ihr.

„Dann wärst du mein neuer Held", seufzte sie und Barry machte tatsächlich einen leicht verlegenen Eindruck, als er sich für einen Vampir erstaunlich linkisch von der Couch erhob.

„Ich bin gleich wieder da", versprach er und verschwand auch schon aus der Tür, Sam mit dem wachsenden Gefühl der Vorfreude auf der Couch zurücklassend.

Es tat ihr wahrlich gut, etwas in den Magen zu bekommen und sich eine Weile auszuruhen. Die Übelkeit und das Druckgefühl in Sams Bauch verflüchtigten sich und auch ihr Kreislauf stabilisierte sich so weit, dass das Zittern und das Schwindelgefühl völlig verschwanden. Und es gab noch etwas, das ihr unglaublich gut tat: Endlich einmal wieder Zeit mit Barry zu verbringen und über ganz belanglose Dinge wie Computerspiele, Musik und Filme zu sprechen.

Barry verstand es ausgesprochen gut, sie abzulenken und eine lockere, angenehme Atmosphäre herzustellen, in der sie sich endlich entspannen konnte. Das war auch in den wenigen Wochen der Trennung von Nathan so gewesen und sie hatte es auch damals sehr genossen. Sie hatte die Jungs vermisst und es war schade, dass nicht auch noch Seth bei ihnen war. Sie spürte, dass er auch Barry fehlte, sprach den jungen Vampire darauf aber nicht an, so wie auch er sich bemühte, für sie unangenehme oder gar traurige Themen zu vermeiden. Dennoch fragte sie sich, für welche Arbeiten Gabriel ihren Freund eingeteilt hatte und wann sie ihn endlich wiedersehen würden. Er gehörte einfach zu ihrem kleinen familiären Kreis dazu.

Nachdem Sam fertig gegessen hatte und deutliche Anzeichen von Übermüdung zeigte, verabschiedete sich Barry von ihr mit der Erklärung, er müsse noch ein paar wichtige Dinge an seinem Computer bearbeiten, und verschwand dann auch so schnell aus dem Apartment, wie er gekommen war. Sam war ihm dafür dankbar, spürte sie doch, wie die Müdigkeit an ihrem Körper zehrte und sie nicht mehr lange gegen sie ankämpfen konnte. Für einen Herzschlag zog sie in Erwägung, sich auf die Couch zu legen. Doch ein kleines Stimmchen in ihrem Inneren forderte sie auf, hinüber ins Schlafzimmer zu gehen und sich ihr Recht einzufordern, auf einem ordentlichen Bett zu schlafen, ganz gleich ob Nathan noch schlief, wach oder noch sauer auf sie war und sie vielleicht nicht in seiner Nähe haben wollte.

Allein der Gedanke an ein warmes, kuscheliges Bett reichte aus, um all ihre eigenen Bedenken und Widerstände wegzuschieben und sich hinüber in das Schlafzimmer zu begeben. Nathan lag reglos auf dem Bett und schien fest zu schlafen, doch als sie die Tür leise hinter sich schloss, bewegte er sich und sie war sich sicher, dass er die Lider etwas hob und sie ansah, obwohl das in dem Dämmerlicht in diesem Zimmer nicht gut zu erkennen war.

Sam zögerte nicht lange, steuerte zielstrebig auf das Bett zu, kletterte matt hinein und ließ sich mit einem tiefen Seufzen halbwegs auf Nathans Brust fallen, sodass er ein leises „Uff" von sich gab. Sie hatte keine Kraft mehr, sich zurückzunehmen, zu sorgen oder etwas anderes, wohldurchdachtes zu tun. Und da Nathan weder von ihr wegrückte, noch sie von sich runter schob, sondern nur einen tiefen, relativ entspannten Atemzug nahm, wagte sie sich noch weiter vor.

„Bist du noch wütend auf mich?", murmelte sie gegen seine Brust, ohne ihn anzusehen.

Er gab einen Laut von sich, der so ähnlich wie „Hm" klang und sie hob den Kopf so weit, sodass sie ihn ansehen konnte, das Kinn auf seine Brust gestützt. Seine Augen waren wieder geschlossen, doch sie wusste, dass er noch wach war.

„Hm wie ‚ja' oder Hm wie ‚nein'?", hakte sie nach.

Nathan sagte nichts. Stattdessen drehte er sich mehr zu ihr, schlang seine Arme um sie und zog sie dichter an sich heran, sodass sie nun mit der Hälfte ihres Körpers auf ihm zu liegen kam. Seine Nase drückte sich in ihr Haar und er sog tief ihren Duft ein, ihr auf diese Weise zeigend, dass es nichts mehr gab, das zwischen ihnen stand. Sam schlang selbst einen Arm um seine Taille, schmiegte sich an ihn und schloss die Augen. Der Seufzer, den sie ausstieß, kam von Herzen und blies den letzten Rest von Anspannung aus ihrem Körper. Warum nur konnten Probleme nicht immer so einfach gelöst werden?

Schläfrigkeit breitete sich mit aller Macht in ihrem Körper und Geist aus. Dennoch wollte Sam ihr noch nicht nachgeben. Etwas fehlte noch in ihrer kleinen Idylle. Etwas musste noch hinzukommen, um ihre Versöhnung mit Nathan perfekt zu machen … Ach, ja!

„Nathan?", nuschelte Sam an seinem Hals, ohne die Augen auch nur annähernd zu öffnen.

„Hm …"

„Eigentlich müssten wir jetzt Versöhnungssex haben", fuhr sie fort, immer noch mit geschlossenen Augen.

„Hm …"

Stille. Alles, was von Nathan zu hören war, waren seine ruhigen, entspannten Atemzüge.

„Nathan?", wiederholte Sam noch einmal und dieses Mal musste sie schmunzeln, denn ihr Bedürfnis dieser Idee nachzugehen, war ähnlich ‚enorm' wie Nathans.

„Okay", brachte er nun doch gedämpft hervor und sein Atem blies warm über ihre Stirn. „Du fängst an."

Sam gab einen Laut von sich, der einem Lachen sehr nahe kam. „Wie du willst", erwiderte sie, während die wohlige Dunkelheit um sie herum immer verlockender nach ihr rief. „Nur einen kleinen Moment noch."

Kleine Momente konnten manchmal wundervoll lang andauern …

Störungen

Es war entsetzlich schmerzhaft. Nicht allein das Gefühl, als dieser scharfe, lange Dolch durch sein Fleisch getrieben wurde, durch Muskelgewebe, Sehnen und Adern glitt und sich schließlich auch in sein Herz bohrte. Nein, es war vielmehr der Anblick des Gesichtes vor ihm, die scharfen Reißzähne seines Gegners, die ihn als einen Bruder auswiesen, einen Leidensgenossen, denn es fühlte sich wie Verrat an – jedes Mal, wenn es ein Vampir war, der ihn so schwer verletzte, dass er zwangsläufig in eine Art Heilstarre verfiel. Und dieses Mal kam auch noch die Panik dazu und das Gefühl versagt zu haben, denn Nathan wusste genau, dass Marisa ohne ihn schutzlos der Willkür der anderen Vampire ausgeliefert sein würde.

Die Angst um sie war das schlimmste, ohnmächtigste Gefühl in seiner Brust, als er schlaff zu Boden fiel, nichts weiter als ein entsetztes Schnappen nach Luft von sich geben könnend. Völlig bewegungslos, erstarrt, machtlos, von seinem eigenen Körper außer Gefecht gesetzt. Und dennoch waren seine Sinne fähig, alles andere um sich herum weiterhin wahrzunehmen: Das bösartige Lachen der Männer Frederico Sanchez', Marisas entsetzter Laut, ihre Bewegung auf ihn zu, die von einem der Vampire gestoppt wurde, nur um sie dann in Nathans Blickfeld zu zerren, ihren Kopf an den Haaren nach hinten zu ziehen und damit ihre Kehle zu entblößen.

Nathans Inneres verkrampfte sich schmerzhaft, die Panik und Verzweiflung wuchs, genauso wie die in Marisas Augen. Doch so sehr er auch innerlich mit sich kämpfte – er konnte sich nicht bewegen, nichts tun.

„Du solltest dich niemals mit den *Hijos de la luna* anlegen, mein Freund!", stieß der Vampir aus, der Marisa so grob festhielt, dass sich ihr Gesicht schmerzerfüllt verzerrt hatte.

„Du kannst dich glücklich schätzen, dass Jonathan Brookfield zu deinen Freunden gehört, sonst wärst du jetzt tot! Aber du wirst einsehen, dass wir deine kleine Rebellion gegen Frederico nicht durchgehen lassen können."

Sein Blick senkte sich auf Marisas Hals, die ihre Augen in Panik weit aufriss. „Und du hast doch deine kleine Blutspenderin *so* gern …"

Einer der anderen Vampire stieß ein heiseres Lachen aus, während Nathan erneut versuchte sich zu bewegen und gleichzeitig ein Stoßgebet zum Himmel aussandte, dass doch irgendjemand kommen würde, der noch rechtzeitig einschreiten konnte, der Marisa rettete, denn er selbst konnte es nicht. Doch das geschah nicht.

Es fühlte sich an, als würde ein glühendes Schwert durch seine Brust stoßen, als der Vampir seine Fänge gnadenlos in Marisas Hals schlug, sie einen gurgelnden Schrei von sich gab. Sie kämpfte noch, schlug um sich, riss an seiner Kleidung, doch der Vampir biss nur noch fester zu, begann mit gierigen Zügen das Leben aus ihrem Leib zu saugen.

Nathan schrie innerlich auf, schrie aus Leibeskräften, obwohl niemand ihn hören konnte, und warf sich nach vorn, konnte dies plötzlich tatsächlich tun. Doch nur so weit, wie die Ketten, an die er gebunden war, das zuließen. Er verharrte schwer atmend. Alles um ihn herum war dunkel geworden, hatte sich verändert. Und es roch plötzlich vertraut steril, roch nach Medikamenten und Desinfektionsmitteln. Der Mexikaner war noch da, hielt immer noch die stöhnende, um ihr Leben kämpfende Frau in seinen Armen, saugte sie aus. Nur war die Frau nicht mehr dunkelhaarig, sondern besaß seidige, blonde Locken.

Nathan bekam ein paar Sekunden lang keine Luft mehr. Eine eiserne Faust hatte sein Herz umschlossen und drückte es mit aller Macht zusammen. Sam!

Er kam auf die Füße, warf sich mit solcher Macht gegen die Ketten, dass die Knochen seiner Handgelenke knackten und einen stechenden Schmerz in seinen Körper aussandten. Doch das war ihm egal. Er brüllte wie ein Tier, zog und zerrte und kam doch nicht von seinen Fesseln los, musste mit ansehen, wie Sams Bewegungen erlahmten, ihr Körper schlaff und leblos in den Armen ihres Mörders wurde. Etwas zerbrach in Nathans Innerem, brachte ein hohles, lähmendes Gefühl mit sich und dennoch konnte er nicht aufhören zu kämpfen, konnte nicht aufgeben.

Eine andere Person trat in sein Blickfeld, sah ihn voller Bedauern und Reue an. Alejandro.

„Es tut mir so leid", flüsterte der alte Mann mit Tränen in den Augen, hob eine schwere Waffe, holte aus und schlug ihm den Kolben ins Gesicht.

Mit einem erstickten Aufschrei fuhr Nathan aus dem Schlaf. Sein Herz raste so schnell, dass ihm ganz schwindelig wurde, sorgte für ein hartes Pochen in seinen Schläfen, und er bekam kaum Luft, weil dieser siedend heiße

Schmerz, diese überwältigende Verzweiflung in seinem Inneren seine Brust zu zerreißen drohte. Alles zerstört … zerstört … vorbei … verloren …

„Nathan?"

Ihre Stimme war noch ganz leise und trunken von Schlaf, aber es *war* Sam. Seine Sam! Lebendig, gesund, unversehrt! Nathan handelte aus einem reinen Impuls heraus. Er drehte sich auf die Seite und griff nach ihr, zog ihren warmen, noch so kraftlosen Leib dicht an sich heran und schlang die Arme fest um sie. Er barg sein Gesicht in ihrem Haar und schloss die Augen, konzentrierte sich auf ihren Herzschlag, ihre Atemzüge, jedes einzelne Zeichen, das ihr Körper von sich gab, um ihm zu bestätigen, dass sie hier bei ihm in seinen Armen sicher und lebendig war.

„Ist … ist gut", flüsterte sie an seinem Hals und schob nun auch ihre Arme um seine Taille, streichelte sanft seinen Rücken. Ganz langsam beruhigte sich sein Herzschlag wieder, ließ das Zittern nach und normalisierte sich allmählich auch seine Atmung.

„Das war nur ein Traum", hörte er sie sagen. „Niemandem ist etwas passiert."

Nathan stieß einen tiefen Seufzer aus und war erst nach einer ganzen Weile tröstender Worte und beruhigender Streicheleinheiten fähig, von Sam abzurücken und ihr ins Gesicht zu blicken. Sie sah noch etwas verquollen aus, blinzelte ihn müde an, dennoch sah er Sorge in ihren Augen und tiefes Mitgefühl für ihn, dass sie dazu verleitete, eine Hand an sein Gesicht zu heben und sanft seine Wange zu streicheln.

„Besser?", fragte sie vorsichtig und versuchte sich an einem kleinen Lächeln.

Er nickte nur, berührte seinerseits mit einer Hand ihr Gesicht, folgte sanft den zarten Konturen, die sich für immer in sein Gedächtnis gebrannt hatten. Da war dieses Brennen in seinen Augen, dieser harte Klumpen in seiner Brust, der nicht verschwinden wollte. Das Gefühl zu haben, sie zu verlieren, und wenn es nur in einem Traum war, war unerträglich gewesen, so schmerzhaft wie nichts anderes, das er bisher erlebt hatte. Ohne sie würde es nichts mehr geben, wofür es sich zu leben lohnte. Er durfte nicht daran denken.

„Das wird nicht passieren, Nathan", wisperte sie und ihre Stimme klang etwas zittrig. „Kein Vampir wird mich anrühren. Dafür hat Gabriel gesorgt."

Nathan wollte ihr glauben, wollte gern nicken, aber er konnte das nicht. Auch Gabriel war nicht übermächtig und die *Héritieres du Sang* gefährlich wie kaum eine andere Vereinigung in dieser Welt. Die *Hijos de la Luna* waren dagegen nur ein ganz kleines Lichtchen gewesen. Sam konnte das nicht wissen … konnte nicht wissen …

Nathan stutzte, rückte noch ein wenig mehr von ihr ab und zog die Brauen zusammen.

„Du … du weißt, was ich geträumt habe?", stieß er ungläubig aus.

Sam machte beinahe einen ertappten Eindruck, holte Luft, brachte aber erst einmal nichts heraus.

„Hab ich im Schlaf gesprochen?", fragte er weiter, innerlich hoffend, dass es nur das war.

Sam zögerte, doch dann schüttelte sie den Kopf. „Ich wollte schon lange mit dir darüber reden, aber ich wusste nicht, wie ich es anfangen soll."

Nathans Herz begann schneller zu schlagen und er setzte sich auf, fuhr sich mit beiden Händen über das Gesicht und versuchte die Müdigkeit, die immer noch seinen Körper und Geist lähmte, wegzublinzeln. Er hatte gespürt, dass seine Verbindung zu Sam stärker geworden war, seit man ihn so verändert hatte, hatte mehrmals mitbekommen, dass er sie geistig erreichen konnte, hatte das sogar ein paar Mal bewusst genutzt, aber *das* … das war etwas, das sich seiner Kontrolle entzog und es machte ihm Angst.

„Es passiert nur manchmal", erklärte Sam sanft und richtete sich ebenfalls auf, strich sich das zerzauste Haar aus dem Gesicht. „Ich weiß auch nicht warum und wie, aber ich kann sehen, was du siehst."

„Du meinst, du siehst meine Träume?"

Sie nickte. „Ich … ich bin dann du und erlebe das Ganze aus deiner Sicht."

„Oh Gott!", Nathan schloss die Augen und schüttelte den Kopf. Erinnerungen kamen in ihm hoch. An Dinge, die Gabriel ihm gesagt, ihm erklärt hatte, über bestimmte seltene Fähigkeiten der Uralten. Er hatte nicht glauben wollen, dass auch er diese besitzen könnte, hatte vieles, was ihn so anders machte als zuvor, aus seinem Geist verbannt.

Eine Hand berührte sanft seinen Arm und er öffnete die Augen wieder, sah in Sams besorgtes Gesicht.

„Das ist nicht schlimm, Nathan", sagte sie. „Es ist sogar hilfreich."

„Hilfreich?", wiederholte er aufgewühlt. „Wie kann das hilfreich sein? Das sind Alpträume, nichts als Alpträume, Sam!"

„Aber ich verstehe auf diese Weise besser, was in dir vorgeht", fiel sie ihm sofort ins Wort. „Und ich *möchte* wissen, was dich bewegt, wie du dich fühlst, wie ich dir besser helfen kann."

Nathan wich ihrem drängenden Blick aus, schüttelte erneut den Kopf. Er wusste genau, was sie damit meinte, dass es unendlich viel gab, das sie wissen wollte, aber nicht zu fragen wagte; wusste, für wie unendlich wichtig es ein jeder seiner Freunde hielt, dass er endlich über das vergangene Jahr sprach, erzählte, wie es ihm ergangen war, um sich von dieser Last zu befreien. Doch er konnte die Tür zu diesen grausamen Erinnerungen nicht öffnen, wollte es nicht. Verdrängung war das beste Mittel. Verdrängung und Vergessen. Es war schon schlimm genug, dass sich die Tür in seinen Träumen immer von allein öffnete. Er musste dies nicht auch noch bewusst machen, wenn er wach war.

„Außerdem hat diese Verbindung es erst möglich gemacht, dass wir dich gefunden haben, Nathan", setzte Sam nun hinzu und er sah sie wieder an, überrascht, beinahe schockiert.

„Wie meinst du das?"

Sie nahm einen etwas zittrigen Atemzug.

„Wir dachten, du wärst tot, weil die *Garde* dich auf ihrer Liste ausgestrichen hatte. Und dann hatte ich diesen Traum. Ich sah, wie du versucht hast, aus dem Labor zu fliehen, und ab diesem Zeitpunkt wusste ich, dass du noch lebst. Ich wusste, dass wir dich weiter suchen müssen, noch intensiver als zuvor, dass wir nicht aufgeben dürfen."

„Wann war das?", fragte Nathan angespannt und seine Gedanken überschlugen sich. Zweimal hatte er versucht allein zu fliehen. Zweimal war ihm das misslungen.

„Ein paar Tage, bevor wir dich dann tatsächlich gefunden haben. Du bist in einem Flur gewesen und als man versucht hat dich wieder einzufangen ..."

Sie stockte und Nathan wusste, dass ihr die Worte fehlten, um die Grausamkeit, mit der er die Soldaten niedergestreckt hatte, zu beschreiben.

„Ich konnte Frank sehen und diesen ... diesen grausamen Mann ...“

„Gallagher“, brachte Nathan mühsam beherrscht hervor und biss fest die Zähne zusammen, gegen die Erinnerungen ankämpfend, die sofort in ihm heraufdrängen wollten. Er schloss wieder die Augen, versuchte tief und gleichmäßig zu atmen und sich auf die warme Hand zu konzentrieren, die sanft und beruhigend seinen Oberarm hinab und wieder hinauf glitt.

„Ich weiß, dass dich das alles sehr aufwühlt“, hörte er Sam leise sagen. „Das war ja auch der Grund, aus dem ich es nie angesprochen habe. Es hat ja auch mir am Anfang Angst gemacht. Vor allem, weil ich bis heute nicht weiß, woher das kommt.“

Nathan sah sie wieder an, versuchte sich zu sammeln und fuhr sich mit einer Hand über die Kinnpartie.

„Gabriel besitzt die Fähigkeit, mental Kontakt mit anderen Personen aufzunehmen, Bilder oder kurze Anweisungen zu übermitteln. Vielleicht ist das etwas Ähnliches. Er hat versucht mir das zu erklären, aber richtig begriffen habe ich es nicht. Ich weiß nur, dass es mit Energie zu tun hat und mit der Fähigkeit der uralten Vampire, bestimmte Bereiche ihres Gehirns zu aktivieren, die anderen Vampiren und vor allem normalen Menschen nicht zugänglich sind. Das funktioniert aber nur mit Personen, zu denen man einen besonderen Zugang hat. Und je näher einem diese Person steht, desto umfangreicher und deutlicher können solche mentalen Nachrichten werden.“

„Und dir hat man Zellen eines uralten Vampirs eingepflanzt", setzte Sam staunend hinzu. „Das macht Sinn."

Nathans Reaktion war eine Mischung aus einem Nicken und einem Kopfschütteln.

„Zum Teil. Nur dass Gabriel nie von so lang anhaltenden Verbindungen gesprochen hat und …" Er stockte, weil der folgende Gedanke ihm großes Unbehagen bereitete. „Ich … ich habe dich nie bewusst in deinen Träumen gerufen, Sam."

Sie nickte. „Ich weiß. Aber vielleicht sucht dein Unterbewusstes manchmal ganz von allein nach Hilfe."

Er wich ihrem Blick aus, starrte für einen Augenblick nur auf das Kissen neben sich.

„Es tut mir leid, dass du diese … diese … Dinge sehen musstest", sagte er leise und sah sie aus dem Augenwinkel schon den Kopf schütteln. Aber er musste weitersprechen, musste sie nun wieder ansehen. „Jetzt belaste ich dich nicht nur, wenn ich wach bin, sondern auch noch in deinem Schlaf."

„Nein!", protestierte sie sofort mit einem erneuten, nun schon viel deutlicherem Kopfschütteln und zwischen ihren Brauen entstand diese bezaubernde, energische Falte. „Du belastest mich nicht! Das darfst du niemals denken! Die Situation, in der wir uns befinden, die *Garde* und alle Dinge, die mit dieser teuflischen Organisation zusammenhängen, belastet mich und die anderen. Aber nicht du – niemals du!"

Nathan sah sie ein paar Atemzüge lang berührt an und stieß dann ein kleines Lachen aus, nicht sarkastisch oder zynisch, sondern warm und voller Liebe zu dieser unglaublichen Frau. Er umfasste ihr Gesicht mit beiden Händen, beugte sich vor und küsste sie, sanft und hingebungsvoll, versuchte ihr auf diese Weise zu zeigen, dass er ihr glaubte, auch wenn er das innerlich nicht tat.

Als er ihre Lippen wieder freigab, hatte sich der Ausdruck in ihren Augen verändert. Die Sorge war fast ganz verschwunden und die tiefe Liebe, die aus ihren Augen sprach, weckte das warme Glühen in seinem Inneren, das dazu in der Lage war, ihn selbst aus der tiefsten, dunkelsten Depression zu reißen und auch dieses Mal innerhalb von Sekunden die bedrückenden Gefühle in seiner Brust mit Leichtigkeit verscheuchte.

Er konnte nicht anders, er musste sie wieder küssen, musste ihren zarten Köper an sich ziehen, ihre Wärme spüren, die so wundervoll auf ihn übergriff und ihn noch weiter von dem düsteren, hohlen Loch wegbrachte, dass in letzter Zeit so oft versuchte, ihn in sich zu saugen. Ihre Lippen waren verführerisch weich, erwiderten so zärtlich seine Liebkosungen, dass er gar nicht genug davon bekommen konnte. Wärme breitete sich nun auch in seinem Körper aus, gefolgt von diesem wohl bekannten Kribbeln, das sehr schnell in die tieferen Regionen seines Körpers wanderte, Gelüste in ihm weckend, die bisher von seiner Erschöpfung erfolgreich niedergedrückt worden waren.

Es überraschte ihn, dass Sam sich auf einmal von ihm löste, sich seinen drängenden Lippen mit großem Widerwillen entzog, obwohl sie sich zuvor willig an ihn geschmiegt und ihre Arme um seinen Nacken geschlungen hatte. Er schenkte ihr einen fragenden Blick.

„Willst ... willst du nicht weiter darüber reden?", stieß sie atemlos aus und ihr Blick glitt verräterisch zu seinen Lippen.

„Worüber?", fragte er mit etwas kratziger Stimme zurück und konnte nicht anders, als ihre so nahen Lippen erneut mit den seinen einzufangen.

Der leise Laut, den Sam ausstieß, schwankte zwischen Protest und Genuss, doch sie stemmte ihre Hände gegen seine Schultern und konnte so den Kuss erneut unterbrechen. Sie holte tief Luft.

„Über unsere Verbindung", brachte sie kaum hörbar heraus und in ihren Augen glühte nun dieselbe Lust, die auch ihn gepackt hatte.

Es fiel ihm schwer, sich wieder zu konzentrieren. Der innige Körperkontakt mit Sam schürte sein Verlangen und ließ die Wichtigkeit dieses Themas schnell verblassen. Da waren so viele unangenehme Dinge, die daran hingen. Er wollte sich nicht mehr damit beschäftigen, nicht jetzt.

„Später", nuschelte er an ihren Lippen und nahm wieder Besitz von ihnen.

Sam schien keine Einwände mehr zu haben, denn sie erwiderte den Kuss mit Hingabe, öffnete ihre Lippen und stieß ein leises Stöhnen aus, als seine Zunge die ihre fand, sie zu dem hitzigen Spiel herausfordernd, das ihren Verstand endgültig ausschaltete.

Nathans Arme schlossen sich instinktiv noch fester um ihren warmen, weichen Leib. Sein Bedürfnis, sie näher, intensiver zu spüren, in sie zu dringen, wuchs rasant. Die Kleidung, die sie beide trugen, wurde zu einem Störfaktor, der so schnell wie möglich beseitig werden musste. Nathans Hände wanderten ihren Rücken hinunter, ergriffen den Saum ihres Shirts und zogen es hoch. Er löste sich von ihren Lippen und Sam hob willig die Arme, half ihm das Shirt so schnell wie möglich auszuziehen, nur um dann wieder die Arme um seinen Nacken zu schlingen und ihn nun ihrerseits zu einem weiteren atemraubenden Kuss herauszufordern.

Er bewegte sich vorwärts, sank mit ihr zusammen auf die Matratze, sich mit seinem Armen abstützend. Ihr Körperkontakt gewann an Intensität, weil sie sich sofort wieder an ihn schmiegte, ihm zeigte, wie erregt sie war. Er fühlte ihren schnellen Herzschlag an seiner Brust, fühlte die weichen Rundungen ihrer Brüste, die harten Spitzen, die sich durch den zarten Stoff ihres BHs und durch sein Hemd drückten, fühlte die Wärme zwischen ihren Beinen, die sie nun um seine Hüften schlang, und ihre Hände, die sich in seinen Rücken gruben, ihn an sich drückten.

Er stöhnte leise, ließ von ihren Lippen ab und die seinen stattdessen an ihrem Kinn hinabgleiten, hinunter zu ihrem Hals. Sie holte zitternd Luft, als er seine Lippen gegen ihre weiche Haut presste, mit seiner Zunge ihren Puls ertastete, der so verführerisch unter seinen Lippen pochte, nach ihm zu rufen schien. Schneller als sonst war sie da, diese andere, so gefährliche Lust, der Durst nach ihrem süßen, warmen Blut. Und er war stark, quälend. Nathan begann an ihrer Haut zu saugen, sie für den Biss vorzubereiten, ohne es zu wollen, und brachte sie dazu, einen weiteren lustvollen Laut auszustoßen, ihr Becken zu heben und ihn dazu aufzufordern, sie zu nehmen. Doch er durfte nicht ... durfte nicht ... Dennoch fühlte er, wie die Verwandlung einsetzte, spürte das altbekannte Kribbeln in seinem Körper, das Brennen in seinem Oberkiefer.

Es war Sam selbst, die dafür sorgte, dass er von ihrem Hals abließ und wieder etwas zu Verstand kam. Nicht weil sie gemerkt hatte, was mit ihm passierte und sich fürchtete, sondern weil sie sein Shirt ergriffen hatte und es hinauf zog, über seine Schultern und schließlich auch über seinen

Kopf. Seine anderen Gelüste brachten ihn dazu, ganz automatisch den Kopf und Oberkörper zu heben und es ihr zu erleichtern, ihm das Shirt auszuziehen. Wenige Sekunden, die genügten, um den Vampir in ihm zurückzudrängen, zu verhindern, dass er sich holte, wonach ihm so gierig verlangte.

Eine kleine Stimme tief in seinem Inneren rief ihm zu, sich ganz von Sam zu lösen, das alles abzubrechen, weil die Gefahr, dass der Vampir zurückkam, zurzeit zu groß war. Er hatte zu wenig Blut zu sich genommen, konnte sich zu gut daran erinnern, wie ihres schmeckte und welch wundervoll beruhigende, zutiefst befriedigende Wirkung es auf ihn hatte. Leider machte Sam selbst es ihm unglaublich schwer, dieser Stimme zuzuhören, ihr zu gehorchen. Ihre Lippen hatten sich wieder auf seinen Mund gepresst, ihre Zunge suchte erneut die seine und er gab ihr nach.

Ihre Finger glitten wieder über seinen Rücken, gruben sich in seine Muskulatur, während sie ihren Körper an den seinen presste. Da war sie wieder, diese aufregende, ihm wohl bekannte Aufforderung ihrer Hüften, der Druck ihres warmen Schoßes gegen seine Erektion, der ihn zischend Luft holen und ihn auf dieselbe Art und Weise antworten ließ. Sams Hände glitten hinunter zu seiner Jeans, machten sich daran, sie zu öffnen, während sich sein Mund wieder auf ihren Hals presste. Dieses Mal gelang es ihm, das Pochen ihrer Halsschlagader zu ignorieren und seine Lippen weiter hinunter wandern zu lassen, über die weiche Haut ihres Brustansatzes, zu dieser bezaubernden Vertiefung zwischen ihren Brüsten. Wie samtig ihre Haut dort war und so warm ...

Seine Finger ergriffen den Träger ihres BHs und zogen ihn herunter, befreiten eine ihrer Brüste von dem seidigen

Stoff, ermöglichten es seinen Lippen, sich um die verführerisch aufgerichtete Spitze zu schließen, daran zu saugen, sie
mit der Zunge zu ertasten, zu umkreisen. Sam stieß ein
wollüstiges Stöhnen aus, das für ein deutliches Ziehen in
seiner Lendenregion sorgte, und ihr Oberkörper wölbte sich
ihm instinktiv entgegen, brachte sein Blut noch weiter in
Wallung, ließ ihn ungestümer, ungeduldiger werden. Er
saugte fester an ihrer Brustwarze, süchtig nach den lustvollen Geräuschen, die sie von sich gab, reizte sie mit seiner
Zunge, dem sanften Druck seiner Zähne, bis sich ihre Fingernägel beinahe schmerzhaft in seine Hüften krallten, und
sie ein flehentliches „Nathan …" von sich gab. Dann ließ er
von ihr ab, glitt mit einer Hand unter sie und öffnete den
Verschluss ihres BHs, befreite sie ganz von dem lästigen
Stück Stoff.

Nun war er es, der ein tiefes Stöhnen von sich gab,
nicht nur weil sich ihre weichen Brüste so aufreizend gegen
seine erhitzte Haut pressten, sondern auch weil sich eine
ihrer Hände in seine Boxershorts geschoben hatte und nun
seine Erektion umfasste, ihn auf fordernde Art und Weise
massierte. Nathan presste keuchend seine Lippen auf ihren
Hals, saugte an ihrer Haut, nahm ihren Geschmack in sich
auf, während das Pochen seiner Männlichkeit unter den
drängenden Liebkosungen ihrer Finger beinahe unerträglich
wurde. Das Bedürfnis in sie zu dringen, mit ihr zu ver-
schmelzen, wuchs erneut. Sein eigenes Blut schien in demselben Rhythmus wie das ihre durch seine Adern zu rauschen, ließ ihn alles um sich herum vergessen, kaum fühlen,
dass das Kribbeln in seinem Oberkiefer wiederkam, dass
sich der Vampir in seinem Inneren erneut regte. Doch er
fühlte es, als Sams Hand ihn losließ, sie den Bund seiner

Hose ergriff und von seinen Hüften zerrte, dann aber plötzlich innehielt.

Nicht aufhören! Nicht jetzt! Er ließ von ihrem Hals ab, bekämpfte nun den Drang nach ihrem Blut aus einem anderen Grund, wollte diesen Genuss noch etwas hinauszögern, etwas länger in der süßen Qual verweilen. Stattdessen verlagerte er sein Gewicht, schob eine Hand zwischen ihre Körper und versuchte ihre Jeans zu öffnen. Es überraschte ihn, als Sam sein Handgelenk festhielt.

„Nathan ... warte!", keuchte sie und nur ganz langsam bemerkte er, dass sich ihr Körper angespannt hatte. Ganz leise vernahm er auch den Grund dafür: Das dumpfe Brummen des Vibrationsalarms eines Handys.

Er hob den Kopf, noch nicht fähig, einen klaren Gedanken zu fassen, und sah Sam fragend an.

„Das ist bestimmt wichtig", stieß sie leise aus und er wusste, dass sie recht hatte. Das konnten nur August, Gabriel oder Alejandro sein. Sie waren die Einzigen, die diese Nummer hatten, und wenn sie um diese Zeit anriefen, musste es etwas sehr Dringendes sein.

Es kostete Nathan sehr viel Kraft und Überwindung sich aufzurichten, seine Hose zu richten, aufzustehen und dann eilig seine Jacke vom Boden aufzuheben, um das immer noch brummende Handy herauszuholen. Er konnte nicht verhindern, dass seine Stimme ein wenig kratzig klang, als er sich mit einem knappen, nicht sehr freundlichen „Ja" meldete.

„Es tut mir leid, wenn ich dich geweckt habe, aber es gibt ein paar wichtige Dinge, die keinen Aufschub dulden und unbedingt sofort geklärt werden müssen", drang Gabriels tiefe Stimme ohne eine Begrüßung an sein Ohr. Er klang angespannt und im Hintergrund war das leise Brummen eines Motors zu hören. Also war er wohl gerade unterwegs.

„Ich habe gerade mit Barry Kontakt aufgenommen. Du willst dich mit Langdon treffen?"

Nathan wusste im ersten Moment nicht, was er sagen sollte. Er hatte nicht damit gerechnet, dass Barry so schnell einbrechen würde und ihren unausgegorenen Plan ohne Absprache mit ihm an Gabriel weitergab.

„Ich denke ...", begann er, doch Gabriel ließ ihn gar nicht erst ausreden.

„Ich halte das für eine gute Idee und tatsächlich die einzige Möglichkeit, eure Fahndungsbilder auf die Schnelle aus dem Netz der Polizei herauszubekommen. Ich denke auch, dass Zachory Langdon ein nützlicher Verbündeter sein könnte. Aber ihr solltet vorsichtig sein und vor allen Dingen müsst ihr schnell handeln, damit eure Fotos nicht noch weiter verbreitet werden."

„Schnell heißt für dich?", fragte Nathan nach und nahm aus dem Augenwinkel wahr, wie Sam sich ihr Shirt überstreifte und hinüber zum Rand des Bettes rutschte, ihn von dort aus mit großer Sorge im Gesicht betrachtend.

„Sobald du dich stark und wach genug dafür fühlst. Alejandro wird in ein paar Stunden bei euch eintreffen und dir helfen, das Ganze zu organisieren. Du wirst bei dem Treffen auf keinen Fall allein erscheinen. Ich bezweifle, dass Langdon das tun wird. Nimm Sam mit. Frauen haben in solchen Situationen oft eine beruhigende Wirkung und er mag sie."

Nathan schüttelte den Kopf und runzelte irritiert die Stirn, als er bemerkte, dass Sam gleichzeitig eifrig nickte, als hätte sie vernommen, was Gabriel vorgeschlagen hatte.

Das konnte doch nicht sein. Der Vampir hatte viel zu leise gesprochen.

„Ich möchte des Weiteren, dass du Langdon eine CD gibst, die in meiner Tasche im Krankenwagen liegt. Er soll sie an seinen Onkel weiterreichen. Sag ihm, sie käme von Haniel de l'Entante und die Angelegenheit besäße allerhöchste Dringlichkeit."

Nathan runzelte irritiert die Stirn, kam jedoch nicht dazu, sich weitere Gedanken über diese seltsame Anweisung zu machen, denn Gabriel fuhr viel zu rasch fort.

„Alle anderen sollen so lange in dem Motel bleiben, bis diese Angelegenheit erledigt ist. Vor allem Jonathan – was mich zu meinem zweiten Anliegen führt. Ich hoffe, August hat dir das schon gesagt: Jonathan darf auf keinen Fall dein Blut trinken. Hörst du? Wir haben keine Ahnung, wie deine veränderte Genetik und damit auch dein verändertes Blut auf andere Vampire und Menschen wirkt. Bisher warst du der Einzige, der die Versuche mit dem uralten Blut, den Nigong-Genen und dem Serum überlebt hat. Es ist durchaus möglich, dass dein Blut für andere Personen sehr gefährlich ist. Malcolm meinte, dass es ihn bei eurem Kampf damals enorm geschwächt hätte und er hatte nur minimalen Kontakt damit."

Dieses Mal nickte Nathan widerwillig. „August hat mich schon gewarnt und ich wäre ohnehin nicht auf die Idee gekommen."

„Gut", meinte Gabriel zufrieden und wirkte sehr erleichtert. „Ich kann mir vorstellen, dass Jonathan über seinen neuen Zustand nicht sehr erbaut ist und dich gewiss schon bedrängt hat, ihn zurück zu verwandeln."

„Bedrängen ist gar kein Ausdruck", seufzte Nathan und vernahm ein leises Lachen vom anderen Ende der Leitung.

„Er wird noch ein paar Tage leiden müssen, denke ich", meinte Gabriel leicht belustigt. „Und nun zu meinem letzten Punkt. Ist Sam in deiner Nähe?"

Nathan stutzte. Die Frage war merkwürdig.

„Ja", gab er dennoch stirnrunzelnd zurück und sah, dass auch sie fragend die Brauen hob.

„Kannst du dann bitte aus dem Raum gehen und dafür sorgen, dass sie dir nicht folgt?"

Diese Bitte war noch viel eigenartiger und Nathan zögerte ihr nachzukommen.

„Das ist wirklich wichtig", setzte Gabriel seinen Worten hinzu.

Nathan atmete tief durch, raunte der erstaunten Sam ein knappes „Ich komm' gleich wieder" zu und verließ dann das Zimmer, die Tür leise hinter sich schließend.

Das Wohnzimmer lag noch genau wie alle anderen Räume im Dunkeln, doch durch die Fenster fiel das gedämpfte Licht der Dämmerung, also waren bereits die frühen Morgenstunden im Anbruch. Für seine Verhältnisse hatte er recht lange durchgeschlafen.

„Ich höre", forderte Nathan den alten Vampir zum Sprechen auf. Er vernahm ein Wispern, begriff, dass Gabriel nun in einer Frequenz mit ihm sprach, die normale Menschen nicht mehr wahrnahmen, und konzentrierte sich. Es fiel ihm dieses Mal schwer, sich nicht zu verwandeln, um auf die Fähigkeiten seiner vampirischen Seite zurückzugreifen, aber schließlich gelang es ihm, den alten Vampir auch in seinem menschlichen Zustand zu verstehen.

„Eine Offenheit diesbezüglich ist von großer Wichtigkeit", sagte Gabriel gerade und klang beinahe ein klein wenig streng. Er machte eine kurze Pause, ließ Nathan Zeit zum Denken und Antworten.

„Ich denke, wenn diese Offenheit beidseitig ist, habe ich kein Problem damit", erwiderte Nathan und wurde das Gefühl nicht los, dass ihr Gespräch nun in eine brisante Richtung verlaufen würde.

„Gut", meinte Gabriel erneut. „Es gibt zunächst eine wichtige Sache, die ich wissen muss: Wann ist Sam mit Vampirblut in Berührung gekommen?"

Da waren sie sofort, der Druck in Nathans Magengegend, das Ziehen in seiner Brust. Er konnte nicht antworten, sträubte sich innerlich dagegen, sich wieder mit seinen Sorgen bezüglich dieses Themas zu beschäftigen.

„Hat sie dich im Zustand der Erregung jemals gebissen?", bohrte Gabriel weiter und ließ Verärgerung in Nathan aufflammen.

„Nein", knurrte er. „Ich dachte, du warst damals anwesend. Barry hat mir gesagt, dass du Zeuge warst, als Hendrik sie angegriffen hat."

„Hendrik?", wiederholte Gabriel angespannt. „Da ist das passiert?"

„Du hast es nicht gesehen?" Nathan war nun völlig verwirrt.

„Nein, ich bin recht spät hinzugekommen", gestand der alte Vampir nachdenklich ein. „Hat er versucht sie zu verwandeln?"

„Nein, aber sie hat ihn wohl gebissen, um sich gegen ihn zu Wehr zu setzen."

Ein paar Atemzüge lang herrschte Stille am anderen Ende der Leitung und Nathans Sorgen wuchsen von Sekunde zu Sekunde. Gabriels Verhalten machte ihm Angst, denn es verriet ihm, dass er mit seiner Vermutung recht gehabt hatte, dass sich tatsächlich etwas an Sams Blut verändert hatte.

„Das ist ziemlich lange her", stellte Gabriel leise fest. „Erstaunlich …"

„Was genau ist erstaunlich?", hakte Nathan angespannt nach und bemerkte jetzt erst, dass er angefangen hatte, beunruhigt im Zimmer auf und ab zu gehen.

„Kam sie dir in letzter Zeit verändert vor?"

„Inwiefern?"

„Sensibler, empfänglicher für Dinge, die den meisten Menschen entgehen?"

Nathan dachte angestrengt nach, zwang seinen Verstand dazu, sich zu konzentrieren, Erinnerungen abzurufen, die eine Antwort auf diese Frage geben konnten.

„Sie besitzt ausgesprochen gut funktionierende Sinne, aber ich weiß nicht, ob das nicht schon immer so war …"

Wenn er ehrlich war, wusste er das schon, wusste, dass das neu war.

„Und unsere energetische Verbindung ist … intensiver geworden. Ich kann sie mittlerweile auch über größere Entfernung spüren."

„Hast du ihr Blut getrunken?"

Nathan biss die Zähne zusammen. Das war keine Frage, die er gern hörte und noch weniger gern beantwortete.

„Nathan, das ist wichtig!"

„Ja", knurrte er.

„Hat es anders geschmeckt?"

Nathans Wangenmuskeln zuckten vor Anspannung. Das war einfach zu privat, zu unangenehm. Im Grunde ging es niemanden etwas an.

„Ich deute das mal als ein ‚Ja'", beantwortete Gabriel sich die Frage selbst. „Was war mit der Wundheilung? Läuft die bei ihr schneller ab als gewöhnlich?"

Nathan schloss kurz die Augen, schüttelte ganz leicht den Kopf über sich selbst. Warum hatte er das nur verdrängt? Warum hatte er sein eigenes Wohlgefühl über Sams Schicksal gestellt?

„Ja", brachte er diesmal nur sehr leise hervor. „Du hast mir mal erzählt, dass sich Menschen ihres Bluttyps entweder sofort in einen Vampir verwandeln oder niemals, aber dann für eine gewisse Zeit solche Anzeichen zeigen. Ich dachte, es sei nicht weiter dramatisch."

„Ist es auch nicht", erwiderte Gabriel für Nathans Empfinden viel zu rasch. „Es ist nur ungewöhnlich, dass es so lange anhält. Es müsste eigentlich längst ausgeklungen sein, aber stattdessen scheint es noch anzuwachsen. Und ich frage mich, was der Grund dafür ist."

Nathans Magen machte eine unangenehme Umdrehung. „Kann sie sich doch noch verwandeln?"

„Das halte ich für nahezu ausgeschlossen", gab Gabriel sofort zurück. „Nicht bei ihrem Bluttyp. Wie gesagt, da gibt es nur ein entweder oder."

„Heißt das, wir können mit Sicherheit davon ausgehen, dass sie Trägerin der Blockadestoffe ist?"

„Das können wir und wahrscheinlich in einem solch hohen Maße, wie das schon seit Jahrhunderten nicht mehr der Fall war."

Nathan nahm einen tiefen, schweren Atemzug, versuchte sich zu sammeln, etwas mehr Ruhe in sein aufgewühltes Inneres zu bringen.

„Das heißt auch, dass niemand etwas davon erfahren darf."

„Ganz genau", stimmte der alte Vampir ihm zu. „Und sie sollte sich in der Anwesenheit anderer Vampire besser zusammennehmen, sonst merken diese ganz schnell, dass mit ihr etwas nicht stimmt. Du solltest unbedingt mit ihr über alles sprechen, Nathan."

Er fuhr sich mit einer Hand über das Gesicht, versuchte mit dieser Geste wenigstens einen Teil seiner neuerlich wachsenden Anspannung wieder loszuwerden.

„Das werde ich", sagte er, seinen Widerwillen und den wachsenden Groll gegen Gabriel mit aller Macht unterdrückend. Es wirkte wieder ganz so, als wollte sich der alte Vampir jetzt schnell verabschieden und ihn mit all diesen unangenehmen Aufträgen, seinen aufgewühlten Gefühlen und den vielen unbeantworteten Fragen allein lassen. Aber so leicht wollte Nathan es ihm dieses Mal nicht machen. Es gab ein paar Dinge, die nicht länger warten konnten.

„Es gibt nur eine Frage, die ich gern dazu beantwortet haben würde", brachte er rasch hervor. „Die Blutgruppe AB negativ ist extrem selten. Wie kommt es, dass nicht nur Sam diese Blutgruppe hat, sondern auch ich und Béatrice? Wie kommt es, dass ausgerechnet wir in Kontakt mit Vampiren geraten sind, die schon seit ewigen Zeiten an einem Serum forschen, zu dessen Herstellung sie diese Blutgruppe brauchen? Zufall? Schicksal?"

Für ein paar Sekunden war es still am anderen Ende der Leitung. Dann vernahm Nathan leises Luftholen.

„Was denkst du?", wagte Gabriel doch tatsächlich zu fragen.

Nathan stieß ein wütendes Lachen aus.

„Béatrice sagte, sie hätte mich ausgewählt. Ist das auch bei Sam damals geschehen? Wurde sie ausgewählt? Wofür?"

„Hat sie das gesagt?", fragte Gabriel mit einem seltsam anmutenden Unterton, den Nathan nicht sofort zuordnen konnte. Dazu war er auch viel zu wütend.

„Ja, das hat sie! Woher kannte sie meine Blutgruppe?"

„Das musst du *sie* fragen."

Es war das erste Mal, seit Nathan Gabriel kannte, dass er das Gefühl hatte, der alte Vampir würde ihm ungeschickt ausweichen, und es bestärkte seinen üblen Verdacht, dass Gabriel tiefer in diese ganze Geschichte verstrickt war, mehr wusste, als er bisher zugegeben hatte, und sich nun ertappt fühlte.

„Gibt es auch in der Vampirgemeinschaft so etwas wie eine Liste?", sprach Nathan die nächste, ihm selbst furchtbar unangenehme Frage aus, die seinen Geist seit Béatrices kleinem ‚Ausrutscher' plagte. „Eine Liste über die Menschen, die diese Blutgruppe besitzen?"

Die Stille am anderen Ende der Leitung hielt nun weitaus länger an als zuvor und schürte nicht nur Nathans Wut, sondern auch das beklemmende Gefühl recht zu haben.

„Ich glaube nicht, dass das der richtige Zeitpunkt ist, um diese Fragen zu beantworten, Nathan", gab Gabriel schließlich zurück. Er klang nicht abweisend, was Nathan eigentlich erwartet hatte, sondern viel mehr erschöpft und etwas frustriert.

„Und ein Telefon ist auch nicht das geeignete Medium, um ein solches Thema zu besprechen. Wir sollten uns auf jeden Fall so bald wie möglich zusammensetzen und über alles reden. Versprich mir aber bitte eines: Mach nicht jede Person zu einem deiner Feinde, sobald es ein paar Ungereimtheiten um sie herum gibt. Damit isolierst du dich nur."

„Tu ich das?", fragte Nathan gereizt zurück.

„Ja", kam die direkte Antwort. „Bin ich dir jemals die Wahrheit schuldig geblieben, wenn du mich direkt gefragt hast?"

Nathan biss die Zähne zusammen. Der alte Vampir hatte recht. Vor allen Dingen in den vier Wochen, die sie zusammen verbracht und miteinander trainiert hatten, war Gabriel beinahe gnadenlos ehrlich zu ihm gewesen. Es war Nathan selbst gewesen, der manche Fragen nicht hatte stellen wollen, der Erlebnisse, wichtige Ideen und Gedanken von sich weggeschoben hatte, weil er Angst vor ihrem Ausmaß gehabt hatte, vor allem davor, was diese nach sich ziehen konnten. Doch er fühlte sich nicht bereit, das vor Gabriel zuzugeben.

„Ich werde versuchen, übermorgen bei euch zu sein", fügte der hinzu. „Bis dahin können wir uns nur weiter per Telefon über alles Wichtige austauschen. Kannst du dich noch so lange gedulden, ohne in deinem Kopf die irrsinnigsten Verschwörungstheorien entstehen zu lassen?"

Nathan fiel es schwer, sich zusammenzunehmen, aber das Angebot des alten Vampirs beruhigte ihn immerhin etwas. Er nahm einen tiefen Atemzug und nickte dann, obwohl sein Gesprächspartner ihn nicht sehen konnte.

„Ja", fügte er beinahe widerwillig hinzu.

„Es ist wirklich wichtig, dass du dich auf das konzentrierst, was du jetzt tust, Nathan", mahnte Gabriel ihn. „Auch wenn die Dinge oft nicht so sind, wie sie auf den ersten Blick scheinen – das, was dahinter liegt, ist meist auch nicht sehr viel schlimmer. Und manchmal sorgt ein veränderter Blickwinkel auch dafür, dass man alles sehr viel besser versteht und sein Schicksal besser hinnehmen kann."

Nathan sagte nichts dazu. Nicht nur weil er sich ein weiteres Mal über Gabriels verschwommene Andeutungen ärgerte, sondern auch weil ihn ein Geräusch aus Jonathans

Zimmer ablenkte. Es hörte sich an, als würde jemand auf die Tür zuwanken.

Er lag richtig mit seiner Vermutung, denn nur Sekunden später öffnete sie sich und ein sehr bleicher, aufgewühlt wirkender Jonathan taumelte hinaus, beide Hände auf seinen Bauch gepresst und schwer atmend. Erleichterung schien ihn zu durchströmen, als er Nathan in der Dunkelheit ausmachte, und er schwankte sogleich auf ihn zu.

„Alles in Ordnung?", hörte Nathan Gabriel fragen.

„Jonathan ist wach", gab Nathan kühl zurück. „Ich kann jetzt nicht mehr."

Damit drückte er den alten Vampir weg und warf das Handy auf die Couch neben sich, um seinen ins Stolpern geratenen Freund halbwegs aufzufangen und wieder auf die Füße zu stellen. Sorge flammte in ihm auf. Jonathan sah nicht gut aus.

„Was ist los?"

Sein Freund kniff die Augen zusammen und verzog das Gesicht, als hätte er Schmerzen.

„Etwas stimmt nicht ...", stieß er schwerfällig aus und die Angst in seinen Augen verriet Nathan, dass es ihm ernst war.

„Okay ..." Er sah sich etwas hilflos um. „Vielleicht setzt du dich erstmal."

Er schob Jonathan vorsichtig zur Couch und half ihm, sich darauf niederzulassen. Es war seltsam, Jonathan derart schwach und hilflos zu erleben, so ... menschlich, dass er sich ganz allein mit ihm nicht besonders wohl in seiner Haut fühlte. Sein Blick glitt hinüber zur Tür seines Schlafzimmers. Wenn er Sam richtig einschätzte, war sie ganz bestimmt nicht brav auf dem Bett sitzengeblieben und stand schon seit einer ganzen Weile an der Tür, um zu lauschen.

Ihre Anwesenheit hatte er die ganze Zeit gefühlt, aber das hätte er auch, wenn sie im Bett geblieben wäre. Einen Versuch war es auf jeden Fall wert.

„Sam?", fragte er leise.

Erst regte sich nichts, doch dann bewegte sich die Klinke und die Tür ging auf, gab den Blick auf eine etwas verlegen lächelnde Sam frei. Als sie begriff, dass es Jonathan wirklich nicht sonderlich gut ging, verschwand das Lächeln jedoch recht schnell aus ihrem Gesicht, und sie eilte zu ihnen hinüber.

„Was ist passiert?", stieß sie leise aus.

Nathan antwortete ihr nicht. Stattdessen ging er vor Jonathan in die Hocke und sah ihm von unten in das gesenkte, angespannte Gesicht.

„Jonathan?", fragte er und die angsterfüllten Augen seines Freundes richteten sich auf ihn.

„Es … es fühlt sich so komisch an", stammelte er. „Alles ist verkrampft …"

„Hast du Schmerzen?", fragte Sam und Jonathan nickte, seine eigene wortlose Antwort kaum verkraftend.

„Wo genau?", hakte Nathan nach.

Ein weiteres Geräusch ertönte aus dem anderen Zimmer und dann vernahm Nathan eine entsetzte Stimme: „Jonathan?!"

Valerie war anscheinend nun ebenfalls wach geworden.

„Hier drüben!", rief Sam sofort, während Nathan seinen Freund weiterhin fragend ansah.

„Mein Bauch", brachte Jonathan kraftlos hervor und er schloss matt die Augen. „Es fühlt sich an, als würde … als würde sich alles zusammenziehen und verknoten … und es … es hört nicht mehr auf."

Nathan stutzte. Das kam ihm bekannt vor. Aus dem Augenwinkel sah er Valerie ins Zimmer stolpern, beinahe ebenso panisch und wackelig auf den Beinen wie Jonathan.

„Was ist passiert!", stieß sie aufgebracht aus, doch Nathan hob rasch die Hand, ohne sie anzusehen, versuchte ihr zu signalisieren, dass alles nur halb so schlimm war. Wenn er sich nicht irrte, war dieses Problem sehr leicht in den Griff zu kriegen.

„Der Schmerz, liegt der mehr im oberen Bauchbereich oder unten?", fragte er genauer nach und war nicht überrascht, als Jonathans Hand direkt über seinen Magen wanderte, während er theatralisch das Gesicht verzog.

Nathan fiel ein ganzes Gebirge vom Herzen und er atmete tief durch. „Dann ist das nicht weiter schlimm", meinte er.

Jonathans Kraft schien schon wieder auszureichen, um brüskiert die Brauen zusammenzuziehen. „Das kannst du nicht wissen. Du bist kein Arzt. Jedenfalls nicht so richtig."

„Nein, das bin ich nicht", erwiderte Nathan und ihm fiel es nun wahrlich schwer, das in ihm heraufdrängende Schmunzeln zu unterdrücken, „aber kurz nach meiner Verwandlung zurück in einen Menschen hatte ich genau dasselbe Problem wie du jetzt. Und es hat auch bei mir eine gewisse Zeit gedauert, bis ich darauf gekommen bin, was das ist."

„Und … was ist es?", fragte Jonathan nun mit einem misstrauischen Stirnrunzeln.

„Du hast Hunger. Dein Magen knurrt."

Wie zur Bestätigung seiner Worte gab Jonathans Magen nun auch noch ein lautes Grollen von sich und ließ ihn erschrocken zusammenfahren. Er starrte Nathan für einen Augenblick nur perplex an. Dann schüttelte er den Kopf.

„Nein. So fühlt sich das nicht an. Das war nie so schmerzhaft."

„Jonathan, das Gefühl von menschlichem Hunger ist bei dir über hundertfünfzig Jahre her", erwiderte Nathan nun doch schmunzelnd. „Meinst du wirklich, du kannst dich noch richtig daran erinnern? Außerdem ist dein Magen nicht mehr daran gewöhnt, wieder richtig in Anspruch genommen zu werden. Da ist es ganz normal, dass er dir mehr Schwierigkeiten macht als üblich."

Jonathans Gesichtsausdruck wandelte sich von besorgt-ungläubig zu entsetzt-angewidert.

„Ich ... ich habe ... *Hunger*?", fragte er noch einmal nach. „Heißt das, ich muss ..." Er schluckte schwer. „Ich muss etwas ... essen? So richtig?"

Nathan musste sich auf die Lippen beißen, um nicht lachen zu müssen, doch er nickte bestätigend, sorgte dafür, dass Jonathan traurig den Kopf schüttelte. Für einen ehemaligen Vampir wie ihn schien es beinahe entwürdigend zu sein nun auf menschliche Nahrungsmittel zurückgreifen zu müssen. Abgesehen von dem gelegentlichen Genuss von Alkohol, hatte sich sein Freund als Vampir neben dem Blutkonsum seit geraumer Zeit immer nur mit Nährstoff- und Vitaminpräparaten versorgt und sich nicht so wie Nathan zumindest ab und an etwas Obst und Gemüse gegönnt. Wie oft hatte er über den ‚Drecksfraß' gelästert, den sich die Menschen heutzutage ‚reinwürgten'.

Die beiden anderen Menschen im Raum nahmen Nathans Feststellung jedoch ähnlich erleichtert auf wie er selbst. Er konnte sowohl Valerie als auch Sam aufatmen hören.

„Das sieht dann wohl nach einem recht frühen Frühstück für uns alle aus", fügte Sam ihrer nonverbalen Reaktion mit einer Mischung aus Bedauern und leichter Belustigung hinzu und Nathan richtete sich auf, ihr ein entschuldigendes Lächeln schenkend. Sie zuckte die Schultern und dachte wohl dasselbe wie er: Manchmal musste man halt gewisse Ideen sofort in die Tat umsetzen, sonst konnte es eine ganze Weile dauern, bis man wieder die Zeit dafür fand.

„Essen …", wiederholte Jonathan noch einmal wie paralysiert und Nathan konnte nicht mehr an sich halten, ganz gleich, wie böse sein Freund deswegen auf ihn sein würde, welche wahrlich schwerwiegenden Probleme auf sie zukamen und welche unangenehmen Gespräche noch auf sie warteten: Er musste laut lachen.

Widrigkeiten

So durfte es nicht aussehen – nicht so. Auch nicht nach ungefähr einhundertfünfzig Jahren der Nahrungsmittel-Evolution. Und schon gar nicht durfte es sich so anfühlen: Labbrig, weich … nein, sogar eher gummiartig. Brot durfte dem Druck eines Fingers nicht so leicht nachgeben, durfte danach nicht elastisch seine Ursprungsform wieder einnehmen. Zumindest die Rinde musste knacken und knirschen, wenn ein Messer in sie glitt, bröseln und brechen und dem Auge des Betrachters nur sehr unwillig das weiche, hellere Innere preisgeben. Und es musste warm sein und duften.

Ich sog tief Luft durch die Nase. Nein, da war nichts, zumindest kein Geruch, der etwas Gutes verhieß. Meine Sinne mochten zwar nicht mehr ganz so gut funktionieren wie die eines Vampirs, aber dass es etwas muffig in diesem … Gemäuer roch, entging selbst mir nicht. Es gab einige neue Gerüche um mich herum, aber keiner von ihnen entsprach dem, den ein frisches Brot eigentlich abgeben sollte, den zumindest das Brot im 19. Jahrhundert produziert hatte. ‚Frisch' war dieses unförmige Etwas auf meinem Teller gewiss nicht und ich bezweifelte, dass es überhaupt eine Art Backware war.

Ein weiteres Mal drückte ich mit einem Finger das seltsame Ding ein und beobachtete mit einer Mischung aus

Ekel und Faszination, wie es wieder zurück in seine ursprüngliche Form sprang. Ein entnervter Laut neben mir veranlasste mich dazu, nun doch meinen Kopf zu heben und meine Augen auf meinen besten Freund zu richten, der mich kopfschüttelnd betrachtete.

„Wenn du weiter so machst, bist du bis heute Abend noch nicht mit dem Frühstücken fertig", brachte er genervt hervor und biss nun schon in die zweite Hälfte seines fertig geschmierten und gut belegten Toasts. Dass von ihm gegenwärtig kein Verständnis für meine akute Notlage zu erwarten war, hatte er mir mittlerweile schon mehrfach deutlich gemacht. Es war zusammen mit dem anfänglichen Mitleid innerhalb der letzten zehn Minuten sehr schnell verschwunden und hatte einer spürbaren Genervtheit Platz gemacht.

„Ich habe das Frühstücken halt etwas anders in Erinnerung", erwiderte ich und konnte meinen Ekel vor dem, was hier auf dem Tisch ausgebreitet war, kaum verbergen.

Wurst in Plastik, Käse in Plastik, Butter in Plastik, Brot in Plastik. Ich hätte mich nicht gewundert, wenn auch noch Plastik in Plastik dabei gewesen wäre. Gewiss würde es kein Mensch von heute bemerken, wenn er aus Versehen mal vergaß, die Nahrungsmittel auszupacken. So wie die aussahen, schmeckten sie gewiss so künstlich wie ihre Verpackung. Ich wusste, dass meine Freunde es nur gut mit mir gemeint hatten, sich eigentlich nur meinetwegen zu so früher Stunde an den kleinen Tisch in einer Nische des Wohnzimmers gesetzt und in aller Schnelle das Essen vorbereitet hatten. Aber so rührend diese Geste auch war und so sehr mein Magen auch schmerzte und tobte, ich konnte mich nicht dazu durchringen, tatsächlich etwas zu essen.

„Wasch pascht dir denn an dem Toast nisch?", nuschelte mein Freund mit vollem Mund.

Ich drückte noch einmal demonstrativ auf diesen Backschaum, Nathan ein übertrieben freundliches Lächeln schenkend.

„Ich hätte es gern ein wenig dehydrierter", setzte ich leicht säuerlich hinzu. Wie konnte er mir nur so etwas anbieten, um die schmerzhaften Krämpfe in meinem Magen zu bekämpfen? Das grenzte doch schon an Sadismus!

„Es ist sechs Uhr in der Früh, Jonathan", mischte sich nun auch Sam ein, die mir gegenüber saß und einen sehr müden Eindruck machte. „Und hier gibt es weit und breit keinen Bäcker."

Auch sie hatte sich tapfer bis zur zweiten Hälfte ihres Sandwichs vorgekämpft, das sie nun sehr viel weniger enthusiastisch als Nathan mit Käse belegte ... oder war das Wurst? Nicht richtig gut zu unterscheiden in Farbe und Form. Glücklicherweise konnten meine schwächlichen Menschensinne nicht auch noch den gewiss grässlichen Geruch dieses Zeugs wahrnehmen.

„Und wo habt ihr dieses ... ,Essen' her?", fragte ich mit erhobenen Brauen, um von dem peinlichen Grummeln in meinem Bauch abzulenken.

„Von Eddy", erklärte Sam und biss nun ebenfalls mit einem für mich nicht nachzuvollziehenden Enthusiasmus in ihren Toast.

Meine Brauen wanderten noch weiter in Richtung meines Haaransatzes. Hey, das funktionierte ja auch als Mensch schon recht gut.

„Das ist der Mann, der uns hier untergebracht hat", erklärte Valerie sanft, die zu meiner anderen Seite am Tisch saß und immer noch mit der ersten Hälfte ihres gebackenen Schwammes rang. „Alejandros Freund."

„Eddy, so, so …", wiederholte ich in einem Ton, der meinen Freunden deutlich verriet, wie wenig vertrauensvoll dieser Name in Punkto Nahrungsauswahl auf mich wirkte.

„Eddy scheint nicht viel von Biokost zu halten."

Mit spitzen Fingern ergriff ich eine der Aufschnittverpackungen und drehte sie herum, mich weit vorbeugend, um das Kleingedruckte auf der hinteren Seite zu lesen.

„Ach! Erst zwei Tage nach dem Verfallsdatum!", stellte ich gespielt erfreut fest. „Wie schön!"

Ich hörte Nathan neben mir ein weiteres Mal tief einatmen, machte mir aber dieses Mal nicht die Mühe, ihn anzusehen, sondern lehnte mich nur in meinem Stuhl zurück und verkreuzte mit einer deutlichen Verweigerungshaltung die Arme vor der Brust. Ich würde mein elendiges Leben als Mensch ganz gewiss nicht durch eine Salmonellenvergiftung noch elendiger machen. Menschentoiletten waren so unappetitlich!

„Die meisten Lebensmittel halten sich länger als auf den Verpackungen steht, Jonathan", erklärte mir Valerie geduldig, nahm die Verpackung in die Hand, öffnete sie und schnupperte kurz daran.

„Das riecht noch ganz gut", meinte sie und hielt mir die Wurst darin entgegen.

Ich wich angewidert ein Stück vor ihr zurück.

„Ganz gut?", wiederholte ich skeptisch und hob dann abwehrend eine Hand. „Nein, danke, ich habe keinen Hunger mehr."

Leider musste mein Magen gerade in diesem Augenblick ein überlautes Knurren von sich geben und mich schmählich verraten. Ich hatte nicht nur Hunger – mein

Körper *verzehrte* sich nach Essen und der Drang, sich auf diese widerlichen Sachen zu stürzen und sie aufzusaugen, wuchs von Minute zu Minute. Da konnte sich mein Verstand so viel ekeln, wie er wollte, er hatte keine Chance gegen einen Körper, der seit hundertfünfzig Jahren so gut wie keine feste Nahrung mehr zu sich genommen hatte und nun danach verlangte wie niemals zuvor.

„Tja, das ist wohl deine Entscheidung", meinte Nathan mit diesem seltsamen Ton, der mir schon früher immer gesagt hatte, dass er noch einen Trumpf in seiner Tasche hatte.

Nun musste ich ihn doch widerwillig ansehen. Sein Toast war komplett verschwunden und er griff in aller Ruhe nach dem meinen, legte ihn sich unter den großen Augen Sams und Valeries auf den eigenen Teller.

„Dir sollte nur klar sein, dass dich deine Weigerung, etwas zu essen, nur schwächer machen wird", fuhr er fort, griff nach der Butter und begann die erste Hälfte zu bestreichen.

„Und wie Gabriel und auch August so schön sagten: Solange du so schwach bist, wird dich *niemand* in einen Vampir zurückverwandeln können."

Da war er, der fiese Trumpf. Und er traf direkt ins Schwarze, packte mich bei meiner schlimmsten Angst. Ich reagierte fast wie aus einem Reflex heraus, riss Nathan die gebutterte Brotscheibe wortlos aus den Fingern, kniff die Augen zu und biss todesmutig hinein. Es fühlte sich genauso furchtbar an, wie ich es mir vorgestellt hatte: weich, zäh, ungewohnt. Es schmeckte allerdings nicht ganz so schlimm, wie es ausgesehen hatte – das konnte ich feststellen, als ich zu kauen begann und meine Zunge den Geschmack der Butter und des Brotes aufnahm.

Geschmack … Meine Augen öffneten sich in stummer Verwunderung und richteten sich auf den Rest des Toasts, den ich vor mich hielt, als hätte ich ein neues Weltwunder entdeckt. Es war nicht so, dass das Zeug besonders gut schmeckte, aber *überhaupt* etwas zu schmecken, zu spüren, dass sich mein Geschmacksinn wieder entfaltete, sich wieder auf menschliche Nahrungsmittel einstellte, *das* war ein unglaubliches Gefühl. Unglaublich, faszinierend … wunderbar! Ich kaute begierig weiter und versenkte meine Zähne ein weiteres Mal in diesem ungesunden, unnatürlichen Zeug, während mein Magen zufrieden gluckste.

„Und?", vernahm ich Nathans Stimme und wusste schon, dass er vergnügt schmunzelte, bevor ich ihn ansah.

Ich schluckte den Happen in meinem Mund hinunter und holte tief Luft. „Widerlich", gab ich zurück und konnte nicht verhindern, dass ein breites Grinsen auf meinen Lippen erschien.

Nathan stieß einen amüsierten Laut aus und ich konnte in seinen Augen erkennen, dass er ganz genau wusste, was ich meinte. „Und es wird noch widerlicher", setzte er hinzu und belegte eine zweite Scheibe nun mit Wurst.

Es schockierte mich beinahe selbst, als ich umso gieriger den Rest der ersten Hälfte in meinen Mund schob und Nathan den zweiten Toast bereitwillig abnahm. Es war seltsam, aber zu schmecken, dass einem etwas *nicht* schmeckte, war besser als gar nichts zu schmecken. Langsam verstand ich, warum Nathan alles in sich hineinstopfte, was ihm angeboten wurde. Er testete sich aus, genoss seine wiedererworbene Fähigkeit Nahrungsmittel in ‚gut' und ‚schlecht' einzuteilen. Ich musste zugeben, dass das ein tolles Gefühl war. Und solange sich die Salmonellen in anderen Nahrungsmitteln versteckten und mich in Frieden ließen …

„Trinkst du jetzt auch deinen Kaffee?", fragte Nathan mich immer noch schmunzelnd und wies auf die dampfende Tasse neben mir, die ich zuvor nur mit einem abfälligen Naserümpfen und den Worten „Instantkaffee trinke ich nicht" abgelehnt hatte.

Mit großer Skepsis betrachtete ich die bräunliche Brühe. Das letzte Mal, dass ich Kaffee getrunken hatte, war in einem Land gewesen, das für seine Künste bezüglich dieses sonst so aromatischen Heißgetränks berühmt war. Daher war ich mir nicht ganz sicher, ob ich meinen noch jungfräulichen Gaumen wahrlich mit diesem billigen Zeug schockieren wollte. Mein Blick wanderte hinüber zu Sam, die gerade selbst einen Schluck trank, und blieb dann an Valeries entspanntem Gesicht hängen, die mir aufmunternd zunickte. Sie hatte bisher nur an ihrem Kaffee genippt, was wohl eher kein positives Zeichen war. Dennoch griff ich beherzt zu, setzte die Tasse an meine Lippen und trank.

Das Zeug war bitter, dünn und ganz und gar nicht das, was ich unter einem anständigen Kaffee verstand. Ich verzog angewidert das Gesicht und stellte die Tasse so rasch wieder ab, dass ein Teil der braunen Suppe überschwappte.

„Grausam", stieß ich mit einem Kopfschütteln aus und konnte es kaum fassen, dass Nathan selbst einen großzügigen Schluck des Heißgetränks nahm.

„Wie bekommt ihr das nur runter?", wandte ich mich ungläubig an ihn und Sam.

„Es macht wenigstens wach", gab Nathan zurück, während Sam zur selben Zeit ein leises „Ersatzbefriedigung" murmelte. Sie dachte wohl, dass mein menschliches Gehör nicht mehr dazu ausreichte, um ihre kleine, neckische Bemerkung zu vernehmen. Aber da irrte sie gewaltig. Meine Augen wanderten sofort zu ihr hinüber und meine Brauen zuckten, wie in einem Automatismus gefangen, nach oben.

Die junge Frau sah mich ertappt an und machte sich hinter ihrer Tasse etwas kleiner, während ich aus dem Augenwinkel wahrnahm, dass auch Nathan sie mit einem kleinen Schmunzeln bedachte.

Mein Verstand suchte in rasender Schnelligkeit nach einer treffenden Bemerkung, die meinen beiden Freunden das Blut ins Gesicht schießen lassen würde, doch war er in seinem immer noch recht angeschlagenen Zustand nicht schnell genug, beziehungsweise gab es jemanden, der um wenige Sekunden schneller war: Barry. Der junge Vampir riss nämlich gerade in diesem Augenblick die Tür zu unserem Apartment auf und stürmte auf unseren kleinen Frühstücksklub zu, ein aufgeregtes Flackern in den Augen.

„Er macht's!", stieß er beinahe atemlos aus, als er vor uns stehenblieb und ein kleines, glückliches Lächeln erschien auf seinen Lippen.

Ich blinzelte ein paar Mal verwirrt, als Nathan sich nun auch noch zu ihm umdrehte und mit einer gezielten Gegenfrage auf den kleinen Freak reagierte.

„Du hast ihn jetzt schon erreicht?"

Barry nickte eifrig und mit beinahe stolzgeschwellter Brust.

„Und er macht es zu unseren Konditionen?", hakte Nathan weiter nach.

Wieder nickte Barry hektisch, wurde allerdings schnell langsamer und hielt dann inne. „Na, ja, auf eine kleine Sache besteht er leider."

„Die da wäre?", fragte Nathan und mir blieb nichts anderes übrig, als weiterhin verwirrt von einem zum anderen zu blicken. Anscheinend hatte ich in meiner ‚Auszeit' ein paar sehr wichtige Dinge verpasst und das gefiel mir gar nicht. Normalerweise war ich doch derjenige, der alle Aktionen plante – zumindest die, die wir in kleinerem Rahmen ausführten.

„Er will nicht allein kommen."

Nathans Brauen bewegten sich aufeinander zu, während ich immer noch überlegte, wer dieser mysteriöse ‚er' sein konnte. Gabriel hatte ja mittlerweile einen Namen, also schied der schon mal aus.

„Wen will er denn mitbringen?", war die etwas angespannte Frage meines besten Freundes.

„Einen gewissen Lieutenant Harris."

„Noa?", entfuhr es Sam verblüfft und ganz langsam begann mir zu dämmern, was hier hinter meinem Rücken geplant worden war. Ich konnte es kaum glauben.

„Was hat der denn mit der ganzen Sache zu tun?", fragte Sam verständnislos nach.

„Anscheinend arbeitet er eng mit Langdon zusammen", meinte Barry schulterzuckend.

Da war er schon, der Name, den ich gefürchtet hatte zu hören, und ich holte hörbar laut Luft, sodass ich wenigstens für den Bruchteil einer Sekunde die Aufmerksamkeit der anderen auf mich zog.

„Das ist doch jetzt nicht euer Ernst!", stieß ich schnell aus, bevor es Nathan wieder gelang, mich zu ignorieren. Jetzt musste er sich mir direkt zuwenden und ihm war anzumerken, dass er das nicht sehr gerne tat. Er kannte mich gut genug, um zu wissen, dass diese Unterhaltung sehr schnell sehr unangenehm werden konnte. Das hielt ihn jedoch nicht davon ab, die Konfrontation mit mir zu suchen.

„Doch ist es", erwiderte er in diesem Ton, der schon jetzt verriet, wie sehr er sich bereits an seinem neuen ‚tollen' Plan festgefressen hatte. „Denn wir haben keine andere Wahl!"

„Die Polizei sucht uns nun offiziell", trat ihm nun auch noch Sam an die Seite und ich warf ihr einen bösen Blick zu, versuchte angestrengt, den beunruhigenden Inhalt ihrer Worte nicht in meinen Verstand dringen zu lassen.

„Wir haben keine andere Wahl, Jonathan, wenn wir nicht nur noch von einem Versteck ins nächste huschen wollen. Zachory ist der Einzige, der uns aus der Datenbank der Polizei herausnehmen kann."

Barry räusperte sich verhalten. „Nun ja, zumindest kann er das wohl schneller als ich. Und zurzeit kommt es auf Schnelligkeit an. Davon abgesehen …"

„Stopp!", kommandierte ich und hob Einhalt gebietend meine Hände, sodass meine Freunde tatsächlich alle schwiegen. Anscheinend besaß ich auch als Mensch noch genügend Autorität. Wenigstens eine Sache, die mir nicht verloren gegangen war.

Ich kniff kurz die Augen zu und versuchte mich besser zu konzentrieren, obwohl durch diese Unruhe und Anspannung in mir und um mich herum die verfluchten Kopfschmerzen wiederkamen. Wie konnte Nathan es nur so lieben, ein Mensch zu sein? Das war doch eine einzige Qual!

„Ihr wollt ein Treffen mit Langdon arrangieren", wiederholte ich das, was ich meinte, gerade herausgehört zu haben und Nathan nickte bestätigend. „Wann?"

„Heute noch", war die ehrliche, aber sehr unerfreuliche Antwort und ich musste tief Luft holen, um nicht sofort zu platzen. Warum hatten sie mir eine solch wichtige Sache die ganze Zeit verschwiegen?!

„Um genau zu sein in drei Stunden", setzte Barry hinzu und etwas in seinem Ton verriet mir, dass er sich ein klein wenig freute, dass ich dieses Mal nicht der Initiator dieses waghalsigen Unterfangens war, sondern eher eine Randposition aufgedrängt bekommen hatte.

Wieder half mir nur ein tiefer Zug Sauerstoff dabei, nicht meine Beherrschung zu verlieren.

„Und wer genau wird dort hingehen?", fragte ich verstimmt.

„Sam und ich", bestätigte Nathan meine Befürchtung. „Und Barry wird uns den Rücken decken."

Ich stieß ein ungläubiges Lachen aus. „Das ist doch wohl ein schlechter Witz!"

„Hey!", protestierte Barry gegen die feine Kritik an seinen ‚Kämpferqualitäten' und warf mir einen empörten Blick zu, den ich geflissentlich ignorierte.

„Wir wissen bis heute nicht genau, ob der Mann nicht doch für die *Garde* arbeitet", fuhr ich aufgebracht fort. „Er kann euch durchaus in eine Falle locken!"

„Alejandro hat aber den Treffpunkt ausgewählt", schaltete sich Barry erneut ein und versuchte es dieses Mal mit einem verärgerten Gesichtsausdruck bei mir.

Ich hielt tatsächlich inne, was aber mehr seiner Information zugute zu halten war als seiner nicht sehr facettenreichen Mimik. „Alejandro ist an der Planung beteiligt?", hakte ich bei Nathan nach und sein Nicken stimmte mich tatsächlich etwas gnädiger.

„Und Gabriel auch", setzte er hinzu. „Wir haben das nicht einfach so völlig kopflos geplant."

Ich hob zweifelnd eine Augenbraue in Richtung meines besten Freundes. „Gut, dann klärt mich auf. Ich bin gespannt."

Ich hatte wohl die falsche Person anvisiert, denn es war Barry, der sich neben mir räusperte.

„Darf ich?", wandte er sich an Nathan und der nickte zustimmend, während ich mich in meinem Stuhl zurücklehnte und den jungen Vampir kritisch musterte.

„Einer von Alejandros Mitarbeitern besitzt eine kleine Fabrik am Rande von L.A., in der von Zeit zu Zeit Flüchtlinge untergebracht werden. Sie verfügt über zahlreiche Fluchtmöglichkeiten. Außerdem ist das Gelände gut genug zu überblicken, um rechtzeitig fliehen zu können, und es gibt ein Überwachungssystem ein Stück weit außerhalb der Anlage, das uns rechtzeitig melden kann, wenn unerwünschte Besucher anrücken. Außerdem hat Gabriel noch ein paar andere Vampire dazu berufen, nach verdächtigen Regungen der *Garde* in und um L.A. und San Diego herum Ausschau zu halten und sofort Meldung zu machen, wenn sich etwas Verdächtiges tut."

Ich nickte verstehend, obwohl mir nicht ganz klar war, wie Gabriels Sicherheitsnetz genau funktionierte. *Dass* es das tat, hatte die letzte Aktion ganz klar bewiesen, andernfalls wären gewiss sehr rasch Verstärkungstruppen in der Klinik aufgetaucht und wir hätten keine Chance mehr gehabt, zu entkommen.

„Und Langdon wird dorthin kommen?", hakte ich nach.

Barry nickte bestätigend. „Ich hab ihn über WoW kontaktiert und er wird da sein. Aber nur zusammen mit diesem Harris."

„Hat er erklärt warum?", fragte nun Nathan nach, dem diese Tatsache nicht zu gefallen schien.

„Soweit ich es verstanden habe, ist der Kerl seine Sicherheit." Barry zuckte unschlüssig die Schultern. „Außerdem meinte er, er könne ihm dabei helfen, seinen Beschattern zu entkommen."

Nathan schüttelte ganz leicht den Kopf. „Ich denke, er braucht eher einen Zeugen für dieses Gespräch. Und vielleicht fühlt er sich wirklich geschützter mit einem Polizisten an seiner Seite."

„Ist der Mann vertrauenswürdig?", wollte ich wissen und Nathan gab die Beantwortung der Frage mit einem kurzen Blick an Sam weiter.

„Eigentlich schon", erwiderte sie. „Er war über lange Zeit Gavins Partner und ein guter Freund. Korrekt und gewissenhaft, aber auch flexibel und kooperativ, wenn ein Fall es verlangte, den Bereich der Legalität etwas auszudehnen."

„Aber ihr könnt nicht sicher sein, dass er nicht doch zum Feind gehört", schloss ich aus ihren Worten.

Sam zögerte deutlich. „Ich … ich hoffe zumindest, dass das nicht der Fall ist", sagte sie und sah nun Nathan unschlüssig an. „Du kennst ihn ja auch. Ich denke, seine Loyalität gehört am ehesten Langdon. Ich kann mir nicht vorstellen, dass Noa zur *Garde* gehört."

Nathan nickte nachdenklich. „Ich würde ihn auch nicht so einschätzen. Aber man kann nie wissen …"

„Und ihr wollt trotzdem dorthin gehen?", fragte ich nach.

Nathan und Sam kommunizierten kurz nur über Blicke und es überraschte mich nicht, als beide fast zeitgleich nickten. Ich hingegen konnte nur den Kopf schütteln.

„Jonathan, das Treffen mit Langdon stand ohnehin noch auf unserem Plan", versuchte er mich zu beschwichtigen.

„Was spricht dagegen, es jetzt zu tun, in einer Situation, in der wir Langdon tatsächlich brauchen?"

„Dass wir gerade erst mit knapper Not der *Garde* entkommen sind", platzte es sofort aus mir heraus. „Dass die *Garde* deswegen wahrscheinlich in völliger Aufruhr ist und ihre Ohren und Augen überall haben wird! Dass es einfach Wahnsinn ist, sich in der Nähe L.A.s blicken zu lassen! Dass wir nicht wissen, was Langdons Gründe für dieses Treffen sind! Dass du in den letzten Tagen kaum zur Ruhe gekommen bist und kaum noch Kräfte und Nerven hast, die ganze Sache heil durchzustehen!"

Ich nahm einen tiefen Atemzug, weil mich das alles emotional mehr aufwühlte, als ich vertragen konnte.

„Und dass ich kein Vampir bin, und dir nicht helfen kann", setzte ich sehr viel leiser hinzu und ärgerte mich darüber, dass es mir als schwächlicher Mensch so viel schwerer fiel, meine Emotionen vor anderen zu verbergen.

Meinen Worten folgte für ein paar lange Sekunden bedrückte Stille. Meine Gründe waren gut und ich konnte in den Gesichtern der anderen lesen, dass sie ihnen nicht neu waren. Höchstwahrscheinlich hatten sie sich bereits dieselben Gedanken gemacht, kämpften seit einer ganzen Weile schon gegen diese Bedenken an.

„Die Alternative wäre nur, nichts zu tun und abzuwarten, was passiert", meinte Nathan schließlich ebenso leise. „Und wenn man die *Garde* kennt, weiß man, dass das keine gute Idee ist."

Leider hatte er damit recht. Die *Garde* zeichnete sich durch ihr schnelles und rigoroses Handeln aus. Das war wohl auch der Grund, warum sowohl Alejandro als auch Gabriel hinter Nathans Idee standen und ihn unterstützten. Unser Feind rechnete damit, dass wir uns jetzt verkrochen, uns duckten, wie die meisten Vampire es bisher immer getan hatten, wenn die Jagd auf sie eröffnet wurde. Irrational zu handeln war das Beste, um diese feige Bande zu überraschen, zu verwirren und sogar noch einen Vorteil aus der ganzen Situation zu schlagen. Davon abgesehen hatte Zachory Langdon in seinem letzten Gespräch mit mir deutlich durchblicken lassen, dass er eher an einer Kooperation mit uns interessiert war, als auch nur in irgendeiner Weise mit der *Garde* zusammenzuarbeiten. Und er hatte bisher nichts gegen uns unternommen, trug sogar den Sender bei sich, den wir ihm zugeschoben hatten. Er konnte durchaus zu einem wichtigen Verbündeten werden, wenn er tatsächlich so vertrauenswürdig war, wie wir alle es uns wünschten. Doch Wünsche waren keine Tatsachen und konnten leicht unerfüllt bleiben.

Meine größte Befürchtung war, dass Langdon sich plötzlich völlig wandelte, wenn er erst einmal das bekommen hatte, was er wollte: Nathan. Es war durchaus möglich, dass seine Kooperationsbereitschaft dann abrupt endete und wenn es ganz schlimm kam, dann versuchte er sogar meinen Freund zu verhaften, um an einem sicheren Ort all das aus ihm herauszupressen, was er wissen wollte. Andererseits konnten wir nur mehr über seine Motive erfahren, wenn wir tatsächlich das Risiko eingingen, uns mit ihm zu treffen. Nur so konnten wir ihn besser durchschauen und feststellen, ob er Verbündeter oder Feind war.

Die Überlegung sorgte dafür, dass sich mein Magen schmerzhaft zusammenzog – oder war das eher mein anhaltender Hunger? – und ich sog tief Luft in meine Nase.

„Du sagst, die Fabrik sei sicher", wandte ich mich an Barry. „Wie kommst du darauf?"

„Es gibt mehrere Ausgänge und sogar einen unterirdischen Tunnel, der extra für eine Flucht angelegt worden ist und ein ganzes Stück weit von der Fabrik wegführt", erklärte Barry rasch. „Ich werde mich mit dem Van an dessen Ausgang positionieren. Wenn alles gut verläuft, werde ich Nathan und Sam ganz normal am Fabrikgebäude abholen und wenn nicht, warte ich am Tunnel auf sie."

Ich nickte und fühlte mich mit dieser Information tatsächlich ein wenig besser. Auf diese Weise war es sogar möglich, einem Hubschrauber zu entkommen. Niemand würde von außen sehen, dass meine Freunde das Gebäude verließen.

„Und dann gibt es da noch die versteckten Kameras und Bewegungsmelder auf dem Gelände und um es herum", fuhr Barry fort. „Alejandro hat mir die Codes dafür gegeben und ich kann dann von meinem Van aus alles kontrollieren."

„Alejandro selbst kann nicht hinzukommen?", fragte ich, obwohl der Plan, den die anderen hier auf die Schnelle entwickelt hatten, tatsächlich erstaunlich gut zu sein schien.

„Er versucht es", erwiderte Nathan. „Gabriel meinte, dass er bald bei uns ankommen müsste."

„Äh ... so ganz klar ist das noch nicht", wandte Barry zu meinem Bedauern ein. „Alejandro ist da was dazwischen gekommen. Hab nämlich grad auch mit ihm Kontakt aufgenommen. Er meinte, er versucht es auf jeden Fall, aber er weiß nicht, ob er es rechtzeitig schafft."

„Das heißt dann, ihr bleibt wahrscheinlich zu dritt", stellte ich fest. „Dann komme ich mit."

Nathan starrte mich einen Augenblick lang etwas perplex an. Dann schüttelte er energisch den Kopf. „Auf keinen Fall!"

„Ihr geht da nicht zu dritt hin!", widersprach ich ihm ebenso bestimmt.

„Du bist ein Mensch, Jonathan!"

„Dann besorge ich mir halt eine Waffe! Barry hat bestimmt eine im Wagen!"

Ich wusste, dass das albern klang, aber ich konnte nicht zulassen, dass meine Freunde allein in den Krieg zogen.

„Es geht nur um ein Gespräch mit Langdon, Herr-gott-nochmal!", fuhr Nathan auf. „Da braucht niemand eine Waffe!"

Na gut, dann halt kein Krieg, sondern eine verbale Schlacht. Auch schön.

„Siehst du", gab ich etwas ruhiger zurück. „Ein Gespräch kann auch für einen Menschen wie mich nicht sonderlich gefährlich sein."

Nathan stieß ein frustriertes Stöhnen aus und fuhr sich mit einer Hand über das Gesicht.

„Eigentlich hat August gesagt, dass du im Bett bleiben und dich ausruhen sollst", meinte nun Sam und ich sah auch Valerie zaghaft neben mir nicken.

„August ...", wiederholte ich zähneknirschend. „Dem Mann kann man nur so weit trauen, wie man ihn werfen kann."

„Mit den Kräften eines Vampirs oder eines Menschen?", hakte Barry nach und ich bedachte ihn mit einem solch tödlichen Blick, dass er sofort abwehrend die Hände hob.

„Gabriel vertraut ihm", erwiderte Sam und ließ meine Verärgerung noch weiter wachsen. Natürlich vertraute der alte Vampir dem Mann. Er hatte ja auch nicht *ihn* betrogen und ausspioniert, sondern *mich*. Das erinnerte mich wieder daran, dass ich dieser Verbindung zwischen den beiden

Männern eigentlich noch hatte auf den Zahn fühlen wollen. In diesem ganzen Stress vergaß man so viele wichtige Dinge.

„Und er ist ein fähiger Arzt", setzte Nathan hinzu. „Er kann Frank zwar nicht ersetzen, dazu fehlt ihm das Wissen über die Forschung, aber er hat mir bisher immer sehr gut helfen können und dafür gesorgt, dass ich sehr sparsam mit den Mitteln, die ich noch habe, umgehen konnte."

Auch das hatte ich schon wieder verdrängt: Die Knappheit von Nathans Heilmitteln. Wir mussten unbedingt unsere Suche nach Frank Peterson fortsetzen und das konnten wir nur, wenn wir uns wieder relativ frei in den Staaten bewegen konnten. Das Gespräch mit Langdon war tatsächlich unvermeidbar.

„Gut", meinte ich und bewegte meine Schultern, um meine Anspannung abzuschütteln. „August mag ein fähiger Arzt sein, aber er ist nicht hier und kann wohl kaum feststellen, ob ich schon wieder fit genug bin, um an der Aktion teilzunehmen. Aber ich kann das und ich sage: Mir geht es bestens!"

Das war zwar gelogen, weil mein Kreislauf mir noch erhebliche Probleme machte, meine Muskulatur und mein Kopf schmerzten und der Hunger mich regelrecht folterte, aber das mussten die anderen ja nicht wissen.

„Vor wenigen Stunden warst du noch kaum fähig, überhaupt aufrecht zu sitzen, Jonathan", erwiderte mein Freund mit diesem kritischen Blick, der mir sagte, dass er mir kein Wort glaubte. „Ich werde dich auf keinen Fall mitnehmen!"

„Meinst du, die Entscheidung liegt in deiner Hand, ja?", fragte ich gereizt und zuckte fast zusammen, als sich eine warme Hand auf die meine legte. Es war lange her, dass ich eine schlichte Berührung so intensiv gespürt hatte und mein Blick wanderte verwirrt zu Valerie.

„Wir machen uns nur Sorgen um dich, Jonathan", sagte sie sanft. „Wenn du uns bei der Aktion zusammenbrichst, dann müssen wir alles abblasen."

„Ich breche nicht zusammen!", erwiderte ich empört. „Ich war schon immer ein sehr starker Mensch!"

Wie schön, dass hier niemand meine Vergangenheit kannte!

„Aber du hast dich gerade erst verwandelt", erinnerte Valerie mich und die Sorge in ihren Augen war nicht zu übersehen. „Dein Körper muss das alles erst einmal verarbeiten."

„Und ich sage, das hat er schon", log ich mit einem aufgesetzten Lächeln.

„Und wenn du dich irrst?", wagte Nathan zu fragen und wartete erst gar nicht auf eine Antwort von meiner Seite. „Dann wird dein Kreislauf zusammensacken und du bringst nicht nur unsere Aktion in Gefahr, sondern sorgst auch künstlich dafür, dass du noch länger auf deine Rückverwandlung warten musst."

Schon wieder diese fiese Karte! Mein guter Freund hatte keine Skrupel sie gegen mich einzusetzen. Mein Widerstand bröckelte bei diesen Worten nicht nur, er stürzte zum größten Teil in sich zusammen. Ich wollte nicht noch länger ein Mensch sein, konnte es nicht, wenn mich dieser Zustand davon abhielt, weiterhin an der Seite meiner Freunde zu kämpfen. Und dass Nathan mich aus allem heraushalten würde, solange ich einer war, sagte mir der entschlossene Ausdruck in seinen Augen. Er war wieder in die von ihm so geliebte Rolle des großen Beschützers geschlüpft und würde diese ganz gewiss nicht so schnell wieder ablegen. Nur lag mir der Konterpart – das schwache, kleine Wesen, das zu ihm aufschaute und sich bereitwillig von ihm leiten ließ – überhaupt nicht!

Eine Weile herrschte Schweigen an unserem Tisch. Alle warteten auf eine Reaktion meinerseits und schließlich bekamen sie diese auch. Ich nahm einen tiefen Atemzug.

„Na gut", sagte ich widerwillig und sah dabei nur den Toast auf meinem Teller an. „Da diese ganze Aktion nicht so richtig gefährlich und gut abgesichert zu sein scheint, werde ich ausnahmsweise mal davon absehen, mich daran zu beteiligen. Aber auch nur, weil ich mich tatsächlich noch nicht richtig wohl in meinem neuen Zustand fühle. Eine Sache, möchte ich allerdings noch klarstellen …"

Ich hob nun doch den Blick, sah jeden einzelnen meiner Freunde streng an.

„Ich möchte nicht, dass hier noch einmal etwas hinter meinem Rücken geplant wird und ich nur durch Zufall herausfinde, dass bald eine neue Aktion stattfinden wird. Ich bin nur ein *Mensch* – nicht geistig zurückgeblieben!"

Meine Augen blieben solange auf Nathans Gesicht haften, bis er widerwillig ein knappes Nicken von sich gab. Dann erhob ich mich und ergriff meinen Teller, eine weitere Scheibe Toast und den Käseaufschnitt im Plastikmantel.

„Entschuldigt mich bitte, aber mir ist meine Lust auf Geselligkeit für eine Weile vergangen", setzte ich noch hinzu, wandte mich um und lief zurück in mein Zimmer.

Die Rolle der beleidigten Leberwurst war zwar keine besonders reife und erwachsene und gewiss auch für einen Jonathan Haynes nicht angemessener als die des Schwächlings, doch ich musste den anderen noch einmal deutlich machen, dass ich mich ihrer Entscheidung nicht ohne Protest fügte. Es war kein schönes Gefühl, der sehr viel besseren Rolle des Anführers entbunden und stattdessen zum schwächsten Mitglied der Truppe degradiert worden zu sein. Ich hatte nie mehr in meinem Leben ein schwacher, kranker Mensch sein wollen und seit ich zum Vampir geworden war, hatte ich eigentlich auch nicht mehr damit gerechnet. Der Gedanke, das noch ein paar Tage länger ertragen zu müssen, spüren zu müssen, dass man mich nicht mehr als vollwertiges Mitglied des Widerstands gegen die *Garde* wahrnahm, war unerträglich. Ich würde das nicht so einfach hinnehmen und solange Nathan und die anderen verschwunden waren, hatte ich wenigstens Zeit und Raum, einen Schlachtplan zu entwickeln, wie ich möglichst schnell und unauffällig an Vampirblut herankam, um mich zur Not selbst zurückverwandeln zu können, wenn mir niemand dabei helfen wollte.

Es war Zeit, dass ich begann gegen die Widrigkeiten, die das Schicksal mir zugespielt hatte, anzukämpfen – mit allen Mitteln. Vielleicht hatte man mir meine übermenschlichen Kräfte genommen, aber nicht meine Freiheit.

ntworten

„Wer Fragen stellt, muss auch damit rechnen, dass er Antworten bekommt."

Kamerunisches Sprichwort

„Alles in Ordnung?"

Sam musste sich große Mühe geben, nicht zusammen-zuzucken, als sie von Nathans warmer Stimme aus ihren Überlegungen gerissen wurde und in seine fragenden, dun-kelgrünen Augen blickte. Es war kein Wunder, dass sie sich gegenwärtig nicht richtig auf das konzentrieren konnte, was vor ihnen lag, und immer wieder in tiefes Grübeln versank – in den letzten Stunden war zu viel passiert und, wie es aussah, würde es auch noch für eine Weile so weitergehen. Nachdem klar geworden war, dass Alejandro es tatsächlich nicht mehr rechtzeitig zu dem Treffen mit Langdon schaf-fen würde, hatten sie sich ohne ihn auf den Weg zum Treff-punkt gemacht. Nun saßen sie in dem ‚neuen' Van, den Eddy ihnen verschafft hatte, nicht weit von dem Fabrikge-bäude entfernt und kümmerten sich um die letzten Vorbe-reitungen für das Treffen.

Sam nickte schnell, weil Nathan immer noch auf eine Antwort von ihr wartete, und versuchte einen möglichst zuversichtlichen Gesichtsausdruck aufzusetzen, doch so ganz überzeugend war der wohl nicht, denn Nathan hob eine Hand an ihr Gesicht und strich ihr sanft über die Wange.

„Es *wird* gut gehen", versicherte er ihr und versuchte sich nun selbst an einem optimistischen Lächeln, das sie sogleich mit einem weiteren Nicken erwiderte.

Sie griff nach seiner Hand, bevor er sie wieder wegziehen konnte, und drückte sie kurz, ihm damit signalisierend, dass auch sie unbedingt an einen positiven Ausgang der ganzen Geschichte glauben wollte.

Nathans Gesichtsausdruck wurde ganz weich und zärtlich und nur eine Sekunde später fanden sich seine Lippen auf den ihren wieder, ließen sie noch einmal spüren, wie gut es ihm tat, dass sie hier bei ihm war. Viel zu schnell brach dieser Kontakt ab. Nathans Daumen strich noch einmal sanft über ihre Wange, dann wandte er sich zu dem ganz geschäftig tuenden Barry um, der schon seit ein paar Minuten versuchte, seine Technik auf das Sicherheitssystem des Fabrikgeländes einzustellen.

„Und? Bist du jetzt reingekommen?"

Barry nickte zögernd, seine Stirn vor Konzentration in tiefe Falten gelegt.

„Also, ich hab jetzt die Kameras direkt am Gebäude", erklärte er und gab ein paar weitere Kommandos über seine Tastatur ein. Sein Gesicht erhellte sich erheblich, als auf dem Bildschirm seines Laptops weitere Bilder von Videokameras erschienen.

„Und da sind auch schon die Außenkameras!", strahlte er Nathan an und der klopfte ihm mit einem anerkennenden Lächeln auf die Schulter.

„Und die Bewegungsmelder laufen jetzt auch über deinen Computer?", fragte der Halbvampir nach, konzentriert den Bildschirm anstarrend, und Sam entschied sich, ebenfalls näher zu rücken, um sich selbst mehr Zuversicht zu verschaffen. Sie wusste auch nicht genau, woher ihre wachsenden Ängste bezüglich ihrer Aktion auf einmal kamen. Ihr war nur klar, dass sie diese dringend bekämpfen musste, wenn sie Nathan eine Stütze sein wollte.

„Jup", grinste Barry auf dessen Frage und rief eine weitere Datei auf. „Wenn sich da draußen irgendetwas regt, was sich nicht regen soll, geht bei mir hier sofort der Alarm los. Eigentlich kann so nichts schiefgehen."

Nathan nickte zufrieden. „Dann zeig uns noch mal unsere Fluchtmöglichkeiten."

Barrys Finger flogen wieder über die Tastatur und nur den Bruchteil einer Sekunde später öffnete sich der Grundriss des Fabrikgebäudes vor ihren Augen. Eine dreidimensionale Ansicht, wie Sam feststellte, als Barry seine Maus bewegte und der Grundriss die Form veränderte, durchsichtige Wände und sogar einen Keller bekam.

„Also …", begann der Vampir wichtigtuerisch und ließ seine Maus ein weiteres Mal wandern.

„Hier … hier … hier und hier …", ein paar Teile des Gebäudes leuchteten bei seinen Worten rot auf – Türen soweit Sam das erkannte, „… sind die normalen Ausgänge. Und dort …", das Gebäude drehte sich, zeigte seine Unterseite deutlicher und schließlich eine Tür in der Wand des Kellers, „… ist der Eingang zum rettenden Tunnel."

Barry klickte darauf, sodass er sich öffnete und das Bild sich erneut änderte. Das Gebäude geriet wieder in die Vogelperspektive und wanderte weiter weg, während sich eine rote Linie durch den angedeuteten Wald zog und dann an einem bestimmten Punkt endete.

„Der Tunnel geht bis dorthin", fuhr Barry mit seiner Erklärung fort. „Sollte jemand auftauchen, der für euch eine Bedrohung darstellt, werde ich dort hinfahren und auf euch warten. Ich denke, es macht keinen Sinn, aus einem der anderen Ausgänge zu fliehen, solange es diese Tunnelmöglichkeit gibt. Auf diese Weise bekommt nämlich niemand mit, wo ihr seid und wohin ihr flieht. Ich muss nur aufpassen, dass mich niemand sieht."

Es tat gut, so etwas zu hören und Sam spürte, dass das flaue Gefühl in ihrem Magen, das zusammen mit ihren Ängsten gekommen war und sie nun schon seit einer ganzen Weile quälte, sofort nachließ.

„Warum fährst du dann nicht gleich dorthin, sobald wir aus dem Wagen gestiegen sind", schlug sie vor. „Dann gehst du auf Nummer sicher, dass dich niemand bemerkt. Das war doch auch der ursprünglich Plan, wenn ich mich recht erinnere."

Barry runzelte nachdenklich die Stirn und sah dann Nathan an, der bereits nickte.

„Schaden kann das nicht", meinte Nathan. „Und wenn nichts passiert, kannst du uns immer noch direkt am Gebäude abholen."

„Okay", willigte Barry mit einem Schulterzucken ein und warf dann einen Blick auf seine Armbanduhr. „Ihr solltet euch langsam auf den Weg machen. Langdon ist bestimmt überpünktlich."

Er beugte sich vor, packte eine Tasche, die in seiner Nähe stand, und zog sie zu sich heran. Sam runzelte verwirrt die Stirn, bis der Vampir in seine Tasche griff und eine CD zu Vorschein brachte. Das war gewiss die, von der Gabriel am Telefon gesprochen hatte.

„Die sollst du Langdon geben", erklärte Barry, sie Nathan hinhaltend. „Er soll sie ..."

„... seinem Onkel zukommen lassen", beendete Nathan den Satz für ihn. „Ich weiß."

Er streckte die Hand danach aus, hielt dann aber inne. „Hast du eine Kopie davon gemacht?"

Barry riss entsetzt die Augen auf und hielt die Luft an, als ob das die größte Ungeheuerlichkeit wäre, die ihm jemals in seinem Leben zu Ohren gekommen war.

„Ich bin doch nicht wahnsinnig!", stieß er voller Respekt aus. „Ich hänge an meinem Kopf!"

„Gabriel würde dich deswegen doch nicht gleich umbringen", erwiderte Nathan verärgert und ließ seine Hand wieder sinken.

„Er hat gesagt, das sei *nur* für Langdons Hände und die seines Onkels bestimmt", gab der Jungvampir rasch zurück und streckte seine Hand weiter zu Nathan vor, wedelte ungeduldig mit der CD, als wäre sie kochend heiß und er nicht mehr dazu in der Lage, sie noch viel länger in den Fingern zu halten.

„Nun nimm doch mal!"

Nathan lehnte sich zurück, holte tief Atem und sah seinen Freund streng an. „Ich will, dass du eine Kopie davon machst!"

Barry schüttelte den Kopf. „Gabriel hat gesagt ..."

„Das ist mir egal!", fiel Nathan ihm sofort ins Wort.

„Mir aber nicht!", empörte sich Barry. „Gabriel hat sich bei der Besprechung damals sehr deutlich ausgedrückt! Jeder hat sich an seine Befehle zu halten oder er wird einen Kopf kürzer gemacht!"

„Niemand wird das erfahren", hielt Nathan stur dagegen. „Es bleibt unter uns."

Barry schüttelte bereits wieder den Kopf.

„Gabriel ist kein normaler Vampir, Mann", setzte er seiner abwehrenden Geste hinzu. „Der … der ist zu Dingen fähig, von denen wir anderen nur träumen können!"

„Aber er hat bestimmt keinen Radar, der uns hier aufspüren kann und ihm sagt, was wir hier tun", unterbrach Nathan ihn streng.

„Wer weiß", gab Barry zurück und legte die CD, da Nathan sie nicht nehmen wollte, neben seinem Laptop ab. „Ich mache das nicht!"

Nathan atmete ein weiteres Mal tief ein, verschränkte die Arme vor der Brust und betrachtete sein Gegenüber kritisch. „Bist du gar nicht neugierig?"

Der junge Vampir schüttelte viel zu heftig den Kopf, um das noch als ehrliche Antwort durchgehen zu lassen, doch Sam konnte ihn verstehen. Auch wenn sie dieselbe Neugierde verspürte wie Nathan, ihr behagte der Gedanke gegen die Anweisungen Gabriels zu handeln auch nicht so richtig. Ohne Frage störte auch sie sich gewaltig daran, dass der alte Vampir anscheinend seine eigenen Pläne bezüglich der *Garde* verfolgte und ein paar Geheimnisse zu hüten schien, an denen er niemanden Anteil nehmen lassen wollte. Doch sie hatte erlebt, wie rigoros er gegen seine eigene Familie vorging, wie gefährlich er werden konnte, wenn jemand nicht das tat, was er von ihm erwartete. Vielleicht war es da tatsächlich besser, ihn lieber direkt anzusprechen, ihm die Fragen zu stellen, die einen bewegten, und nicht hinter seinem Rücken seine Anweisungen zu ignorieren.

Nathan schien das jedoch anders zu sehen.

„Gut", meinte er in einem Ton, der nichts Gutes verhieß, „dann mach ich das selbst. Weg da!"

Er nickte Barry mit einem solch grimmigen Gesichtsausdruck zu, dass dieser ohne weitere Widerworte den Platz räumte und Nathan sich vor dem Laptop niederlassen konnte.

„Bist du ... bist du sicher, dass du das tun willst?", fragte Sam vorsichtig und trat näher an ihn heran.

Nathan öffnete das CD-Laufwerk, legte die CD ein und schloss es wieder. Erst dann sah er sie an.

„Gabriel tut eine ganze Menge Dinge, ohne sich mit uns abzusprechen. Jedes Mal, wenn etwas passiert und alle Welt völlig aufgelöst ist, steht er daneben und ist die Ruhe selbst – und ich bin mir sicher, dass das nicht nur mit seiner immensen Lebenserfahrung und Selbstbeherrschung zusammenhängt. Er weiß viel mehr als wir und kann sich viel besser auf alle Eventualitäten einstellen. Da läuft etwas im Hintergrund dieser ganzen *Garde*-Vampir-Geschichte ab, an dem er uns nicht teilnehmen lässt, das aber alle Geschehnisse um uns herum immens beeinflusst. Und ich habe keine Lust mehr, ihm wie ein dummes Schäfchen hinterher zu trotten und nur das zu machen, was er mir sagt. Es geht hier um unser *aller* Leben, Sam, um *unser* Schicksal und das lege ich nicht blindlings in die Hände eines Mannes, der sich nicht in die Karten sehen lässt!"

Sam wusste nicht, wie sie darauf reagieren sollte. Eigentlich fand sie, dass Nathan mit jedem seiner Worte recht hatte, doch sie wusste ganz genau, dass sie ihm das so nicht sagen konnte. Es war nicht gut für ihn, wenn er begann Gabriel nicht mehr zu vertrauen. Und es war nicht gut, wenn er dem alten Vampir den Krieg erklärte, anstatt ihn direkt auf das anzusprechen, was ihn störte.

Das Laufwerk gab ein leises Brummen von sich und Nathan wandte sich wieder von ihr ab, versuchte nun den Inhalt der CD abzurufen. Doch das schien nicht ganz so einfach zu sein, denn sofort erschienen ein paar Anzeigen auf dem Monitor.

Zu Sams Überraschung trat Barry wieder näher heran. „Das dachte ich mir schon ... Das ist kodiert. Du brauchst ein Codewort um das zu öffnen."

„Brauche ich es auch, um den Inhalt zu speichern?", fragte Nathan ungeduldig.

Barry atmete tief ein und stieß dann die Luft wieder geräuschvoll aus.

„Nein ...", gab er zurück, beugte sich nun selbst wieder über Tastatur und Maus und gab ein paar Befehle ein. Sam sah ein kleines, zufriedenes Lächeln über Nathans Lippen huschen, das Barry nicht bemerkte, und musste selbst schmunzeln. Schön zu sehen, dass sie nicht die Einzige war, die Nathan in manchen Situationen nichts entgegensetzen konnte.

„Okay", meinte Barry nach wenigen Sekunden und zog sich mit erhobenen Händen wieder vom Computer zurück, als hätte er Angst, das Gerät könne jede Sekunde explodieren.

„Jetzt musst du nur auf Enter drücken, dann wird der Inhalt der CD auf meinem Laptop gespeichert. Nur dass das klar ist: Ich hab damit nichts zu tun!"

„Aber natürlich nicht", erwiderte Nathan, ohne ihn anzusehen, und führte den Befehl aus. Sofort begann das Gerät zu arbeiten und Nathan erhob sich.

„Jetzt brauche ich nur noch jemanden, der später den Code für mich knackt", meinte er leichthin und hob provokant eine Augenbraue in Barrys Richtung.

„Ich ganz bestimmt nicht!", erwiderte der mit erneut abwehrend erhobenen Händen und Nathan nickte.

„Aber natürlich nicht", wiederholte er seine soeben gesprochenen Worte, ohne eine Miene dabei zu verziehen. „Die Idee würde mir auch *nie* kommen."

Ein leises Piepen verriet, dass der Kopiervorgang abgeschlossen war, und Nathan nahm flink die CD heraus und verstaute sie wieder sicher in ihrer Hülle, um sie dann in die Innentasche seiner Jacke zu stecken. Dann wandte er sich zu Sam um.

„Wollen wir?", fragte er mit einem sanften Lächeln und ihr Herz machte einen kleinen Sprung. Urplötzlich war alles wieder da: die Bedenken, das Unwohlsein, die leichte Übelkeit… Dennoch nickte sie tapfer, machte einen großen Schritt an die Hintertür des Vans heran und öffnete diese. Gleißend helles Sonnenlicht ergoss sich sofort in das dunkle Innere des Wagens und brachte mit seiner Helligkeit auch ein wenig Zuversicht herein.

„Du funkst uns an, wenn du am Tunnelausgang angekommen bist?", hörte sie Nathan fragen, als sie schon einen Fuß auf die staubige Straße gesetzt hatte.

Barry musste Nathan wohl nonverbal geantwortet haben, denn sie konnte ihn trotz ihres momentan überdurchschnittlich gut funktionierenden Gehörs nicht vernehmen, und nur Sekunden später trat Nathan neben sie ins Sonnenlicht. Sein Blick glitt wie der ihre über die Landschaft um sie herum. Es war eine relativ gut bewachsene, grüne Gegend; Wiesen und Felder zu ihrer Rechten, ein kleines Wäldchen zu ihrer Linken. Ebenfalls auf der linken Seite lugte auch das graue, längliche Dach eines Gebäudes zwischen den Baumwipfeln hervor – die Fabrik, wenn sie sich nicht irrte. Ihr Treffpunkt.

Ihre Augen wanderten hinauf in Nathans Gesicht, der ihren Blick erwiderte und dann auffordernd in Richtung des Gebäudes nickte. Mehr brauchte sie nicht, um loszulaufen. Es tat gut, einen Teil ihrer Anspannung in Bewegung umsetzen zu können.

Den Weg hinunter zum Fabrikgebäude zu bewältigen, dauerte nicht lange und es störte sie auch nicht, dass Nathan dabei seinen eigenen Gedanken nachhing und sich nicht darum bemühte, ein Gespräch mit ihr zu beginnen. Ihr war augenblicklich selbst nicht danach, ihre Überlegungen in Worte zu kleiden – ganz davon abgesehen, dass sie sich ein paar davon gar nicht leisten konnte. Jetzt war nicht der richtige Zeitpunkt, um darüber zu sprechen.

Auch wenn Nathan sich bei ihrer gemeinsamen Fahrt zum Treffpunkt darum bemüht hatte, sich nicht anmerken zu lassen, wie sehr ihn das anstehende Gespräch mit Langdon beschäftigte und nervlich belastete, kannte sie ihn zu gut, nahm jede verdächtige Regung seines Körpers, seines Gesichtes wahr, konnte in seinen ausdrucksvollen Augen lesen, welche Gefühle ihn belasteten. Da waren Angst, Unsicherheit und vor allem große Sorge. Er wusste genauso gut wie sie oder auch Jonathan, wie riskant es war, sich in einer solchen Eile mit dem FBI-Mann zu treffen, so wenig vorbereitet und abgesichert. Und er wusste auch, dass seine Nerven durch die vorangegangenen Geschehnisse nicht besonders stabil waren und es ihm nur allzu leicht passieren konnte, dass der Vampir in ihm in einer stressigen Situation die Kontrolle übernahm. Nur das war wohl auch der Grund, dass er es zugelassen hatte, dass Sam mitkam. Sie war sein Rettungsseil, wenn er selbst nicht mehr dazu in der Lage war, die Notbremse zu ziehen, war sie doch neben Gabriel die einzige Person, die eine gewisse Kontrolle über den immer noch nicht vollständig zivilisierten Vampir in seinem Inneren hatte.

Zweifellos sorgte ihre Anwesenheit auf der anderen Seite auch für noch mehr Stress in Nathans Innerem, weil er seinen Beschützerinstinkt ihr gegenüber nicht ausschalten konnte und sich nun gleich dreimal so viele Sorgen um ihre Sicherheit machte, als wenn er allein losgefahren wäre. Wie gern hätte Sam ihn beruhigt, so viel Ruhe und Gelassenheit auf ihn ausgestrahlt, wie es nur ging, aber sie konnte es nicht. Auch sie war nach den Anstrengungen der letzten Tage nicht mehr sie selbst, fühlte sich schwach und verletzlich und nervlich sehr instabil. Zudem ging es ihr auch physisch nicht gut. Sie war so erschöpft wie schon lange nicht mehr und verspürte eine tiefe Sehnsucht, zusammen mit Nathan in ein weiches Bett zu klettern, sich an seinen warmen, starken Körper zu kuscheln und einfach nur zu schlafen – am besten gleich für mehrere Tage. Dass sie das nicht konnte, machte sie traurig, übellaunig und nervös.

Früher hatte es immer geholfen, an etwas Schönes zu denken, sich abzulenken, aber das gelang ihr gerade nicht, denn jegliches Bild, das sie sah, hatte mit ihren Problemen zu tun und ihrem starken Bedürfnis diese endlich zu lösen, einen Teil der Last von ihren Schultern zu rollen. Eigentlich war nur Gabriels Anruf daran schuld und zwar nicht nur das, was er gesagt hatte, sondern vielmehr die Tatsache, dass sie es *gehört* hatte. Nathan war bestimmt ein oder zwei Meter von ihr entfernt gewesen und dennoch hatte sie jedes einzelne Wort des alten Vampirs verstanden. Sie hatte sich dafür noch nicht einmal anstrengen müssen. Und das merkwürdige Verhalten des alten Vampirs ... seine Aufforderung an Nathan, das Zimmer zu verlassen, damit sie nicht mehr zuhören konnte – selbstverständlich hatte sie das erst recht aufhorchen lassen.

Sie war nicht im Bett geblieben, war an die Tür herangeschlichen und hatte gelauscht, ihr Gehör zu neuen Höchstleistungen herausgefordert. Gabriel hatte sie dennoch nicht weiter vernehmen könne, aber zumindest Teile dessen, was Nathan gesagt hatte. Diese hatten ihr gar nicht gefallen. Es war genau dieses Gespräch gewesen, dieser Moment, in dem ihr zum ersten Mal bewusst geworden war, dass sie sich verändert hatte, dass sie plötzlich über Fähigkeiten verfügte, die sie zuvor nicht besessen hatte. Fähigkeiten, die mit der Zeit, die verging, nicht etwa abebbten, sondern langsam, aber sehr kontinuierlich anwuchsen. Auch wenn sie körperlich nicht gerade in Bestverfassung war – ihre Sinne funktionierten so gut wie noch nie zuvor in ihrem Leben.

Vor ein paar Monaten noch hatte sie das Gefühl gehabt, schlechter zu sehen, vielleicht kurzsichtig zu werden – jetzt war das völlig anders. Selbst Dinge, die sehr weit entfernt waren, sah sie gestochen scharf und fand sich auch im Dunklen erstaunlich gut zurecht. Gerüche drangen ihr schon in den feinsten Nuancen an die Nase und ihr Gehör nahm Dinge wahr, die ein normaler Mensch überhaupt nicht registrierte. Und dann gab es da noch diese Hitze- und Kälteschübe, die leichten Kreislaufstörungen, die sie dann und wann vor allem in ihren Ruhephasen überfielen. Das war doch alles nicht mehr normal!

Nathan hatte mit Gabriel über den Vorfall mit Hendrik gesprochen und da war ihr ganz anders geworden. Bisher hatten alle so getan, als wäre ihr Kontakt mit Vampirblut nicht weiter schlimm und ohne Folgen geblieben. Wie es jetzt aussah, stimmte das nicht so ganz.

Ihr Freund war ab einem bestimmten Punkt sehr leise geworden und es war ihr sehr schwer gefallen, noch etwas zu verstehen. Dennoch war sie sich sicher, mehrfach das Wort ‚Bluttyp' und ‚Verwandlung' gehört zu haben und dann hatte er nach einer Liste gefragt und sie vollends verwirrt. Sicherlich war das, was Sam aus dem Gespräch erfahren hatte, nur sehr vage und ließ alle möglichen Schlüsse zu, die alle falsch sein konnten, aber es gab eine Sache, die ihr trotzdem große Angst machte: der Gedanke sich doch noch durch Hendriks Blut in einen Vampir zu verwandeln.

Sprach nicht alles dafür? Waren die außerordentlich gut funktionierenden Sinne nicht gerade das, was einen Vampir auszeichnete? Was war, wenn sie sich körperlich nur so schlecht fühlte, weil sie sich verwandelte, weil sich ihr menschlicher Stoffwechsel ganz langsam auf den eines Vampirs einstellte?

Nathan hatte ihr gesagt, dass es so etwas nicht gäbe und auch Peterson hatte erklärt, dass sich gerade Menschen mit ihrem Bluttyp besonders schnell in Vampire verwandelten – was für alle anderen ausschloss, dass sie sich durch Hendrik mit den Vampirhormonen infiziert hatte. Aber was war, wenn sie sich irrten? Was war, wenn sie die einzige Person in dieser Welt war, bei der eine Verwandlung extrem langsam vonstattenging? Wunder gab es immer wieder – nur wollte sie auf gar keinen Fall ein solches Wunder sein.

„Ja", riss Nathans Stimme sie aus ihren beängstigenden Überlegungen und als sie wieder zu ihm aufsah, bemerkte sie, dass er gar nicht mit ihr sprach, sondern mit Barry, denn er drückte sich soeben sein Empfangsgerät tiefer ins Ohr.

Sam fummelte hastig ihr eigenes Gerät aus ihrer Hosentasche, das sie zuvor dort verstaut hatte, und zwang sich selbst, sich bloß nicht auf das Gespräch von Nathan und Barry zu konzentrieren, um nicht schon wieder feststellen zu müssen, dass ihr Gehör viel zu gut funktionierte. Sie drückte sich den Knopf so ungeduldig ins Ohr, dass es fast wehtat, und atmete dann erleichtert auf, als sie nun deutlich Barrys Stimme in ihrem eigenen Ohr vernahm.

„... schon echt nah dran", beendete er gerade seinen Satz und Sam wagte es erst jetzt wieder, Nathan anzusehen. Seine Brauen hatten sich zusammengezogen und der Blick, mit dem er sie bedachte, sagte ihr, dass er ihr eigenartiges Verhalten sehr wohl registriert hatte und nicht genau wusste, was er davon halten sollte.

„Und die scheinen in 'nem Affentempo zu fahren", fuhr Barry derweilen fort. „Unser Sender bewegt sich sehr schnell auf euch zu. Also solltet ihr besser mal reingehen."

Nathan nickte knapp und betrachtete noch einmal das Gebäude, vor dem sie stehengeblieben waren. Sam tat es ihm sofort nach. Die Fabrik sah nicht aus wie eine solche. Dazu war sie zu klein und schon sehr heruntergekommen. Graue, blanke Betonwände, Stahltüren und ein paar größere Fenster weiter oben im Bau, von denen einige nicht mehr ganz intakt waren, zeichneten sie aus. Die Tür, vor der sie standen, schien aus schwerem Stahl zu bestehen, und Sam stellte stirnrunzelnd fest, dass sie anscheinend weder eine Klinke noch ein Schloss besaß.

„Ähm ... Barry?", hörte sie Nathan nun sagen und schloss aus seinem Tonfall und der tiefer werdenden Falte zwischen seinen Brauen, dass er wohl dieselbe Schwierigkeit gesichtet hatte wie sie. „Wie genau sollen wir da reinkommen?"

„Oh, ach so!", gab der junge Vampir zurück. „Wartet…"

Es dauerte nicht einmal eine volle Sekunde, bis ein Klicken und dann ein lautes Brummen ertönte. Und das Wunder geschah.

„Sesam öffne dich!", hörte Sam Barry mit feierlicher Stimme sagen und die Tür schob sich mit einem metallischen Quietschen und einem sehr unangenehmen Schleifgeräusch ganz von selbst auf.

„Ich *liebe* Technik!", setzte er noch begeistert hinzu.

Nathan schien nun wahrlich keine Zeit mehr verlieren zu wollen, denn er trat, ohne weiter zu zögern, in das düster wirkende Innere des Gebäudes. Sams Puls beschleunigte sich sofort, als sie ihm folgte, obwohl ihr von dort keine Gefahr drohen konnte. Doch ihr wurde nun mit jeder verstreichenden Sekunde bewusster, dass Zachory und Noa bald bei ihnen sein würden und es dann keine Möglichkeit mehr gab, diesem konfliktreichen Gespräch zu entgehen.

Das Innere des Gebäudes bestand aus einer riesigen Halle, in der sich einige größere Maschinen, Gabelstapler, Fließbänder und mehrere Reihen von Arbeitstischen befanden, und nach den Konserven zu urteilen, die in ein paar Kartons eingepackt waren, wurde hier wohl unter anderem Mais in Büchsen abgepackt. Das erklärte auch die vielen Maisfelder in der Nähe. Allerdings hatte hier schon lange niemand mehr gearbeitet, denn überall um sie herum hatte sich eine dicke Schicht Staub abgesetzt und in einigen Ecken hingen sogar Spinnennetze – bewohnte Spinnennetze, wie Sam bei genauerem Hinschauen mit Schaudern feststellte. Diese Art von Tieren gehörte nicht unbedingt zu den Lebewesen, die sie besonders mochte.

„Und wo genau sollen wir jetzt hin?", hörte Sam Nathan fragen, während sie sich noch weiter umsah. Zu ihrer linken Seite befand sich so etwas wie ein Haus im Haus – ein schuppenähnlicher, etwas größerer Extraraum, vermutlich ein Büro.

„Links von euch müsste ein Büro sein", kam auch schon Barrys Antwort und Sam lief sogleich darauf zu, öffnete die Tür und war freudig überrascht, als sie feststellte, dass der Raum nicht annähernd so schlimm aussah, wie sie zuerst befürchtet hatte: Kaum Spinnennetze und weitaus weniger Dreck! In der rechten Ecke gab es einen Bürotisch mit Drehstuhl, hinter dem ein paar Aktenschränke zu erkennen waren, und auf der linken Seite einen zusätzlichen größeren Tisch mit vier weiteren Stühlen – genau ausreichend für ihre kleine Gesprächsrunde.

Sie spürte, dass Nathan hinter ihr eintrat und ging auf den Tisch zu, erleichtert dieses aufregende Gespräch nicht im Stehen führen zu müssen. Ihre Beine waren schon jetzt viel zu weich. Durch das Fenster in diesem Teil des Raumes konnte man gut den Eingang des Gebäudes beobachten und Sam bemerkte, dass Barry die Tür hatte offen stehen lassen, wohl um Zachory einen Hinweis darauf zu geben, wo er und Noa nach ihnen suchen mussten. Auch gab es direkt hinter ihr noch eine weitere Tür, die Nathan kurz öffnete und wieder schloss, wohl um sicher zu stellen, dass ihnen diese Fluchtmöglichkeit nicht versperrt war. Er machte einen zufriedenen Eindruck und schenkte ihr ein weiteres zuversichtliches Lächeln, das sie ihm dieses Mal ohne Probleme zurückgeben konnte. Das alles hier machte tatsächlich einen ganz guten Eindruck – jetzt war nur noch zu hoffen, dass sie sich bezüglich Zachory Langdon nicht geirrt hatten und er hier, wie versprochen, ohne Polizei oder gar ihren Feinden anrückte. Normalerweise konnte sie sich auf ihre Menschenkenntnis verlassen, aber auch sie hatte sich schon das ein oder andere Mal in ihrem Leben geirrt.

„Also, wenn ich mich nicht täusche, dann fährt Langdon gerade jetzt vor eurer Tür vor", meinte Barry nun und Sams Herz machte einen Sprung, als sie tatsächlich Motorengeräusch und das Knirschen von Sand unter Rädern vernahm. Sie war nicht die Einzige. Nathan, der ganz dicht neben ihr stand und nun ebenfalls konzentriert aus dem Fenster zur Tür hinüber sah, verspannte sich sofort spürbar und Sam sah ein kaum merkliches Zucken durch seinen Körper gehen, als auch das Klappen von Autotüren ertönte.

Es vergingen wieder nur ein paar Sekunden und die erste Gestalt erschien zögernd in der Tür: groß, gutaussehend, in einen teuren grauen Anzug gekleidet, eine Aktentasche in der Hand und sich misstrauisch nach allen Seiten umsehend. In dieser dreckigen, alten Fabrikhalle sah der FBI-Mann ein wenig fehl am Platze und Sams Herz pochte nun noch viel schneller gegen ihre Rippen. Es schien ihr schon beinahe eine halbe Ewigkeit her zu sein, seit sie Zachory Langdon das letzte Mal gesehen hatte, dabei war erst maximal eine Woche vergangen, wenn sie sich nicht irrte. Nur hatten sie sich bei ihrem letzten Treffen nicht richtig miteinander austauschen können, hatten einander weder unangenehme Fragen stellen noch ausweichende Antworten geben können. Das war wohl zumindest ihm nicht allzu bekommen, denn er machte einen weitaus grimmigeren, entschlosseneren Eindruck als bei ihrer letzten Begegnung. Einen Eindruck, der ihr etwas Angst machte.

Hinter Zachory schob sich nun Noa Harris durch die Tür, mit misstrauisch gerunzelter Stirn und einer schon von Weitem erkennbaren Anspannung. Auch wenn Sam sich nicht darüber im Klaren war, inwieweit der Lieutenant in die ganze Geschichte involviert war, tat es ihr gut, ihn zu sehen. Es fühlte sich an, als würde er einen kleinen Teil ihres alten Lebens mit sich bringen. Da waren die vertrauten Züge, die ihr bekannte Gestik und Mimik – aber auch dieser entschlossene, konzentrierte Ausdruck auf seinem Gesicht, der Sam schon früher immer gesagt hatte, dass er in einer sehr heiklen Angelegenheit ermittelte, über die er nicht sprechen wollte. Die heikle Angelegenheit waren dieses Mal wohl sie und Nathan und was die Neigung zur Verschwiegenheit anging ... nun, sie hoffte zumindest sehr, dass es sich damit dieses Mal anders verhielt. Schließlich waren ja auch sie beide in gewisser Weise Informanten.

„So wie's aussieht, sind sie tatsächlich allein da", meinte Barry und ein Welle der Erleichterung schwappte über Sams Körper hinweg. Das war doch auf jeden Fall schon mal ein guter Anfang.

Zachorys Blick war an dem Büro hängengeblieben oder vielmehr an dem großen Fenster, durch das sie und Nathan wahrscheinlich auch für ihn gut zu sehen waren, denn nun bewegte er sich wieder, kam mit raschen Schritten auf sie zu, dicht gefolgt von Noa.

„Na, dann mal los", murmelte Nathan und wandte sich sofort zur Tür um, sich für alles wappnend. „Lasst das Pokerspiel beginnen."

Sam nahm fast zeitgleich mit ihm einen tiefen Atemzug und nur Sekunden später betrat der FBI-Agent den Raum. Er blieb kurz stehen, seinen Blick erst über sie und dann weitaus auffälliger über Nathan gleiten lassend. Dann schüttelte er den Kopf und ein seltsames Lächeln erschien auf seinen Lippen. Noa hingegen machte beinahe einen schockierten Eindruck, als er ebenfalls durch die Tür getreten war und Nathan entdeckte hatte. Ihm war deutlich anzumerken, dass er nicht geglaubt hatte, ihn hier wirklich vorzufinden.

„Phillips ...", murmelte Zachory leise, weiterhin lächelnd und noch einmal den Kopf schüttelnd. „Wenn ich ehrlich bin, hatte ich meine Zweifel, dass Sie hier tatsächlich auftauchen würden."

Ein weiteres Mal glitt sein Blick über Nathan, der sich wohl dazu entschlossen hatte, sich erst einmal gar nicht zu äußern und abzuwarten, was die beiden Neuankömmlinge sagten oder gar taten.

Sam entschloss sich dazu, dasselbe zu tun, obwohl ihr das ‚Stillsein' gar nicht lag.

Zachory kam nun doch näher heran, ließ seinen Blick dabei kritisch über die Inneneinrichtung des Büros gleiten und verzog seine Lippen zu einem geringschätzigen Lächeln. Lieutenant Harris hingegen blieb weiterhin an Ort und Stelle stehen, starrte Nathan perplex an und stieß dann ein leises „Wie ist das möglich?" aus.

„Ja, wie ist das möglich?", griff Zachory sogleich seine Frage auf und ließ seinen Blick von Nathan zu Sam wandern. „Schön, dass Sie auch da sind, Sam – mit Ihnen hatte ich allerdings fest gerechnet. Entweder um mir zu sagen, dass ich noch auf mein Gespräch mit Nathan warten müsse oder um ihm helfend zur Seite zu stehen. Ich muss nicht sagen, dass mir letzteres weitaus besser gefällt, oder?"

„Bestimmt nicht", befreite sich Sam aus ihrer Stummheit und bemühte sich dabei um ein einigermaßen freundliches Lächeln. „Und Sie wissen ja, Zachory. Ich bin ein Freund der Eine-Hand-wäscht-die-andere-Praxis."

Langdon stieß ein kleines, nicht sehr überzeugendes Lachen aus. „Das dachte ich mir schon. Aber ich denke, ein wenig Aufklärung über die wundersame Heilung des Nathan Phillips wäre im Vorfeld nicht schlecht, um die Atmosphäre zwischen uns mal etwas … sagen wir: aufzulockern."

„Dr. Milford im Universitätsklinikum sagte mir, Sie wären so schwer verletzt gewesen, dass Sie diese … diese Entführung unter Garantie nicht überleben würden", wandte sich Noa in seiner anhaltenden Fassungslosigkeit direkt an Nathan. „Und das ist jetzt erst maximal zehn Wochen her …"

Er schüttelte nun wie Zachory zuvor den Kopf und wagte es endlich, näher heranzukommen, Nathan eingehend musternd. „Wie … wie können Sie da so aussehen, sich so unbeschwert bewegen?"

„Das ist in der Tat eine sehr gute Frage", setzte Zachory hinzu und hob auffordernd die Brauen.

„Vielleicht sollten wir uns erst einmal setzen", schlug Nathan vor und zog einen der Stühle zurück, auffordernd auf seine Sitzfläche weisend.

Zachory zögerte nur einen kurzen Moment, dann trat er heran, ließ sich darauf nieder und nickte Noa auffordernd zu. Der konnte sich erst dazu durchringen, es ihm gleich zu tun, als sich auch Sam und Nathan am Tisch niedergelassen hatten und damit zeigten, dass sie bereit waren, Antworten zu geben – vielleicht nicht auf alle Fragen, doch zumindest auf einige.

Zachory holte Luft, um etwas zu sagen, doch Noa war schneller. „Weißt du eigentlich, dass du polizeilich gesucht wirst, Sam? Nicht erst seit dieser Geschichte von gestern, sondern schon seit ihr Nathan aus dem Krankenhaus geholt habt. Dir und diesem Jonathan Haynes wird Entführung und fahrlässige Tötung angelastet. Ihr habt es nur Zachory zu verdanken, dass nicht sofort eine Großfahndung nach euch gestartet wurde."

Sam nickte und fühlte sich gleichzeitig verpflichtet den Kopf zu schütteln. „Wir haben Nathan damit gerettet – nicht gefährdet und …"

Sie hielt kurz inne, versuchte sich besser zu konzentrieren. „Die Geschichte von gestern? Was meinst du damit?"

„Es heißt, ihr hättet mehrere Tankstellen überfallen und einen Mann erschossen", erklärte Noa und tiefe Sorge sprach aus seinen braunen Augen, während Sams immer größer wurden und ihr Entsetzen ihr die Kontrolle über die Stimmbänder nahm.

Nathan hingegen stieß ein Geräusch aus, das zwar an ein Lachen erinnerte, aber sehr viel deutlicher seinen eigenen Unglauben zum Ausdruck brachte.

„Tankstellen?", wiederholte er.

„Ganz genau", sagte nun Langdon und lehnte sich in seinem Stuhl zurück, ihn noch einmal musternd. „Das hat ohne Zweifel dazu geführt, dass eure Fahndungsbilder an alle Tankstellen in L.A., San Diego und der näheren Umgebung gesendet wurden."

„… und wir jetzt keine Chance mehr haben, unerkannt unseren Wagen aufzutanken", beendete Nathan seinen Satz, während Sam heiß und kalt zur selben Zeit wurde. „Sehr intelligent."

„Was soll das heißen?", hakte Noa sofort nach. „Wer ist intelligent?"

„Die Leute, die uns verfolgen", entfuhr es Sam sofort. „Wer sonst? Du hast doch nicht etwa ernsthaft geglaubt, dass wir so etwas tun würden, Noa?!"

Ihr alter Freund sah sie ein paar Sekunden lang nachdenklich an, dann schüttelte er den Kopf.

„Eigentlich nicht. Ich hatte nur diese Meldung und …"
Er sah kurz zu Zachory hinüber und der gab ihm mit einem knappen Nicken zu verstehen, dass er weiterreden durfte.

„Zachory und ich … wir … wir arbeiten schon eine ganze Weile zusammen an diesem Fall. Daher dachte ich mir eigentlich sofort, dass diese Meldung eine Finte ist. Bisher konnte auch niemand in meinem Team die Tankstellen ausmachen, die ihr angeblich überfallen haben sollt, genauso wenig, wie es irgendwo einen Toten gibt."

„Und warum läuft die Fahndung nach uns dann noch?", hakte Sam nach und konnte nicht verhindern, dass in ihrer Stimme ein Hauch Empörung mitschwang.

„Weil es nicht so leicht ist, eine mit einer solchen Dringlichkeitsstufe wieder einzustellen", beantwortete dieses Mal Zachory ihre Frage. „Das dauert seine Zeit – ganz davon abgesehen, hat sie es uns ermöglicht, endlich dieses lange überfällige Gespräch zu führen und uns selbst davon zu überzeugen, dass Nathan am Leben und gesund und munter ist."

Er lächelte provokant und Nathan erwiderte sein Lächeln auf dieselbe Weise.

„Du sagtest, ihr arbeitet schon eine Weile an diesem Fall", blieb Sam hartnäckig an der Sache dran und richtete ihre Aufmerksamkeit bewusst auf Noa, weil sie das Gefühl hatte, aus ihm mehr herauszubekommen.

„Was meinst du damit? Nathans Entführung?"

„Unter anderem", erwiderte Noa ausweichend und wieder folgte ein Blick zu Zachory hinüber.

Der FBI-Mann sah nun Sam an. Sein Lächeln war verschwunden und zum ersten Mal, seit er hier angekommen war, fiel ihr auf, dass auch er keinen besonders entspannten Eindruck machte. Da waren sogar dunkle Schatten unter seinen Augen, die bewiesen, dass er in letzter Zeit nicht viel Schlaf bekommen hatte, und ein Hauch von Besorgnis in seinem Blick, der ungehindert durch seine kühle Maskerade drang.

„Wir haben doch längst darüber geredet, Sam", erwiderte er matt.

„Nicht im Detail", gab sie zurück. „Es war mehr ein … Kampf um Informationen als ein richtiger Austausch."

Zachorys Brauen hoben sich und Sam wusste, dass sie sich etwas zu weit aus dem Fenster gelehnt hatte. Doch nun gab es kein Zurück mehr.

„Heißt das, ihr wünscht euch mehr Direktheit, mehr Ehrlichkeit?" Er wartete gar nicht erst auf ihre Antwort. „Das finde ich gut, denn mir geht es genauso. Wie siehst du das?"

Er warf Noa einen fragenden Blick zu, der sofort nickte.

„Ich denke, etwas mehr Offenheit kann niemandem von uns schaden."

„Schön", stimmte nun auch Sam zu. „Dann geht doch bitte mit gutem Beispiel voran und beantwortet meine Frage. Euer Fall … ist das Nathan?"

„Sagen wir es mal so", meinte Zachory gedehnt, „mit ihm hat alles angefangen. Welche Dimensionen die ganze Sache entwickeln würde, war weder Noa noch mir damals klar. Ich bin kein Freund von Verschwörungstheorien – die meisten halte ich für die Hirngespinste geistig kranker Menschen, aber was wir in den letzten Monaten erlebt und herausgefunden haben …"

Er sprach nicht weiter, da er wohl selbst gespürt hatte, dass seine eigenen Sorgen und Bedenken aus ihm herausplatzen wollten. Stattdessen nahm er einen tiefen Atemzug und versuchte seine Gedanken wieder zu sortieren.

„Es ist de facto so, dass es da eine Organisation gibt, die hinter euch her ist – aus welchem Grund auch immer – und jedes erdenkliche Mittel einsetzt, um euch in die Finger zu bekommen. Und sie sind mächtig – mächtiger, als ich angenommen hatte. Zumindest haben sie einflussreiche Verbündete überall in unserem Staats- und Rechtssystem. Diese Vermutung hatte ich bereits nach unserem kleinen Chat via Internet und sie hat sich leider bestätigt. Was mir allerdings ebenfalls nach und nach klargeworden ist, ist die Tatsache, dass diese Gruppe um Jonathan Haynes herum wohl das Entstehen dieser … *Garde* erst hervorgerufen hat und es keineswegs so ist, dass eure Freunde nur arme Opfer sind. Und wenn ich mich nicht täusche, hat auch dieser Jonathan viel Einfluss und schreckt nicht vor unlauteren Mitteln zurück, um den Machtkampf mit der *Garde* zu gewinnen …"

Zachorys Augen ruhten nun auf Nathans Gesicht.

„Dann bist du wohl falsch informiert", reagierte der Angesprochene gelassen und Sam bewunderte ihn insgeheim dafür, weil sie selbst sich immer unwohler in ihrer Haut fühlte. Nicht nur weil Zachorys Tonfall so schneidend und vorwurfsvoll geworden war, sondern auch weil sie das starke Gefühl befallen hatte, dass heute die Stunde der Wahrheit gekommen war. Was für Absprachen er auch immer im Vorfeld mit Jonathan gehabte hatte – sie war sich sicher, dass sie nichts bei Langdon erreichen würden, solange er keine Antworten auf seine Fragen bekam, solange sie ihn nicht davon überzeugen konnten, dass sie die ‚Guten' waren und sie alle zusammen gegen die *Garde* kämpfen mussten.

„Tatsächlich?", fragte der FBI-Mann nach und hob herausfordernd eine Braue. „Dann sind das nur ein paar nette

Kumpels um ihn und dich herum, die dir nur helfen wollen gegen diese böse Organisation anzukämpfen, die … nochmal was genau mit dir gemacht hat?"

„Das habe ich nicht gesagt", gab Nathan ruhig zurück, obwohl Sam deutlich spüren konnte, dass Langdons letzte Bemerkung für eine erhebliche Anspannung seines Körpers gesorgt hatte. „Die *Garde* existiert länger als die Gruppe, die sich um Jonathan und mich gesammelt hat. *Sie* bedrohen *uns* und nicht umgekehrt. Hier geht es nur um Selbstverteidigung in einer Situation, in der unser so hochgepriesenes Staats- und Rechtssystem anscheinend nichts ausrichten kann."

Dieses Mal war es Zachory, dessen Augen verärgert aufglommen. Nathan hatte wohl einen empfindlichen Nerv getroffen und sorgte dafür, dass die Maskerade des FBI-Mannes zu bröckeln begann.

„Ich hatte bisher nicht gerade das Gefühl, als hättet ihr ernsthaft Hilfe bei staatlichen Behörden gesucht und versucht euer Problem mit legalen Mitteln zu lösen", erwiderte er schneidend.

„Vielleicht weil wir bereits wissen, dass dies nicht möglich ist", konterte Nathan sofort.

„Aus Erfahrung?", hakte Langdon hellhörig nach. „Heißt das, es gab schon einmal solche Schwierigkeiten zwischen der *Garde* und eurer ‚kleinen' Widerstandsbewegung?"

Allein die Art, wie Zachory die letzten beiden Worte betonte, verriet Sam, dass er genau wusste, dass ihre Gegenorganisation nicht annähernd so klein war, wie Nathan ihm weismachen wollte.

„Vielleicht", erwiderte der ausweichend, setzte jedoch nichts weiter hinzu.

Zachory betrachtete ihn für einen langen Augenblick schweigend und Noa beugte sich wieder vor. Die beiden entpuppten sich langsam als ziemlich gutes Team.

„Was ich nicht ganz verstehe, ist, was diese Leute von Ihnen wollen, Nathan", sagte er sehr viel sanfter und einfühlsamer als Langdon. „Das alles ist doch … Wahnsinn! Sie werden entführt, tauchen schwer verletzt wieder auf, verschwinden und … jetzt sitzen Sie hier, als hätten Sie nie irgendwelche Verletzungen davongetragen. Der Arzt in der Klinik meinte, Sie hätten Blutwerte gehabt, die er noch nie zuvor gesehen hatte, und Zachory hat mir erzählt, dass Ihre Entführer Versuche mit Ihnen gemacht hätten. Also, was zur Hölle ist hier überhaupt los?!"

„Was haben euch denn die Leute von der *Garde* erzählt?", fragte Nathan zurück und Sam sah Noa sofort an, dass Nathans Worte völlig ins Schwarze trafen. Er zuckte nicht zusammen, doch da war ein Flackern in seinem Blick und er wich ganz automatisch wieder zurück.

„Zachory hat mir gesagt, dass sie Kontakt zu ihm aufgenommen haben", schaltete sich Sam jetzt wieder ein. „Und wenn du wirklich so eng mit ihm zusammenarbeitest, wie du behauptest, dann weißt du das."

Noa schwieg noch einen Atemzug lang. Dann nickte er.

„Hast auch du die Liste gesehen?", hakte Sam nach.

Wieder war ein Nicken die Antwort.

„Warum reden wir dann noch so lange um den heißen Brei herum? Ihr habt die Namen gesehen und wisst, wie viele Menschen von den Killerkommandos dieser Organisation bedroht werden. Alles, was wir wollen, ist, dass das endlich aufhört!"

„Nun, ich denke nicht, dass Gräfin Elizabeth Báthory oder Vlad, der Dritte, derzeit auf der Flucht vor diesen

Menschen sind", wandte Zachory mit einem kleinen, abfälligen Lächeln ein. „Die Sache ist die: Diese Liste ist genauso wunderlich wie all die Sachen, die um euch herum passieren, und bevor ich weiter mit euch zusammenarbeiten kann, muss ich wissen, was hinter all dem steckt. Ich muss wissen, was dich und die anderen tatsächlich existierenden Personen von der Liste so interessant, so besonders für die *Garde* macht, Nathan! Und zwar im Detail, wie Sam vorhin so schön gesagt hat."

Nathan verkreuzte in einer abwehrenden Geste die Arme vor der Brust und hob die Brauen. „Ich frage auch dich gern noch einmal: Was haben dir denn die Leute von der *Garde* darüber erzählt?"

Zachory hielt wieder inne, betrachtete mit einem Hauch von Verärgerung Nathans regloses Gesicht.

„Wenn ich mich recht erinnere, hatte ich euch das schon bei unserem letzten Gespräch gesagt. Aber ich wiederhole mich gern noch einmal. Ich hatte ein paar sehr seltsame Telefonate und ein direktes Gespräch mit einem ihrer Abgesandten. Die Dinge, die sie mir erzählten, waren sehr … abgehoben – und ich denke bis heute, dass diese Menschen geistig nicht ganz bei sich sind, aber sie haben mir nicht nur leere Worte geliefert, sondern mittlerweile auch einige stichhaltige Beweise – für Dinge, die eigentlich gar nicht geschehen können, Dinge, die eigentlich nicht existieren können …"

„Wie zum Beispiel?" hakte Nathan nach.

Zachory sah ihn wieder nur ein paar Herzschläge lang schweigend an. Er öffnete den Mund und schloss ihn wieder, während sich in seinen Augen zeigte, wie sehr er in seinem Inneren mit sich kämpfen musste, um laut zu äußern, was ihn beschäftigte. Er war ein zu rationaler Mensch, um solche Ungeheuerlichkeiten anzunehmen und auch noch vor anderen auszusprechen.

„Dämonen", kam es an seiner Stelle über Noas Lippen und auch er schüttelte dabei den Kopf, als könne er nicht glauben, dass er das sagte. „Um genau zu sein ... Vampire."

Da war es, das Wort, von dem Sam gewusst hatte, dass es heute fallen würde, von dem sie wusste, dass es die ganze Situation noch ein kleines bisschen schwieriger machen würde.

„Vampire", wiederholte Nathan und das kleine Schmunzeln schob sich wirklich gekonnt auf seine Lippen, sorgte dafür, dass auch Noa und Zachory zu grinsen anfingen und sie alle viel zu verkrampft in ein gemeinsames Gelächter ausbrachen, von dem jeder wusste, dass es nur gespielt war.

Zachory wurde am schnellsten wieder ernst, lehnte sich vor und sah Nathan direkt an.

„Selbstverständlich glauben wir nicht an solcherlei Fabelwesen", sagte er ruhig. „Aber nachdem diese ganzen mysteriösen Dinge um dich und deine Freunde herum passiert sind, haben wir uns zusammengesetzt und hin und her überlegt, was für rationale Erklärungen es für die Besonderheiten bestimmter Menschen geben könnte, wie sich die Dinge am einfachsten aufklären lassen. Dann fiel uns auf, dass man das vielleicht gar nicht muss, dass die Dinge vielleicht genau das sind, wonach sie aussehen."

„Wie ... wie meinst du das?", hakte Sam nun mit wild hämmerndem Herzen nach.

„Ich meine damit, dass die Geschichte uns immer wieder gezeigt hat, dass solche Legenden, das Entstehen solcher Schreckgespenster meist auf einem Körnchen Wahrheit beruhen. Epileptikern hat man im Mittelalter und leider auch später noch nachgesagt, sie seien von Dämonen besessen. Frauen, die in der Naturheilkunde erfahren waren, wurden als Hexen verbrannt und weil manch ein Toter noch nach seinem Verscheiden durch Vorgänge in seinem Körper zu mancherlei Regung fähig war, entstanden die ersten Geschichten über Zombies. Wonach ich suche, ist das Körnchen Wahrheit an den Dingen, die mir erzählt wurden, und das wahrscheinlich daran schuld ist, dass man dich in dieses Labor gezerrt und Versuche an dir gemacht hat, Nathan."

„Und wir sollen dir dabei helfen", setzte Nathan für den FBI-Mann hinzu.

„Wenn ihr wollt, dass ich euch weiterhin helfe und in eurem Kampf gegen die *Garde* unterstütze, solltet ihr das, ja."

Nathan erwiderte darauf nichts mehr, sondern sah Zachory nur an. Seine Wangenmuskeln zuckten leicht, wusste er doch ebenso wie Sam, dass sie sich nun auf gefährliches Terrain begaben. Es war nicht sehr vorteilhaft, dass die *Garde* Zachory gegenüber schon so offen gewesen war, denn es zwang sie dazu, noch ehrlicher zu ihm zu sein, ihm mehr zu erzählen, als vielleicht gesund für sie alle war. Doch wenn sie den FBI-Mann auf ihrer Seite haben wollten, mussten sie jetzt diesen Drahtseilakt zwischen Wahrheit und Selbstschutz bewältigen und hoffen, dass sie nicht die Balance verloren.

„Bleiben wir doch mal bei meinem Ansatz aus unserer Internetunterhaltung", begann Zachory und nickte Sam auffordernd zu.

Sie nahm einen tiefen, etwas zittrigen Atemzug. „Die Theorie über die besondere Genetik bestimmter … Menschen?"

Er nickte zufrieden und schien schon gleich etwas freundlicher gestimmt zu sein.

„Nehmen wir mal an, die Natur in ihrer unendlichen Vielfalt hat Menschen erschaffen, die ein wenig anders sind als andere", fuhr er fort und sah dabei sehr genau Nathan an, der eine unbewegte Miene aufgesetzt hatte. „Menschen, die ein paar seltene Fähigkeiten haben wie …"

Er sah kurz an die Decke und zuckte dann die Schultern.

„… wie eine enorm schnelle Wundheilung. Ich meine, die Natur hat schon ganz andere Wunder vollbracht, das wäre doch gar nicht so unmöglich, oder?"

„Nein", erwiderte Nathan nun mit einem unechten Lächeln. „Und du sprichst ja hier nur rein hypothetisch …"

„Ganz genau", lächelte Zachory genauso falsch zurück. „Ich rede hier rein hypothetisch von Knochen, die rasant zusammenwachsen, Wunden, die sich innerhalb von Minuten verschließen und so weiter. So was könnte es doch zum Beispiel möglich machen, dass ein Mann aus dem fünften Stock auf ein Auto stürzt und am nächsten Tag wieder herumläuft, als wäre nichts passiert."

Nathan bewegte abwägend seinen Kopf hin und her und zuckte dann die Schultern, als ob er nicht wüsste, dass Langdon von ihm sprach. „Vielleicht", setzte er hinzu.

„So eine Person müsste generell auch einen sehr stabilen Körper haben", meinte Noa und sowohl Zachory als auch Nathan nickten zustimmend, während Sam zu angespannt war, um überhaupt eine Regung von sich zu geben. Das war ja schlimmer als die Duschszene von ‚Psycho'. Sie konnte schon fast diese schreckliche Musik hören.

„So etwas würde auf jeden Fall für große Verstörung bei anderen Menschen sorgen und könnte durchaus sehr eigenartige Gerüchte aufkommen lassen", fuhr Zachory nun fort. „Weil sie ja zu bestimmten Zeiten noch nicht wussten, dass allein eine kleine Änderung in der Genetik eines Menschen für die seltsamsten Dinge sorgen kann."

Nathan sah sein Gegenüber stirnrunzelnd an. „Das hieße dann, eine solche Person wäre nicht wirklich ein Vampir?"

„… sondern ein Mensch mit genetischen Besonderheiten", beendete Zachory seinen Satz nach eigenem Ermessen und schien sich mit dieser Bezeichnung weitaus wohler zu fühlen als mit dem Wort ‚Vampir'.

„… den man zu Unrecht in die Schublade der Dämonen gesteckt hat", leistete auch Noa seinen Beitrag, um ihr Gespräch auf einer angenehmeren, sachlicheren Ebene zu halten.

„Es würde auch das Forschungsinteresse der Leute von der *Garde* erklären", kam es Sam leise über die Lippen und sie konnte es selbst kaum fassen, dass sie noch die Nerven hatte, sich wieder in das Gespräch einzubringen.

„Zumal es ja vielleicht auch noch ein paar andere Besonderheiten bezüglich dieser genetisch veränderten Personen geben könnte", stieg Zachory sofort darauf ein, seinen Blick immer noch auf Nathan gerichtet.

„Wie zum Beispiel?"

„Vielleicht … altern sie auch nicht. Ich meine, bei einem solch schnell gesundenden Körper, wäre das doch durchaus drin, oder?"

Nathan überlegte kurz und nickte dann. „Durchaus … ja."

„Das heißt, eine Person, die vielleicht in den dreißiger Jahren geboren worden ist und heute rein an Jahren fast achtzig wäre, könnte dann vielleicht immer noch wie Mitte Zwanzig aussehen – rein hypothetisch gesprochen natürlich."

Zachorys gestelztes Lächeln strafte seine eigenen Worte Lügen und Sam konnte fast körperlich spüren, wie schwer es ihm fiel, so höflich und diskret vorzugehen. Er konnte sich jedoch zusammenreißen, wollte scheinbar weder Nathan noch sie verärgern.

„Warum so zaghaft?", erwiderte dieser beinahe überschwänglich. „Nehmen wir doch lieber jemanden, der zur Zeit der Kreuzzüge geboren wurde. Wenn die Alterung ausgesetzt werden kann, wird zumindest das Alter in Jahren keine Relevanz mehr haben. Zumindest was das Äußere eines Menschen angeht."

„Eine unglaubliche Vorstellung", fügte Zachory dieses Mal mit einem anerkennenden Nicken hinzu.

„Was ist mit der Geschwindigkeit?", fragte Noa deutlich neugierig. „Könnte sich eine solche Person auch schneller bewegen als ein normaler Mensch?"

„Vielleicht", war Nathans knappe Antwort.

„Wär sie auch körperlich stärker?"

„Wahrscheinlich", gab Nathan auch dieses Mal zu und Sam fragte sich, ob es wirklich so gut war, dass er so offen über die Fähigkeiten von Vampiren sprach. Ihr selbst war schon wieder schlecht und auch ihr Herz hatte ein beachtliches Tempo angenommen, war ihr doch klar, dass Zachory und Noa sich gerade mit dem Gedanken anfreundeten, dass es Vampire tatsächlich gab – auch wenn sie dafür nun einen anderen Begriff benutzten.

„Die perfekte Daseinsform schlechthin", setzte Zachory hinzu. „Oder gibt es auch Nachteile? Ich meine, woher kommt das Gerücht mit dieser … dieser Nahrungsumstellung?"

Oh, das war eine sehr geschickte Umschreibung der Sucht des Vampirs nach menschlichem Blut.

„Jede Daseinsform hat Nachteile, Zachory", gab Nathan gelassen zurück. „Und diese ‚Nahrungsumstellung' könnte zweifellos einer davon sein."

„Wir reden hier von Blut, nicht wahr?", fragte der junge FBI-Mann und in seinen Augen funkelte nun eine große Portion Abscheu und Wut. „Ich meine, darum geht es doch in den Legenden um den Vampir. Wenn eine Person wahrlich darauf angewiesen wäre, müsste sie andere Menschen anfallen, diese vielleicht sogar töten."

„Wenn sie eine wilde Bestie wäre – wahrscheinlich. Aber dann wären die Schlagzeilen voll von solchen Geschichten, Zachory. Es gibt heutzutage einfachere Möglichkeiten, an Blut heranzukommen."

„Die Blutbank vielleicht", schlug Noa vor und Zachory bedachte ihn mit einem verärgerten Blick. Es gefiel ihm wohl nicht, dass sein Freund dabei half, Vampire als zivilisierte Lebewesen darzustellen.

„Oder vielleicht gibt es sogar Menschen, die sich freiwillig zur Blutspende bereiterklären", setzte Nathan hinzu und Zachory stieß ein ungläubiges Lachen aus.

„Ich bitte dich, warum sollte jemand so etwas tun?"

„Vielleicht ist es nicht so unangenehm, wie du denkst", mischte sich Sam erneut mit ein und bereute es in der nächsten Sekunde schon wieder, weil sowohl Zachory als auch Noa ihr einen verblüfften Blick schenkten. Sicherlich schlossen sie aus ihrer Bemerkung sofort, dass sie sich selbst liebend gern von Vampiren beißen ließ. Wie peinlich!

„Rein hypothetisch gesprochen, natürlich", setzte sie viel zu hastig hinzu.

Zachory sah sie noch einen Herzschlag lang grüblerisch an, dann wandte er sich wieder Nathan zu.

„Du willst mir also erzählen, dass V… diese genetisch anders veranlagten Menschen ganz zivilisierte, harmlose Leute sind, die ohne Probleme in unserer Gesellschaft klarkommen und sich unserem Rechtssystem fügen?"

„Nun, ich denke, Verbrecher gibt es überall, aber auch unter diesen ‚anders veranlagten Menschen' wird es gewiss Personen geben, die der Gerechtigkeit dienen und diejenigen bestrafen, die sich aufgrund ihrer Überlegenheit den Gesetzen dieser Gesellschaft entziehen wollen."

Zachory nickte verstehend. „So wie du?"

Nathan zog die Brauen zusammen und legte den Kopf schief. „Ich werde das Gefühl nicht los, dass wir gerade den Bereich des Hypothetischen verlassen …"

„Tja", Zachory hob die Schultern, „das mag wohl daran liegen, dass ich eher ein Mensch der Fakten bin. Und um es jetzt ein wenig abzukürzen: Haben diese Forscher der *Garde* Versuche mit dir gemacht, weil du … anders bist als ein normaler Mensch?"

Sams Augen ruhten auf Nathans Gesicht, während ihr Herz ein weiteres Mal an Tempo zulegte. Sie konnte ihm ansehen, dass er innerlich genau abwog, was er Langdon verraten sollte, während er gleichzeitig gegen seinen eigenen Unwillen ankämpfen musste, auch nur die geringste Information über seine Zeit im Labor preiszugeben.

„Ja", sagte er schließlich und nun machte Sams Herz auch noch einen kleinen Sprung. Ihr Blick flog hinüber zu Zachory, in dessen Kopf es genauso heftig zu arbeiten schien, wie in Nathans.

„Was wollen sie genau?", stellte er die nächste brisante Frage.

„Unbesiegbarkeit", gab Nathan einsilbig zurück. Doch das Wort war gut gewählt. Sam konnte Langdon ansehen, dass es seine Ängste bezüglich der *Garde* schürte, obwohl er versuchte, es sich nicht anmerken zu lassen. Er sah kurz auf seine auf dem Tisch liegenden, ineinander verschränkten Hände und atmete dann hörbar durch die Nase aus.

„Heißt das, sie wollen deine Besonderheiten für sich gewinnen, um zu einer neuen, allen überlegenen Daseinsform zu gelangen?", fragte er und hob die Brauen.

Nathan nickte bestätigend. „Das ist zumindest das Ziel."

„Und wie nah sind sie dran?"

„Nicht so nah, wie sie es gern hätten." Nathan lehnte sich nun zu ihm vor. „Es gibt zu diesem Zeitpunkt noch keine Möglichkeit, diese besonderen Fähigkeiten auf einen normalen Menschen zu übertragen, ohne ihm damit erheblichen Schaden zuzufügen."

„Aber sie glauben, dass sie es einmal schaffen", erwiderte Zachory und sah Nathan forschend an. „Und sie denken wohl auch, dass du der Schlüssel dafür bist, oder?"

Nathan zögerte deutlich, doch dann nickte er ein weiteres Mal und Sam wusste schon, was Zachory fragen würde, noch bevor er Luft dazu holte.

„Wieso? Was unterscheidet dich von all diesen anderen besonderen Menschen?"

„Das kann ich dir nicht sagen", war die abwehrende Antwort.

Nun beugte sich auch Zachory wieder zu ihm nach vorn, sah ihm direkt in die Augen. „*Kannst* du nicht oder *willst* du nicht?"

„Ich *kann* es nicht und es würde auch viel zu lange dauern, zu erklären, was ich weiß", gab Nathan ausweichend zurück. „Aber ich kenne einen Menschen, der das kann und es auch tun wird, wenn ich ihn darum bitte."

Zachorys Brauen bewegten sich nun aufeinander zu. „Du redest von diesem Professor ... Dr. Peterson, oder?"

Nathan nickte knapp.

„Und wo ist der?", fragte Zachory und sah sich kurz im Raum um. „Du hättest ihn lieber gleich mitbringen sollen, denn ich will *heute* Antworten, *jetzt*, in den folgenden Minuten!" Sein Ton hatte deutlich an Härte zugenommen und bei seinen letzten Worten tippte er sogar noch mit dem Zeigefinger auf den Tisch, um diese zu unterstreichen.

„Die *Garde* hat ihn", erwiderte Nathan mit Nachdruck. „Und wenn wir ihn nicht bald finden, wird er vielleicht für niemanden von uns noch etwas tun können."

„Ist das jetzt der Moment, in dem ich euch begeistert meine Hilfe anbieten soll?", fragte Langdon spöttisch und lehnte sich wieder zurück. „Meinst du, ich lasse mich so leicht ködern?"

„Darum geht es hier doch gar nicht!", platzte es nun aus Sam heraus. „Wir wollen niemanden ködern! Fakt ist, dass die *Garde* Menschen verfolgt und tötet und dabei erfolgreich unser Rechtssystem umgeht. Fakt ist, dass sie durch Experimente an unzähligen, unschuldigen Menschen versuchen zu neuen Übermenschen zu mutieren und jeder von uns hier kann sich denken, zu welchem Zweck sie das wollen! Fakt ist, dass sie mit Nathan Dinge getan haben, die sich niemand vorstellen will und die dazu führen, dass er für sehr lange Zeit von einer speziellen ärztlichen Betreuung abhängig ist, einer Betreuung, die er nur von Frank Peterson bekommen kann. Fakt ist, dass Frank der einzige

Mensch ist, der im Detail über all diese medizinischen Dinge Bescheid weiß, er sich aber derzeit in den Händen der *Garde* befindet. Und Fakt ist auch, dass du, Zachory, immer behauptet hast, dem Gesetz und der Gerechtigkeit zu dienen – wie kannst du da auch nur im Ansatz zögern uns zu helfen?!"

Sam holte tief Luft, weil sie in ihren eigenen Aufruhr vergessen hatte zu atmen, hielt aber dennoch den intensiven Blickkontakt zu Zachory aufrecht. Der FBI-Mann war für einen Augenblick völlig sprachlos, genauso wie Noa, der sie sogar mit offenem Mund anstarrte. Doch der Lieutenant interessierte sie gerade nicht so richtig. Es war sein Begleiter, der überzeugt werden musste, denn nur er hatte die Macht und die Mittel, ihnen in ihrer angespannten Situation zu helfen. Sie konnte in seinen blauen Augen sehen, wie Verstand und Gefühl gegeneinander kämpften, konnte erkennen, was für eine Unruhe ihre Worte im Inneren des sonst so kühl und beherrscht erscheinenden Mannes ausgelöst hatten, und sie wusste, dass das ein gutes Zeichen war, dass sie immer noch eine Chance hatten, ihn auf ihre Seite zu ziehen.

Zachory biss sichtlich die Zähne zusammen, seine Kiefermuskulatur zuckte, dann wandte er den Blick von ihr ab und bückte sich. Ein Schnappgeräusch sagte ihr, dass er seine Aktentasche öffnete und nur wenige Sekunden später richtete er sich wieder auf und platzierte eine relativ dicke Akte vor sich auf dem Tisch.

„Warum ich zögere?", wiederholte er ihre Frage und öffnete das Deckblatt, legte nacheinander die Fotos von fünf Männern und Frauen vor ihnen aus. „Wegen dieser Menschen."

Sams Blick flog über die verschiedenen Gesichter. Die meisten davon waren ihr unbekannt – eines allerdings hatte sie schon ein paar Mal gesehen, in Tageszeitungen oder Zeitschriften. Ganz automatisch streckte sie die Hand danach aus, zog es dichter zu sich heran. Es zeigte einen älteren, kräftigeren Mann, mit kurzem weißen Haar, Halbglatze und Brille.

„Senator Miller, ganz richtig, Sam", sagte Zachory und sie hob ihren Blick, sah ihn stirnrunzelnd an.

„Und das hier …"

Er schob ihr das Bild eines weiteren Mannes herüber und plötzlich hatte sie das Gefühl, auch diesen schon einmal gesehen zu haben. Er war jünger und schlanker als der Senator, trug aber einen ähnlichen Anzug und einen ähnlich wichtigtuerischen Ausdruck auf seinem Gesicht.

„… ist Harald Jefferson."

Zachory gab ihr und Nathan ein wenig Zeit, um diese Information zu verarbeiten, doch sie wusste immer noch nicht so recht, was er von ihr wollte. Sie kannte diese Namen aus ihrer letzten Unterhaltung, wusste, dass die beiden Männer etwas mit den Versuchen an Vampiren zu tun hatten und nun vor beiden Seiten auf der Flucht waren, vor den Vampiren und der *Garde* selbst.

„Wisst ihr, was all diese Menschen gemein haben?", fragte Langdon schließlich und sein Blick wanderte zu Nathan, zwischen dessen Brauen sich die ihr vertraute, nachdenklich-kritische Falte gebildet hatte.

„Ihre Namen und Daten waren auf dem Stick, den wir dir zukommen haben lassen", gab Nathan sofort zurück, aber die leichte Anspannung, die aus seiner Stimme herauszuhören war, verriet, dass auch er wusste, dass das nicht alles sein konnte.

„Das ist richtig", erwiderte Langdon kühl, jetzt scheinbar wieder ganz Herr seiner Emotionen, lehnte sich zum wiederholten Mal in seinem Stuhl zurück und verschränkte die Finger ineinander.

„Aber es gibt noch etwas anderes", setzte er hinzu und sein prüfender Blick blieb dabei auf Nathans Gesicht haften.

Ganz dunkel drang da ein schlimmer Gedanke in Sam herauf, drängte sich gegen ihren Willen in den Vordergrund und ließ ihren Puls wieder schneller werden. Doch sie brachte es nicht über sich, ihn auszusprechen.

Nathan tat es für sie. „Sie sind alle tot", sagte er und sie wusste, dass er recht hatte.

„Ganz genau", erwiderte Zachory leise und sein Blick war nicht länger nur prüfend, sondern vielmehr bohrend. „Und ich frage mich warum."

„Heißt das, sie … sind ermordet worden?", fand Sam endlich ihre Sprache wieder und kämpfte tapfer gegen die Übelkeit an, die sie nun wieder befiel. Die *Garde* war sehr gründlich und noch skrupelloser, als sie gedacht hatte. Jefferson und Miller waren doch so wichtig für diese Organisation gewesen.

„Offiziell nicht", brachte sich nun auch Noa wieder in das Gespräch ein. „Jefferson hatte einen tragischen Verkehrsunfall, als er wieder aus der Versenkung aufgetaucht ist, und Senator Miller ist einem Herzinfarkt erlegen. So geht das immer weiter."

Zachory tippte mit dem Finger auf eine Frau Anfang fünfzig. „Selbstmord."

Sein Finger wanderte zu einem Mann in den Vierzigern. „Kletterunfall an einer Steilwand."

Eine weitere Frau in den Vierzigern. „Die ist interessant. Vom Dach einer Parkgarage gefallen. Angeblich hat sie sich zu weit über die Brüstung gelehnt, als sie gerade die schöne Aussicht genoss."

Sam betrachtete kopfschüttelnd die Fotos dieser Menschen und fühlte neben all den anderen unangenehmen Gefühlen, die in ihr brodelten, so etwas wie Mitleid in sich aufwallen, obwohl sie wusste, dass Nathan das Leid des letzten Jahres auch ihnen zu verdanken hatte. Gewiss hatten sie alle Familien gehabt, die jetzt um sie trauerten, sie vermissten und litten.

„Und du glaubst, *wir* hätten das getan?", hörte sie Nathan fragen und ihr Kopf schoss sofort wieder hoch. Voller Unglauben sah sie, wie Zachory mit seiner Antwort zögerte.

„Das ist nicht dein Ernst!", platzte es aus ihr heraus, bevor er auch nur Atem geholt hatte. „Das ist doch eindeutig die Handschrift der *Garde*!"

„Ist sie das, ja?", hakte Zachory schneidend nach, sich deutlich gegen ihren vorwurfsvollen Ton wehrend. „Ich finde, es könnte auch durchaus die Handschrift eines Menschen sein, der sich an den Leuten rächen will, die dafür gesorgt haben, dass er ein Jahr lang gegen seinen Willen als Versuchsperson missbraucht worden ist."

Nathan stieß ein ungläubiges Lachen aus. „Und wie soll ich das gemacht haben? Ich war bis vor ein paar Tagen noch in Europa."

„Man muss so etwas ja nicht selbst tun", meinte Langdon mit einem Schulterzucken.

„Wir haben genug damit zu tun, ständig vor diesen Menschen zu fliehen", warf Sam erbost ein. „Wir haben für solch gut organisierte und hervorragend vertuschte Morde weder die Zeit noch die Möglichkeiten. Die *Garde* versucht auf diese Weise ihre Spuren zu verwischen. Das machen sie immer so. Nur so können sie verhindern, dass ihre eigenen Leute ihre Führungsspitze verraten!"

Zachory stieß einen frustrierten Seufzer aus und schloss für einen Herzschlag die Augen.

„Ich möchte euch ja gern glauben, aber dazu weiß ich zu wenig über eure Gegen-Organisation, Sam", gab er nun schon wieder gnädiger zurück. „Ich brauche Informationen darüber, was ihr schon getan habt, was ihr gerade tut und was ihr noch plant. Ich brauche eine Sicherheit dafür, dass ihr nicht gefährlicher seid als die *Garde* selbst!"

„Du glaubst doch selbst nicht ernsthaft, dass wir diese Menschen getötet haben", gab Nathan mit Nachdruck zurück und für den Bruchteil einer Sekunde erblickte Sam in Zachorys Augen das, was Nathans noch viel feinere Sinne längst ausgemacht hatten: Zweifel und … Verunsicherung, wenn Sam sich nicht irrte. Dann war auch schon die kühle Maskerade wieder da, dieses beinahe zwanghafte Festklammern an seiner Beherrschung.

„Ich kann es aber nicht ausschließen", erwiderte der FBI-Mann nun wieder ganz gelassen.

Nathan legte den Kopf schräg, bedachte sein Gegenüber mit einem kritischen Stirnrunzeln. „Heißt es nicht: Im Zweifel für den Angeklagten?"

Zachory lächelte. „Fühlst du dich denn angeklagt?"

„In gewisser Weise schon", gestand Nathan ein. „Und ich verstehe nicht warum."

„Weil du mir schon einige schlaflose Nächte bereitet hast, Nathan", gab Langdon erstaunlich offen zu. „Und das schon, bevor du entführt worden bist und dieses ganze unüberschaubare Drama hier begonnen hat. Ich habe immer das Gefühl gehabt, dass du eine Menge Geheimnisse mit dir herumschleppst."

„Wer tut das nicht?", erwiderte Nathan und da war dieses aufrührerische Funkeln in seinen Augen, das Sam etwas nervös werden ließ, war es doch ein sicheres Zeichen dafür, dass er begann, sich von seinem defensiven Verhalten zu verabschieden.

„Ich kann mir kaum vorstellen, dass dieses ‚Gefühl' allein dafür gesorgt hat, Nachforschungen über mich anzustellen", setzte er hinzu.

„Was denkst du denn, hat mich dazu bewogen?", fragte Zachory mit einem liebreizenden Lächeln nach.

Nathan zuckte die Schultern, setzte einen bewusst unschuldigen Gesichtsausdruck auf. „Vielleicht der Ärger darüber, dass ich in manchen Fällen bessere Arbeit geleistet habe als FBI und Polizei zusammen."

Noa und Sam hielten die Luft an – wohl aber aus verschiedenen Gründen – und sie warf Nathan einen mahnenden Blick zu. Doch der hatte sich so auf sein Gegenüber fixiert, dass er weder Noas Empörung noch ihr Bemühen, eine Eskalation des Gesprächs zu verhindern, bemerkte.

„Auf sehr mysteriöse Weise", stimmte Zachory ihm zu ihrer Überraschung relativ ruhig zu. „Und oft mit dem Ergebnis, dass der Verdächtige auf einmal spurlos verschwunden war. So wie einige der anderen Menschen, die ich in den weiteren Unterlagen, die ihr mir übermittelt habt, finden konnte. Und die Zahl der Vermissten wächst."

Nathan stieß ein kleines Seufzen aus, schüttelte mit einem seltsamen Lächeln den Kopf.

„Weißt du eigentlich, wie gerne ich dir jetzt sagen würde, dass ich das war?", überraschte er alle Anwesenden – einschließlich Sam – mit seiner Ehrlichkeit.

„Weißt du, wie gerne ich jeden einzelnen von ihnen aufspüren und ihm zeigen würde, was es heißt, Schmerzen zu ertragen; wie gern ich dafür sorgen würde, dass keiner von ihnen je wieder in seinem Leben glücklich wird? Aber ich kann es nicht, weil ich gegenwärtig weder die Macht noch die Zeit noch die Kraft dazu habe. Ich habe alle Hände voll damit zu tun, meine Freunde und mich selbst zu beschützen. Rache zu nehmen ist vielleicht das, was ich tief in meinem Inneren will, aber nicht das, was ich tun kann und tun werde."

Nathans Blick glitt noch einmal über die Fotos vor sich und seine Wangenmuskeln zuckten vor innerer Anspannung. Er schien mehr Personen davon zu kennen als Sam und ihr Anblick schien ihn allmählich aufzuwühlen. Dann sah er wieder Zachory an, der ihn die ganze Zeit tief nachdenklich betrachtet hatte.

„Du weißt, dass ich am Tod dieser Menschen keine Schuld trage – also, was genau willst du von mir?"

Zachory beugte sich weiter vor und wies nachdrücklich auf die Fotos vor sich. „Ich will, dass das Morden aufhört!"

Nathan kam ebenfalls näher, den intensiven Blickkontakt mit dem FBI-Mann trotz seiner wachsenden emotionalen Belastung nicht scheuend.

„Das will ich auch", sagte er fest.

„Kann ich mich wirklich darauf verlassen, dass du auch weiterhin keinen blutigen Rachefeldzug gegen die Leute, die an deiner Entführung und allem, was danach passiert ist, schuld sind, einleiten wist?", hakte Zachory nach und Nathan sah ihn entschlossen an.

„Das kannst du! Alles, was wir zurzeit tun, ist zu versuchen, an die Köpfe der *Garde* heranzukommen", erklärte er und Sam glaubte ihm sogar selbst, obwohl sie aus Erfahrung wusste, dass Nathan in Wahrheit keine Gnade kannte, wenn er auf Mitglieder der *Garde* traf. Gut, ein geplanter Rachefeldzug war das vielleicht nicht, mehr eine Art Raserei, die eine blutige Schneise in die Reihen seiner Gegner schlug.

„Und dann?", hakte Zachory nun misstrauisch nach.

„... wollen wir mit ihnen verhandeln."

Langdon hob mit sichtbarer Skepsis eine Braue. „Verhandeln ...", wiederholte er noch einmal und Nathan nickte bestätigend.

„Und was ist, wenn sie nicht verhandeln *wollen*?"

„Das wollen sie."

„Wie kannst du da so sicher sein?" Zachorys überhebliches Lächeln war wieder da und Sam musste zugeben, dass seine Frage berechtigt war. Gabriel und die anderen hatten das alles zwar ganz wundervoll geplant, aber bisher hatte sich noch niemand die Frage gestellt, was geschah, wenn die *Garde* am Ende nicht so mitspielte, wie sie sich das wünschten.

„Jeder ist bereit, zu verhandeln, wenn es etwas gibt, was er unbedingt haben will, was er unbedingt braucht", erwiderte Nathan und der Druck in Sams Magengrube wuchs sofort noch mal an, während ihr Verstand ihr mit Grauen klarmachte, worauf er da anspielte. Und sie war nicht die einzige, deren Gedanken bei seinen Worten in Bewegung gerieten. Etwas veränderte sich auch in Langdons Blick. Seine Augen wurden größer und er öffnete die Lippen, als wolle er etwas sagen, doch zunächst drang kein Ton aus seinem Mund.

„Und was genau soll das sein?", fragte stattdessen Noa in die nur kurz während Stille hinein. „Was hat einen solchen Wert für die *Garde*, dass sie sich auf einen Handel einlassen sollte?"

„Du", stieß Zachory schließlich leise in Nathans Richtung aus. „Du bist Haynes' Joker. Die wollen dich unbedingt zurückhaben. Aber wieso?" Er zog nachdenklich die Brauen zusammen. „Wir waren schon einmal an diesem Punkt, oder?"

Nathan nickte nur und Langdon tat es ihm nach. „Und wahrscheinlich wirst du auch dieses Mal wieder nur auf diesen Professor Peterson hinweisen, wenn ich dich frage, warum du so wichtig für alle Welt bist."

Nathan wiederholte seine stumme Antwort.

„Eine Sache würde ich aber schon gern wissen", fuhr der FBI-Agent fort. „Warst du schon vor deiner Entführung so sehr … ‚besonders' oder erst danach?"

„Erst danach", war Nathans ehrliche Antwort.

Zachory brauchte ein paar Sekunden, um diese Nachricht zu verdauen, und Sam konnte in seinen Augen lesen, dass seine Sympathie – oder zumindest sein Mitleid für Nathan –wuchs. Das war gut – mehr als gut.

„Gehe ich recht in der Annahme, dass diese Leute dich nun als ihren Besitz ansehen?", fragte er weiter und bewegte sich zielsicher ein weiteres Mal auf das sensibelste Thema zu, das es derzeit für Nathan gab und über das er noch mit niemanden so richtig hatte reden wollen.

„Vollkommen", überraschte Nathan Sam mit einer für ihn erstaunlich offenherzigen Antwort. Noch verblüffter war sie, als er sofort weiter sprach, obwohl sie genau spürte, wie schwer ihm das fiel.

„Ich bin für sie kein Mensch, sondern ein Tier, mit dem … mit dem sie machen können, was sie wollen. Das sind wir alle für sie … Tiere …"

Sein Blick wanderte zu seinen Händen und dann schloss er kurz die Augen, versuchte mit einem tiefen Atemzug, die wachsende Unruhe in seinem Inneren zu bekämpfen. Das Thema führte ihn zu dicht an seine vergrabenen Erinnerungen heran, kratzte an dem, was er am Tage sonst erfolgreich vor allen verbarg. Dennoch hob er wieder tapfer den Blick, suchte den Kontakt zu Zachorys Augen, in denen sich nun sichtbare Erschütterung zeigte.

„In diesen Labors sind Menschen gestorben, Zachory", brachte Nathan mit bebender Stimme hervor und Sams Herz begann langsam aber sicher hart in ihrer Brust zu pochen, weil sie sich fragte, ob er sich nicht mit dieser für Zachory sicherlich notwendigen Ehrlichkeit überforderte. Ihr Drang, ihn zu beschützen, ihn davon abzuhalten, zu weit zu gehen, wuchs mit jeder Sekunde, die verstrich. Dennoch konnte sie nicht eingreifen, saß nur still daneben und ließ es geschehen, dass Nathan seine Nerven, seine notwendigen Selbstschutzmechanismen für den höheren Zweck opferte.

„Man hat sie an Tische gefesselt und ihnen Drogen gespritzt, die sie nicht vertragen haben", fuhr er tapfer fort und seine Erschütterung spiegelte sich ungeschminkt in seinen Augen wieder. „Man hat die Wirksamkeit von Giften und speziellen Waffen an ihnen getestet und versucht sie dafür – *nur* dafür – so lange wie möglich am Leben zu halten. Sie sind unter Schmerzen und Folter gestorben in diesen Laboren, mitten in San Diego und L.A. Niemand hat ihnen geholfen. Die *Garde* hat ihnen alle Rechte und vor allem ihr Recht auf Leben aberkannt. Und das nur, weil sie anders waren … weil *wir* anders *sind*. Sie glauben, das noch immer tun zu können. Sie glauben, dass sie sich keinem Gesetz dieser Welt fügen müssen, dass sie niemanden fürchten müssen außer sich selbst. Sie brauchen jemanden, der ihnen zeigt, dass das nicht so ist, der sie in ihre Schranken weist. Die Frage ist nur, ob du derjenige sein willst."

Zachory lehnte sich wieder in seinen Stuhl zurück. Einen Augenblick lang war er nicht fähig, Nathan oder sie anzusehen, ließ seinen aufgewühlten Blick über die Fotos vor sich gleiten und starrte dann wie Nathan zuvor nur seine Hände an. Sam nutzte diesen Moment, um den Halbvampir schnell prüfend zu mustern. Auch wenn er nach außen hin immer noch ruhig und kontrolliert wirkte, sie konnte in seinen Augen, seiner Mimik und Körperhaltung lesen, dass es ihm nicht mehr gut ging. Das Zucken seiner Wangenmuskeln war stärker, auffälliger geworden, sein ganzer Körper war völlig verspannt und seine Augen wanderten immer wieder unruhig durch den Raum, schienen nach etwas in seiner Umgebung zu suchen, mit dem er sich ablenken, wieder zur Ruhe kommen konnte.

Sam legte ganz automatisch eine Hand auf seinen Unterarm und hatte sofort seine gesammelte Aufmerksamkeit. Er wollte ihr mit einem kaum merklichen Kopfschütteln signalisieren, dass alles in Ordnung sei, doch konnte er sie nicht täuschen. Dazu war die Unruhe in seinem Inneren viel zu deutlich in seinen Augen zu erkennen – dazu waren seine Augen schon viel zu hell geworden. Seine innere Verfassung bewegte sich viel zu schnell auf einen grenzwertigen Bereich zu.

Langdon hatte sich im Gegensatz zu Nathan nun wieder gefangen. Sein Brustkorb weitete sich unter dem schweren Atemzug, den er tat. Dann schüttelte er tief nachdenklich den Kopf und, als er den Blick wieder hob, machte Sams Herz trotz ihrer Sorge um Nathan einen weiteren kleinen Sprung – nicht weil sie sich erschreckte, sondern weil der Ausdruck in seinen Augen ihr verriet, dass sie gewonnen hatten. Nathans Worte hatten ihn erreicht, hatten ihn soweit umgestimmt, dass er ihnen tatsächlich helfen würde.

„Ich will nicht, dass diese Organisation mich fürchtet", setzte Zachory erneut zum Sprechen an. „Ich will sie auffliegen lassen, sie auflösen. Und wenn das geschehen ist, werden wir, du, dieser Haynes und ich, uns noch einmal zusammensetzen und klären, was es mit diesen … ganzen Besonderheiten von euch auf sich hat. Bis dahin bin ich bereit mit euch zusammenzuarbeiten."

Sam fiel es schwer, nicht erleichtert aufzuatmen, aber sie konnte sich beherrschen, blieb sogar ganz ruhig und unbewegt sitzen.

„Das liegt aber nicht allein daran, dass ich dir glaube, Nathan, und ich bereit bin, alles dafür zu tun, dass du nicht noch einmal in die Hände dieser Schlächter gerätst, sondern auch daran, dass ich ebenso von anderer Seite über die Machenschaften dieser Organisation aufgeklärt worden bin und jemand mir ungefähr dasselbe erzählt hat wie du gerade – jemand, dem ich sehr vertraue und der mir seine Unterstützung zugesagt hat. Außerdem habe ich genug von all dem hier."

Seine Hand machte wieder eine umfassende Geste über die Bilder und die Akte.

„Ich will, dass das aufhört, das Morden, Kämpfen, Streiten und diese furchtbare Geheimniskrämerei. Ich will keine sich häufenden Vermisstenmeldungen und mysteriösen Anrufe mehr. Und wenn ich mit euch zusammenarbeiten muss, um das zu stoppen, tue ich das. Aber ich will Ehrlichkeit und Offenheit von euch. Und wenn es tatsächlich zu ersten Verhandlungen mit der Führungsspitze der *Garde* kommen sollte, will ich dabei sein."

„Das lässt sich bestimmt arrangieren", sagte Sam schnell, obwohl sie sich sicher war, dass Gabriel und die anderen von dieser Idee alles andere als begeistert sein würden. Sie wollte Zachory jedoch unbedingt das Gefühl geben, dass sie seinen Wünschen entgegenkamen und auch er einen gewissen Nutzen aus ihrer Kooperation schlagen konnte.

Nathan schien das genauso zu sehen, denn er nickte bestätigend und lehnte sich nun selbst in seinem Stuhl zurück. Sam machte innerlich drei Kreuze, denn dies war ein eindeutiges Zeichen dafür, dass er sich auch auf emotionaler Ebene wieder beruhigte, dies zumindest versuchte. Nun mussten sie nur möglichst bald das Gespräch beenden und keine neuen für Nathan schwer verkraftbaren Themen mehr aufbringen.

„Gut", meinte Zachory, schob seine Fotos zusammen und legte sie wieder in die Akte.

„Dann werde auch ich ganz ehrlich zu euch sein", setzte er hinzu, zog unter Sams verwundertem Blick ein weiteres Foto aus der Akte und legte es vor ihnen auf den Tisch. Sam vergaß für ein paar Sekunden zu atmen. Auf dem Bild war ein hochgewachsener, breitschultriger Mann in einem dunklen Mantel zu sehen, der eiligen Schrittes aus einem Hauseingang trat. Markantes Gesicht, dunkles, auf diesem Bild etwas längeres Haar, und ein Blick der einen förmlich durchdrang – unverkennbar Gabriel.

„Der Mann der *Garde*, mit dem ich mich getroffen habe, gab mir dieses Bild", erklärte Zachory ruhig und Sam hatte große Mühe, sich nicht anmerken zu lassen, dass sie die Person darauf kannte.

„Er sagte mir, dass ich, wenn ich diesen Mann jemals sehe, sofort unter einer gewissen Nummer, die er mir ebenfalls gab, anrufen und ihnen melden solle, wo genau er aufgetaucht ist."

Zachory machte kurz Pause und studierte dabei gründlich ihre Gesichter. Sam wich seinem Blick aus, starrte wieder das Bild vor sich an. Es war bestimmt schon ein paar Jahre alt und in einem Schaufenster neben dem Hauseingang war ein Schild zu sehen, das in einer anderen Sprache verfasst war. Französisch, wenn sie sich nicht irrte.

„Er sagte mir auch, dass dieser Mann einer ihrer gefährlichsten Gegner und völlig unberechenbar sei und ich mich von ihm fernhalten solle", erklärte Zachory weiter. „Aber es wäre dringend notwendig, sie sofort zu informieren, wenn er irgendwo auftaucht. Wenn sie ihn fangen könnten, würden sich auch alle anderen Probleme ganz von allein lösen."

Sam sah wieder auf und wusste, dass Zachory dem Ganzen nichts mehr zufügen würde. Sein prüfender Blick verriet, dass er nun eine Stellungnahme von Nathan und ihr dazu erwartete, weil er genau gespürt hatte, dass sie beide den Mann auf dem Foto erkannt hatten. Sie hörte ihren Freund neben sich Luft holen, dann beugte er sich wieder zu Langdon vor. So schnell war die Anspannung zurück, das gefährliche Flackern in seinen zu hellen Augen. Dass die *Garde* auf einmal so gezielt nach Gabriel suchte, schien ihn genauso nervös wie Sam zu machen.

„Ich denke, der Mann der *Garde* hat recht", gab er dennoch zu. „Gabriel ist wohl der gefährlichste Mensch auf diesem Planeten – für *sie*. Er ist es, den diese Leute am meisten fürchten, der ihnen durch sein Wissen und seine Erfahrungen mit ihrer Organisation am meisten Schaden zufügen kann. Selbstverständlich wollen sie ihn erwischen, weil sie genau wissen, dass er ihnen schon auf der Spur ist!"

„Das heißt also, ihr kennt ihn persönlich", zog Zachory wie gewohnt die richtige Schlussfolgerung. „Gabriel ... und wie weiter?"

Nathan zögerte deutlich mit seiner Antwort. „Des Archanges", gab er schließlich zu – wahrscheinlich nur, weil er annahm, dass dieser Name ohnehin nirgendwo zu finden war und Sam musste sich ihm in dieser Meinung anschließen. Für sie hatte es immer eher danach geklungen, als sei er so etwas wie ein Künstlername.

Zachory schien das ebenfalls merkwürdig vorzukommen, denn er runzelte etwas konsterniert die Stirn. „Ist er Franzose?"

Nathan antwortete ihm nicht. Ein Hauch von Misstrauen war in seinen Augen aufgeflammt und sorgte dafür, dass er den FBI-Agenten nur skeptisch ansah und ihm eine Antwort auf die Frage schuldig blieb. Nicht gut. Warum mussten Dinge, die sich gerade so schön positiv entwickelten, nur so schnell wieder in eine negative Richtung abdriften? Sam entschloss sich einzuschreiten.

„Zumindest Europäer", antwortete sie ausweichend, doch das schien Zachory schon zu genügen.

„Und ist er auch ..." Er sprach nicht weiter, sondern machte nur eine unbestimmte Handbewegung in Nathans Richtung, dessen Anspannung mittlerweile beinahe als energetisches Kribbeln für sie spürbar war.

„Besonders?", half dieser ihm mit einem winzigen Lächeln, doch seine Stimme war ein Hauch zu schneidend, um sein Lächeln noch als ,echt' zu bewerten.

Zachory nickte wieder.

„Das ist er", gab Nathan erneut zu.

Zachory schien dieser Fakt immer noch nicht so recht zu gefallen, denn Sam konnte sehen, wie sich seine Brust ein weiteres Mal unter einem schweren Atemzug hob und senkte.

„Und du sagst, die *Garde* fürchtet ihn, weil er so viel über sie weiß?"

Wieder folgte auf seine Frage erst einmal keine Antwort. Doch dieses Mal hatte es einen anderen Grund. Sowohl Sam als auch Nathan hatten ein Knacksen in ihren Ohren vernommen und wussten, dass Barry soeben die Headsets aktiviert hatte. Sicherlich war es möglich, dass er nur einen Kommentar zu ihrem Gespräch abgeben oder sie darum bitten wollte, sich mehr zu beeilen, doch Sam fühlte sofort, dass etwas nicht in Ordnung war, wusste, noch bevor Barrys Stimme ertönte, dass eine Katastrophe eingetroffen und genau das passiert war, wovor sie sich am meisten gefürchtet hatten.

„Leute, ich sag das nur sehr ungern", waren die Worte, die ihr Herz aus dem Takt brachte und ihre Gedärme verkrampfen ließen. „Gabriel hat mich angefunkt. Irgendwas tut sich um uns herum! Ihr müsst da schleunigst weg! Jetzt sofort! Wir sind verraten worden!"

Sam brauchte einen Augenblick, um diese Nachricht zu verdauen, versuchte zu Atem zu kommen, einen klaren Gedanken zu fassen. Doch ihre eigene, sofort einsetzende Panik sorgte dafür, dass sie für ein paar wenige Sekunden völlig handlungsunfähig war.

Nathans Reaktion jedoch fiel weitaus heftiger aus und richtete sich sofort gegen Langdon, den er wohl für den Schuldigen hielt. Er bewegte sich so schnell, dass Sam seine Handlungen kaum nachvollziehen konnte. Sie sah nur, dass der Tisch aus dem Weg und an ihr vorbei flog und gegen die nächste Wand krachte, sah Zachory und Noa reflexartig aufspringen und Nathan sich nach vorn werfen. Dann prallte der FBI-Agent auch schon mit dem Rücken gegen die Wand, griff nach Luft schnappend nach der Hand, die ihn grob am Hals gepackt hatte, und stemmte die andere gegen Nathans Brust, der sich in seiner brennenden Wut buchstäblich auf ihn geworfen hatte. Doch es war nicht Nathan, der Sam einen entsetzten Schrei entlockte, sondern Noa, der in einer fließenden Bewegung eine Waffe gezogen hatte und mit dieser nun direkt auf Nathans Kopf zielte.

„Loslassen! Sofort!", schrie er den Halbvampir mit bebender Stimme an, während Sam taumelig auf die Beine kam, abwehrend beide Hände hebend. Ihr Verstand kämpfte noch damit, zu begreifen, was hier gerade geschah, während ihr rasender Herzschlag und ihre atemraubende Panik ihr gleichzeitig das Denken extrem erschwerten.

„Noa, nicht!", stieß sie aus, richtete ihre Aufmerksamkeit jedoch sofort auf Nathan und Zachory, der kaum Luft bekam.

„Wen hast du uns da auf den Leib gehetzt?!", stieß ihr Freund zwischen den Zähnen hervor, völlig unbeeindruckt von der Waffe, die auf seine Schläfe zielte, und dem aufgewühlten Polizisten, der nun schon zum wiederholten Mal „Lass ihn sofort los oder ich schieße!" brüllte.

„Nathan!", stieß nun auch Sam aus, weil Zachorys Gesichtsfarbe bedenklich blau wurde. „Du erwürgst ihn!"

Trotz seiner Wut und Erregung ließ Nathan dessen Hals los, packte stattdessen nur den Kragen seines Hemdes und der Mann konnte endlich keuchend und hustend Luft holen.

„Noa! Nimm die Waffe runter!", wandte sich Sam nun an den Polizisten, dessen zitternde Hand genau zeigte, wie sehr ihn diese Situation überforderte. Nathans rascher Stimmungswechsel hatte ihn vollkommen schockiert.

„Nimm bitte die Waffe runter!", forderte Sam ihn ein weiteres Mal nun schon eher flehentlich auf. „Das ist nur ein Missverständnis! Wir können das klären, ohne uns gegenseitig umzubringen!"

„Er muss erst Zach loslassen!", gab Noa angespannt zurück, während Nathan ebenfalls zum Sprechen ansetzte.

„Wer ist da auf dem Weg zu uns?", stieß der Halbvampir aus und seine Augen bohrten sich dabei in die des immer noch entsetzt nach Luft schnappenden FBI-Agenten.

„Ich ... ich hab keine Ahnung", krächzte der nun und zum ersten Mal seit Sam ihn kannte, zeigte sich offene Angst in seinem Blick. Nathans Wutausbruch hatte ihn völlig aus der Bahn geworfen und nicht nur ihn.

„Noa, bitte!", wandte sich Sam erneut an den Polizisten mit den zitternden Händen. „Nimm die Waffe runter. Wenigstens etwas!"

Und das Wunder geschah. Noas Hände senkten sich einen Deut, sodass die Waffe jetzt nur noch auf Nathans Oberarm zielte und Sam wandte sich wieder ihrem Freund zu, drehte sich bewusst in die Schusslinie und berührte ihn an seinem Arm. Er sah sie nicht an, doch sie spürte, dass sie sofort seine Aufmerksamkeit hatte.

„Wir müssen hier weg, Nate!", brachte sie drängend heraus. „Ganz gleich, wer verraten hat, wo wir uns treffen. Wir müssen erst einmal hier weg!"

„So ... so schnell wie möglich!", setzte ein sehr schockiert klingender Barry über Funk hinzu. „Scheiße, Mann! Da kommen zwei Wagen und ein Helikopter auf uns zu. Macht, dass ihr in den Tunnel kommt! Ihr habt höchstens noch zehn Minuten!"

„Nathan?" Sams Stimme klang nicht mehr nur aufgewühlt und verängstigt, sondern verzweifelt und nun wanderten seine beinahe weißgrünen Augen doch zu ihr.

„Bitte!", stieß sie aus und er ließ den völlig paralysiert erscheinenden Zachory tatsächlich los, sodass sie sich wieder Noa zuwenden konnte. Ihr alter Freund senkte die Waffe mit einem sichtbaren Aufatmen noch weiter, steckte sie jedoch nicht ganz weg.

„Wenn ihr das nicht wart, seid ihr genauso gefährdet wie wir", beeilte sich Sam zu erklären. „Und dann sollten wir *alle* hier schleunigst verschwinden. Hilf mir!"

Sie bückte sich nach Zachorys Aktentasche und Noa verstand sofort, sammelte in Windeseile die Blätter der zusammen mit dem Tisch durch die Luft geflogenen Akte ein und stopfte alles in die von Sam bereits geöffnete Tasche. Es gefiel Sam nicht, dass Nathan und Zachory immer noch bewegungslos voreinander standen und sich anstarrten wie zwei Kampfhähne, die auf den Angriff des anderen warteten. Zumindest war aber erst einmal die Gefahr gebannt, dass Nathan dem FBI-Agenten aus einem Affekt heraus ernsthafte Verletzungen zufügte.

„Zachory", sprach sie den immer noch schwer zu Atem kommenden Mann an und reichte ihm den Koffer.

Er nahm ihn an sich, ohne den Blick von Nathan abzuwenden und Sam fragte sich mit Unbehagen, wie das alles nur weitergehen sollte, *wenn* sie überhaupt heil aus der Sache herauskamen. Innerhalb weniger Sekunden, mit nur wenigen bedeutungsschweren Worten und viel zu raschen Handlungen hatte sich die so mühevoll aufgebaute Vertrauensbasis zwischen ihnen in Luft aufgelöst. Leider konnten sie das jetzt nicht klären, mussten eigentlich längst um ihr Leben rennen.

Sam nahm noch einen weiteren tiefen Atemzug, schob sich zwischen Nathan und Zachory, packte dann den jungen FBI-Mann am Arm und zog ihn mit sich. Er sträubte sich nicht sonderlich, warf nur immer wieder misstrauische Blicke hinter sich, weil Nathan ihnen zusammen mit Noa, der sich immer noch an seiner Waffe festklammerte, sofort folgte.

„Barry, wo lang?", wandte sie sich abgehetzt an ihren Freund im Ohr, als sie aus dem Büro geeilt waren. Ihr Blick flog ängstlich hinüber zur Tür, jede Sekunde mit dem Quietschen von Autobremsen und dem Röhren eines Helikopters rechnend.

„Zweimal links, dann muss eine Tür kommen, die direkt in den Keller führt", war die schnelle Antwort.

Sam folgte seiner Anweisung und legte nur wenige Sekunden später bereits ihre Hand auf die Klinke der beschriebenen Tür.

„Wo gehen wir hin?", brachte Zachory deutlich besorgt hervor, als sie die Tür geöffnet hatte, und sträubte sich nun doch etwas, Sam zu folgen. Die Dunkelheit hinter der Tür schien seine Ängste zu verstärken.

„Wir verschwinden von hier", erwiderte Sam und drückte auf den Schalter, den sie an einer der Wände entdeckt hatte. Sofort erhellte eine einzelne Glühbirne an der schrägen Decke die Treppenstufen.

„Du kannst dich entscheiden, Zachory. Entweder du kommst mit uns oder du bleibst oben und wartest ab, ob die *Garde* dir wirklich so gewogen ist, wie sie tut. Wir wissen dann allerdings, auf wessen Seite du stehst."

Es war ein gewagter Versuch, Langdon nach allem, was gerade geschehen war, dazu zu bewegen, freiwillig mit ihnen zu kommen, aber erstaunlicherweise funktionierte er.

Zachory straffte die Schultern, nickte knapp und folgte ihr dann. Sie erhaschte einen kurzen Blick auf Nathan, bevor sie sich wieder umdrehte und die Treppenstufen hinunter eilte. Er hatte sich beruhigt, wirkte jetzt statt aufgewühlt und unkontrolliert eher angespannt und konzentriert. Doch seine Augen waren noch sehr hell, der Vampir in ihm noch viel zu aktiv. Leider ließ sich das augenblicklich kaum ändern. Der Feind rückte an und es war noch nicht klar, ob sie schnell genug sein würden, um ihm auch dieses Mal zu entkommen. Vor allem, wenn sie zwei Menschen bei sich hatten, die ihnen nicht richtig vertrauten und von denen sie selbst noch nicht mit hundertprozentiger Sicherheit sagen konnten, dass sie den Feind nicht selbst hierher geholt hatten. Gleichwohl blieb ihnen keine Zeit, dem genauer nachzugehen.

Nathan schien das genauso zu sehen, denn er überließ ihr ohne Widerwillen die Führungsrolle, spürte wohl selbst, dass seine Nerven zu weit runter waren, um in dieser Situation die richtigen Entscheidungen zu treffen. Und dass Zachory sich freiwillig dazu entschieden hatte, mit ihnen zu kommen, schien ihm dabei zu helfen, einigermaßen die Kontrolle über sich zu behalten. Wenn Langdon gewollt hätte, dass die *Garde* sie in die Finger bekam, hätte er wahrscheinlich viel mehr Zeit geschunden. So machte er eher den Eindruck, als würde er selbst Angst vor diesen Leuten haben und eine direkte Begegnung mit ihnen vermeiden wollen. Das hoffte Sam zumindest inständig. Andernfalls würden sie ihre Feinde direkt zu Barry führen und damit verhindern, dass sie überhaupt noch eine Chance hatten, der *Garde* zu entkommen.

Ende von Band II

Wie es weitergeht, ist im dritten Teil

Sanguis Lilii Band III

zu erfahren, der ebenfalls als Taschenbuch im November 2015
erscheinen wird.

Aktuelle Informationen über die Autorin und ihre Bücher
sind über **http://www.inalinger.de**
verfügbar.

Printed in Great Britain
by Amazon

46223701R00251